W0404760

MEURTRE À CAPE COD

D'abord secrétaire puis hôtesse de l'air, ce n'est qu'au décès de son mari que Mary Higgins Clark se lance dans la rédaction de scripts pour la radio. Son premier ouvrage est une biographie de George Washington. Elle décide ensuite d'écrire un roman à suspense, *La Maison du guet*, son premier best-seller. Encouragée par ce succès, elle continue à écrire tout en s'occupant de ses enfants. En 1980, elle reçoit le Grand prix de littérature policière pour *La Nuit du renard*. Mary Higgins Clark publie alors un roman par an, toujours accueilli avec le même succès par le public. Elle est traduite dans le monde entier et plusieurs de ses romans ont été adaptés pour la télévision. Elle est décédée en janvier 2020.

*Paru au Livre de Poche :*

L'AFFAIRE CENDRILLON
(*avec Alafair Burke*)
À LA VIE, À LA MORT
(*avec Alafair Burke*)
LES ANNÉES PERDUES
AVANT DE TE DIRE ADIEU
LE BILLET GAGNANT
LE BLEU DE TES YEUX
LA BOÎTE À MUSIQUE
CE QUE VIVENT LES ROSES
CETTE CHANSON QUE JE N'OUBLIERAI JAMAIS
LA CLINIQUE DU DOCTEUR H.
DANS LA RUE OÙ VIT CELLE QUE J'AIME
LE DÉMON DU PASSÉ
DERNIÈRE DANSE
DEUX PETITES FILLES EN BLEU
DE SI BELLES FIANÇAILLES
(*avec Alafair Burke*)
DORS MA JOLIE
DOUCE NUIT
EN SECRET
ENTRE HIER ET DEMAIN
(*MÉMOIRES*)
ET NOUS NOUS REVERRONS…
LE FANTÔME DE LADY MARGARET
JE T'AI DONNÉ MON CŒUR
JOYEUX NOËL, MERRY CHRISTMAS
LA MAISON DU CLAIR DE LUNE
LA MAISON DU GUET
LA MARIÉE ÉTAIT EN BLANC
(*avec Alafair Burke*)
NE PLEURE PAS, MA BELLE
NI VUE NI CONNUE
NOIR COMME LA MER
NOUS N'IRONS PLUS AU BOIS
LA NUIT DU RENARD
LA NUIT EST MON ROYAUME
L'OMBRE DE TON SOURIRE
OÙ ES-TU MAINTENANT ?
LE PIÈGE DE LA BELLE AU BOIS DORMANT
(*avec Alafair Burke*)
QUAND REVIENDRAS-TU ?
RECHERCHE JEUNE FEMME AIMANT DANSER
LA REINE DU BAL
(*avec Alafair Burke*)
RIEN NE VAUT LA DOUCEUR DU FOYER
SOUVIENS-TOI
LE TEMPS DES REGRETS
TOI QUE J'AIMAIS TANT
TU M'APPARTIENS
UN CRI DANS LA NUIT
UN JOUR TU VERRAS…
UNE CHANSON DOUCE
UNE SECONDE CHANCE

*Mary & Carol Higgins Clark*

CE SOIR JE VEILLERAI SUR TOI
LA CROISIÈRE DE NOËL
LE MYSTÈRE DE NOËL
TROIS JOURS AVANT NOËL
LE VOLEUR DE NOËL

MARY HIGGINS CLARK

# *Meurtre à Cape Cod*

NOUVELLES TRADUITES DE L'ANGLAIS (ÉTATS-UNIS)
PAR ANNE DAMOUR

ALBIN MICHEL

*Titre original :*
DEATH WEARS A BEAUTY MASK AND OTHER STORIES
Publié par Simon & Schuster, Inc. New York.

Ce livre est un ouvrage de fiction. Toute ressemblance avec des faits avérés, des lieux existants ou des personnes réelles, vivantes ou décédées, serait purement fortuite.

© Nora Durkin Enterprises, Inc., 2015.
*Le Passager clandestin* (Stowaway, publication originale sous le titre de Last Flight from Danubia) © Nora Durkin Enterprises, Inc., 1958
*La Branche morte* (When the Bough Breaks)
© Nora Durkin Enterprises, Inc., 1960
*La Réserve à charbon* (Voices in the Coalbin)
© Nora Durkin Enterprises, Inc., 1989
*Meurtre à Cape Cod* (The Cape Cod Masquerade, publication originale sous le titre de Death on the Cape) © Nora Durkin Enterprises, Inc., 1994
*Un crime passionnel* (Definitely, a Crime of Passion)
© Nora Durkin Enterprises, Inc., 1996
*L'Homme d'à côté* (The Man Next Door)
© Nora Durkin Enterprises, Inc., 1997
*Vous souvenez-vous de moi ?* (Haven't We Met Before ?)
© Nora Durkin Enterprises, Inc., 2000
*Une drôle d'impression* (The Funniest Thing Has Been Happening Lately)
© Nora Durkin Enterprises, Inc., 2002
*Un ronronnement révélateur* (In the Tell-Tale Purr)
© Nora Durkin Enterprises, Inc., 2009
*La mort porte un masque de beauté* (Death Wears a Beauty Mask)
© Nora Durkin Enterprises, Inc., 2015
© Éditions Albin Michel, 2020, pour la traduction française.
ISBN : 978-2-253-19555-9 – 1re publication LGF

## Le passager clandestin
*1956*

Carol frissonna dans son manteau d'uniforme bleu fumé et s'efforça d'ignorer le malaise qui l'envahissait. Parcourant du regard le hall de l'aéroport, elle songea que les poupées traditionnelles aux vêtements colorés dans leurs vitrines contrastaient étrangement avec les policiers à la mine sombre qui passaient et repassaient devant elles. Rassemblés en un petit groupe, les passagers fixaient sur les agents un regard haineux.

Alors qu'elle s'approchait, elle entendit l'un d'entre eux grommeler : « La traque est trop longue. Les policiers sont mécontents. » Il se tourna vers Carol : « Depuis combien de temps faites-vous ce métier, mademoiselle ?

— Trois ans, répondit Carol.

— Vous êtes sans doute trop jeune pour avoir connu cette époque. Mais si vous aviez vu mon pays avant l'Occupation… Cette salle était un endroit plein de gaieté alors. Lorsque je suis reparti en Amérique à la fin de mon dernier séjour, il y avait vingt personnes de ma famille pour m'accompagner. Aujourd'hui, aucune n'a osé venir. Il est déconseillé de faire étalage de ses liens avec l'Amérique. »

Carol baissa la voix : « Les policiers sont beaucoup plus nombreux aujourd'hui que d'habitude. Savez-vous pourquoi ?

— Un dissident s'est échappé, murmura-t-il. Il a été repéré par ici il y a une heure. Ils vont sûrement l'attraper, mais j'espère ne pas voir ça.

— L'embarquement est prévu dans une quinzaine de minutes, le rassura Carol. Excusez-moi, je dois parler au commandant. »

Tom sortait du bureau de piste. Il la regarda et fit un signe d'assentiment. Quand son cœur cesserait-il de battre la chamade à sa vue ? Quand pourrait-elle regarder avec indifférence sa haute et élégante silhouette dans l'uniforme bleu marine ? Il était temps qu'elle le voie seulement comme un pilote parmi d'autres et non comme l'homme qu'elle avait si tendrement aimé.

Elle s'adressa à lui d'un ton neutre, ses yeux gris imperceptiblement voilés : « Vous désiriez me voir, commandant ? »

Le ton de Tom fut aussi impersonnel que le sien : « Je me demandais si vous aviez des nouvelles de Paul. »

Confuse, Carol dut avouer qu'elle n'avait pas pensé au chef de cabine depuis leur atterrissage à Danubia une heure auparavant. Paul avait eu un malaise avant leur arrivée et était resté allongé sur la couchette de l'équipage pendant qu'on remplissait les réservoirs en vue du vol de retour vers Francfort.

« Non, commandant. J'étais trop intéressée par la partie de cache-cache à laquelle se livrent ces messieurs. » Elle fit un signe de tête en direction des policiers.

Tom acquiesça : « Je n'aimerais pas être à la place de ce malheureux lorsqu'ils l'attraperont. Ils sont convaincus qu'il se trouve dans les parages. »

La voix de Tom avait pris une intonation plus familière et Carol leva vers lui un regard plein d'attentes. Mais il avait déjà retrouvé l'attitude du commandant s'adressant à l'hôtesse de l'air. « Soyez gentille, allez voir si Paul n'a besoin de rien. Je vais demander au personnel au sol de faire embarquer les passagers.

— Bien, commandant. » Elle se dirigea vers la porte donnant sur la piste.

L'aérodrome glacial semblait désolé dans la semi-obscurité de ce soir d'octobre. Trois policiers entraient dans l'avion à côté du sien. Un frisson parcourut Carol à leur vue tandis qu'elle montait à bord et se dirigeait vers Paul.

Il dormait. Elle étendit doucement sur lui une seconde couverture et gagna la cabine. Encore dix minutes et tout le monde aurait embarqué, se dit-elle en consultant sa montre. Elle sortit son miroir de poche, passa un peigne dans les courtes boucles blondes qui s'échappaient de son calot.

Une sueur d'effroi l'envahit lorsqu'elle aperçut soudain dans la glace le reflet d'une main agrippée à la tringle du rideau de la penderie derrière son siège. *Quelqu'un essayait de se cacher dans le petit renfoncement !* Elle jeta un regard affolé par le hublot, cherchant désespérément de l'aide. Les policiers venaient de quitter l'avion voisin et se dirigeaient vers le leur.

« Rangez cette glace, mademoiselle. » Les mots étaient prononcés sans précipitation, dans un anglais limpide, avec un fort accent. Elle entendit les cintres s'entrechoquer et se retourna brusquement pour se trouver face à un très jeune homme au regard bleu et vif sous une épaisse crinière blonde.

« Je vous en prie – ne craignez rien. Je ne vous ferai aucun mal. » Il jeta un coup d'œil par le hublot vers les policiers qui approchaient rapidement. « Y a-t-il une autre sortie dans l'avion ? »

La frayeur de Carol prit une autre forme. C'était pour lui à présent qu'elle éprouvait un sentiment imminent de catastrophe. Les yeux emplis d'épouvante, il s'écarta du hublot comme un animal pris au piège, implorant, aux abois, la main tendue vers Carol, la voix pressante : « S'ils me trouvent, ils me tueront. Où puis-je me cacher ?

— Je ne peux pas vous cacher, protesta Carol. Ils vous découvriront en fouillant l'avion, et il m'est impossible de compromettre la compagnie. » Elle se représenta le visage furieux de Tom si la police découvrait un passager clandestin à bord, surtout en apprenant que c'était elle, Carol, qui l'avait caché.

Des pas gravissaient la passerelle, les lourdes chaussures martelant les marches métalliques. Des coups répétés résonnèrent contre la porte de l'appareil.

Paralysée, Carol regarda fixement les yeux du fugitif, le sombre désespoir qui les habitait. Elle parcourut fébrilement la cabine du regard. La veste d'uniforme de Paul était accrochée dans la penderie. Elle la sortit, saisit sa casquette sur l'étagère. « Mettez ça, vite ! »

L'espoir illumina le visage du jeune homme. Ses doigts s'affairèrent furieusement sur les boutons et il enfouit ses cheveux sous la casquette. Les coups redoublèrent à la porte.

Carol avait les mains moites, les doigts gourds. Elle poussa le jeune homme sur le siège arrière, s'empara à la hâte du livre de bord et éparpilla les formulaires de déclaration sur ses genoux. « N'ouvrez pas la bouche. S'ils demandent votre nom, je dirai Joe Reynolds et prierai le ciel pour qu'ils ne vérifient pas les passeports. »

Elle crut que ses jambes ne la porteraient jamais jusqu'à la porte de l'avion. Au moment où elle actionnait la poignée, elle prit conscience de ce qu'elle venait de faire, du piètre déguisement dont elle avait affublé ce malheureux garçon. Comment pourrait-elle empêcher les policiers de fouiller l'avion ? La poignée tourna et la porte s'ouvrit. Elle se posta en travers de l'entrée et s'obligea à prendre un ton agacé en s'adressant aux trois hommes en uniforme : « Le steward et moi-même sommes occupés à vérifier les papiers d'embarquement. Pour quelle raison venez-vous nous déranger ?

— Vous n'êtes pas sans savoir que l'on recherche un fugitif. Vous n'avez pas le droit d'entraver le travail de la police.

— C'est mon travail que vous entravez. J'en informerai le commandant de bord. Vous n'êtes pas autorisés à pénétrer dans un appareil américain.

— Nous fouillons tous les avions stationnés sur la piste, répliqua sèchement l'homme qui menait l'opération. Écartez-vous, je vous prie. Je ne voudrais pas être obligé d'entrer par la force. »

Il était inutile de discuter. Carol alla rapidement s'asseoir sur le siège à côté de « Joe » et se tourna vers lui, le masquant à demi. Il penchait la tête sur les documents. Dans la pénombre, son uniforme faisait illusion, et l'absence de cravate passait inaperçue tant qu'il restait courbé.

Carol prit quelques déclarations sur ses genoux et dit : « Bon, Joe, finissons-en avec ça. Kralick, Walter, six bouteilles de cognac, valeur trente dollars. Une montre, valeur…

— Qui se trouve à bord, à part vous ? demanda l'officier de police.

— Le chef de cabine. Il dort dans la cabine de l'équipage, répondit nerveusement Carol. Il est malade. »

Le regard inquisiteur effleura Joe sans manifester d'intérêt. « Personne d'autre ? C'est le seul avion américain. Logiquement, c'est ici que le traître aurait dû venir se réfugier. »

Le deuxième policier avait fouillé les toilettes, les compartiments et regardé sous tous les sièges. Le troisième revint du poste de pilotage. « Il n'y a qu'un seul type, endormi. Trop âgé pour être notre fugitif…

— On l'a aperçu dans les parages il y a une quinzaine de minutes, l'interrompit son chef d'un ton cassant. Il est forcément quelque part. »

Carol jeta un coup d'œil à sa montre. Huit heures moins une. Les passagers allaient bientôt franchir la piste. Il fallait qu'elle se débarrasse des policiers, qu'elle cache le garçon – le tout en une minute.

Elle se leva, prenant soin de toujours masquer Joe. Regardant par le hublot du côté opposé, elle vit s'ouvrir la porte de la salle d'embarquement. Elle dit au policier : « Vous avez fouillé l'avion. Mes passagers vont bientôt embarquer. Voulez-vous quitter les lieux, je vous prie ?

— Vous semblez curieusement pressée de nous voir partir, mademoiselle.

— Je n'ai pas fini de vérifier les papiers. Et je pourrai difficilement le faire tout en m'occupant des voyageurs. »

Des pas gravissaient précipitamment la passerelle. Un homme entra. « Chef, dit-il, le commissaire veut un rapport immédiat sur les recherches. »

Carol vit avec soulagement les trois hommes s'élancer à l'extérieur.

Accompagnés par un membre du personnel au sol, les passagers atteignaient le pied de la passerelle au moment où les policiers en descendaient. L'équipage pour sa part embarquait par l'avant.

« Joe », appela Carol. Le garçon avait quitté son siège, et se tenait tapi dans l'allée. Carol l'entraîna vers la queue de l'avion et lui désigna les toilettes pour hommes. « Entrez là. Ôtez l'uniforme et n'ouvrez la porte à personne à part moi. »

Elle se posta à l'entrée, plaqua un sourire sur son visage à l'adresse des arrivants. Le représentant de la compagnie lui tendit le manifeste et attendit pendant qu'elle accueillait les voyageurs et désignait sa place à chacun.

Il y avait six noms sur la liste. Cinq d'entre eux étaient tapés à la machine, et le dernier, « Vladimir Karlov », avait été inscrit à la main. À côté étaient ajoutées trois lettres : « VIP ».

« Qui est ce personnage de marque ? demanda Carol à voix basse au représentant de la compagnie.

— Un gros bonnet, le commissaire principal de la police de Danubia. C'est le pire de leurs bouchers, prenez-le avec des gants. Il s'est arrêté pour s'entretenir avec les types qui recherchaient le fugitif. »

Le chef de la police – sur son vol ! Carol crut s'évanouir, mais comme il atteignait le haut de la passerelle, elle lui tendit la main en souriant. C'était un homme de haute taille, d'une cinquantaine d'années, avec un nez étroit et des lèvres minces.

« J'ai la place quarante-deux. »

Elle ne pouvait pas le laisser s'asseoir à l'arrière de l'avion. Il verrait Joe à coup sûr lorsqu'elle le ferait sortir des toilettes. « Le vol jusqu'à Francfort est magnifique, dit-elle aimablement. Vous devriez plutôt vous installer à l'avant de l'appareil.

— Je préfère rester à l'arrière, dit-il. On y est moins secoué.

— Les turbulences sont extrêmement rares sur cette ligne. Vous ne sentirez aucune secousse à l'avant et la vue y est beaucoup plus belle. »

Il haussa les épaules et la suivit dans l'allée centrale. Elle jeta un coup d'œil sur le manifeste, hésitant à le placer à côté d'un autre passager. Si elle optait pour cette solution, elle avait une chance qu'il se mette à bavarder avec son voisin et ait l'attention détournée au moment où elle ferait sortir Joe des toilettes. Mais se rappelant les commentaires agacés des voyageurs à propos de la poursuite du dissident, elle se ravisa, le conduisit à la place numéro trois, mit son sac dans le casier au-dessus de sa tête et lui recommanda d'attacher sa ceinture.

L'occupant de la place sept se leva et commença à se diriger vers l'arrière. Carol le rejoignit à la porte des toilettes pour hommes. « Monsieur, voulez-vous rejoindre votre place, s'il vous plaît ? Nous allons décoller d'un instant à l'autre. »

Le visage de l'homme était blême. « Je vous en prie, mademoiselle, je vais être malade. J'ai toujours peur au moment du décollage. »

Carol le prit par le bras et le força à retirer sa main de la poignée de la porte, sans lui laisser le temps de s'apercevoir qu'elle était fermée. « J'ai des cachets qui vous soulageront. Tout le monde doit rester assis jusqu'à ce que nous soyons en vol. »

Après l'avoir raccompagné à sa place, elle prit le micro : « Bonsoir, je suis votre hôtesse, Carol Dowling. Je vous prie d'attacher vos ceintures et de ne pas fumer avant l'extinction du signal lumineux à l'avant de l'appareil. Notre destination est Francfort, la durée de notre vol sera de deux heures et cinq minutes. Un dîner léger vous sera servi dans peu de temps. N'hésitez pas à me solliciter si nécessaire. Je vous souhaite à tous un agréable voyage. »

Lorsqu'elle pénétra dans le poste de pilotage, l'avion s'était arrêté de rouler sur la piste et les moteurs grondaient. Elle se pencha vers Tom. « Tout est prêt en cabine, commandant. »

Tom se retourna si vivement qu'il lui effleura la tête. Elle éprouva une soudaine sensation de chaleur et porta inconsciemment la main à ses cheveux.

« Okay, Carol. »

Dans le rugissement des moteurs, elle entendit à peine ce qu'il disait. Il y a un an, il aurait levé les yeux vers elle et ses lèvres auraient formé un : « Je t'aime, Carol », mais c'était fini maintenant. Un instant, elle regretta violemment qu'ils n'aient jamais véritablement mis fin à leur querelle. Souvent la nuit, lors de ses insomnies, elle s'était avoué que Tom lui avait tendu la perche : il avait fait le premier pas, mais elle ne lui avait pas donné sa chance. Si bien que ses vains efforts de réconciliation n'avaient abouti qu'à des disputes encore pires, et ensuite il avait été muté à Londres pendant six mois et ils ne s'étaient plus revus. Et aujourd'hui ils se retrouvaient sur le même vol, deux collègues polis, attentifs à ne pas montrer que les choses avaient été différentes entre eux par le passé.

Elle se prépara à retourner dans la cabine, mais Tom la pria d'attendre. Il fit un signe de tête à l'intention du copilote et le bruit des moteurs s'atténua. Un profond sentiment de solitude s'empara de Carol lorsqu'il se détourna d'elle. Il y avait eu certains moments pendant l'aller où Tom s'était montré amical, chaleureux – des moments où elle avait cru qu'ils pourraient presque parler de tout et de rien. Toutefois cette histoire allait tout gâcher, songea-t-elle. Même si je parviens à amener Joe à Francfort, Tom ne me le pardonnera jamais.

« Carol, avez-vous parlé au commissaire ?

— Seulement lorsque je l'ai conduit à sa place. Il n'est guère bavard.

— Occupez-vous particulièrement de lui. C'est un type important. Ils envisagent de fermer Danubia aux lignes américaines. S'il est satisfait du service, il donnera peut-être un coup de pouce. Je demanderai à Dick de vous aider à servir le repas une fois que nous serons en vol.

— Non ! Je veux dire, il s'agit d'un souper froid et il n'y a que six passagers ; je peux me débrouiller seule. »

De retour dans la cabine, elle offrit un sourire rassurant à l'homme qui avait peur des décollages et passa devant lui. L'avion s'engageait maintenant sur la piste d'envol et le crescendo des moteurs devint assourdissant. Tous les passagers, y compris le chef de la police, avaient le nez collé aux hublots. Carol se dirigea à l'arrière, frappa à la porte des toilettes et appela doucement Joe.

Il sortit sans bruit. Dans la semi-obscurité, sa silhouette efflanquée ressemblait davantage à une ombre qu'à un être humain. Elle lui chuchota à l'oreille : « Le dernier siège sur la droite. Vite. Glissez-vous par terre. Je jetterai une couverture sur vous. »

Il s'avança avec précaution et disparut dans l'espace entre les sièges. Il se déplace comme un chat, se dit Carol.

Il était malaisé de garder l'équilibre pendant que l'avion prenait de l'altitude et, se retenant d'une main à la cloison des toilettes, Carol atteignit le siège du côté couloir près de Joe, sortit une couverture du casier, et la jeta sur lui en la dépliant. Un œil indifférent ne remarquerait rien, mais un regard attentif pourrait s'étonner de la présence de cette masse informe.

Sur l'inscription lumineuse au-dessus de la porte du poste de pilotage, on lisait : ATTACHEZ VOS CEINTURES

– DÉFENSE DE FUMER. La durée du signal lui donnait un sursis, un moment de répit. Mais lorsqu'il s'effacerait, il lui faudrait rallumer la lumière centrale et les passagers pourraient quitter leurs sièges. La cachette de Joe serait alors vite découverte.

Pour la première fois, elle réfléchit sérieusement aux risques qu'elle avait pris en cachant Joe. Elle pensa à la réaction de Tom, se rappelant sa fureur de l'an passé, lorsqu'elle avait provoqué des ennuis sur son vol.

« Mais Tom, avait-elle protesté, j'ai seulement permis à cette pauvre gosse de sortir son chien de son panier ! Elle voyageait seule, elle allait être adoptée par des étrangers. C'était la nuit et la cabine était plongée dans l'obscurité. Personne ne se serait aperçu de rien si cette bonne femme n'avait pas reçu un malheureux petit coup de dents en se penchant sur l'enfant. »

Et Tom avait répliqué : « Carol, peut-être apprendras-tu un jour à te plier au règlement. Cette bonne femme, comme tu dis, était une actionnaire de la compagnie et elle a fait un foin de tous les diables. Sachant que cela ne me coûterait pas mon boulot, je me suis déclaré responsable du fait que ce chien se promenait en liberté à bord. Mais après sept ans de parcours sans fautes, j'apprécie peu d'avoir reçu un blâme. »

Elle se rappela désagréablement qu'elle s'était mise en rage contre lui, se déclarant ravie de savoir que l'excellence de ses états de service était un peu écornée – que maintenant peut-être il pourrait se détendre et agir avec humanité – peut-être même cesserait-il de considérer le manuel de la compagnie comme la Bible. Elle se souvenait cruellement de chacun des mots qu'ils avaient échangés, elle avait si souvent revécu cette dispute.

Elle essaya de se représenter la réaction de Charlie Wright, le directeur de la Northern à Francfort. Charlie était un « homme de la compagnie » lui aussi. Il aimait que ses avions arrivent et partent à l'heure, que les passagers soient pleinement satisfaits. Charlie serait hors de lui en se voyant obligé de rapporter à la compagnie la présence d'un passager clandestin et il la suspendrait de ses fonctions – s'il ne la virait pas purement et simplement.

La couverture de Joe bougea légèrement, lui rappelant brutalement qu'elle devait au plus vite trouver un endroit sûr où le cacher. L'avion prenait sa vitesse de croisière. Voyant s'effacer le signal ATTACHEZ VOS CEINTURES, Carol se leva lentement. À contrecœur, elle tendit la main vers l'interrupteur placé sur la cloison et alluma les plafonniers.

Elle commença à distribuer les magazines et les journaux. L'homme qui redoutait le décollage semblait plus calme à présent. « Votre pilule m'a été d'une grande aide, mademoiselle. » Il accepta un journal, chercha ses lunettes. « J'ai dû les laisser dans mon manteau. » Il se leva, se préparant à aller vers l'arrière.

Carol dit précipitamment : « Ne vous dérangez pas, je vais vous les chercher.

— Ce n'est pas la peine. » Il passait devant l'endroit où se cachait Joe – Carol sur ses talons, retenant sa respiration. La couverture faisait désordre dans la cabine bien rangée. Le passager trouva ses lunettes, repartit en sens inverse et s'arrêta. Carol réfléchissait à toute vitesse. Cet homme était le type du maniaque par excellence – il avait tenu à accrocher son manteau dans la penderie, elle l'avait vu lisser les coins de son journal. Dans une seconde, il allait ramasser la couverture. Il se penchait déjà, disait : « Ceci a dû tomber…

— Oh, je vous en prie ! » Carol posait la main sur son bras, le serrant fermement. « Je vous en prie, ne vous donnez pas ce mal. Je reviendrai la ramasser. » Elle le poussa imperceptiblement vers l'avant de l'appareil, le grondant gentiment : « Vous êtes notre client. Si le commandant s'aperçoit que je vous laisse faire le ménage à bord, il va me jeter par le hublot ! »

L'homme sourit, puis regagna docilement sa place.

Carol parcourut la cabine d'un regard anxieux. La couverture était beaucoup trop visible. Chaque fois que l'un ou l'autre des passagers se rendrait à l'arrière de l'appareil, Joe risquerait d'être découvert.

« Un magazine, s'il vous plaît, mademoiselle.

— Bien sûr. » Carol apporta la sélection des journaux à l'homme assis derrière le commissaire, puis elle s'avança vers ce dernier : « Désirez-vous lire quelque chose, monsieur Karlov ? »

Le commissaire tapotait de ses doigts minces l'accoudoir de son siège, une moue de concentration pinçant ses lèvres. « Il me manque un élément d'information, mademoiselle. On m'a dit quelque chose qui ne cadre pas. Toutefois… (un sourire froid étira sa bouche) cela me reviendra. Cela me revient toujours. » Il repoussa d'un geste le magazine qu'elle lui tendait. « Où puis-je boire un peu d'eau ?

— Je vais vous apporter un verre », dit Carol.

L'homme se leva. « Ne vous donnez pas cette peine. J'ai horreur de rester immobile aussi longtemps. Je préfère aller le chercher moi-même. »

Le poste d'eau se trouvait au fond de l'appareil, à l'opposé du siège où Joe était caché. Le commissaire n'était pas un observateur naïf. Il regarderait sous la couverture.

« Non ! » Elle lui barra le chemin dans l'allée. « On a annoncé une zone de turbulences. Le commandant a demandé que les passagers restent à leur place. »

Il jeta un regard significatif vers le signal éteint. « Si vous voulez bien me laisser passer… »

L'avion s'inclina légèrement. Carol vacilla contre le commissaire, laissant volontairement choir son paquet de revues. La situation devenait critique.

Il lui fallait seulement gagner du temps, Tom allait sans doute rallumer le signal. L'air exaspéré, le commissaire ramassa quelques journaux.

Lui bloquant toujours le chemin, Carol rassembla lentement les autres, les classant soigneusement par taille. Finalement, ne pouvant s'attarder plus longtemps, elle se releva. Et le signal se ralluma !

Le commissaire se renfonça dans son siège et regarda attentivement Carol se diriger vers le robinet, remplir un verre d'eau et le lui apporter. Il ne la remercia pas mais la regarda fixement. « On dirait que ce signal a répondu à vos prières, mademoiselle. Vous n'aviez visiblement pas envie de me voir quitter ma place. »

Carol sentit la peur l'envahir, puis la colère. Il soupçonnait quelque chose et s'amusait de ses efforts embarrassés. Elle reprit le verre d'eau auquel il avait à peine touché. « Monsieur, je vais vous mettre dans la confidence. Lorsque nous avons un passager important à bord, il y a une marque inscrite à côté de son nom sur le manifeste. Ce signe implique que nous devons nous montrer particulièrement prévenants à l'égard de cette personne : vous êtes aujourd'hui ce passager et je m'évertue à rendre votre vol aussi agréable que possible. Je crains malheureusement de ne pas y parvenir. »

La porte du poste de pilotage s'ouvrit et Tom apparut. Les passagers étaient tous assis dans la première moitié de la cabine. Carol se tenait près du dernier d'entre eux. Il était probable que Tom se contenterait de leur dire un mot aimable. Il ne prendrait pas la peine d'aller en queue de l'appareil si personne n'était assis à l'arrière.

Tom salua le commissaire, serra la main de l'homme derrière lui, désigna un banc de nuages aux deux amis qui jouaient aux dames. Carol observa ses gestes avec un pincement de cœur. Chaque fois qu'elle le voyait, un souvenir différent remontait. Cette fois-ci, c'était le jour du *Memorial Day* à Gander ; leur vol avait été annulé à cause d'une tempête de neige. Tard dans la nuit, Tom et elle s'étaient amusés à s'envoyer des boules de neige. Tom avait consulté sa montre et dit : « Te rends-tu compte que dans deux minutes nous serons le 1er juin ? Je n'ai jamais embrassé une femme dans une tempête de neige le 1er juin. » Ses lèvres étaient froides en effleurant sa joue, puis elles avaient trouvé sa bouche et s'étaient réchauffées. « Je t'aime, Carol. » C'était la première fois qu'il le lui avait dit.

Carol ravala son chagrin et revint à la réalité. Elle se

tenait au milieu de l'allée, Tom était planté devant elle, Joe en danger, et il n'y avait pas d'issue.

« Vous êtes certaine de ne pas avoir besoin d'aide, Carol ? » Son ton était impersonnel mais il la scrutait des yeux. Elle se demanda si certains souvenirs lui revenaient par flashes à lui aussi.

« Pas du tout, dit-elle. Je vais commencer tout de suite. » Ce qui signifiait aller à la cuisine et risquer que quelqu'un découvre Joe, mais…

Tom se racla la gorge, parut chercher ses mots : « Quelle impression cela fait-il d'être la seule femme à bord ? »

Les mots flottèrent quelques secondes dans l'esprit de Carol avant qu'elle ne comprenne véritablement leur portée. Elle examina tour à tour les passagers : le commissaire, l'homme qui avait peur des décollages, le quadragénaire un peu plus loin, le plus vieux en train de dormir, les deux joueurs de dames. Des hommes, uniquement des hommes. Elle avait désespérément cherché un endroit où cacher Joe, et c'était Tom qui venait de lui en désigner un ! Les toilettes pour femmes ! Parfait. Et si simple.

Sentant le regard de Tom posé sur elle, elle lui répondit d'un ton désinvolte : « Je suis ravie d'être la seule femme ici, commandant. Cela élimine toute compétition. »

Tom s'avança, hésitant un instant. « Carol, venez prendre un café avec moi lorsque nous serons à Francfort. Il faut qu'on parle. »

Enfin ! Lui aussi avait envie de la revoir. Si elle lui avouait maintenant : « J'ai découvert un passager clandestin à bord», tout serait tellement plus facile. Tom s'en attribuerait le mérite et les autorités de Danubia feraient peut-être preuve de gratitude. Il était même possible que la Northern voie ses autorisations de vol prolongées, ce qui effacerait dans l'esprit de Tom les ennuis que Carol lui avait causés l'an passé. Mais elle ne pouvait pas livrer Joe, même pour l'amour de Tom. «Voyons si une fois à terre vous en avez toujours envie», dit-elle.

Après qu'il eut regagné le poste de pilotage, elle alla s'asseoir à sa place à côté de Joe et examina rapidement les passagers. Le jeu de dames absorbait les deux amis. Le vieil homme somnolait. L'autre contemplait les nuages. Le maniaque de la propreté était penché sur son journal. La tête du chef de la police était appuyée sur le dossier de son siège. C'était trop espérer qu'il se fût endormi. Au mieux était-il suffisamment absorbé par ses réflexions pour ne pas se retourner.

Elle se pencha vers la forme sous la couverture. «Joe, chuchota-t-elle, il faut que vous alliez vers l'arrière de l'appareil. Les toilettes pour femmes se trouvent sur la gauche. Entrez-y et fermez le verrou.»

Elle surprit le regard du commissaire au moment où il se retournait dans son siège. «Joe, je vais éteindre les lumières, ajouta-t-elle précipitamment. Vous en profiterez pour vous glisser rapidement hors de votre place. Vous comprenez?»

La tête de Joe apparut de sous la couverture. Ses cheveux étaient ébouriffés et il cligna des paupières dans la lumière. On aurait dit un gosse de douze ans s'éveillant d'un profond sommeil. Mais une fois habitués à la clarté environnante, ses yeux eurent un regard d'adulte – las, exténué.

Son petit hochement de tête indiqua à Carol qu'il avait compris. Elle se leva. Le commissaire avait quitté son siège et se dirigeait vers elle.

En une seconde, elle atteignit l'interrupteur et plongea la cabine dans l'obscurité. Des cris d'inquiétude s'élevèrent. La voix de Carol domina le tumulte : « Excusez-moi ! Quelle maladroite je fais ! Je me suis trompée d'interrupteur… »

Le déclic d'une porte qui se referme – l'avait-elle entendu ou avait-elle simplement voulu l'entendre ?

« Rallumez immédiatement, mademoiselle. » La voix était glaciale, la main enserrait brutalement son bras.

Carol leva l'interrupteur et regarda franchement le visage du commissaire – ses traits déformés par la rage.

« Pourquoi ? » La colère vibrait dans son ton.

« Pourquoi quoi, monsieur ? Je voulais simplement brancher le micro pour annoncer le dîner. Regardez – l'interrupteur du micro se trouve juste à côté de celui qui commande la lumière. »

Il examina le panneau, l'air soudain perplexe. Carol prit le micro. « J'espère que vous avez tous faim. Je servirai le dîner dans une dizaine de minutes, et en attendant je vais passer parmi vous avec les cocktails : manhattan, martini ou daïquiri. Dites-moi ce qui vous ferait plaisir. » Elle se tourna vers le chef de la police et dit d'un ton respectueux : « Un cocktail, monsieur ?

— Accepterez-vous d'en prendre un avec moi, mademoiselle ?

— Je ne bois jamais pendant mon service.

— Moi non plus. »

Qu'entendait-il par là ? se demanda Carol en passant le plateau de cocktails. Il joue probablement au chat et à la souris, se dit-elle. Elle sortit les plats préparés du réfrigérateur, garnit les plateaux, disposant avec un soin particulier celui du commissaire, pliant méticuleusement la serviette, servant le café à la dernière minute afin qu'il restât brûlant.

« N'êtes-vous pas deux en général pour faire le service ? demanda-t-il tandis qu'elle plaçait le plateau devant lui.

— Si, mais le chef de cabine est malade. Il est couché. »

Elle servit les autres passagers, offrit une seconde fois du café, apporta leurs plateaux aux membres de l'équipage. Tom confia les commandes au copilote et s'assit à la table de navigation. « Il me tarde que nous soyons arrivés à Francfort, dit-il d'un ton inquiet. Avec ce vent arrière, nous devrions atterrir dans une demi-heure. Je me suis senti tendu pendant toute la durée du vol. Quelque chose me tracasse, sans que je sache quoi. » Il sourit. « Je suis probablement fatigué, peut-être ai-je tout simplement besoin d'une tasse de votre excellent café, Carol. »

Carol entrebâilla doucement le rideau de la couchette de l'équipage. « Paul dort depuis un bon moment.

— Il vient juste de se réveiller et m'a demandé de lui passer sa veste. Il voulait vous donner un coup de main. Mais je lui ai conseillé de rester tranquille. Il a l'air crevé. »

Le sort de Joe ne tenait qu'à un fil… Si Paul était revenu dans la cabine, il aurait vu Joe. Si la veste de

Paul n'avait pas été accrochée dans la penderie, la police aurait trouvé Joe. Si Tom ne lui avait pas fait remarquer qu'elle était la seule femme à bord…

« Je vais débarrasser les plateaux du repas puisqu'il ne nous reste qu'une demi-heure », dit-elle.

Elle les ramassa avec méthode, commençant par les passagers à l'avant. Le plateau du commissaire était intact. Il le regardait fixement. Un pressentiment retint Carol de le déranger. Elle débarrassa et empila les autres plateaux. Mais un regard à sa montre la prévint qu'ils allaient atterrir dans dix minutes. Les signaux s'allumèrent. Elle s'avança vers le commissaire. « Puis-je ramasser votre plateau, monsieur ? Je crains que vous n'ayez pas beaucoup mangé. »

L'homme se leva brusquement. « Vous avez failli vous en tirer, mademoiselle, mais j'ai fini par trouver ce qui me tracassait. À Danubia, les policiers m'ont dit que le chef de cabine était malade et que l'hôtesse vérifiait les déclarations de douane avec le steward. » Une expression féroce envahit son visage. « Pourquoi ce steward ne vous a-t-il pas aidée à servir le dîner ? Parce qu'il n'existe pas. » Ses doigts s'enfoncèrent dans l'épaule de Carol. « Notre prisonnier se trouve dans cet avion et c'est vous qui l'avez caché. »

Carol lutta contre la panique qui la gagnait. « Lâchez-moi.

— Il se cache à bord de l'avion, n'est-ce pas ? Eh bien, il n'est pas trop tard. Le commandant doit nous ramener à Danubia. Une fois là-bas, nous fouillerons l'appareil de fond en comble. »

Il la repoussa sur le côté et s'avança vivement vers la porte du poste de pilotage. Carol voulut le retenir par le bras, mais il l'écarta brutalement. Les autres passagers s'étaient levés et se tenaient immobiles, stupéfaits.

Le dernier espoir de Carol résidait dans ces hommes qui avaient assisté aux recherches avec indignation. L'aideraient-ils ?

« Oui, il y a un fugitif à bord ! cria-t-elle soudain. C'est presque un enfant et vous voulez le tuer, mais je ne vous laisserai pas faire ! »

Pendant quelques secondes, les passagers restèrent paralysés, agrippés au dossier de leur siège tandis que l'avion virait sur l'aile. C'était sans espoir, pensa Carol. Ils ne l'aideraient pas. Mais soudain, comme s'ils comprenaient enfin la scène qui se déroulait devant leurs yeux, les cinq hommes s'élancèrent ensemble. Le plus calme bondit sur le commissaire et l'obligea d'un coup sec à retirer sa main de la poignée. L'un des joueurs lui plaqua les deux bras dans le dos. L'avion décrivait un cercle au-dessus de la piste, les lumières de l'aéroport pénétraient par les hublots. Un petit rebond – Francfort !

Les passagers relâchèrent le commissaire au moment où s'ouvrait la porte du poste de pilotage. Tom se tint immobile dans l'embrasure, examinant sévèrement la scène. « Carol, que diable se passe-t-il ? »

Elle se dirigea vers lui, s'efforçant d'ignorer à la fois le regard furibond du commissaire et l'air interrogatif de Tom. Elle se sentait au bord de l'évanouissement, à bout de forces. « Commandant… » Sa langue était épaisse, elle parvenait difficilement à articuler ses mots.

« Commandant, j'ai un passager clandestin à déclarer… »

Dans le bureau du directeur de l'aéroport, elle savoura avec reconnaissance une tasse de café chaud. Pendant une heure, elle avait vu s'agiter sans vraiment comprendre officiers, policiers et photographes. Le seul point précis avait été la déclaration du commissaire : « Cet homme est un ressortissant de mon pays. Il doit être rapatrié immédiatement. » Et la réponse du directeur de l'aéroport : « Nous regrettons, mais nous sommes tenus de transférer tout passager clandestin aux autorités de Bonn. Si son histoire se révèle exacte, il aura droit à l'asile politique. »

Elle contempla sa main que Joe avait embrassée avant d'être placé en détention provisoire.

Il avait dit : « Vous m'avez rendu la vie, un avenir. »

La porte du bureau s'ouvrit lentement et Charlie Wright, le directeur de la compagnie, entra, suivi de Tom. « Bon, tout est réglé. »

Il regarda Carol droit dans les yeux. « Fière de vous, hein ? Vous vous trouvez héroïque, vous mourez d'envie de lire les gros titres demain matin ? "L'HÔTESSE DE L'AIR PARVIENT À CACHER UN PASSAGER CLANDESTIN SUR UN VOL MOUVEMENTÉ EN PROVENANCE DE DANUBIA." Les journaux n'imprimeront pas que la Northern n'aura plus l'autorisation de se poser à Danubia et perdra grâce à votre courage quelques millions de chiffre d'affaires. Quant à vous, Carol, vous pouvez rentrer directement chez vous. Vous passerez devant une commission à New York, mais en tout cas, vous êtes virée.

— Je m'y attendais. Mais vous devez comprendre que Tom ignorait la présence du passager clandestin.

— C'est le boulot du commandant de savoir qui voyage à bord de son appareil, répliqua Charlie. Tom s'en tirera probablement avec une engueulade, à moins qu'il ne se montre héroïque lui aussi et essaye de prendre sur lui la responsabilité de votre geste. Il paraît qu'il l'a déjà fait.

— C'est exact. Il m'a couverte l'année dernière et je n'ai pas eu le tact de l'en remercier. » Elle fixa le visage étrangement impassible de Tom. « Tom, l'an dernier vous m'avez passé un savon, et avec raison. J'étais totalement dans mon tort. Cette fois, je suis sincèrement navrée de tous les ennuis que je vous crée, mais je n'aurais pas pu faire autrement. »

Elle se tourna vers Charlie, retenant ses larmes. « Si vous avez terminé, je vais aller me reposer à mon hôtel. Je suis morte de fatigue. »

Il la regarda avec compassion. « Carol, personnellement je peux comprendre votre geste. Officiellement… »

Elle s'efforça de sourire. « Bonsoir. » Elle sortit et commença à descendre l'escalier.

Tom la rattrapa sur le palier. « Écoute, Carol, mettons les choses au clair – je suis heureux que ce garçon s'en soit tiré ! Tu ne serais pas la femme que j'aime si tu l'avais remis entre les pattes de ces bouchers. »

La femme que j'aime…

« Mais Dieu soit loué, tu ne voleras plus avec moi ; sinon, je prendrais les commandes en me demandant ce qui va encore se passer en cabine. » Il l'enlaça.

« Mais si tu n'es pas à bord, je veux que tu viennes

me chercher à l'aéroport. Tu peux cacher des espions, des chiens et tout ce que tu voudras sur le siège arrière, Carol, je te demande de m'épouser. »

Carol le regarda, plongea ses yeux dans son regard empli de tendresse. Puis elle sentit la chaleur de ses lèvres sur les siennes et il lui redit les mots qu'elle avait tant désiré entendre : « Je t'aime, Carol. »

Ils descendirent les dernières marches, leurs pas résonnant dans le hall de l'aéroport sombre et silencieux.

## La branche morte
*1960*

Michael s'agrippait désespérément à la branche morte, son corps frêle suspendu en l'air. Il lançait un regard implorant à Marion, mais elle avait à la main un énorme combiné de téléphone, avec lequel elle devait appeler l'homme qui s'occuperait de l'arbre. Peter sautait sur la branche morte et elle cédait avec un craquement sinistre. Il se raccrochait au tronc de l'arbre et Marion regardait comme hypnotisée le gracieux petit corps de Michael s'affaler sur la terrasse où il restait inerte, brisé, désarticulé. Marion contemplait le combiné dans sa main, mais il était devenu une branche morte. Elle le lâchait et criait : « Michael, Michael ! » Sa voix était un gémissement plaintif, une plainte aiguë.

Elle se réveilla, le nom de Michael encore sur les lèvres, les bras de Scott la serrant étroitement contre lui. Il lui dit tendrement :

« Toujours le même rêve, chérie ?

— Oui, oui, sanglota-t-elle. Toujours le même. Peter et moi – nous l'avons tué. »

Scott la secoua doucement. « Marion, tu dois cesser

de te torturer. Michael est tombé d'un arbre. C'est déjà arrivé et cela arrivera encore – les enfants de cinq ans aiment grimper et parfois ils tombent. Mais t'accuser toi ou Peter de l'accident ne ramènera pas Michael.

— Mais Peter m'avait parlé de cette branche morte. Venant de quelqu'un d'autre, je m'en serais préoccupée, mais Peter était un tel casse-pieds. »

Elle avait répété tellement de fois cette histoire, avec les mêmes mots. Elle s'écarta de Scott et sortit du lit. « J'irai mieux dans quelques minutes. C'est seulement qu'aujourd'hui…

— Je sais, dit doucement Scott. Il aurait dû commencer l'école. Je n'ai pas oublié. »

Marion ferma les yeux pour surmonter sa douleur. « Pourquoi ne pas le dire ? demanda-t-elle d'un ton morne. Je t'ai enlevé ton fils. Tu m'as toujours dit que j'étais négligente, que je ne réparais jamais ce qui devait l'être. »

Scott s'assit sur le bord du lit et tendit la main vers son peignoir. « Ma chérie, il y a trois mois que Michael est mort. C'était un accident, un accident horrible. Tu ne m'as pas enlevé mon fils, mais tu t'éloignes délibérément de moi. Chaque jour, tu sembles m'échapper un peu plus. Ne pouvons-nous accepter ensemble notre perte ? »

Marion secoua la tête d'un air abattu. « Si seulement j'avais écouté Peter. Il me disait toujours ce qu'il fallait faire. » Elle eut un rire triste. « Il te ressemblait plus que ton propre fils. »

Scott enfila son peignoir. « Marion, ce n'est qu'à la condition de pardonner à Peter, de te pardonner à toi-même, que tu parviendras à surmonter la disparition de Michael. De même que tu ne devrais pas t'accuser ainsi, tu n'as pas le droit de haïr Peter à ce point. Ce n'est qu'un petit garçon, et Dieu sait que Michael l'adorait. »

Marion ramena machinalement ses cheveux en arrière. « Sans Peter, il serait en vie aujourd'hui. Si Peter ne s'était pas mis à le suivre sur cette branche… »

Scott s'apprêtait à entrer dans la salle de bains. « Quand l'agence immobilière téléphonera, dis-leur que ces gens peuvent avoir la maison. Retourner en ville pendant un certain temps nous aidera peut-être à aller mieux. »

C'était vrai. Quand Marion regardait par la fenêtre de devant durant la journée, elle voyait des enfants jouer dans la rue. À gauche, les fenêtres donnaient sur de grands arbres et une haie épaisse, mais un angle de la maison de Peter était néanmoins visible. À l'arrière, on avait vue sur la terrasse et l'orme géant où Michael…

Elle descendit dans la cuisine et commença à préparer le petit-déjeuner.

Plus tard, après le départ de Scott, elle se servit un autre café et revint à la table de cuisine. C'était le moment de la journée qu'elle préférait autrefois, avec Michael encore en pyjama, posant les questions qu'il semblait avoir accumulées pendant la nuit. C'était le seul moment de la journée où elle l'avait entièrement à elle, car après le petit-déjeuner la sonnerie de la porte retentissait et Michael se glissait hors de sa chaise, en clamant joyeusement : « C'est Peter ! »

Marion regarda involontairement dans la direction de la porte de la cuisine. Elle avait l'impression que, si elle l'ouvrait, Peter serait là, devant elle – l'ami de son fils. Peter, avec ses cheveux blonds qui paraissaient si ternes à côté des cheveux aile-de-corbeau de Michael ; Peter, presque trapu à côté de Michael, si frêle.

Laissant son café refroidir, Marion se demanda pour la énième fois ce que Michael avait bien pu trouver à Peter. Du jour où le garçon était venu vivre là, chez sa grand-tante, il s'était attaché à Michael. Marion l'avait pris en pitié. C'était sans aucun doute un enfant très seul, orphelin et vivant avec une vieille femme malade ; pourtant il pouvait être vraiment agaçant.

Chaque fois que Michael et lui jouaient ensemble et qu'un accident survenait, c'était toujours Peter qui ramenait Michael à la maison avec une coupure ou une contusion. « On jouait et il est tombé. Sans le faire exprès, j'ai sauté sur lui. »

Marion lui avait demandé un jour : « Peter, est-ce qu'il t'arrive parfois de retomber sur tes fesses ? »

Il l'avait gratifiée d'un grand sourire, les yeux brillants, ignorant son irritation. « Jamais. »

Les jours de pluie, quand Michael et lui jouaient dans la maison, elle pouvait être certaine qu'au moins un des jouets de Michael se retrouverait en pièces détachées. Scott avait refusé de s'en émouvoir quand elle lui en avait fait part. « Chérie, ce gamin est un mécanicien dans l'âme, avait-il dit. Il veut voir comment les choses marchent. L'ennui, c'est qu'il passe la plus grande partie de son temps à les démonter. Dans la phase suivante, il commencera à les remonter. Il le fera – sois patiente. » Marion avait répondu : « En attendant, Michael n'aura plus un seul jouet avec lequel s'amuser. »

Non que Michael en ait souffert. Il adorait Peter. Même s'il devait rentrer chez lui pour déjeuner, Peter était toujours de retour en un éclair et finissait par prendre son dessert avec Michael.

Si seulement il n'avait pas été aussi insupportable, pensa Marion, mélancolique. S'il n'avait pas toujours essayé de me dire ce qu'il fallait faire. Peter remarquait toujours ce qui avait besoin d'être réparé. « Madame Blaine, le cordon de votre grille-pain commence à s'user… Madame Blaine, vous ne devriez pas faire un nœud au lacet de Michael quand il est cassé. Vous devriez lui en acheter un neuf… Madame Blaine… »

Marion se souvenait de ce samedi de juin où elle lisait sur la terrasse. Les arbres étaient couverts de feuilles, et Michael et Peter jouaient dans la cour, derrière la maison. Ils étaient excités à l'idée de commencer l'école à l'automne et Michael était venu lui demander : « Tu es sûre qu'ils vont nous prendre ? Comment sauront-ils que nous avons cinq ans et demi ? »

Elle avait souri en le regardant au fond de ses yeux gris et le lui avait promis : elle les conduirait tous les deux à l'école et dirait elle-même au maître d'école qu'il devait les accepter. Elle s'était replongée dans sa lecture quand elle avait vu Peter debout à côté de sa chaise.

« Il y a une branche morte, vous savez, avait-il annoncé.

— Une branche morte ?

— Tout en haut. » Il avait montré l'orme qui ombrageait la terrasse. « Vous voyez ? »

Il avait raison. Une des branches était dépourvue

de feuilles. « Bon, il faudra s'en occuper. » Elle avait essayé de reprendre sa lecture.

« Vous devriez appeler quelqu'un pour couper la branche. Elle pourrait tomber et nous blesser. »

Marion avait senti l'agacement monter lentement. « Peter, avait-elle fini par dire, j'appellerai quelqu'un dès que j'aurai une minute, mais sois sûr d'une chose : avec ta chance habituelle, si cette branche tombe, tu seras à des kilomètres de là. »

Il avait souri de son sourire conciliant et était retourné auprès de Michael. Ensuite, elle avait levé les yeux. La branche avait vraiment l'air d'être morte, et des élagueurs étaient justement en train de travailler de l'autre côté de la rue. Elle avait vu le camion. Si elle les faisait venir…

Puis elle avait repris son livre d'une main ferme. Ce n'était pas un gosse de cinq ans qui allait lui dicter quoi faire. Cette branche était morte depuis le début de l'hiver. Si elle n'était pas tombée sous le poids de la neige, ou quand le vent avait soufflé en mars, elle tiendrait bien quelques jours de plus.

Et le lendemain, Michael s'était aventuré sur la branche et elle avait cédé.

Elle ne pouvait effacer la scène de son esprit. La forme immobile de Michael sur la terrasse, la branche étalée à côté de lui. Peter, un pied sur la partie qui n'avait pas cédé, s'accrochant au tronc de l'arbre.

C'était sa faute, mais aussi celle de Peter. Michael s'était avancé sur la branche morte, mais si Peter ne l'avait pas suivi – lui qui savait que la branche n'était pas solide – peut-être n'aurait-elle pas cédé. Peut-être…

Michael était dans le coma quand on l'avait transporté à l'hôpital. Il n'avait ouvert les yeux qu'une seule fois. Il l'avait regardée en souriant et avait dit d'une voix faible : « Peter et moi, nous avons un grand secret. Peter… »

*Peter*. Cela avait été son dernier mot.

Marion se leva et se mit machinalement à débarrasser la table et à ranger la cuisine. Puis elle monta à l'étage et s'habilla. Elle avait donné congé à la femme de ménage, espérant que nettoyer, passer l'aspirateur et cirer les meubles la fatiguerait assez pour qu'elle retrouve le sommeil. Mais sans Michael, la maison était anormalement ordonnée.

Elle s'habilla lentement, mais il n'était que huit heures et quart quand elle eut fini. Elle noua ses cheveux noirs en chignon et descendit au rez-de-chaussée.

Elle s'avança sur la galerie devant la maison, et le regretta aussitôt. Les enfants du voisinage – tout propres, bien coiffés, impeccables dans leurs vêtements neufs et leurs souliers brillants – passaient devant elle au pas de course, discutant avec animation de la rentrée des classes. Les nouveaux se reconnaissaient facilement. Ils avaient l'air mi-impatients, mi-craintifs, et s'accrochaient à la main de leur mère.

Nous aurions dû partir nous aussi, pensa Marion tristement, et elle se retint à la rampe. Elle n'avait pas la force de gravir les quelques marches et de rentrer à l'intérieur. Elle resta figée à regarder les enfants marcher, par deux ou trois ou en groupes plus importants, jusqu'à ce qu'ils aient tous disparu. Tous sauf un. Il était tout seul et un peu en retard. Il était neuf heures moins le quart.

Peter ! Elle détourna brusquement le regard, baissa les yeux et vit les articulations de ses doigts blanchir tandis qu'elle s'agrippait à la rampe. Puis elle se força à le regarder à nouveau.

Elle ne l'avait pas vu à l'enterrement. Il était resté couché pendant trois jours après l'accident, profondément choqué. Mais il l'attendait quand ils étaient rentrés du cimetière. « Madame Blaine, avait-il dit, Michael... »

Elle s'était écriée – d'une voix éraillée, hystérique : « Va-t'en ! Je ne veux plus te voir ! »

Et elle n'avait pas revu Peter de tout l'été. Sa grand-tante souffrante et lui étaient partis en vacances.

Il lui parut plus grand. Il ne l'avait pas encore aperçue et marchait lentement, regardant ses pieds. Il avait l'air solitaire et malheureux. Elle continua à l'observer, murmurant en elle-même : « Je déteste cet enfant. » Mais à ce moment, Peter leva les yeux et sourit. Comme s'il l'attendait et qu'il avait craint qu'elle soit en retard. Elle entendit la voix de Michael : « Peter est mon ami. »

Sans réfléchir, elle descendit les marches et s'avança sur le chemin dallé jusqu'au trottoir. Elle avait l'impression d'être attirée malgré elle, comme elle l'était quand Michael la tirait impatiemment par la main et qu'il voulait qu'elle se dépêche. Elle avait l'impression qu'il lui rappelait sa promesse de les conduire à l'école, Peter et lui, le jour de la rentrée.

Elle tiendrait sa promesse. Elle accompagnerait Peter. Quels que soient ses sentiments pour lui, on ne pouvait pas laisser un petit garçon affronter tout seul le jour de la rentrée.

Elle était devant lui. Elle avait les lèvres sèches, gercées. Scott avait dit qu'elle ne surmonterait pas la perte de Michael tant qu'elle n'aurait pas pardonné à cet enfant. « Hello, Peter. » Sa voix était à peine audible.

Il la salua d'un air décontracté, comme s'il avait oublié les trois mois passés.

« Je vais t'accompagner à l'école. »

Il hocha la tête et se mit à trotter à côté d'elle. « Je sais, Michael avait dit que vous aviez promis. » Sa voix vacilla en prononçant le nom de son ami, et elle pensa avec une compassion mêlée de rancœur que Peter avait sans doute passé un été solitaire, lui aussi.

Marion observa ses mains vides. « Tu n'as pas apporté de quoi manger ou t'acheter du lait ? demanda-t-elle. L'école le recommandait.

— Je sais. » Peter avait un ton résigné : « Je l'ai rappelé à ma tante mais elle a oublié. Elle oublie toujours tout. » Puis sa voix prit un ton anxieux : « Je n'aurai pas faim, mais vous croyez que j'aurais dû apporter une feuille ?

— Une feuille ?

— Oui. Les enfants qui étaient à l'école l'année dernière nous ont dit, à Michael et à moi, que si on apportait une feuille, ou quelque chose d'autre, on pourrait en parler en classe au jeu *Montre et Raconte*. Michael essayait d'en attraper une très grande quand il est tombé. Je lui avais dit qu'on avait le temps, mais il voulait le faire. »

Michael avait voulu attraper une feuille.

Marion ferma les yeux, revoyant la scène dans la cour derrière la maison. Puis elle s'arrêta brusquement et fit face à Peter. « Mais pourquoi Michael a-t-il voulu grimper sur la branche morte ? Elle n'avait plus de feuilles. »

Peter la regarda, étonné. « Il n'est pas tombé de la branche morte. Il était sur celle du dessus. Quand il est tombé, j'ai eu peur et je suis monté sur la branche morte pour le rattraper, et c'est à ce moment-là qu'elle s'est cassée. Mais je me tenais encore à l'arbre. »

Marion tomba à genoux devant Peter et mit ses deux mains sur ses épaules. « Peter, je t'en prie, c'est terriblement important. Es-tu sûr que Michael n'est pas tombé de la branche morte ? En es-tu vraiment, vraiment sûr ? »

Peter parut encore plus étonné. « Mais je vous l'ai dit – il essayait d'attraper une feuille. »

Elle attira sa tête contre son cou. « Merci, merci, sanglota-t-elle. Je n'ai pas tué mon enfant. Je n'ai pas tué mon enfant. Oh, Michael. » Et, pour la première fois depuis sa mort, prononcer son nom lui apporta la paix. Elle ressentit pour lui ce qu'elle éprouvait quand il dormait la nuit – bien au chaud, bordé dans son lit, en sécurité – n'ayant plus besoin d'elle.

Peter se dégagea un peu. « Michael et moi, on avait un grand secret. Je ferais mieux de vous le dire. »

En poussant son dernier souffle, Michael avait tenté de le lui révéler, ce secret. « Quel secret ?

— Eh bien – il semblait mi-fier, mi-anxieux –, c'est juste que Michael avait dit qu'après vous et son papa j'étais son meilleur ami. Et si vous n'êtes plus fâchée contre moi, est-ce que je peux l'être encore ? Parce que vous pouvez avoir M. Blaine comme ami, mais moi je n'avais que Michael. »

Marion prit tout d'un coup conscience des os saillants des épaules du garçon. Il avait terriblement maigri pendant l'été.

« Je n'ai pas vraiment été l'amie de M. Blaine, ni de personne d'autre, dit-elle d'une voix mal assurée, mais toi, Peter, bien sûr que tu es toujours le meilleur ami de Michael – et aussi de M. Blaine et de moi, si tu veux. Je vais te dire ce que nous allons faire : après l'école, j'irai t'attendre et nous demanderons aux autres enfants de venir jouer avec toi. » Elle sourit en voyant ses yeux briller. « Ça te plairait ? »

Les jouets de Michael étaient rangés dans le placard du sous-sol. Elle allait les sortir – Peter avait toujours pris un tel plaisir à les démonter. Elle serra sa petite main dans la sienne. « Je parie que maintenant tu sais les remonter formidablement bien. »

## La réserve à charbon
*1989*

Il faisait nuit noire lorsqu'ils arrivèrent. Mike quitta la route de terre et emprunta la longue allée qui menait à la maison. La femme de l'agence immobilière avait promis que le chauffage serait mis et les lumières allumées. Visiblement, elle avait préféré économiser l'électricité.

Une ampoule antimoustiques au-dessus de la porte émettait une pâle lueur jaunâtre qui tremblotait sous le crachin persistant. Les fenêtres à petits carreaux étaient à peine distinctes, vaguement soulignées par la faible clarté qui passait sous un store à demi relevé.

Mike s'étira. Il avait conduit quatorze heures par jour pendant les trois journées précédentes et son long corps musclé était moulu. Il repoussa sur son front ses cheveux sombres, regrettant de ne pas avoir été chez le coiffeur avant leur départ de New York. Laurie le taquinait lorsqu'il avait les cheveux trop longs. « Tu ressembles à un empereur romain, beau frisé, disait-elle. Il ne te manque qu'une toge et une couronne de laurier. »

Elle s'était endormie voilà une heure, sa tête sur les genoux de Mike. Il baissa les yeux vers elle, hésitant à la réveiller. Bien qu'il distinguât mal son profil, il savait que le sommeil avait effacé les marques de tension autour de sa bouche, que l'expression de panique qui déformait son visage s'était évanouie.

Le cauchemar était survenu quatre mois auparavant, le cauchemar qui la faisait hurler : « Non, je ne partirai pas avec vous. Je ne chanterai pas avec vous. » Il la réveillait. « Tout va bien, chérie. Tout va bien. » Ses cris se transformaient en sanglots terrifiés. « J'ignore qui ils sont, mais ils me poursuivent, Mike. Je ne peux pas voir leurs visages, mais ils sont tous serrés les uns contre les autres et ils m'appellent. »

Il l'avait emmenée consulter un psychiatre, qui lui avait prescrit des médicaments et avait entamé une thérapie intensive. Mais les cauchemars avaient persisté, sans répit. Ils avaient transformé une belle et talentueuse chanteuse de vingt-quatre ans, qui venait de terminer son contrat de soliste dans une comédie musicale à Broadway, en une ombre tremblante, incapable de demeurer seule après la tombée de la nuit.

Le psychiatre avait recommandé des vacances. Mike lui avait parlé des étés qu'il passait dans la maison de sa grand-mère sur le lac Oshbee, à soixante-dix kilomètres de Milwaukee. « Ma grand-mère est morte en septembre dernier, avait-il expliqué, la maison est à vendre. Laurie n'a jamais été là-bas et elle adore le bord de l'eau. »

Le médecin avait approuvé sa suggestion. « Mais prenez bien soin d'elle, avait-il insisté. Son état dépressif est sérieux. Je suis convaincu que ces cauchemars sont dus à des expériences vécues pendant son enfance. Ils la submergent totalement. »

Laurie avait paru ravie à la perspective de partir en vacances. Mike était associé adjoint dans le cabinet juridique de son père. « Fais tout ce qui peut aider Laurie, lui avait dit ce dernier. Prends le temps qu'il faudra. »

Je me souviens de la lumière particulière de cet endroit, songea Mike en étudiant avec un désarroi soudain la maison envahie par les ombres. Je me souviens de la fraîcheur de l'eau quand je plongeais dans le lac, de la chaleur du soleil sur mon visage, du vent qui gonflait les voiles, du bateau qui filait.

Juin finissait, mais on se serait cru au mois de mars. D'après la radio, une vague de froid avait envahi le Wisconsin pour trois jours. Pourvu qu'il y ait assez de charbon pour alimenter la chaudière, se dit Mike, sinon je résilie le contrat avec l'agence immobilière.

Il devait réveiller Laurie. Pas question de la laisser seule dans la voiture, même pendant une minute. « Nous sommes arrivés, ma chérie », dit-il d'une voix faussement enjouée.

Laurie remua. Il la sentit se raidir, puis se détendre en sentant ses bras autour d'elle. « Il fait si noir, murmura-t-elle.

— Nous allons entrer dans la maison et allumer la lumière. »

Il se souvint que la serrure avait toujours été délicate à manipuler. Il fallait tirer la porte vers soi avant d'insérer la clé dans le barillet. Il y avait une veilleuse branchée sur une prise dans la petite entrée. Il ne faisait pas chaud à l'intérieur mais la température était moins glaciale qu'il ne l'avait redouté.

D'un geste rapide, Mike alluma la lumière dans

l'entrée. Le papier mural, avec son motif de lierre grimpant, lui sembla décoloré et sale. La maison avait été louée pendant les cinq étés que sa grand-mère avait passés dans une maison de retraite. Mike se rappela combien elle était propre, claire et accueillante quand elle l'habitait.

Le silence de Laurie l'inquiéta. L'entourant de son bras, il la conduisit dans la salle de séjour. Les sièges confortablement capitonnés dans lesquels il aimait se blottir avec un livre étaient à la même place, mais, comme le papier peint, ils étaient sales et râpés.

Des rides creusèrent le front de Mike. « Chérie, je suis navré. Venir ici n'était pas une bonne idée. Veux-tu que nous allions dormir à l'hôtel ? Nous sommes passés devant un ou deux motels sur la route qui m'ont paru corrects. »

Laurie lui sourit. « Mike, j'ai envie de rester ici. Je veux partager avec toi tous les étés merveilleux que tu as passés dans cette maison. Comme si nous avions eu la même grand-mère. Peut-être alors pourrai-je surmonter ce qui m'arrive. »

Laurie avait été élevée par sa grand-mère. Très névrosée, la vieille dame lui avait inculqué la peur du noir, la peur des étrangers, la peur des avions et des voitures, la peur des animaux. Lorsque Laurie avait rencontré Mike deux ans plus tôt, elle l'avait à la fois bouleversé et amusé en lui racontant une partie des histoires terrifiantes dont sa grand-mère l'avait abreuvée jour après jour. « Comment as-tu fait pour être aussi normale, aussi gaie ? lui demandait-il souvent.

— Je n'allais quand même pas la laisser faire de moi

une cinglée. » Mais les quatre derniers mois avaient prouvé que Laurie ne s'en était pas complètement sortie, que les dégâts sur le plan psychologique nécessitaient un traitement sérieux.

Mike lui rendit son sourire, contemplant avec amour ses yeux vert d'eau au regard brillant, les épais cils noirs qui dessinaient des ombres sur ses joues de porcelaine, les boucles châtaines encadrant son visage ovale. « Tu es si jolie, dit-il. Bien sûr, je vais tout te raconter sur ma grand-mère. Tu ne l'as jamais connue qu'invalide. Je te raconterai nos parties de pêche sous l'orage, nos courses à pied autour du lac, où elle me criait de ne pas ralentir l'allure ; et le fait qu'il m'a fallu attendre qu'elle ait soixante ans pour la dépasser à la nage. »

Laurie lui prit le visage dans ses mains. « Aide-moi à lui ressembler. »

Ils apportèrent à l'intérieur leurs valises et les provisions qu'ils avaient achetées en route. Mike descendit dans la cave. Il fit une grimace en apercevant la réserve à charbon. Un mètre vingt sur un mètre quatre-vingts environ, délimitée par de grosses planches, elle était placée à côté de la chaudière, directement sous le soupirail qui permettait au livreur d'installer son toboggan pour décharger le camion. Mike se souvint qu'à l'âge de huit ans, il avait aidé sa grand-mère à remplacer quelques planches. Elles paraissaient toutes pourries aujourd'hui.

« Les nuits sont fraîches même en été, mais nous aurons toujours bien chaud, mon petit Mike », disait-elle de son ton joyeux tandis qu'il l'aidait à enfourner le charbon dans la vieille chaudière noircie.

La réserve contenait alors en permanence un gros tas

rond de charbon brillant. Elle était aujourd'hui presque vide. Il y avait à peine de quoi chauffer la maison pendant deux ou trois jours. Mike saisit la pelle.

La chaudière fonctionnait encore. Son ronflement se répandit rapidement dans les murs de la maison. Les conduits cognèrent et craquèrent sous la pression de l'air chaud.

Dans la cuisine, Laurie avait déballé les provisions et entrepris de préparer une salade. Mike fit griller deux steaks. Ils ouvrirent une bouteille de bordeaux et mangèrent côte à côte sur la vieille table de formica, leurs épaules se frôlant dans un geste plein d'affection.

Ils montaient l'escalier pour aller se coucher lorsque Mike aperçut le mot de l'agent immobilier posé sur la table de l'entrée. « J'espère que tout est en ordre. Désolée pour le temps. Le charbon sera livré vendredi. »

Ils choisirent de s'installer dans la chambre de sa grand-mère. « Elle adorait ce lit en cuivre, dit Mike, elle prétendait y dormir comme un bébé.

— Espérons qu'il en sera de même pour moi », soupira Laurie. Il y avait des draps propres dans l'armoire à linge, mais ils étaient humides et froids. Le sommier et le matelas sentaient le moisi. « Réchauffe-moi, murmura Laurie, frissonnante, se pelotonnant sous les couvertures.

— Volontiers. »

Ils s'endormirent dans les bras l'un de l'autre. À trois heures du matin, Laurie se mit à hurler, un cri perçant, désespéré, qui emplit la maison. « Allez-vous-en ! Allez-vous-en ! Je ne veux pas ! Je ne veux pas ! »

Elle ne cessa de sangloter jusqu'au lever du jour. « Ils se rapprochent, dit-elle à Mike. Ils se rapprochent de plus en plus. »

La pluie tomba sans discontinuer pendant toute la journée. Le thermomètre extérieur indiquait 2° C. Ils passèrent la matinée à lire, recroquevillés sur les divans recouverts de velours. Mike vit Laurie se détendre peu à peu. Lorsqu'elle s'endormit d'un sommeil lourd après le déjeuner, il alla dans la cuisine et téléphona au psychiatre.

« Le fait qu'elle les sente se rapprocher est probablement bon signe, lui dit le médecin. Peut-être est-elle à la veille de surmonter ses peurs. Je reste persuadé que ses cauchemars ont pour origine toutes ces histoires de bonne femme que lui débitait sa grand-mère. Si nous découvrons exactement celle qui a provoqué cette terreur, nous pourrons l'exorciser en même temps que les autres. Prenez soin d'elle, mais ne vous inquiétez pas. Elle est forte et elle a la volonté de s'en tirer. C'est la moitié de la bataille de gagnée. »

Lorsque Laurie se réveilla, ils décidèrent de faire l'inventaire de la maison. « Mon père m'a dit que nous pouvions prendre ce que nous désirions, lui rappela Mike. Deux tables sont des pièces d'antiquité et la pendule sur la cheminée est une vraie merveille. » Il y avait un grand placard dans l'entrée. Ils commencèrent à en vider le contenu dans le séjour. Les cheveux rassemblés en un chignon lâche, Laurie avait l'air d'avoir dix-huit ans dans son sweater et son jean. Elle s'anima à la vue de leurs trouvailles. « Les artistes du coin ne sont pas très doués, dit-elle en riant, mais les cadres sont superbes. Est-ce que tu les imagines sur nos murs ? »

L'an dernier, la famille de Mike leur avait acheté un loft dans Greenwich Village en guise de cadeau de mariage. Il y a encore quatre mois, ils passaient leur temps dans les ventes publiques et privées à la recherche de bonnes affaires. Depuis le jour où ses cauchemars avaient commencé à la tourmenter, Laurie ne s'intéressait plus à l'ameublement de l'appartement. Mike croisa les doigts. Peut-être son état s'améliorait-il ?

Sur le dernier rayonnage du placard, caché derrière une pile de patchworks, il découvrit un vieux phonographe. « Oh, mon Dieu, je l'avais complètement oublié ! s'exclama-t-il. Une vraie trouvaille. Et il y a aussi quantité de vieux disques. »

Il ne remarqua pas le silence soudain de Laurie tandis qu'il chassait la poussière accumulée sur le phono et soulevait le couvercle. La marque Edison, le chien posté face au pavillon du gramophone, l'inscription *La Voix de son Maître* apparurent à l'intérieur du couvercle. « Il a même son aiguille », dit Mike. Rapidement, il mit un disque sur le plateau, tourna la manivelle, poussa le levier sur ON et le disque se mit à tourner. Il posa délicatement le bras armé de la fine aiguille sur le premier sillon.

Le disque était éraillé. Les voix étaient masculines mais haut perchées, avec un ton de fausset. La musique exécutée trop rapidement donnait l'impression d'être mal synchronisée. « Je ne comprends pas les paroles, dit Mike. Tu reconnais l'air ?

— C'est *Chinatown*, répondit Laurie. Écoute. » Et elle se mit à chanter en accompagnant l'enregistrement, sa jolie voix de soprano dominant le chœur. *Hearts that know no other world, drifting to and fro.* Les cœurs qui n'ont d'autre monde où aller vont et viennent… Sa voix se brisa. Haletante, elle s'écria : « Arrête le disque, Mike, arrête-le ! »

Elle se couvrit les oreilles de ses mains et tomba à genoux, pâle comme une morte.

Mike ôta brusquement l'aiguille du disque. « Chérie, qu'y a-t-il ?

— Je ne sais pas. Je ne sais pas. »

Cette nuit-là, le cauchemar de Laurie prit une forme différente. Les personnages qui s'approchaient d'elle chantaient *Chinatown* et de leurs voix de faussets lui demandaient de se joindre à eux.

Au petit matin, ils se retrouvèrent assis dans la cuisine devant un café. « Mike, je me souviens, lui dit Laurie. Quand j'étais petite, ma grand-mère avait un phono comme celui-là. Elle avait le même disque. Un jour, je lui ai demandé où se trouvaient les gens qui chantaient. Je croyais qu'ils étaient cachés quelque part dans la maison. Elle m'a emmenée dans la cave et m'a montré la réserve à charbon. Elle m'a dit que les voix venaient de là. Elle jurait que les chanteurs étaient dans la réserve. »

Mike reposa sa tasse. « Grands dieux !

— Je ne suis plus jamais descendue à la cave par la suite. J'étais terrorisée. Puis nous avons déménagé dans un appartement et elle a donné le phono. C'est pour ça que j'avais oublié. » L'espoir brilla soudain dans les yeux de Laurie. « Mike, cette peur ancienne a réapparu pour une raison que j'ignore. J'étais épuisée lorsque les représentations ont pris fin. Et c'est immédiatement après que les cauchemars ont commencé. Cet enregistrement date de très longtemps, Mike. Les chanteurs sont probablement morts aujourd'hui. Et depuis, j'ai appris comment l'on enregistre le son. Peut-être que tout ira bien désormais.

— Je te promets que tout ira bien. » Mike se leva et lui prit la main. « As-tu le courage de faire quelque chose ? Il y a une réserve à charbon à la cave. Je voudrais que tu y descendes avec moi. »

Les yeux de Laurie s'emplirent de panique, puis elle se mordit les lèvres. « Allons-y », dit-elle.

Mike surveilla son visage pendant qu'elle parcourait la cave du regard. Voyant son expression, il réalisa à quel point la pièce était décrépite. Une seule ampoule nue pendait au plafond. Les murs de parpaings ruisselaient d'humidité. La poussière de ciment qui couvrait le sol collait à la semelle de leurs pantoufles. Des marches conduisaient à la porte métallique donnant sur l'arrière-cour. La serrure rouillée semblait fermée depuis des années.

La réserve à charbon était placée contre la chaudière du côté de la façade de la maison. Mike sentit les ongles de Laurie s'enfoncer dans ses paumes pendant qu'ils se dirigeaient vers elle.

« Nous allons être à court de charbon, lui dit-il. Heureusement qu'ils viennent livrer aujourd'hui. Dis-moi, chérie, que vois-tu là ?

— Une caisse. Une dizaine de pelletées de charbon au maximum. Une fenêtre. Lorsque le camion venait livrer, je me souviens qu'ils glissaient un toboggan par le soupirail et que le charbon descendait avec un grand fracas. Je me demandais s'il faisait mal aux chanteurs en tombant sur eux ! » Laurie s'efforça de rire. « Pas le moindre signe de vie dans les parages. Plaise à Dieu que les cauchemars cessent. »

Ils remontèrent main dans la main au rez-de-chaussée. Laurie bâilla. « Je suis si fatiguée, Mike. Et toi, pauvre chéri, à cause de moi, tu n'as pas eu de vraie nuit de repos depuis des mois. Pourquoi ne pas se remettre au lit et dormir toute la journée ? Parions qu'aucun rêve ne viendra me réveiller… »

Ils s'endormirent, Laurie blottie dans les bras de Mike, la tête sur sa poitrine. « Fais de beaux rêves, mon amour, murmura-t-il.

— Promis. Je t'aime, Mike. Merci pour tout. »

Le bruit du charbon dégringolant le long du toboggan réveilla Mike. Il cligna des yeux. À travers les stores, la lumière envahissait la pièce. Il regarda machinalement sa montre. Presque trois heures de l'après-midi. Seigneur, il fallait vraiment qu'il soit éreinté pour avoir dormi aussi longtemps. Laurie était déjà levée. Il enfila un pantalon kaki, des tennis, et prêta l'oreille, s'attendant à entendre des bruits dans la salle de bains. Aucun son ne lui parvint. La robe de chambre et les pantoufles de Laurie étaient posées sur la chaise. Elle était sans doute déjà habillée. Saisi d'une angoisse irraisonnée, Mike passa rapidement un sweat-shirt.

Le séjour. La salle à manger. La cuisine. Leurs tasses se trouvaient encore sur la table, les chaises repoussées, telles qu'ils les avaient laissées. Mike sentit sa gorge se contracter. Le bruit du charbon allait en diminuant. *Le charbon.* Qui sait. Il descendit quatre à quatre l'escalier de la cave. Un nuage de poussière de charbon remplissait le sous-sol. Les boulets brillants s'amoncelaient dans la caisse. Il entendit le claquement du soupirail qu'on refermait. Il contempla à ses pieds des traces de pas. Les empreintes de ses propres tennis. Et les doubles empreintes que Laurie et lui avaient laissées ce matin en descendant à la cave en pantoufles.

C'est alors qu'il aperçut les traces des pieds nus de Laurie, les empreintes exquises de son pied fin et cambré. Elles s'arrêtaient devant la réserve à charbon. Il n'y avait aucune trace retournant à l'escalier.

La sonnette retentit, avec le même tintement aigu et insistant qui avait toujours agacé Mike et amusait sa grand-mère. Mike s'élança en haut de l'escalier. Laurie. Faites que ce soit Laurie.

Le chauffeur du camion tenait une facture à la main. « Voulez-vous signer pour la livraison, monsieur ? »

La livraison. Mike saisit l'homme par le bras. « Quand vous avez commencé à déverser le charbon, est-ce que vous avez regardé dans la réserve ? »

Deux yeux bleus étonnés dans un visage plaisant et tanné par le grand air le regardèrent avec franchise. « Ouais, bien sûr. J'ai jeté un coup d'œil pour vérifier la quantité qu'il vous fallait. Vous étiez quasiment arrivé au bout. Il n'en restait pas assez pour la journée. La pluie a cessé, mais il va continuer à faire froid. »

Mike s'efforça de paraître calme. « Auriez-vous remarqué quelqu'un dans la réserve à charbon ? Je veux dire, il fait sombre dans la cave. Auriez-vous remarqué une jeune femme, qui serait tombée évanouie ? » Il pouvait lire dans les pensées du livreur. Il pense que je suis ivre ou drogué. « Bon Dieu, hurla-t-il soudain. Ma femme a disparu. Ma femme a disparu ! »

Pendant des jours, ils cherchèrent Laurie. Fou d'angoisse, Mike participa fébrilement aux recherches, parcourant chaque mètre carré des bois épais qui entouraient la maison. Il demeura prostré sur la terrasse, frissonnant, les épaules courbées, pendant que des plongeurs fouillaient le lac. Il regarda sans conviction des hommes vider le charbon nouvellement livré dont ils firent un nouveau tas sur le sol de la cave.

Entouré de policiers dont il n'enregistrait ni les noms ni les visages, il parla au téléphone avec le médecin de Laurie. D'un ton monotone, incrédule, il lui raconta les peurs de Laurie et les voix qui venaient de la réserve à charbon. Quand il eut terminé, l'inspecteur en chef s'entretint avec le médecin. Puis il raccrocha et prit Mike par l'épaule. « Nous allons poursuivre les recherches. »

Quatre jours plus tard, un plongeur retrouva le corps de Laurie pris dans les herbes au fond du lac. Morte par noyade. Elle portait sa chemise de nuit. Des particules de charbon adhéraient encore à sa peau et à ses cheveux. L'inspecteur de police tenta en vain d'atténuer la sombre tragédie de sa mort. « Voilà pourquoi ses traces de pas s'arrêtaient au tas de charbon. Elle a dû le gravir et sortir par le soupirail. Il est assez large, vous savez, et elle était très mince. Je me suis à nouveau entretenu avec son médecin. Elle se serait probablement suicidée avant ce jour si vous n'aviez pas été auprès d'elle. C'est terrible la façon dont les gens bousillent leurs enfants. Son médecin m'a raconté que sa grand-mère la terrorisait avec des superstitions démentes avant même que la pauvre gosse ne soit en âge de marcher.

— Elle m'en avait parlé. Elle voulait guérir. » Mike protesta machinalement, prit machinalement des dispositions pour que le corps de Laurie soit incinéré.

Le lendemain matin, tandis qu'il faisait ses valises, l'agent immobilier vint le voir : une femme élégante, aux cheveux blancs et au visage mince, dont la vivacité ne cachait pas la compassion de son regard. « Nous avons un acheteur pour la maison, dit-elle. Je peux vous faire expédier toutes les affaires que vous désirez garder. »

La pendule. Les tables anciennes. Les tableaux dont Laurie s'était moquée dans leurs superbes cadres. Mike essaya en vain de s'imaginer seul dans leur loft de Greenwich Village.

« Et le gramophone ? demanda la femme. C'est une rareté. »

Mike l'avait remis à sa place dans le débarras. Il l'en sortit, revoyant la terreur de Laurie, l'entendant chanter les premières mesures de *Chinatown*, se mêlant aux voix nasillardes du vieil enregistrement. « Je ne sais pas si je désire le garder », dit-il.

La femme de l'agence prit un air désapprobateur. « C'est un objet de collection. Je dois vous quitter. Faites-moi savoir ce que vous aurez décidé. »

Mike regarda sa voiture disparaître dans le tournant de l'allée. *Laurie, reviens.* Il souleva le couvercle du vieux phonographe comme il l'avait fait cinq jours plus tôt, des siècles auparavant. Il tourna la manivelle, trouva le disque de *Chinatown*, le posa sur le plateau, mit le levier sur la position ON. Il regarda le disque tourner, de plus en plus vite, puis souleva le bras et plaça l'aiguille sur le premier sillon.

« *Chinatown, my Chinatown...* »

Un frisson glacé le parcourut. *Non ! Non !* Incapable de bouger, incapable de respirer, il fixait le disque qui tournait.

« … les cœurs qui n'ont d'autre monde où aller vont et viennent… »

Dominant les voix éraillées des chanteurs depuis longtemps disparus, le soprano exquis de Laurie emplissait la pièce de sa grâce plaintive et déchirante.

## Meurtre à Cape Cod
*1989*

C'est dans l'après-midi, peu après leur arrivée dans le bungalow qu'ils avaient loué pour le mois d'août à Dennis, petit village de la presqu'île de Cape Cod, qu'Alvirah Meehan remarqua quelque chose d'étrange dans l'attitude de leur voisine, une jeune femme d'une maigreur pitoyable qui paraissait à peine âgée d'une trentaine d'années.

Après avoir jeté un rapide coup d'œil à la maison, appréciant le lit à baldaquin en érable, les tapis au crochet, la cuisine aux couleurs vives et l'agréable brise chargée d'effluves marins, Alvirah et Willy sortirent de leurs bagages Vuitton les vêtements achetés pour l'occasion. Willy servit ensuite deux bières bien fraîches qu'ils allèrent savourer sur la terrasse de la maison qui dominait la baie de Cape Cod.

Sa silhouette rebondie confortablement calée sur les coussins rembourrés d'une chaise longue en osier, Willy fit remarquer qu'ils allaient avoir un superbe coucher de soleil et, Dieu merci, jouir d'un peu de tranquillité. Deux ans auparavant, ils avaient gagné quarante millions de dollars à la loterie de l'État de New York. Depuis, disait Willy en plaisantant, Alvirah avait joué les paratonnerres ambulants. Pour commencer, elle avait fait un séjour dans le fameux institut de remise en forme de Cypress Point, en Californie, et avait failli y perdre la vie. Puis ils étaient partis en croisière et – croyez-le ou non – l'homme qui était assis à côté d'eux à la table d'hôte de la salle à manger était tombé raide mort. Néanmoins, avec la sagesse accumulée au long de ses cinquante-neuf années, Willy était sûr qu'à Cape Cod, au moins, ils auraient la tranquillité dont il rêvait. Si Alvirah écrivait un article pour le *New York Globe* concernant ces vacances, il aurait trait au temps et à la pêche.

Assise à la table de pique-nique, non loin de la forme béatement allongée de Willy, Alvirah l'écoutait parler. Elle se reprocha d'avoir oublié son chapeau de paille. La coloriste de Vidal Sassoon l'avait prévenue des méfaits du soleil sur ses cheveux. « Nous avons obtenu une si jolie teinte rousse, madame Meehan. Vous ne voudriez pas voir réapparaître ces vilains reflets jaunes, n'est-ce pas ? »

À peine remise de la tentative d'assassinat qui avait failli l'envoyer *ad patres* pendant sa cure thermale, Alvirah avait regagné tout le poids qu'elle avait perdu au prix de trois mille dollars et retrouvé sa confortable taille 44-46. Mais Willy ne manquait jamais de faire remarquer qu'il aimait avoir la sensation de tenir une vraie femme entre ses bras – et non un de ces zombies étiques qui hantaient les magazines de mode qu'Alvirah se plaisait tant à lire et relire.

Quarante ans à écouter affectueusement les remarques de Willy avaient appris à Alvirah à ne lui prêter qu'une seule oreille. Aujourd'hui, contemplant les paisibles villas perchées sur la butte de sable et d'herbe qui servait de digue, le miroir bleu-vert de l'eau en contrebas, l'étendue de la plage parsemée de rochers, elle se demanda avec inquiétude si Willy n'avait pas raison. Si superbe que soit Cape Cod, même si c'était un endroit dont elle avait toujours rêvé, elle n'y trouverait peut-être rien de sensationnel à raconter à son rédacteur en chef, Charley Evans.

Deux ans auparavant, Charley Evans avait envoyé un journaliste interviewer les Meehan sur leurs impressions après qu'ils eurent gagné quarante millions de dollars. Qu'allaient-ils en faire ? Alvirah était femme de ménage, Willy plombier. Continueraient-ils à travailler ? Alvirah avait sans hésitation répliqué au journaliste qu'elle n'était pas à ce point stupide. Que la prochaine fois qu'elle prendrait un balai, ce serait pour se déguiser en sorcière à une soirée des Chevaliers de Colomb. Puis elle avait dressé la liste de tout ce qu'elle avait envie de faire, et en premier lieu venait un séjour à l'institut de remise en forme de Cypress Point – où elle ferait la connaissance des célébrités dont elle lisait les faits et gestes avec passion.

Charley Evans, le rédacteur en chef du *Globe*, lui avait alors proposé d'écrire un article sur son séjour à Cypress Point. Il lui avait donné une broche en forme de soleil où était dissimulé un micro lui permettant d'enregistrer les personnes qu'elle côtoierait et d'écouter la bande sur un magnétophone pour rédiger son article.

Un sourire éclaira le visage d'Alvirah au souvenir de sa broche.

Comme le disait Willy, elle s'était fourrée dans un sacré pétrin à Cypress Point. Elle avait découvert le pot aux roses et failli se faire assassiner pour la peine. Mais l'expérience avait été terriblement excitante ; elle s'était liée avec tout le monde à l'institut et pouvait désormais y faire une cure gratuite chaque année. Et parce qu'elle avait aidé à résoudre l'énigme d'un meurtre sur le bateau l'an dernier, ils avaient une invitation pour une croisière en Alaska à la date de leur choix.

La presqu'île de Cape Cod était magnifique, mais Alvirah craignait secrètement de passer des vacances banales qui ne susciteraient aucun article valable pour le *Globe*.

C'est à ce moment précis qu'elle jeta un coup d'œil par-dessus la haie qui délimitait le terrain de leur bungalow sur la droite, et remarqua une jeune femme dans la maison voisine, appuyée à la balustrade de la galerie couverte, le regard fixé sur la baie.

C'est la façon dont ses mains agrippaient la rampe qui frappa Alvirah. Signe de tension, pensa-t-elle. Elle est tendue comme un arc. La frappa aussi la manière dont elle tourna la tête vers elle, comme si elle la fixait du regard. Elle ne m'a même pas vue, conclut Alvirah en elle-même. La distance qui les séparait ne l'empêcha pas de percevoir le chagrin et le désespoir qui se dégageaient de l'attitude de la jeune femme.

Alvirah sentit sa curiosité s'éveiller. « Je crois que je vais me présenter à notre voisine, dit-elle à Willy. Il y a quelque chose qui m'inquiète chez elle. » Elle descendit les marches et se dirigea nonchalamment vers la haie. « Bonjour, dit-elle de son ton le plus amical. Je vous ai vue arriver en voiture. Nous sommes ici depuis deux heures, c'est donc à nous de vous faire bon accueil. Je me présente, Alvirah Meehan. »

La jeune femme se tourna vers elle et un sentiment de compassion envahit Alvirah. Elle semblait se relever d'une longue maladie. Pâle comme la mort, les bras et les jambes amaigris par l'inactivité. « Je suis venue ici pour être seule, non pour entretenir des rapports de voisinage, dit-elle doucement. Ne m'en veuillez pas, je vous prie. » Ces paroles auraient sans doute été définitives, comme le fit remarquer par la suite Alvirah, si en tournant les talons elle n'avait trébuché sur un tabouret et n'était tombée lourdement sur le sol de la galerie. Alvirah s'était précipitée pour l'aider à se relever, refusant de la laisser entrer seule dans sa maison et, se sentant en quelque sorte responsable de l'accident, elle avait enveloppé d'un sac de glace le poignet qui gonflait à vue d'œil. Après s'être assuré qu'il s'agissait d'une simple foulure, elle avait préparé du thé et appris que la jeune femme s'appelait Cynthia Rogers et qu'elle était professeur dans l'Illinois. Cette dernière information lui mit la puce à l'oreille car, comme elle le dit à Willy à son retour une heure plus tard, elle n'avait pas mis dix minutes à reconnaître leur voisine. « Elle peut toujours dire qu'elle se nomme Cynthia Rogers, son véritable nom est Cynthia Lathem. Elle a été condamnée pour le meurtre de son beau-père il y a douze ans. Il était bourré aux as. Je me souviens de l'affaire comme si c'était hier.

— Tu te souviens toujours de tout comme si c'était hier, fit remarquer Willy.

— C'est vrai. Et tu sais que je lis toujours ce qu'on raconte sur les meurtres. En tout cas, ça s'est passé ici, à Cape Cod. Cynthia a juré qu'elle était innocente, et elle a toujours dit qu'il existait un témoin capable de prouver qu'elle était absente de la maison à l'heure du crime. Mais le jury ne l'a pas crue. Pourquoi donc est-elle revenue ? Il faut que j'appelle le *Globe* et que je demande à Charley Evans de m'envoyer le dossier complet concernant le procès. Elle sort probablement à peine de prison. Elle a le teint gris. Peut-être… (le regard d'Alvirah pétilla soudain) peut-être est-elle venue rechercher ce témoin qui lui a fait défaut pour sa défense. Mon Dieu, Willy, je crois que nous allons vivre des jours passionnants. »

Consterné, Willy regarda Alvirah ouvrir le premier tiroir de la commode, sortir sa broche munie du micro incorporé et composer le numéro de la ligne directe de son rédacteur en chef à New York.

Ce soir-là, Willy et Alvirah dînèrent à l'auberge du Faisan rouge. Alvirah portait pour l'occasion une robe imprimée beige et bleu soigneusement choisie chez Bergdorf Goodman. Malgré tout, avait-elle avoué à Willy après l'avoir enfilée, elle ne lui paraissait guère différente de la robe achetée chez Alexander quelques jours avant qu'ils ne gagnent à la loterie. « C'est à cause de mes rondeurs, se lamenta-t-elle en étalant du beurre sur un muffin aux cassis juste sorti du four. Seigneur, ces muffins sont un régal ! À propos, Willy, je suis contente que tu aies acheté cette veste de lin jaune. Elle met en valeur tes yeux bleus, et tu as encore de si beaux cheveux.

— J'ai plutôt l'impression de ressembler à un canari de quatre-vingt-dix kilos, grommela Willy, mais du moment que tu es satisfaite. »

Après dîner, ils allèrent admirer Debbie Reynolds dans une nouvelle comédie qui passait au théâtre de Cape Cod avant d'être jouée à Broadway. À l'entracte, tout en buvant un ginger ale sur la pelouse devant le théâtre, Alvirah raconta à Willy qu'elle avait toujours eu un faible pour Debbie Reynolds depuis l'époque où elle jouait enfant dans des comédies musicales avec Mickey Rooney. C'était monstrueux de la part d'Eddie Fisher de l'avoir plaquée avec deux petits enfants. « Et qu'en a-t-il retiré ? conclut-elle d'un ton sentencieux tandis que la sonnerie les appelait à regagner leurs places pour le second acte. Il a été d'échec en échec par la suite. On gagne rarement à mal se conduire. »

Cette pertinente réflexion amena Alvirah à se demander si son rédacteur en chef avait envoyé les renseignements concernant leur voisine. Elle avait hâte de les lire.

Pendant qu'Alvirah et Willy s'enthousiasmaient pour Debbie Reynolds, Cynthia commençait enfin à réaliser qu'elle était vraiment libre, que ses douze années de prison étaient derrière elle. Douze ans…

Douze ans auparavant, elle s'apprêtait à entrer en troisième année à l'École des beaux-arts de Rhode Island quand son beau-père, Stuart Richards, avait été assassiné dans le bureau de sa résidence, une maison d'armateur du XVIII$^{e}$ siècle située à Dennis.

En arrivant cet après-midi, Cynthia était passée en voiture devant la maison et s'était arrêtée sur la route pour l'examiner. Qui l'habitait maintenant ? se demanda-t-elle. Sa demi-sœur, Lillian, l'avait-elle vendue ou conservée ? La propriété était dans la famille Richards depuis trois générations, mais Lillian n'était pas du genre sentimental. Puis Cynthia avait appuyé sur l'accélérateur, soudain glacée au souvenir de cette horrible nuit et des jours qui avaient suivi. L'accusation. L'arrestation. La comparution au tribunal, le procès. Sa confiance au début : « Je peux apporter la preuve absolue que j'ai quitté la maison à vingt heures et n'y suis pas revenue avant minuit passé. J'étais avec quelqu'un. »

Cynthia frissonna et serra autour de sa frêle silhouette la robe de chambre de lainage bleu clair. Elle pesait soixante-deux kilos le jour où on l'avait mise en prison. Elle n'en pesait plus que cinquante-cinq aujourd'hui, trop peu pour son mètre soixante-douze. Ses cheveux d'un blond doré avaient foncé au fil du temps. Fadasses, se dit-elle en les brossant. Ses yeux couleur noisette, si semblables à ceux de sa mère, avaient aujourd'hui un regard amorphe et vide. Au déjeuner, le dernier jour, Stuart Richards avait dit : « Tu ressembles de plus en plus à ta mère. J'aurais dû avoir l'intelligence de la garder. »

Cynthia avait huit ans lorsque sa mère avait épousé Stuart et douze au moment de leur séparation. Le plus long des deux mariages de son beau-père. Lillian, sa fille naturelle, de dix ans l'aînée de Cynthia, avait vécu avec sa mère à New York et venait rarement à Cape Cod.

Cynthia reposa la brosse sur la commode. Pourquoi avoir cédé à l'impulsion qui l'avait poussée à venir ici ? Sortie de prison depuis deux semaines, elle avait à peine assez d'argent pour vivre pendant six mois, elle ignorait ce qu'elle pouvait ou voulait faire de sa vie. Avait-elle eu raison d'engager de telles dépenses pour louer le bungalow, louer une voiture ? Tout ça avait-il une utilité ? Qu'espérait-elle trouver ?

Une aiguille dans une meule de foin, pensa-t-elle. En pénétrant dans le petit salon, elle se dit que cette maison était certes minuscule comparée à la demeure de Stuart, mais elle lui paraissait carrément seigneuriale après toutes ces années d'emprisonnement. Dehors, la brise courait sur la mer, formant des moutons d'écume. Cynthia sortit sur la galerie, à peine consciente de la douleur qui lui élançait le poignet, serrant ses bras contre elle pour se protéger du froid. Seigneur, soupira-t-elle, pouvoir respirer l'air frais, savoir que si l'envie lui prenait de se lever à l'aube pour aller marcher sur la plage comme elle le faisait lorsqu'elle était enfant, personne ne l'en empêcherait. La lune aux trois quarts pleine, semblable à un disque dont on aurait soigneusement découpé un morceau, nappait l'eau d'un miroitement argenté. Au loin, la mer semblait noire et impénétrable.

Contemplant l'immensité de l'océan devant elle, Cynthia se remémora la nuit où Stuart avait été assassiné. Puis elle secoua la tête. Non, elle ne voulait pas y penser maintenant. Pas ce soir. Ce soir, elle désirait que la paix environnante lui emplisse l'âme. Elle allait se coucher, laissant la fenêtre grande ouverte pour que le vent frais de la nuit pénètre dans sa chambre, et blottie sous les couvertures, elle sombrerait dans un profond sommeil.

Elle se lèverait tôt demain matin et irait marcher sur la plage, sentir le sable humide sous ses pieds, chercher des coquillages comme elle le faisait lorsqu'elle était enfant. Demain. Oui, elle allait s'octroyer la matinée du lendemain pour tenter de reprendre goût à la vie, retrouver son équilibre. Puis elle commencerait son enquête, une recherche probablement vaine, celle de la seule personne à savoir qu'elle avait dit la vérité.

Le lendemain, laissant Alvirah préparer le petit-déjeuner, Willy prit la voiture pour aller chercher les journaux du matin. Il revint avec un paquet de muffins aux myrtilles bien dorés et tout chauds. « J'ai demandé autour de moi, dit-il à Alvirah. Tout le monde m'a conseillé le Mercantile à côté du commissariat de police ; ils font les meilleurs muffins du Cape. »

Ils mangèrent sur la table de la terrasse. Tout en entamant son deuxième muffin, Alvirah observa les joggers matinaux sur la plage. « Regarde, c'est elle !

— Qui elle ?

— Cynthia Lathem. Ça fait au moins une heure et demie qu'elle est partie. Je parie qu'elle meurt de faim. »

Lorsque Cynthia gravit les marches qui menaient de la plage à sa terrasse, elle se trouva nez à nez avec une Alvirah souriante qui la prit fermement par le bras. « Je suis réputée pour mon café et j'ai fait du jus d'orange. Et vous allez goûter les muffins aux myrtilles.

— Non… vraiment… » Cynthia tenta de dégager son bras, mais elle se sentit entraînée malgré elle à travers la pelouse. Willy se leva promptement pour lui installer un siège.

« Comment va votre poignet ? demanda-t-il. Alvirah était vraiment navrée que vous vous soyez fait mal lorsqu'elle est venue vous rendre visite. »

Cynthia sentit son irritation fondre face à la gentillesse sincère inscrite sur leurs deux visages. Avec ses joues rebondies, sa physionomie aimable et énergique et l'épaisse toison de ses cheveux blancs, Willy lui rappelait le politicien Tip O'Neill. Elle le lui dit.

Il eut un sourire ravi. « On vicnt dc m'en faire la remarque à la boulangerie. La seule différence c'est qu'à l'époque où Tip était speaker à la Chambre des représentants, j'étais le sauveur des chambres inondées. Je suis plombier à la retraite. »

Savourant sans se faire prier davantage jus d'orange, café et muffin, Cynthia écouta avec stupéfaction Alvirah lui raconter leur gain à la loterie, son séjour à Cypress Point et la façon dont elle avait aidé la police à retrouver la piste d'un meurtrier, leur croisière en Alaska où elle avait découvert l'auteur du meurtre de son voisin à la table d'hôte.

Elle accepta une seconde tasse de café. « Vous m'avez raconté tout ça dans un but précis, n'est-ce pas ? dit-elle alors. Vous m'avez reconnue hier ? »

Alvirah prit l'air grave. « Oui. »

Cynthia repoussa son siège. « Vous avez été très aimables tous les deux et je crois que vous désirez sincèrement m'aider, mais le mieux est de me laisser seule. J'ai une quantité de choses à examiner, mais je dois le faire seule. Merci pour le petit-déjeuner. »

Alvirah regarda la mince silhouette franchir la distance qui séparait leurs deux bungalows. « Elle a pris un peu de soleil ce matin, fit-elle remarquer. Bon début. Un peu plus remplumée, elle serait ravissante.

— Tu pourrais aussi aller te reposer au soleil, suggéra Willy. Tu as entendu ce qu'elle a dit.

— Oh, ça ne compte pas. Dès que Charley aura envoyé les dossiers concernant son procès, je trouverai un moyen de l'aider.

— Oh, mon Dieu, gémit Willy. J'aurais dû m'en douter. C'est reparti. »

« Je ne sais pas comment Charley s'y est pris », soupira Alvirah quelques heures après. Le paquet express était arrivé au moment où ils finissaient leur petit-déjeuner. « Il a tout envoyé sauf les minutes du procès et il ne les obtiendra pas avant deux jours. » Elle étouffa une exclamation. « Regarde cette photo de Cynthia au procès. Elle a l'air d'une enfant apeurée. »

Allongé sur la chaise longue qu'il s'était définitivement appropriée, Willy achevait la lecture de la section sports d'un des quatre journaux qu'il avait achetés le matin même. « Je vais finir par croire que les Mets vont perdre », commenta-t-il tristement. Il attendit d'être rassuré, mais il était clair qu'Alvirah ne l'avait pas entendu.

À une heure de l'après-midi, Willy ressortit pour revenir cette fois avec un litre de bisque de homard. Pendant le déjeuner, Alvirah le mit au courant de ce qu'elle avait appris : « En bref, voici les faits : la mère de Cynthia était veuve lorsqu'elle a épousé Stuart

Richards. Cynthia avait huit ans à l'époque. Ils ont divorcé quatre ans plus tard. Richards avait un enfant de son premier mariage, une fille appelée Lillian. Elle était de dix ans plus âgée que Cynthia et vivait avec sa mère à New York.

— Pourquoi la mère de Cynthia a-t-elle divorcé de Richards ? demanda Willy entre deux cuillerées de bisque.

— D'après ce que Cynthia a déclaré à la barre des témoins, Richards était un de ces hommes qui aimaient rabaisser les femmes. S'ils se rendaient à une réception, il critiquait la façon dont sa femme était habillée et la tournait en ridicule jusqu'à ce qu'elle fonde en larmes. Ce genre de chose. Il semble qu'elle ait fini par faire une dépression nerveuse. Étrangement, il s'est toujours montré affectueux envers Cynthia, l'invitant pour son anniversaire, la couvrant de cadeaux.

« Puis la mère de Cynthia est morte, et Richards a invité la jeune fille à venir lui rendre visite à Cape Cod. Cynthia n'était plus une enfant à l'époque. Elle était étudiante à l'École des beaux-arts de Rhode Island. Sa mère avait été longtemps malade, et il ne restait plus beaucoup d'argent ; Cynthia projetait de renoncer à ses études et de travailler pendant un ou deux ans. Stuart ne lui avait jamais caché son intention de laisser la moitié de sa fortune à Lillian et l'autre moitié au collège de Dartmouth. Mais il s'est fichu en rogne en apprenant que l'université s'apprêtait à accueillir des pensionnaires de sexe féminin et il a modifié son testament. Il a alors annoncé à Cynthia que la part de Dartmouth lui reviendrait, environ dix millions de dollars. Poussée par le procureur, elle a admis que Richards avait ajouté qu'elle devrait attendre sa mort pour en prendre possession ; que c'était dommage pour ses études, mais que sa mère aurait dû penser à mettre de l'argent de côté à cette intention. »

Willy reposa sa cuiller. « Dans ce cas, tu tiens ton mobile, non ?

— C'est ce qu'a dit le procureur, que Cynthia avait voulu profiter de la somme sans attendre. Quoi qu'il en soit, un certain Ned Creighton est venu rendre visite à Richards ce jour-là et il a surpris leur conversation. C'était un ami de Lillian, plus ou moins du même âge, que Cynthia avait rencontré à l'époque où elle vivait avec sa mère et Stuart au Cape. Bref, Creighton a invité Cynthia à dîner et Stuart l'a poussée à accepter.

« D'après ce qu'elle a déclaré au procès, Creigthon l'a emmenée dîner à la Table du capitaine à Hyannis, avant de lui proposer de faire un tour dans son bateau qui mouillait le long d'un ponton privé. Elle a dit qu'ils étaient au large du Nantucket Sound lorsque le bateau était tombé en panne ; plus rien ne marchait, pas même la radio. Il était près de onze heures lorsqu'il était enfin parvenu à faire repartir le moteur. Elle n'avait mangé qu'une salade au dîner et, une fois à terre, elle lui a demandé de s'arrêter pour acheter un hamburger.

« Dans son témoignage, elle a raconté que Creighton avait accepté à contrecœur de s'arrêter à un fast-food près de Cotuit. Cynthia a dit qu'elle n'était pas revenue au Cape depuis son enfance et qu'elle connaissait mal les parages. Elle n'était donc pas sûre de l'endroit où ils s'étaient arrêtés. Il lui a dit d'attendre dans la voiture pendant qu'il allait lui chercher un hamburger. Elle se souvenait seulement qu'il y avait une musique rock tonitruante et une foule d'adolescents. Puis une femme était arrivée en voiture et s'était garée à côté d'eux. En ouvrant sa portière, elle avait heurté l'aile de la voiture de Ned Creighton. » Alvirah tendit à Willy une coupure de journal. « Cette femme est le témoin que personne n'arrive à trouver. »

Pendant qu'Alvirah goûtait distraitement sa bisque, perdue dans ses réflexions, Willy parcourut l'article. La femme s'était abondamment excusée et avait examiné la voiture de Ned pour y relever d'éventuelles éraflures. Elle n'en avait découvert aucune et s'était dirigée vers le fast-food. D'après la description de Cynthia, c'était une petite femme robuste d'une cinquantaine d'années, avec des cheveux courts coupés à la diable et teints en rouge orangé, une blouse informe sur un pantalon en tissu synthétique retenu par un élastique à la taille.

L'article relatait la suite du témoignage de Cynthia selon lequel Creighton était revenu agacé par la longueur de l'attente et furieux contre les gamins infichus de passer leur commande. Il paraissait à cran, et Cynthia a dit qu'elle avait préféré ne pas lui raconter l'incident avec la femme.

Au banc des témoins, Cynthia avait déclaré que le trajet du retour à Dennis avait pris quarante-cinq minutes sur des routes qui lui étaient peu familières. Ned Creighton lui avait à peine adressé la parole. En arrivant devant la maison de Stuart Richards, il l'avait simplement déposée et était parti aussitôt. En pénétrant dans la maison, elle avait trouvé Stuart étendu de tout son long près de son bureau, le front et le visage ensanglantés, une large tache rouge sur le tapis près de lui.

Willy poursuivit sa lecture. « L'accusée a déclaré qu'elle avait d'abord pensé que Richards avait eu une attaque et était tombé, mais en repoussant ses cheveux, elle avait vu la blessure sur son front, puis le revolver à côté de lui. Elle avait alors téléphoné à la police.

— Elle a dit avoir d'abord pensé qu'il s'était suicidé, se souvint Alvirah. Elle a ramassé le revolver, sans se soucier d'y déposer ses empreintes. L'armoire était ouverte, et elle a admis qu'elle savait que Stuart y conservait une arme. Ensuite Creighton est venu contredire tous les points de sa déclaration à la police. En effet, il l'avait invitée à dîner, mais il l'avait ramenée à huit heures, heureux de se débarrasser d'elle car elle avait passé son temps à critiquer Richards, lui reprochant d'être responsable de la maladie et de la mort de sa mère, promettant d'avoir une bonne explication avec lui en rentrant. L'heure de la mort avait été estimée vers neuf heures, fait qui ne lui était guère favorable, étant donné le témoignage contradictoire de Creighton. Et lorsque ses avocats ont lancé des appels pour retrouver cette femme soi-disant rencontrée au fast-food, personne ne s'est présenté pour confirmer son histoire.

— Tu crois donc ce que raconte Cynthia ? demanda Willy. Tu sais qu'un grand nombre de meurtriers sont incapables d'affronter les actes qu'ils ont commis et finissent par croire en leurs propres mensonges, ou font tout ce qu'ils peuvent pour les soutenir. Peut-être continue-t-elle à rechercher cette inconnue dans le seul but de convaincre les gens de son innocence, bien qu'elle ait déjà purgé sa peine. À la réflexion, pour quelle raison Ned Creighton mentirait-il dans toute cette affaire ?

— Je ne sais pas, répondit Alvirah en secouant la tête. Mais il est certain que quelqu'un ment, et je parie mon dernier dollar que ce n'est pas Cynthia. Et si j'étais à sa place, je ferais tout pour découvrir ce qui a poussé Creighton à mentir, quel avantage il pouvait en tirer. »

Sur ce, Alvirah porta son attention sur la bisque de homard, ne reprenant la parole que lorsque son assiette fut vide. « Hmm, c'était délicieux. Willy, nous allons passer des vacances formidables. Et n'est-ce pas merveilleux d'avoir loué cette villa voisine de celle de Cynthia ? Nous allons pouvoir l'aider à rétablir la vérité. »

Pour toute réponse, Willy poussa un long soupir en reposant bruyamment sa cuiller.

La longue et paisible nuit de sommeil suivie par une marche matinale avait un peu atténué l'hébétude qui s'était emparée de Cynthia à l'instant où elle avait entendu le jury prononcer le verdict de culpabilité douze années auparavant.

Aujourd'hui, tandis qu'elle prenait sa douche et s'habillait, elle songea qu'elle avait survécu au cauchemar de ces longues années uniquement en apprenant à brider ses émotions. Elle s'était montrée une prisonnière exemplaire. Elle ne s'était liée avec personne, avait résisté aux avances des autres détenues. Elle avait suivi tous les cours proposés par la prison. Après avoir travaillé à la blanchisserie et à la cuisine, elle avait été affectée à la bibliothèque puis chargée d'assister le professeur du cours d'arts plastiques. Et au bout d'un certain temps, lorsque l'odieuse réalité des faits avait fini par s'établir, elle s'était mise à dessiner. Le visage de la femme dans le parking. Le fast-food. Le bateau de Ned. Tous les détails qu'elle extirpait un à un de sa mémoire. À la fin, elle avait des croquis d'un fast-food comme on en trouvait partout aux États-Unis, d'un bateau qui ressemblait à tous les chris-crafts de cette époque. La femme était un peu plus distincte, mais pas beaucoup plus. Il faisait nuit. Leur rencontre n'avait duré que quelques secondes. Cette femme était pourtant son seul espoir.

L'exposé du procureur à la fin du procès : « Mesdames et messieurs les jurés, Cynthia a regagné la maison de Stuart Richards entre vingt heures et vingt heures trente dans la soirée du 2 août 1981. Elle est entrée dans le bureau de son beau-père. Dans l'après-midi du même jour, Stuart Richards avait annoncé à Cynthia qu'il avait l'intention de modifier son testament. Ned Creighton a surpris leur conversation, il a entendu Cynthia et Stuart se quereller. Vera Smith, la serveuse de la Table du capitaine, a entendu Cynthia dire à Ned qu'elle devrait renoncer à l'université si son beau-père cessait de payer ses études.

« Cynthia Lathem était inquiète et furieuse lorsqu'elle a regagné la luxueuse demeure des Richards, ce soir-là. Elle est allée trouver Stuart dans son bureau. C'était un homme qui s'amusait à mettre hors d'eux les gens de son entourage. Il avait bel et bien modifié son testament en sa faveur, mais il était capable de changer son fusil d'épaule à tout moment. Et la colère qui couvait en elle à cause de son attitude détestable envers sa mère, la colère qui l'habitait à la pensée de devoir quitter l'université, de se retrouver sans un sou, l'a poussée vers le placard où elle savait qu'il conservait un revolver, à prendre l'arme et à tirer à trois reprises en plein dans le front de l'homme qui l'aimait assez pour faire d'elle son héritière.

« C'est d'une incroyable ironie. C'est une tragédie. C'est aussi un meurtre. Cynthia a supplié Ned Creighton de dire qu'elle avait passé la soirée avec lui sur son bateau. Personne ne les a vus sortir dans la baie. Elle parle d'un arrêt dans un fast-food. Mais elle ignore où il se trouve. Elle admet ne pas y être entrée elle-même. Elle parle d'une inconnue aux cheveux orange à qui elle aurait parlé sur le parking. Avec toute la publicité provoquée par cette affaire, pourquoi cette femme ne s'est-elle pas présentée ? Vous savez pourquoi. Parce qu'elle n'existe pas. Parce que, comme le fast-food, comme les heures passées dans un bateau au milieu de la baie de Cape Cod, c'est un pur produit de l'imagination de Cynthia Lathem. »

Cynthia avait lu si souvent les minutes du procès que l'exposé du procureur était resté imprimé dans sa mémoire. « Mais la femme existe, dit-elle à voix haute. Elle existe vraiment. » Pendant les six prochains mois, avec la petite assurance héritée de sa mère, elle allait s'efforcer de trouver cette femme. Elle est peut-être morte à l'heure actuelle, ou partie en Californie, pensa-t-elle tout en brossant ses longs cheveux avant de les ramasser en chignon.

Sa chambre faisait face à la mer. Cynthia alla jusqu'à

la baie vitrée coulissante et l'ouvrit. Sur la plage en contrebas, des couples se promenaient avec leurs enfants. Si elle voulait un jour avoir une vie normale, un mari, un enfant, elle devait être innocentée.

Jeff Knight. Elle l'avait connu il y avait de cela un an quand il était venu faire pour la télévision une série d'interviews de femmes en prison. Il l'avait invitée à participer à l'émission, et elle avait sèchement refusé. Il avait insisté, son visage énergique et intelligent exprimant une préoccupation sincère. « Ne comprenez-vous pas, Cynthia, que cette émission va être regardée par deux millions de spectateurs en Nouvelle-Angleterre ? La femme qui vous a vue cette nuit-là pourrait se trouver parmi eux. »

C'était la raison qui l'avait finalement poussée à accepter ; elle avait répondu à ses questions, raconté la nuit où Stuart était mort, montré le vague croquis de la femme avec laquelle elle s'était brièvement entretenue, le dessin du fast-food. À New York, Lillian avait fait paraître une déclaration disant que la vérité avait été établie au procès et qu'elle n'avait pas d'autre commentaire à faire. Ned Creighton, actuel propriétaire du Mooncusser, un célèbre restaurant à Barnstable, avait répété qu'il était navré, absolument navré pour Cynthia.

Après les interviews, Jeff avait continué à venir la voir. Seules ses visites l'avaient empêchée de sombrer dans le désespoir total en constatant que l'émission ne donnait aucun résultat. Il arrivait toujours un peu fripé, ses larges épaules boudinées dans sa veste, ses cheveux bruns indisciplinés bouclant sur son front, ses yeux noirs au regard intense pleins de bienveillance, ne sachant où caser ses longues jambes dans l'espace réduit réservé aux visiteurs. Lorsqu'il lui avait demandé de l'épouser après sa sortie de prison, elle l'avait supplié de l'oublier. Les chaînes de télévision lui faisaient déjà des ponts d'or. Il n'avait pas besoin dans sa vie d'une femme condamnée pour meurtre.

Quelle aurait été ma réaction si je n'avais pas été condamnée pour meurtre ? se demanda Cynthia en se détournant de la fenêtre. Elle se dirigea vers la commode d'érable, prit son carnet et quitta la maison au volant de sa voiture de location.

Elle ne regagna Dennis qu'en début de soirée, frustrée d'avoir gaspillé son temps en vain, donnant libre cours aux larmes qui lui montaient aux yeux. Elle avait roulé jusqu'à Cotuit, parcouru à pied la rue principale, demandé au propriétaire de la librairie – qui semblait être de la région – s'il connaissait un fast-food qui serait le lieu de rencontre privilégié de la jeunesse. Où avait-elle le plus de chances d'en trouver un ? Il avait répondu avec un haussement d'épaules : « Ça va, ça vient. Un promoteur acquiert les lieux, construit un centre commercial ou un immeuble d'habitation et le fast-food disparaît. » Elle était allée à la mairie, espérant y retrouver les registres des patentes de commerces d'alimentation délivrées ou renouvelées à cette époque. Il restait deux fast-foods en activité. Le troisième avait été transformé ou démoli. Aucun d'entre eux n'éveillait ses souvenirs. Par ailleurs, elle ne pouvait même pas affirmer qu'ils s'étaient vraiment rendus à Cotuit. Ned avait peut-être menti sur ce point-là aussi. Et comment demander au premier venu s'il connaissait une femme corpulente, d'âge moyen, aux cheveux orange, qui avait vécu ou passé l'été à Cape Cod pendant des années et détestait la musique rock ?

En traversant Dennis, Cynthia négligea instinctivement l'embranchement qui menait à son bungalow et passa à nouveau devant la propriété des Richards. Une mince femme blonde descendait les marches de la maison. Même à cette distance, Cynthia reconnut Lillian. Elle roula au ralenti, mais accéléra rapidement lorsque Lillian regarda dans sa direction, et fit demi-tour vers les bungalows. Alors qu'elle tournait la clé dans la serrure, elle entendit la sonnerie du téléphone. Elle retentit dix fois avant de s'arrêter. Probablement Jeff, mais elle ne voulait pas lui parler. Quelques minutes plus tard, le téléphone sonna à nouveau. S'il avait son numéro, il était clair que Jeff ne renoncerait pas à la joindre.

Cynthia souleva le combiné. « Allô.

— J'ai mal au doigt à force de composer votre numéro, dit Jeff. C'est malin de votre part de disparaître ainsi !

— Comment m'avez-vous retrouvée ?

— Pas sorcier. Je savais que vous iriez droit à Cape Cod comme un pigeon voyageur, et votre agent de probation me l'a confirmé. »

Elle l'imaginait, renversé dans son fauteuil, faisant tourner un crayon entre ses doigts, son regard grave démentant la légèreté du ton.

« Jeff, oubliez-moi, je vous en prie. Faites-le pour nous deux.

— Négatif. Cindy, je comprends. Mais à moins de retrouver cette femme à laquelle vous avez parlé, il n'existe aucun moyen de prouver votre innocence. Et croyez-moi, ma chérie, j'ai tout fait pour la retrouver. Lorsque j'ai réalisé cette émission, j'ai engagé des détectives privés sans vous en parler. Eux ne sont pas parvenus à la dénicher, vous n'y parviendrez pas plus. Cindy, je vous aime. Vous savez que vous êtes innocente. Je sais que vous êtes innocente. Ned Creighton a menti, mais nous ne serons jamais en mesure de le prouver. »

Cynthia ferma les yeux, elle savait que Jeff disait vrai.

« Cindy, laissez tomber. Faites vos valises. Prenez le volant et revenez. Je viendrai vous prendre chez vous ce soir à vingt heures. »

Chez elle. La chambre meublée que l'agent de probation l'avait aidée à choisir. *Je vous présente ma fiancée. Elle sort de prison. Que faisait ta mère avant de se marier ? Elle était en taule.*

« Au revoir, Jeff », dit Cynthia. Elle mit fin à la communication, débrancha le téléphone et tourna les talons.

Alvirah avait observé le retour de Cynthia mais elle ne tenta pas de la contacter. Dans l'après-midi, Willy avait participé à une sortie en mer et il était rentré triomphalement avec deux poissons, deux magnifiques bluefish. Durant son absence, Alvirah avait étudié les coupures de presse sur l'affaire Stuart Richards. À l'institut de remise en forme de Cypress Point, elle avait découvert qu'elle pouvait enregistrer ses pensées sur un magnétophone. Elle mit l'appareil en marche.

« Pourquoi Ned Creighton a-t-il menti ? C'est là le

nœud central de toute l'affaire. Il connaissait à peine Cynthia. Pourquoi a-t-il tout mis en œuvre pour qu'elle soit accusée du meurtre de son beau-père ? Stuart Richards avait beaucoup d'ennemis. Le père de Ned, à une époque, avait été en relation d'affaires avec Stuart et ils s'étaient brouillés, mais Ned n'était alors qu'un gamin. Ned était un ami de Lillian Richards. Lillian a juré qu'elle ignorait l'intention de son père de modifier son testament, qu'elle avait toujours su qu'elle hériterait de la moitié de sa fortune et que l'autre moitié irait à l'université de Dartmouth. Elle savait, avait-elle dit, que Stuart s'était montré bouleversé en apprenant la décision de Dartmouth d'accepter des étudiants de sexe féminin, mais elle ignorait que cela ait pu le conduire à changer son testament et laisser la part de Darmouth à Cynthia. »

Alvirah arrêta le magnétophone. Quelqu'un avait sûrement calculé que le jour où Cynthia serait inculpée du meurtre de son beau-père, elle perdrait ses droits à l'héritage et que Lillian bénéficierait de la totalité des biens de son père. Lillian avait épousé un New-Yorkais peu après la fin du procès. Elle avait divorcé à trois reprises depuis. Il ne semblait pas qu'elle ait eu la moindre idylle avec Ned. Restait le restaurant. Qui avait financé Ned ?

Willy rentra dans la maison avec les filets de bluefish qu'il avait préparés sur la terrasse. « Encore sur cette affaire ? demanda-t-il.

— Hm-mmm. » Alvirah souleva l'une des coupures de presse. « La cinquantaine, cheveux orange, genre pot à tabac. Cette description aurait pu me convenir il y a douze ans, non ?

— Tu sais très bien que je ne te traiterais jamais de pot à tabac, protesta Willy.

— Je n'ai pas dit ça. Je reviens dans une minute. Je veux parler à Cynthia. Je l'ai vue rentrer chez elle il y a un instant. »

Le lendemain, après avoir expédié Willy à une autre partie de pêche, Alvirah fixa sa broche soleil à sa robe violette toute neuve et se rendit avec Cynthia au Mooncusser à Barnstable. En route, elle fit répéter son rôle à la jeune femme. « N'oubliez pas, s'il est là, montrez-le-moi tout de suite. Je ne cesserai pas de le fixer. Il vous reconnaîtra. Il est obligé de venir vers vous. Vous savez quoi dire, n'est-ce pas ?

— Oui. » Était-ce possible ? se demanda Cynthia. Ned les croirait-il ?

Le restaurant, un majestueux édifice blanc dans le style colonial, se dressait au bout d'une longue allée sinueuse. Alvirah embrassa du regard le bâtiment, les jardins parfaitement dessinés qui s'étendaient jusqu'au bord de l'eau. « Très, très coûteux, dit-elle à Cynthia. Il n'a pas démarré cet endroit avec trois sous. »

Des faïences Wedgwood bleu et blanc décoraient la salle à manger. Les tableaux aux murs étaient magnifiques. Pendant vingt ans – jusqu'à ce qu'elle et Willy gagnent à la loterie – Alvirah avait fait le ménage tous les mardis chez Mme Rawlings, dont la maison ressemblait à un musée. Mme Rawlings adorait raconter l'histoire de chaque tableau, précisant combien elle l'avait payé et, avec jubilation, combien il valait actuellement. Alvirah pensait souvent qu'avec un peu de pratique elle pourrait être guide dans un musée. « Observez l'utilisation de l'éclairage, les rayons du soleil sur la poussière de la table. » Il lui suffisait d'imiter le baratin de Rawlings.

Devinant la nervosité grandissante de Cynthia, Alvirah tenta de la distraire en lui parlant de Mme Rawlings après que le maître d'hôtel les eut accompagnées à une table près de la fenêtre. Cynthia sentit un sourire lui venir aux lèvres en écoutant Alvirah lui raconter qu'avec toute sa fortune Mme Rawlings ne lui offrait jamais plus qu'une carte postale pour Noël. « La vieille bique la plus pingre, la plus désagréable de la planète ; pourtant je la plains, ajouta-t-elle. Personne d'autre n'acceptait de travailler chez elle. Mais quand mon heure viendra, j'ai l'intention de faire remarquer au Seigneur que j'ai beaucoup de points Rawlings à mon actif.

— Si votre plan marche, vous aurez aussi beaucoup de points Lathem à votre actif, dit Cynthia.

— J'espère bien. À présent, gardez ce sourire. Vous avez l'air du chat qui a avalé le canari. Est-ce qu'il est là ?

— Je ne l'ai pas encore vu.

— Bon. Quand cet engoncé viendra nous apporter la carte, dites que vous désirez le voir. »

Le maître d'hôtel s'approchait d'elles, un sourire professionnel plaqué sur son visage flegmatique. « Puis-je vous offrir un apéritif ?

— Oui. Deux verres de vin blanc. M. Creighton est-il là ? demanda Cynthia.

— Je crois qu'il s'entretient avec le chef aux cuisines.

— Je suis une de ses amies, poursuivit Cynthia. Voulez-vous lui demander de venir à ma table lorsqu'il sera libre ?

— Certainement.

— Vous avez un réel talent d'actrice, chuchota Alvirah, le visage abrité derrière la carte, sachant d'expérience qu'il fallait se montrer prudent au cas où quelqu'un lirait sur vos lèvres. Et je suis ravie de vous avoir poussée à acheter cet ensemble ce matin. Le contenu de votre penderie était désespérant. »

Cynthia portait une veste de lin jaune citron sur une jupe noire, une écharpe de soie jaune, noir et blanc négligemment nouée sur une épaule. Alvirah l'avait également accompagnée chez le coiffeur et ses cheveux mi-longs ondulaient maintenant en vagues souples autour de son visage. Un léger fond de teint dissimulait sa pâleur anormale, avivant la couleur noisette de ses grands yeux. « Vous êtes ravissante », dit Alvirah.

Alvirah, à regret, avait subi une métamorphose différente. Elle avait troqué la teinte donnée par Vidal Sassoon à ses cheveux contre son ancienne crinière rousse. Elle avait aussi coupé ses ongles à ras, les laissant sans vernis. Après avoir aidé Cynthia à choisir son ensemble jaune et noir, elle s'était rendue au rayon des soldes où pour de bonnes raisons la robe violette qu'elle portait était bradée à dix dollars. Le fait qu'elle fût trop étroite d'une taille soulignait les bourrelets dont Willy se plaisait à expliquer qu'ils étaient le rembourrage prévu par la nature pour amortir la chute finale.

Lorsque Cynthia protesta à la vue du massacre opéré sur la coiffure et les ongles de sa nouvelle amie, Alvirah dit simplement : « Chaque fois que vous parliez de cette femme, le témoin disparu, vous disiez qu'elle était boulotte, teinte en roux et portait une tenue qui semblait sortie tout droit des puces. Je me suis efforcée d'être crédible.

— J'ai dit que ses vêtements paraissaient bon marché, corrigea Cynthia.

— C'est pareil. »

Alvirah vit soudain le sourire de Cynthia déserter son visage. « Le voilà, n'est-ce pas ? » demanda-t-elle vivement.

Cynthia hocha la tête.

« Souriez-moi. Allons. Détendez-vous. Ne lui montrez pas que vous êtes nerveuse. »

Cynthia la gratifia d'un large sourire et appuya légèrement ses coudes sur la table.

Un homme se tenait devant elles. Des gouttes de transpiration se formaient sur son front. Il s'humecta les lèvres. « Cynthia, comme je suis heureux de vous revoir. » Il lui tendit la main.

Alvirah l'étudia attentivement. Pas mal dans le genre mou. Des yeux étroits qui disparaissaient presque sous la chair bouffie. Il avait une bonne dizaine de kilos de plus que sur les photos du dossier. Le genre d'homme que l'âge n'arrange guère.

« Êtes-vous sincèrement heureux de me voir, Ned ? demanda Cynthia, sans se départir de son sourire.

— C'est lui, prononça alors Alvirah d'un ton catégorique. J'en suis absolument certaine. Il était devant moi dans la queue au fast-food. Je l'ai remarqué parce qu'il pestait contre les gosses incapables de savoir ce qu'ils voulaient avec leurs hamburgers.

— Qu'est-ce que vous racontez ? demanda Ned Creighton.

— Pourquoi ne pas vous asseoir, Ned ? dit Cynthia. Je sais que ce restaurant vous appartient, mais j'ai l'impression que c'est à moi de vous divertir aujourd'hui. Après tout, vous m'avez offert à dîner un soir, il y a des années. »

Bravo, pensa Alvirah qui poursuivit : « Je suis bel et bien sûre que c'était vous ce soir-là, même si vous avez pris du poids, dit-elle d'un ton indigné. C'est une vraie honte qu'à cause de vos mensonges cette jeune femme ait passé douze années de sa vie en prison. »

Le sourire disparut du visage de Cynthia. « Douze ans, six mois et dix jours, corrigea-t-elle. Toutes les années de ma jeunesse, alors que j'aurais dû terminer mes études à l'université, avoir mon premier job, m'amuser. »

Le visage de Ned Creighton se durcit. « Vous bluffez. Votre histoire ne tient pas debout. »

Le serveur arriva avec deux verres de vin qu'il déposa devant Cynthia et Alvirah. « Monsieur Creighton ? »

Creighton lui lança un regard noir. « Rien. »

« C'est réellement un endroit magnifique, Ned, dit calmement Cynthia. Vous y avez sûrement investi beaucoup d'argent. D'où l'avez-vous sorti ? De Lillian ? Ma part de l'héritage de Stuart Richards approchait les dix millions de dollars. Combien vous a-t-elle donné ? » Elle n'attendit pas la réponse. « Ned, cette femme est le témoin que j'ai désespérément cherché. Elle se rappelle m'avoir adressé la parole ce soir-là. Personne ne m'a crue lorsque j'ai parlé d'une personne qui avait cogné sa portière contre l'aile de votre voiture. Mais elle se rappelle parfaitement cet incident. Et elle se souvient de vous avoir vu. Elle tient un journal depuis toujours. Ce soir-là, elle y a inscrit ce qui s'était passé dans le parking. »

Sans cesser d'opiner du chef, Alvirah étudiait le visage de Ned. Il perd son sang-froid, pensa-t-elle, mais il n'est pas convaincu. Le moment était venu pour elle de prendre la relève. « J'ai quitté Cape Cod le lendemain même, dit-elle. Je vis en Arizona. Mon mari était malade, très malade. C'est pourquoi nous ne sommes jamais revenus. Je l'ai perdu l'an dernier. » Navrée, Willy, pensa-t-elle, mais c'est pour la bonne cause. « Puis la semaine dernière, je regardais la télévision, et vous savez comme les programmes sont rasoir durant l'été. Bref, je suis restée baba quand j'ai vu une rediffusion de cette émission sur les femmes en prison et mon propre portrait sur l'écran. »

Cynthia prit l'enveloppe qu'elle avait posée près de sa chaise. « Voici le portrait que j'ai dessiné de la femme à qui j'avais parlé sur le parking. »

Ned Creighton tendit la main.

« Je préfère le garder », dit Cynthia.

Le croquis montrait un visage de femme encadré dans la fenêtre ouverte d'une voiture. Les traits étaient imprécis et le fond sombre, mais la ressemblance avec Alvirah était frappante.

Cynthia repoussa sa chaise. Alvirah se leva en même temps qu'elle. « Vous ne pouvez pas me rendre douze années. Je sais ce que vous pensez. Même avec cette preuve, un jury peut ne pas me croire. Il ne m'a pas crue il y a douze ans. Mais il peut aussi me croire. Peut-être. Et je ne pense pas que vous désiriez courir ce risque. Ned, il me semble que vous devriez parler de tout ça avec la personne qui vous a payé pour me tendre un piège et lui dire que je veux dix millions de dollars. C'est ma part légale de l'héritage de Stuart.

— Vous êtes complètement folle. » La colère avait remplacé la peur sur le visage de Ned Creighton.

« Vraiment ? Je n'ai pas cette impression. » Cynthia fouilla dans sa poche. « Voici mon adresse et mon numéro de téléphone. Alvirah habite chez moi. Téléphonez-moi ce soir vers sept heures. Si je n'ai pas de nouvelles de votre part, j'engagerai un avocat et ferai rouvrir mon procès. » Elle jeta un billet de dix dollars sur la table. « Pour le vin. Je n'en finis pas de payer le dîner que vous m'avez offert. »

Elle sortit rapidement du restaurant, Alvirah sur ses talons. Alvirah perçut les chuchotements aux autres tables. Les gens se rendent compte qu'il se passe quelque chose, pensa-t-elle. Parfait.

Elle et Cynthia ne dirent pas un mot avant d'avoir regagné la voiture. Puis Cynthia demanda d'une voix mal assurée : « Comment étais-je ?

— Formidable !

— Alvirah, ça ne peut pas marcher. S'ils retrouvent le croquis que Jeff a montré à l'émission, ils verront tous les détails que j'ai rajoutés pour que le portrait vous ressemble.

— Ils n'en auront pas le temps. Êtes-vous sûre d'avoir vu votre demi-sœur hier dans la maison des Richards ?

— Sûre et certaine.

— Alors, je parie que Ned Creighton est à cet instant même en train de lui téléphoner. »

Cynthia conduisait machinalement, insensible au soleil resplendissant de l'après-midi. « Stuart était détesté par beaucoup de gens. Pourquoi êtes-vous tellement sûre que Lillian est dans le coup ? »

Alvirah défit la fermeture à glissière de sa robe violette. « Cette robe est tellement serrée que je peux à peine respirer. » D'un air piteux, elle passa sa main dans ses cheveux mal coupés. « Il me faudra une armée de Vidal Sassoon pour remettre tout ça en état. Je suppose qu'il me faudra aussi retourner à Cypress Point. Que me demandiez-vous ? Oh, Lillian. Elle est certainement dans le coup. Réfléchissez. Beaucoup de gens détestaient peut-être votre père, mais aucun n'avait besoin d'un Ned Creighton pour monter un coup contre vous. Lillian a toujours su que son père laisserait la moitié de sa fortune à Dartmouth. Exact ?

— Oui. » Cynthia prit la route qui conduisait aux bungalows.

« Peu importe le nombre de personnes susceptibles d'avoir haï votre beau-père. Lillian était la seule à bénéficier de votre part si vous étiez accusée du meurtre de son père. Elle connaissait Ned. Ned avait besoin d'argent pour ouvrir un restaurant. Stuart avait sûrement dit à Lillian qu'il vous laissait la moitié de sa fortune au lieu d'en faire don à Dartmouth. Elle vous a toujours détestée. C'est vous qui me l'avez dit. Elle s'est donc arrangée avec Ned. Il vous emmenait sur son bateau et simulait la panne. Quelqu'un tuait Stuart Richards.

Lillian avait un alibi. Elle se trouvait à New York. Elle a probablement engagé un tueur pour éliminer son père. Vous avez failli tout gâcher cette nuit-là en insistant pour manger un hamburger. Et Ned n'a pas su que vous aviez parlé à quelqu'un. Ils ont dû avoir une peur bleue à l'idée de voir ce témoin se présenter.

— Et si quelqu'un l'avait reconnu alors et était venu témoigner qu'il l'avait vu acheter un hamburger ?

— Dans ce cas, il aurait dit qu'il était sorti en bateau et s'était arrêté ensuite pour acheter un hamburger, et que vous cherchiez si désespérément un alibi que vous l'aviez supplié de dire que vous étiez avec lui. Mais personne ne s'est présenté.

— C'eût été risqué de sa part, protesta Cynthia.

— Pas risqué. Simple, corrigea Alvirah. Croyez-moi, j'ai beaucoup réfléchi à la question. Vous seriez étonnée de savoir le nombre de cas où le meurtrier est en tête du cortège aux funérailles. C'est connu. » Elles avaient atteint l'arrière des bungalows. « Et maintenant ? demanda Cynthia.

— Maintenant, nous allons chez vous attendre le coup de téléphone de votre demi-sœur. » Alvirah secoua la tête à l'adresse de Cynthia. « Vous ne me croyez toujours pas. Attendez et vous verrez. Je vais préparer une tasse de thé. Dommage que Creighton soit arrivé avant le début du déjeuner. La carte était alléchante. »

Elles mangeaient un sandwich thon-salade sur la terrasse du bungalow de Cynthia lorsque le téléphone sonna. « C'est Lillian », dit Alvirah. Elle suivit Cynthia dans la cuisine et la laissa répondre.

« Allô. » La voix de Cynthia était presque un murmure. Alvirah vit son visage se vider de ses couleurs. « Bonjour, Lillian. »

Alvirah serra le bras de la jeune femme et hocha énergiquement la tête.

« Oui, Lillian, je viens de voir Ned. Non, je ne plaisante pas. Je ne trouve rien de drôle à ça. Oui. Je viendrai ce soir. Ne t'inquiète pas pour le dîner. Ta présence me coupe l'appétit. Et, Lillian, j'ai expliqué à Ned ce que j'exige. Je ne changerai pas d'avis. » Cynthia raccrocha et se laissa tomber sur une chaise. « Alvirah, Lillian a dit que mon accusation était grotesque, mais qu'elle connaissait son père et le savait capable de pousser n'importe qui hors de ses gonds. Elle est habile.

— Voilà qui va nous aider à vous innocenter. Je vais vous confier ma broche en forme de soleil. Il faut que vous ameniez Lillian à avouer que vous n'avez rien à voir avec le meurtre, qu'elle a poussé Ned à vous tendre un piège. À quelle heure lui avez-vous donné rendez-vous chez elle ?

— À vingt heures. Ned sera présent.

— Bon. Willy ira avec vous. Il restera dissimulé sur le plancher à l'arrière de la voiture. Pour un homme de sa taille, il est capable de se rouler en boule. Il veillera sur vous. Ils ne tenteront sûrement rien dans cette maison. Ce serait trop dangereux. » Alvirah décrocha sa broche. « Après Willy, c'est mon bien le plus précieux, dit-elle. Laissez-moi vous expliquer comment l'utiliser. »

Durant l'après-midi, Alvirah répéta à Cynthia ce qu'elle devait dire à sa demi-sœur. « Elle est la seule à avoir pu mettre de l'argent dans le restaurant. Probablement sous le couvert d'investisseurs fictifs. Prévenez-la que, si elle ne vous restitue pas votre part, vous allez engager un expert-comptable de vos amis, qui travaille pour l'administration.

— Elle sait que je n'ai pas un sou.

— Elle ne sait pas qui pourrait prendre fait et cause pour vous. Le réalisateur de cette émission sur les femmes en prison s'intéresse à vous, n'est-ce pas ?

— Oui, Jeff s'est en effet intéressé à mon cas. »

Alvirah plissa les yeux, puis une lueur brilla dans son regard. « Y a-t-il quelque chose entre vous et Jeff?

— Si je suis innocentée de la mort de Stuart Richards, oui. Sinon, il n'y aura jamais rien entre Jeff ou qui que ce soit et moi. »

À dix-huit heures, le téléphone sonna à nouveau. « Je vais répondre, décida Alvirah. Qu'ils sachent que je suis avec vous. » Son « Allô » retentissant fut suivi par un chaleureux bonjour. « Jeff, nous étions justement en train de parler de vous. Cynthia est à côté de moi. Quelle jolie fille ! Vous devriez la voir dans son ensemble neuf. Elle m'a tout raconté sur vous. Attendez. Je vais vous la passer. »

Alvirah écouta Cynthia expliquer : « Alvirah loue le bungalow voisin du mien. Elle a décidé de m'aider. Non, je n'ai pas l'intention de revenir. Oui, j'ai une raison de rester ici. Ce soir peut-être, je serai à même d'obtenir la preuve que je ne suis pas coupable de la mort de Stuart. Non, ne venez pas. Je ne veux pas vous voir, Jeff, pas maintenant… Jeff, oui, oui, je vous aime. Oui, si on m'innocente, je vous épouserai. »

Lorsque Cynthia raccrocha, elle était au bord des larmes. « Alvirah, je voudrais tellement faire ma vie avec lui. Vous savez ce qu'il vient de me dire ? Il a cité le *Highwayman*, ce joli poème de Noyes. Il a dit : "Je viendrai à vous à la nuit tombée, même si l'enfer me barre la route."

— Il me plaît, déclara sans détour Alvirah. Je peux imaginer quelqu'un d'après sa voix au téléphone. Compte-t-il venir ce soir ? Je ne voudrais pas vous savoir bouleversée ou distraite.

— Non. C'est lui qui présente le journal de vingt-deux heures. Mais je parie tout ce que vous voulez qu'il débarquera demain.

— Il faudra voir ça. Plus il y aura de gens autour de cette affaire, plus Lillian et Ned risquent d'avoir la puce à l'oreille. » Alvirah jeta un coup d'œil par la fenêtre. « Oh, tiens, voilà Willy. Dieu du ciel, il a pris encore davantage de ces damnés bluefish. Ils me donnent des brûlures d'estomac, mais je n'oserai jamais le lui dire. Dès qu'il part à la pêche, je fourre un paquet de bicarbonate dans ma poche. Allons-y ! »

Elle ouvrit la porte à un Willy béat brandissant fièrement une ligne au bout de laquelle se balançaient tristement deux malheureux poissons. Le sourire de Willy s'évanouit à la vue de la tignasse rouquine d'Alvirah et de la robe imprimée violette qui lui boudinait la taille.

« Allons bon, s'exclama-t-il. Est-ce qu'ils ont donc repris le fric de la loterie ? »

À dix-neuf heures trente, après avoir consciencieusement avalé la dernière pêche de Willy, Alvirah posa une tasse de thé devant Cynthia. « Vous n'avez rien mangé, dit-elle. Il faut vous nourrir pour garder les idées claires. Vous avez tout compris ? »

Cynthia effleura la broche de ses doigts. « Je crois que oui. Ce n'est pas compliqué à première vue.

— N'oubliez pas, l'argent a dû passer d'une main à l'autre entre ces deux-là – et si malins soient-ils, on peut le prouver. S'ils acceptent de vous payer, proposez-leur de réduire vos exigences à condition qu'ils vous avouent la vérité. Compris ?

— Compris. »

À dix-neuf heures cinquante, Cynthia s'engageait dans l'allée sinueuse, Willy couché sur le plancher à l'arrière de la voiture.

Le ciel s'était couvert en fin d'après-midi. Alvirah traversa la maison et se dirigea vers la terrasse à l'arrière. Le vent fouettait la baie, gonflant les vagues qui venaient éclater sur la plage. Un roulement de tonnerre grondait dans le lointain. La température avait chuté et soudain on se serait cru en octobre plutôt qu'en août. Frissonnante, Alvirah hésita à aller chercher un chandail chez elle, puis elle se ravisa. Elle voulait être présente au cas où quelqu'un téléphonerait.

Elle se prépara une seconde tasse de thé et s'installa à la table du coin-cuisine, tournant le dos à la porte qui ouvrait sur la terrasse, et elle commença à rédiger le brouillon de l'article qu'elle comptait envoyer bientôt au *New York Globe* : *Cynthia Lathem, qui avait dix-neuf ans à l'époque de sa condamnation à douze ans de prison pour un meurtre qu'elle n'avait pas commis, peut aujourd'hui prouver son innocence.*

« Oh, je ne crois pas que ça va se passer comme ça », dit une voix derrière elle.

Alvirah se tourna brusquement et leva la tête vers le visage sombre et menaçant de Ned Creighton.

Cynthia attendit sur les marches de la galerie de la maison familiale des Richards. À travers l'imposante porte de chêne, elle entendait le faible tintement du carillon. Il lui vint tout à coup à l'esprit qu'elle possédait encore sa clé de cette maison et elle se demanda si Lillian avait changé les serrures.

La porte s'ouvrit et Lillian apparut dans le hall de l'entrée. La lumière de la lampe Tiffany au-dessus de sa tête éclairait ses hautes pommettes, ses grands yeux bleus, ses cheveux d'un blond cendré. Cynthia sentit un frisson glacé la traverser. En douze ans, Lillian était devenue le portrait craché de Stuart. Plus petite, bien sûr. Plus jeune aussi, mais néanmoins une version féminine de l'homme à la superbe prestance de son souvenir. Avec la même lueur de cruauté dans les yeux.

« Entre, Cynthia. » La voix de Lillian n'avait pas changé. Claire, composée, mais avec cette note acérée, agacée, qui marquait l'élocution de Stuart Richards.

En silence, Cynthia suivit Lillian dans l'entrée. La salle de séjour était faiblement éclairée. Elle était telle que dans ses souvenirs. La disposition des meubles, les tapis d'Orient, le tableau au-dessus de la cheminée – rien n'avait changé. La salle à manger majestueuse sur la gauche avait encore l'apparence inhabitée qui l'avait toujours caractérisée. Ils prenaient généralement leurs repas dans la petite pièce qui jouxtait la bibliothèque.

Elle s'était attendue à ce que Lillian la conduise dans la bibliothèque. Mais elle alla directement à l'arrière de la maison, vers le bureau où Stuart était mort. Cynthia serra les lèvres, vérifia la présence de la broche. Était-ce un moyen de l'effrayer ? se demanda-t-elle.

Lillian s'assit derrière le bureau massif.

Cynthia revit la nuit où elle était entrée dans cette pièce pour trouver Stuart étendu sur le tapis au pied de ce même bureau. Elle sentit ses mains devenir moites. Des gouttes de transpiration perlaient sur son front. Dehors, elle entendait le vent gémir en forcissant.

Lillian joignit les mains et leva les yeux vers Cynthia. « Tu peux t'asseoir. »

Cynthia se mordit les lèvres. Le restant de ses jours allait dépendre de ce qu'elle dirait dans les minutes suivantes. « Je crois que c'est à moi de décider qui doit s'asseoir ou non, dit-elle à Lillian. Ton père m'avait légué cette maison. Lorsque tu as téléphoné, tu as parlé d'arrangement. Pas de manigances maintenant. Et n'essaie pas de m'impressionner. La prison m'a ôté toute timidité. Crois-moi. Où est Ned ?

— Il va arriver d'une minute à l'autre. Cynthia, ces accusations que tu portes contre lui sont insensées. Tu le sais.

— Je croyais être venue pour discuter de ma part de l'héritage de Stuart.

— Tu es venue parce que j'ai pitié de toi et que je veux te donner une chance de partir quelque part et de commencer une nouvelle vie. Je suis prête à te constituer un capital t'assurant un revenu mensuel. Une autre femme ne se montrerait pas aussi généreuse envers la meurtrière de son père. »

Cynthia dévisagea Lillian, notant le mépris dans son regard, le calme glacial de son attitude. Elle devait briser cette belle assurance. Elle se dirigea vers la fenêtre et regarda dehors. La pluie tambourinait contre la vitre. Des coups de tonnerre brisaient le silence de la pièce. « Je me demande comment Ned se serait arrangé cette nuit-là pour m'éloigner de la maison s'il avait plu comme ce soir, dit-elle. Le temps a joué en sa faveur, n'est-ce pas ? Chaud et nuageux. Aucun bateau dans les environs. Seul cet unique témoin que j'ai enfin retrouvé. Ned ne t'a-t-il pas dit que cette femme l'avait formellement identifié ?

— Qui croirait quelqu'un capable de reconnaître un inconnu après plus de douze ans ? Cynthia, j'ignore qui tu as engagé pour cette farce, mais je te préviens – laisse tomber. Accepte mon offre, ou je me verrai forcée d'appeler la police et de te faire arrêter pour harcèlement. N'oublie pas qu'il est très facile de faire révoquer la mise en liberté conditionnelle d'un criminel.

— La liberté conditionnelle d'un criminel, je te l'accorde. Mais je ne suis pas une criminelle, et tu le sais. » Cynthia se dirigea vers le secrétaire XVIIe et ouvrit le tiroir du haut. « Je savais que Stuart gardait un revolver ici. Mais tu le savais certainement aussi bien que moi. Tu as affirmé qu'il ne t'avait jamais parlé de son intention de modifier son testament et de me laisser la part de sa fortune auparavant destinée à Dartmouth. Mais tu mentais. Si Stuart m'a fait venir pour m'entretenir de son testament, il ne t'a certainement pas caché ses intentions.

— Il ne m'a rien dit. Je ne l'avais pas vu depuis trois mois.

— Peut-être ne l'as-tu pas vu, mais tu lui as parlé, non ? Tu pouvais accepter que Dartmouth hérite de la moitié de sa fortune, mais tu ne pouvais pas supporter l'idée de partager cet argent avec moi. Tu m'as toujours détestée, tout au long des années où j'ai vécu dans cette maison, parce que ton père m'aimait. Et que vous passiez votre temps à vous quereller. Tu as le même tempérament détestable que lui. »

Lillian se leva. « Tu ne sais pas ce que tu dis. »

Cynthia referma brusquement le tiroir. « Oh que si, je le sais. Et chacun des faits qui m'ont condamnée te condamnera. J'avais une clé de cette maison. Toi aussi. Il n'y avait aucun signe de lutte. Je ne crois pas que tu aies engagé quelqu'un pour le tuer. Je crois que tu t'en es chargée toi-même. Stuart avait un bouton d'alarme sur son bureau. Il n'y a pas touché. Comment aurait-il imaginé que sa propre fille lui voulait du mal ? Pourquoi Ned est-il justement venu par hasard cet après-midi-là ? Tu savais que Stuart m'avait invitée à passer le week-end ici. Tu savais qu'il m'encouragerait à sortir avec Ned. Stuart aimait la compagnie, et l'instant d'après il avait envie d'être seul. Peut-être Ned ne te l'a-t-il pas expliqué clairement. La femme témoin que j'ai retrouvée tient un journal. Elle me l'a montré. Elle y note ses faits et gestes chaque soir depuis l'âge de vingt ans. Il est impossible que cette information ait pu être combinée. Elle a fait ma description. Elle a décrit la voiture de Ned. Elle a même noté le vacarme des gosses dans la queue et la façon dont tout le monde s'impatientait contre eux. »

Je la tiens, se dit Cynthia. Le visage de Lillian avait

pâli. Sa gorge palpitait nerveusement. Délibérément, Cynthia se rapprocha du bureau afin de pointer la broche directement sur sa demi-sœur. « Tu as bien joué, hein ? fit-elle. Ned n'a pas mis un sou dans ce restaurant avant que je ne sois enfermée en prison. Et je suis certaine qu'en apparence il a quelques financeurs respectables. Mais aujourd'hui l'administration est terriblement douée pour remonter à la source de l'argent blanchi. Ton argent, Lillian.

— Tu ne pourras jamais le prouver. » La voix de Lillian avait pris un ton perçant.

Oh, Seigneur, si je pouvais parvenir à la faire avouer, pria Cynthia. Elle agrippa de toutes ses forces le bord du bureau et se pencha en avant. « Peut-être pas. Mais n'en cours pas le risque. Veux-tu que je te dise ce que tu ressentiras lorsqu'on prendra tes empreintes digitales, quand on te passera les menottes aux poignets ? Veux-tu que je te raconte à quoi ressemble le fait d'être assise à côté d'un avocat et d'entendre le procureur vous accuser de meurtre ? De scruter les visages des jurés ? Les jurés sont des gens ordinaires. Vieux. Jeunes. Noirs. Blancs. Bien ou pauvrement vêtus. Mais ils tiennent le reste de ta vie dans leurs mains. Et, Lillian, je peux t'assurer que tu la supporteras mal, cette attente. La preuve est beaucoup plus accablante pour toi qu'elle ne l'a jamais été pour moi. Tu n'as pas le tempérament ou le cran de traverser tout ça. »

Lillian se leva. « N'oublie pas qu'il a fallu payer beaucoup d'impôts au moment de la succession. Combien veux-tu ? »

« Vous auriez mieux fait de rester en Arizona », dit Ned Creighton à Alvirah. Il pointait un pistolet vers sa poitrine. Assise à la table du coin cuisine, Alvirah évalua ses chances de s'échapper. Il n'y en avait aucune. Il avait cru son histoire plus tôt dans la journée, et maintenant il allait la tuer. Alvirah avait toujours su qu'elle était douée pour la comédie. Devait-elle le prévenir que son mari allait arriver d'une minute à l'autre ? Non. Au restaurant, elle lui avait dit qu'elle était veuve. Combien de temps Willy et Cynthia resteraient-ils absents ? Trop longtemps. Lillian ne laisserait pas Cynthia partir avant d'être sûre qu'il n'existait plus de témoins en vie. Mais peut-être une idée lui germerait-elle dans l'esprit si elle continuait à le faire parler. « Combien avez-vous touché pour participer au meurtre » ? demanda-t-elle.

Un sourire mauvais étira les lèvres de Ned Creighton. « Trois millions. Juste assez pour mettre sur pied un restaurant de grande classe. »

Alvirah regretta d'avoir prêté sa broche à Cynthia. Elle tenait la preuve. La preuve absolue, irréfutable, et elle ne pouvait pas l'enregistrer. Et s'il lui arrivait malheur, personne n'en aurait connaissance. Une chose est certaine, pensa-t-elle, si jamais je m'en sors, je demanderai à Charley Evans de me donner une broche de rechange. Peut-être en argent, cette fois.

Creighton agita le pistolet. « Debout. »

Alvirah repoussa la chaise, appuya ses mains sur la table. Le sucrier était devant elle. Si elle le lui jetait à la figure ? Elle savait qu'elle visait bien, mais une balle est plus rapide qu'un sucrier.

« Allons dans le séjour. » Tandis qu'elle contournait

la table, Creighton tendit la main, s'empara de ses notes et du début de son article qu'il fourra dans sa poche.

Il y avait un rocking-chair près de la cheminée. Creighton le désigna. « Asseyez-vous là. »

Alvirah s'assit lourdement, le pistolet de Ned toujours pointé vers elle. Si elle faisait basculer le rocking-chair en avant et se jetait de tout son poids sur lui, pourrait-elle lui échapper ? Creighton prit une petite clé accrochée au manteau de la cheminée. Se penchant en avant, il l'introduisit dans un cylindre placé dans l'une des briques et la tourna. Le sifflement du gaz s'échappa de la cheminée. Il se redressa. D'une boîte posée sur le manteau il sortit une longue allumette, la frotta sur la brique, éteignit la flamme qui en jaillit et la jeta dans le foyer. « Il fait froid, dit-il. Vous avez décidé de faire une flambée. Vous avez tourné le bouton du brûleur. Vous avez jeté une allumette, mais elle n'a pas pris. Lorsque vous vous êtes penchée pour fermer le brûleur et recommencer, vous avez perdu l'équilibre et vous êtes tombée. Votre tête a heurté le manteau de pierre et vous avez perdu connaissance. Un terrible accident pour une femme aussi charmante. Cynthia sera bouleversée lorsqu'elle vous trouvera. »

Les émanations de gaz envahissaient la pièce. Alvirah essaya de basculer le rocking-chair en avant. Elle devait tenter de donner un coup de tête à Creighton et lui faire lâcher son arme. Elle ne fut pas assez rapide. Une poigne d'acier lui saisit l'épaule. L'impression d'être poussée en avant… sa tempe qui heurtait le foyer de pierre… Avant de perdre connaissance, Alvirah sentit l'odeur écœurante du gaz lui emplir les narines.

« Voilà Ned, dit calmement Lillian au son du carillon de la porte. Je vais lui ouvrir. »

Cynthia attendit. Lillian n'avait encore rien reconnu. Parviendrait-elle à faire avouer à Ned Creighton qu'il était complice ? Elle avait l'impression d'être un funambule sur un fil glissant, avançant pas à pas au-dessus d'un précipice. Si elle tombait, le reste de sa vie ne vaudrait pas la peine d'être vécu.

Creighton entrait dans la pièce à la suite de Lillian. « Bonsoir, Cynthia. » Un hochement de tête impersonnel, sans animosité. Il approcha une chaise du bureau sur lequel Lillian avait étalé des documents.

« Je m'apprêtais à donner à Cynthia une idée du montant de la succession une fois déduits les impôts, dit Lillian à Creighton. Puis nous évaluerons sa part.

— Ne déduis pas la somme que tu as payée à Ned sur la part qui me revenait légalement », dit Cynthia. Elle vit le regard furieux que lança Ned à Lillian. « Oh, je vous en prie, dit-elle sèchement, que tout soit clair entre nous trois. »

Lillian répliqua froidement : « Je t'ai dit que je voulais te donner ta part de l'héritage. Je sais que mon père pouvait pousser les gens à bout. Je le fais parce que j'ai pitié de toi. À présent, examinons les chiffres. »

Pendant les quinze minutes suivantes, Lillian sortit les bilans. « En tenant compte des impôts, puis des intérêts sur le capital restant, ta part devrait aujourd'hui se monter à cinq millions de dollars.

— Plus cette maison », l'interrompit Cynthia. Elle s'aperçut soudain que Ned et Cynthia semblaient de plus en plus détendus à mesure que le temps passait. Ils souriaient.

« Oh, pas la maison, protesta Lillian. Les gens jaseraient. Nous la ferons estimer et je t'en remettrai le prix. N'oublie pas que je me montre très généreuse, Cynthia. Mon père jouait avec la vie des gens. Il était cruel. Si tu ne l'avais pas assassiné, quelqu'un d'autre l'aurait fait. C'est pourquoi j'agis ainsi.

— Tu agis ainsi parce que tu ne veux pas te retrouver devant un tribunal et prendre le risque d'être accusée de meurtre, voilà pourquoi. » Oh, Seigneur, pensa Cynthia, c'est sans espoir. Si je ne parviens pas à lui faire avouer, tout est fini. Demain, ils pourront démasquer Alvirah. « Tu peux garder la maison, dit-elle. Je ne demande rien en échange. Donne-moi seulement la satisfaction d'entendre la vérité. Avoue que je n'ai rien à voir avec le meurtre de ton père. »

Lillian jeta un coup d'œil à Ned, puis à la pendule. « Je crois, maintenant, que nous pourrions honorer cette requête. » Elle se mit à rire. « Cynthia, je suis comme mon père, j'aime jouer avec les gens. Mon père m'a effectivement téléphoné pour me prévenir de son intention de changer son testament. Je pouvais supporter de partager la moitié de l'héritage avec Dartmouth, mais pas avec toi. Il m'a annoncé ta venue – et le reste fut un jeu d'enfant. Ma mère était une femme merveilleuse. Elle ne s'est pas fait prier pour témoigner que je me trouvais à New York avec elle ce soir-là. Ned ne refusa pas une confortable somme d'argent pour t'emmener faire un tour en bateau. Tu es intelligente, Cynthia. Plus intelligente que les types du bureau du procureur.

Plus intelligente que ce crétin d'avocat qui t'a défendue. »

Pourvu que l'enregistreur fonctionne, pria Cynthia. Pourvu qu'il marche. « Et assez intelligente pour avoir retrouvé le témoin qui peut confirmer mon histoire », ajouta-t-elle.

Lillian et Ned éclatèrent de rire. « Quel témoin ? demanda Ned.

— Va-t'en, dit Lillian. Sors à la minute. Et ne remets plus les pieds ici. »

Jeff Knight conduisait rapidement sur la nationale 6, s'efforçant de lire les panneaux à travers les torrents d'eau qui s'abattaient sur le pare-brise. Sortie 8. Il n'était plus bien loin. Le réalisateur du journal de vingt-deux heures s'était montré inhabituellement accommodant. Pas sans arrière-pensées, bien sûr. « Allez-y. Si Cynthia Lathem se trouve à Cape Cod et croit tenir une piste concernant la mort de son beau-père, c'est le reportage de l'année ! »

Jeff se fichait comme d'une guigne du reportage. Son seul souci était Cynthia. Il agrippa le volant de ses longs doigts robustes. Il avait obtenu son adresse et son numéro de téléphone auprès de son agent de probation.

Il avait passé de nombreux étés à Cape Cod. C'est pourquoi il s'était senti tellement frustré en constatant que ses efforts pour prouver l'épisode du fast-food n'avaient rien donné. Mais il avait toujours séjourné à Eastham, à quatre-vingts kilomètres de Cotuit.

Sortie 8. Il tourna dans Union Street, prit la route 6A. Encore trois kilomètres. Pourquoi avait-il cette impression de menace ? Si Cynthia était vraiment sur le point d'obtenir une preuve capable de l'innocenter, elle était peut-être en danger.

Il dut freiner à mort en atteignant l'embranchement de Nobscusset Road. Ignorant le stop, une voiture avait surgi à pleine vitesse de Nobscusset et traversé la 6A. Quel malade, se dit-il en tournant sur la gauche vers la baie. Il s'aperçut que tous les environs étaient plongés dans l'obscurité. Une panne de secteur. Il déboucha dans l'impasse, tourna sur la gauche. Le bungalow devait se trouver quelque part sur ce chemin sinueux. Numéro six. Il ralentit, s'efforçant de lire à la lumière des phares les numéros inscrits sur les boîtes aux lettres. Douze. Huit. Six.

Jeff s'arrêta dans l'allée, ouvrit à la hâte la portière et courut sous l'averse vers le bungalow. Il garda le doigt appuyé sur la sonnette, puis se rappela qu'il n'y avait pas de courant. Il frappa plusieurs fois à la porte. Il n'y eut pas de réponse. Cynthia n'était pas chez elle.

Il commençait à descendre les marches quand une peur soudaine, irraisonnée, lui fit rebrousser chemin, frapper à nouveau à la porte, puis tourner la poignée. La porte n'était pas fermée à clé. Il l'ouvrit. « Cynthia ! » appela-t-il, puis il sursauta, sentant une odeur de gaz lui monter aux narines. Il entendit le sifflement du brûleur de la cheminée. Se précipitant pour le fermer, il trébucha sur le corps inanimé d'Alvirah.

Willy s'agitait à l'arrière de la voiture de Cynthia. Elle était dans cette maison depuis plus d'une heure à présent. Le type, qui était arrivé plus tard, s'y trouvait depuis quinze minutes. Willy ne savait quelle décision prendre. Alvirah ne lui avait pas vraiment donné d'instructions précises. Elle voulait seulement qu'il soit là pour s'assurer que Cynthia sortait tranquillement de la maison.

Il se demandait encore quoi faire quand il entendit le hurlement déchirant des sirènes. Des voitures de police. Le bruit se rapprochait. Bouche bée, Willy les vit tourner dans la longue allée de la propriété des Richards et foncer dans sa direction. Les policiers jaillirent d'un bond de leurs véhicules, gravirent les marches et frappèrent à la porte.

Un moment plus tard, une voiture apparut dans l'allée et s'arrêta derrière celles de la police. Willy vit un grand type en trench-coat en sortir, gravir deux par deux les marches de la galerie. Willy sortit de sa cachette, se mit péniblement debout et remonta l'allée.

Il arriva à temps pour soutenir Alvirah qui sortait en chancelant de l'arrière de la voiture. Même dans le noir, il aperçut la marque sur son front. « Chérie, qu'est-il arrivé ?

— Je te raconterai plus tard. Aide-moi à entrer. Je ne veux pas rater ça. »

Dans le bureau de feu Stuart Richards, Alvirah connut son heure de gloire. Pointant le doigt vers Ned, de son ton le plus vibrant, elle déclara : « Il m'a menacée d'un pistolet. Il a tourné le robinet du gaz, m'a heurté la tête contre la cheminée. Et il m'a dit que Lillian Richards l'avait payé trois millions de dollars pour faire accuser Cynthia de meurtre. »

Cynthia regarda sa demi-sœur. « Et à moins que les

piles de l'appareil d'Alvirah ne soient mortes, je les ai enregistrés tous les deux en train d'avouer qu'ils sont coupables. »

Le lendemain matin, Willy prépara un petit-déjeuner tardif qu'il servit sur la terrasse. L'orage était passé et le ciel était à nouveau d'un bleu radieux. Les mouettes plongeaient en piqué sur le premier poisson qui nageait en surface. La baie était calme, les enfants bâtissaient des châteaux de sable au bord de l'eau.

Alvirah, à peine troublée par son aventure, avait terminé et dicté son article au téléphone à Charley Evans. Charley lui avait promis la plus belle des broches étoilées en argent, munie d'un microphone si sensible qu'il pourrait enregistrer une souris grignotant dans la pièce à côté.

Tout en dévorant un beignet au chocolat avec son café, elle s'exclama : « Tiens, voilà Jeff ! C'est dommage qu'il ait dû regagner Boston hier soir. Il était épatant au journal télévisé de ce matin, en train de raconter l'histoire en détail et de rapporter comment Ned Creighton avait tout déballé aux flics ! Crois-moi, les chaînes vont se l'arracher.

— Ce garçon t'a sauvé la vie, chérie, dit Willy. Pour moi, c'est avant tout un type formidable. Je ne peux pas croire que j'étais recroquevillé dans cette voiture comme un diable dans sa boîte pendant que le gaz était en train de t'asphyxier. »

Ils virent Jeff sortir de la voiture et Cynthia courir dans l'allée et s'élancer dans ses bras.

Alvirah repoussa sa chaise. « Je vais vite leur dire

bonjour. C'est une bénédiction de les voir ensemble. Ils s'aiment tellement. »

Willy posa doucement mais fermement sa main sur l'épaule de sa femme. « Alvirah, chérie, supplia-t-il, pour une fois, pendant cinq minutes, occupe-toi de tes affaires. »

## Un crime passionnel
*1996*

« Méfiez-vous de l'eau qui dort », déclara d'un air sombre Henry Parker Britland IV en étudiant la photo de son ancien secrétaire d'État. Il venait d'apprendre que son ami et allié politique avait été inculpé du meurtre de sa maîtresse, Arabella Young.

« Tu crois donc ce pauvre Tommy coupable ? » soupira Sandra O'Brien Britland, tout en étalant délicatement une couche de confiture maison sur son petit pain encore chaud.

Le jour pointait et ils étaient confortablement installés au lit dans leur maison de campagne de Drumdoe, à Bernardsville, dans le New Jersey. Deux plateaux de petit-déjeuner identiques, jusqu'à la rose piquée dans un soliflore d'argent, étaient disposés devant eux. Les journaux du matin, le *Washington Post*, le *Wall Street Journal*, le *New York Times*, le *London Times*, l'*Observer*, dont la lecture était plus ou moins avancée, s'éparpillaient autour d'eux, certains étalés sur la légère courtepointe délicatement fleurie, d'autres ayant glissé au sol.

« Franchement, non, dit Henry après un moment,

secouant lentement la tête. Cela me paraît incroyable. Tom a toujours fait preuve d'un sang-froid exceptionnel, raison pour laquelle il fut un remarquable secrétaire d'État. Mais depuis la mort de Constance, pendant mon second mandat, il n'était plus le même. Et quand il a rencontré Arabella, ce fut visiblement le coup de foudre. Et tout aussi visiblement, il a rapidement perdu une grande partie de sa maîtrise de soi. Je n'oublierai jamais le jour où il l'a malencontreusement appelée Poopie devant Mme Thatcher.

— J'aurais aimé te connaître à l'époque où tu étais président, dit Sandra avec regret. Je n'ai pas toujours été d'accord avec toi, pourtant j'ai toujours pensé que tu étais un excellent président. Mais je t'aurais paru sans intérêt, il y a neuf ans, lorsque tu as été élu pour la première fois. Quel attrait aurait présenté une jeune étudiante aux yeux du tout nouveau président des États-Unis ? Tu m'aurais trouvée séduisante, je l'espère, mais je sais que tu ne m'aurais pas prise au sérieux. Au moins étais-je membre du Congrès et un peu plus digne de respect le jour où tu m'as rencontrée. »

Henry se tourna et considéra avec tendresse sa jeune épouse. Ils s'étaient mariés huit mois plus tôt. Ses cheveux ébouriffés étaient couleur de blé, ses yeux d'un bleu profond reflétaient tout à la fois l'intelligence, la générosité et l'humour. Et parfois un émerveillement enfantin. Lors de leur première rencontre, Henry lui avait demandé si elle croyait toujours au Père Noël.

C'était la veille de l'intronisation de son successeur. Il avait organisé une réception à la Maison-Blanche pour tous les membres du Congrès nouvellement élus.

« Je crois en ce que le Père Noël représente, monsieur, avait-elle répliqué. Pas vous ? »

Puis, alors que les invités prenaient congé, il l'avait conviée à rester dîner tranquillement avec lui.

« Je regrette vraiment, j'ai rendez-vous avec mes parents. Je ne voudrais pas les décevoir. »

Henry s'était retrouvé seul pour son dernier repas à la Maison-Blanche, songeant à toutes les femmes qui au cours de ces huit dernières années avaient immédiatement changé leurs plans pour lui plaire, et il avait su qu'il venait de trouver la femmc dc scs rêves. Ils s'étaient mariés six semaines plus tard.

Au début, le brouhaha médiatique menaça de ne jamais prendre fin. Le mariage du célibataire quadragénaire le plus convoité du pays – l'ex-président, âgé de quarante-quatre ans – avec une jeune et jolie représentante du Congrès de dix-sept ans sa cadette déclencha la frénésie des journalistes. Aucune union n'avait si intensément captivé l'imagination collective.

Le fait que le père de Sandra fût un conducteur de locomotives du New Jersey Central Railroad, qu'elle-même eût travaillé pour payer ses études à l'université de droit de Fordham, passé sept ans comme avocate commise d'office puis, par un stupéfiant renversement de situation, arraché le siège de Jersey City au Congrès, lui avait valu le soutien enthousiaste de toute la communauté féminine et l'attention bienveillante des médias.

Henry, pour sa part, avait été l'un des deux présidents des États-Unis les plus populaires du XX^e^ siècle. Il possédait en outre une importante fortune personnelle et apparaissait régulièrement en bonne place sur la liste des hommes les plus séduisants d'Amérique, constituant le sujet favori des chroniques mondaines et la cible de la jalousie masculine.

Le jour de leur mariage, un journal avait titré : « Lord Henry Brinthrop épouse notre adorable Sunday. » Une référence à un vieux feuilleton radio qui cinq jours par semaine, année après année, avait posé la même question : « Une jeune fille originaire d'une petite ville minière de l'Ouest peut-elle trouver le bonheur en devenant la femme du plus riche et du plus séduisant lord d'Angleterre, lord Henry Brinthrop ? »

Pour tout le monde, y compris pour son cher mari, Sandra était immédiatement devenue Sunday. Elle avait d'abord détesté ce surnom, puis s'y était résignée en entendant Henry lui expliquer qu'il avait un double sens pour lui, qu'elle était pour lui « *a Sunday kind of love* », réminiscence d'un de ses airs de prédilection. « D'autre part, avait-il ajouté, il te va bien. Tout comme Tip O'Neill avait un surnom qui lui convenait parfaitement, Sunday a été inventé pour toi. »

Contemplant tendrement son mari, Sunday pensa aux mois qu'ils avaient passés ensemble, à leurs journées libres de tout souci, jusqu'à aujourd'hui. Maintenant, voyant l'inquiétude profonde qui assombrissait les yeux d'Henry, elle posa sa main sur la sienne. « Tu t'inquiètes à propos de Tommy, je le sens. Que pouvons-nous faire pour l'aider ?

— Pas grand-chose, j'en ai peur. Je vais naturellement vérifier s'il a engagé un bon avocat mais, quel que soit son choix, il est dans de sales draps. Réfléchis. Il s'agit d'un meurtre particulièrement odieux et si tu considères les circonstances, la culpabilité de Tom paraît évidente. On a tiré sur la femme à trois reprises, avec l'arme de Tommy, dans la bibliothèque de Tommy, juste après qu'il eut raconté à qui voulait l'entendre qu'elle venait de rompre avec lui et qu'il était désespéré. »

Sunday prit l'un des journaux et examina la photo d'un Thomas Shipman radieux, le bras passé autour de la superbe jeune femme qui l'avait aidé à sécher ses larmes après la mort de son épouse. « Quel âge a Tommy ? demanda Sunday.

— Soixante-cinq ou soixante-six ans. »

Tous deux contemplèrent pensivement la photo. Mince et distingué, Tommy avait le visage d'un intellectuel, avec ses cheveux grisonnants déjà clairsemés. À côté, les boucles folles d'Arabella Young encadraient un ravissant visage à l'air hardi, et son corps possédait les courbes sensuelles qu'on voit sur les couvertures de *Playboy*.

« Le printemps marié à l'hiver, fit Sunday.

— On en dit sans doute autant de nous, répliqua légèrement Henry, avec un sourire forcé.

— Oh, Henry, ne sois pas stupide ! Et n'essaye pas de prétendre que tu n'es pas bouleversé. Nous sommes peut-être de jeunes mariés, mais je te connais déjà trop bien pour me laisser tromper.

— Tu as raison, je suis inquiet, dit Henry doucement. Lorsque je pense à toutes ces années, je ne peux m'imaginer dans le bureau Ovale sans la présence de Tommy à mes côtés. Je n'avais pour expérience qu'une législature au Sénat avant de devenir président, et de bien des façons j'étais un novice. Grâce à lui, j'ai pu passer le cap des premiers mois sans me casser la figure. Le jour où je m'apprêtais à dire leur fait aux Russes, Tommy, de sa manière calme et réfléchie, m'a démontré qu'une telle confrontation serait une erreur, tout en donnant publiquement l'impression qu'il se faisait simplement l'écho de ma propre décision. Tommy est un véritable homme d'État, mais avant tout c'est un parfait gentleman. Honnête, intelligent et fidèle.

— C'est aussi un homme qui n'a pas pu ignorer les railleries suscitées par sa liaison avec Arabella et la passion qu'il lui manifestait. Et le jour où elle a finalement décidé de le quitter, il a perdu les pédales. C'est à peu près ainsi que tu vois les choses, n'est-ce pas ? »

Henry soupira. « Peut-être. Un accès de folie passagère ? C'est possible. » Il ramassa son plateau de petit-déjeuner et le déposa sur la table de chevet. « En tout cas, il a toujours été présent lorsque j'avais besoin de lui, et je veux être auprès de lui dans cette épreuve. Il a été mis en liberté sous caution. Je vais aller le voir. »

Sunday repoussa vivement son plateau sur le côté, rattrapant de justesse sa tasse de café à moitié pleine avant qu'elle ne se renverse sur la courtepointe. « Je t'accompagne. Dix minutes dans le jacuzzi, et je suis prête. »

Henry admira les longues jambes de sa femme au moment où elle se glissait hors du lit. « Le jacuzzi ? Excellente idée ! Je t'y accompagne. »

Thomas Acker Shipman s'était efforcé d'ignorer l'armada de journalistes postés à l'entrée de sa résidence. En descendant de la voiture avec son avocat, il avait regardé droit devant lui et s'était frayé un passage jusqu'à la porte de la maison, refusant désespérément d'entendre les questions qui déferlaient vers lui. Une fois à l'intérieur, toutefois, les événements récents avaient fini par le rattraper et il semblait sur le point de s'écrouler. « Un scotch sera le bienvenu », dit-il calmement.

Leonard Hart, son avocat, le regarda avec sympathie. « Vous le méritez bien, dit-il. Mais d'abord, laissez-moi vous rappeler que nous pouvons plaider coupable, si tel est votre désir. Néanmoins, je reste persuadé qu'il est possible de présenter une argumentation très convaincante fondée sur la folie passagère, et j'aimerais dans ce cas que vous acceptiez de comparaître. La situation est tellement claire que n'importe quel jury comprendra : vous avez connu la douleur de perdre une épouse bien-aimée et, là-dessus, vous êtes tombé amoureux d'une très séduisante jeune femme qui a accepté une quantité de cadeaux de votre part avant de vous repousser. C'est une histoire classique, une histoire qui sera, j'en suis sûr, accueillie avec indulgence si l'on plaide en même temps la folie passagère. »

La voix de Leonard Hart prit un ton de plus en plus passionné, comme s'il s'adressait au jury : « Vous lui avez demandé de venir chez vous pour avoir une explication, mais elle vous a provoqué et vous vous êtes disputés. Soudain, vous avez perdu la tête et, dans un accès de rage si intense que vous ne vous rappelez aucun détail, vous avez tiré sur elle. Le revolver était en général enfermé dans un tiroir, mais vous l'aviez sorti ce soir-là, songeant à vous suicider tant votre désespoir était profond. »

L'avocat interrompit sa présentation des faits et, dans le moment de silence qui suivit, l'ancien secrétaire d'État le dévisagea, l'air ébahi. « C'est ainsi que vous voyez les choses ? »

Hart parut surpris par la question. « Oui, naturellement. Il reste encore quelques détails à arranger, une ou deux choses à mettre au point. Par exemple, il nous faudra expliquer comment vous avez pu abandonner Mlle Young alors qu'elle se vidait de son sang, monter vous coucher et vous endormir si profondément que vous n'avez même pas entendu le hurlement de votre gouvernante le lendemain matin, au moment où elle a découvert le corps. Si j'en crois mon expérience, il suffira que nous soulignions à l'audience que vous étiez en état de choc.

— Vous croyez ? demanda Shipman d'un ton las. Pourtant, ce n'était pas le cas. En réalité, après avoir bu un verre, je me souviens à peine de ce que nous nous sommes dit, Arabella et moi, encore moins d'avoir tiré sur elle. »

Une expression chagrinée envahit le visage de l'avocat. « Je préférerais, Tom, que vous ne fassiez aucune déclaration de ce type à qui que ce soit. Vous me le promettez ? Et puis-je aussi vous suggérer de mettre la pédale douce sur le scotch dorénavant ? Visiblement, la boisson ne vous vaut rien. »

Dissimulé derrière le rideau, Thomas Shipman regardait son avocat à la silhouette rebondie se débattre au milieu de la meute des journalistes. On eût dit un martyr chrétien jeté aux lions, pensa-t-il. Mais ce n'était pas du sang de Leonard Hart qu'ils avaient soif. C'était du sien. Or, il n'avait aucune envie de jouer les martyrs.

Par chance, il avait pu joindre à temps sa gouvernante, Lillian West, pour lui dire de rester chez elle aujourd'hui. Il savait depuis la veille, depuis que l'inculpation avait été notifiée, que les caméras de télévision campaient devant sa maison, enregistrant tout, chacun de ses pas, sa sortie menottes aux poignets, la lecture de l'acte d'accusation, la prise d'empreintes, et ce matin son piètre retour. Non, rentrer chez lui aujourd'hui lui avait laissé une impression de défaite. Il ne voulait pas la voir soumise à la même situation.

Il aurait aimé sentir une présence autour de lui, cependant. La maison lui semblait trop silencieuse, déserte. Pris dans le flot de ses souvenirs, il se rappela le jour où Constance et lui l'avaient achetée, trente ans auparavant. Ils avaient décidé de prendre la voiture et d'aller déjeuner au Bird and Bottle près de Bear Mountain et de regagner ensuite Manhattan sans se presser. Sur une impulsion, ils avaient fait un détour par Tarrytown, se promenant dans les rues résidentielles alentour, et c'est alors qu'ils étaient tombés sur le panneau « À vendre » planté devant cette demeure du début du siècle, dont la façade donnait sur l'Hudson et les Palisades.

Et pendant vingt-huit ans, deux mois et dix jours, nous avons vécu ici une existence heureuse, se rappela Shipman. « Oh, Constance, si seulement on nous avait donné dix ou vingt ans de plus », dit-il doucement tout en se dirigeant vers la cuisine pour brancher le percolateur, renonçant à son scotch.

Cette maison avait beaucoup compté dans leur vie.

Même lorsqu'il occupait le poste de secrétaire d'État et passait son temps en déplacements, Constance et lui s'arrangeaient pour y venir en week-end de temps à autre ; c'était une sorte de havre de paix pour eux. Jusqu'au matin, voilà deux ans, où Constance lui avait dit : « Tom, je ne me sens pas très bien. » L'instant suivant, elle ne respirait plus.

Il avait noyé son chagrin dans le travail. Dieu merci, j'avais mon activité pour me distraire, songea-t-il, souriant en lui-même au souvenir du surnom que la presse avait fini par lui donner. Le Secrétaire volant. *Mais j'ai fait plus que m'occuper l'esprit. Henry et moi avons accompli du bon boulot. Nous avons laissé Washington et le pays en meilleur état qu'ils ne l'avaient été depuis des années.*

Dans la cuisine, il introduisit quatre mesures de café dans le filtre, brancha la machine et versa la quantité correspondante d'eau. Allons, je suis capable de me débrouiller seul, pensa-t-il. Dommage que je ne l'aie pas fait davantage après la mort de Constance. Mais Arabella est entrée en scène, prête à offrir son réconfort, tellement attirante… Morte aujourd'hui.

Il repensa à ce qui s'était passé ce soir-là, deux jours plus tôt. Que s'étaient-ils dit dans la bibliothèque ? Il se souvenait vaguement de s'être mis en colère. Mais comment avait-il pu en venir à un tel acte de violence ? Et comment avait-il pu la laisser en sang sur le plancher de la bibliothèque et monter se coucher ?

Le téléphone retentit, mais Shipman se contenta de le regarder fixement. Lorsque la sonnerie s'interrompit, il souleva le récepteur du combiné et le posa sur le plan de travail.

Le café prêt, il s'en servit une tasse d'une main un peu tremblante et l'apporta dans la salle de séjour. En temps normal, il se serait assis dans le grand fauteuil de cuir de la bibliothèque, mais pas aujourd'hui. Serait-il jamais capable de pénétrer à nouveau dans cette pièce ?

Il s'apprêtait à s'installer quand il entendit une clameur à l'extérieur. Il savait que les journalistes campaient toujours dans la rue, mais pourquoi ce tintamarre ? Avant même de jeter un coup d'œil à travers les rideaux, il devina la cause de toute cette agitation.

L'ex-Président des États-Unis venait d'arriver, prêt à lui offrir son amitié et son réconfort.

Les hommes des services secrets tentaient de contenir les journalistes. Un bras protecteur passé autour de sa femme, Henry s'arrêta, signifiant son intention de faire une déclaration. « Comme il est de règle dans notre démocratie, un homme est présumé innocent jusqu'à ce que la preuve soit faite de sa culpabilité. Thomas Shipman a été un grand secrétaire d'État et il reste un ami proche. Sunday et moi sommes venus aujourd'hui l'assurer de notre amitié. »

Sur ce, l'ancien Président se retourna et se dirigea vers le porche, ignorant l'avalanche de questions des journalistes. Comme il atteignait la dernière marche, Tom Shipman ouvrit la porte. Ce fut seulement lorsqu'elle se referma sur les Britland et qu'il se sentit étreint par deux bras forts et chaleureux que Tom éclata en sanglots.

Sentant que les deux hommes avaient besoin de s'entretenir en privé, Sunday se dirigea vers la cuisine, insistant malgré les protestations de Shipman pour préparer le déjeuner. « Vous vous sentirez beaucoup mieux avec quelque chose dans l'estomac, Tom, dit-elle. Racontez-vous ce que vous avez à vous dire, tous les deux, et venez ensuite me rejoindre. Je suis sûre que vous avez tout ce qu'il faut pour préparer une omelette. »

Shipman reprit vite contenance. La présence d'Henry à ses côtés lui donnait, temporairement du moins, l'impression de pouvoir affronter ce qui l'attendait. Entrant dans la cuisine, ils trouvèrent Sunday au travail. Ses gestes précis et assurés devant la planche à découper rappelèrent à Tom ce jour récent, à Palm Beach, où il avait regardé une autre femme préparer une salade et rêvé d'un avenir aujourd'hui anéanti.

Jetant un coup d'œil par la fenêtre, il se rendit compte que le store était levé et qu'en se faufilant à l'arrière de la maison le premier venu pourrait facilement prendre une photo d'eux trois. Il traversa rapidement la pièce et abaissa le store.

Il se retourna vers Henry et Sunday et leur sourit tristement. « Récemment, quelqu'un m'a persuadé de faire installer un système électrique sur les rideaux de toutes les autres pièces, quelque chose me permettant de les fermer sur commande, en poussant un simple bouton. Je n'ai pas pensé que je pourrais en avoir besoin ici. Je ne mets jamais les pieds à la cuisine, et Arabella n'était pas exactement une fée du logis. »

Il se tut et secoua la tête. « Oh, qu'importe désormais ! D'ailleurs, je n'ai jamais aimé ces maudits systèmes. En fait, ceux de la bibliothèque n'ont jamais fonctionné correctement. Chaque fois qu'on actionne le mécanisme pour les ouvrir ou les fermer, on croirait entendre une détonation, comme si quelqu'un tirait un coup de feu. Curieuse coïncidence, me direz-vous, puisqu'un coup de feu a été tiré dans cette même pièce pas plus tard qu'avant-hier. On prétend que certains événements sont souvent précédés de signes avant-coureurs… »

Il détourna les yeux un instant et on n'entendit plus que Sunday qui battait les œufs en omelette. Puis Shipman s'approcha de la table et s'assit en face d'Henry, se souvenant des nombreuses occasions où ils s'étaient trouvés ainsi, de part et d'autre de la table de travail d'Henry, dans le bureau Ovale. Il leva la tête, croisa le regard de son vis-à-vis : « Vous savez, monsieur le Président, je…

— Tommy, laissez tomber. C'est moi. Henry.

— Bien, Henry. Je pensais que nous étions tous les deux juristes, et…

— Sunday également, lui rappela Henry. Ne l'oubliez pas. Elle a été avocat commis d'office avant de se présenter au Congrès. »

Shipman eut un vague sourire. « Je propose alors qu'elle soit notre expert privé. » Il se tourna vers elle. « Sunday, avez-vous jamais assuré la défense d'un type ivre mort au moment du crime, qui non seulement a tiré sur son… amie… à trois reprises, mais l'a laissée mourir sur place pendant qu'il cuvait sa cuite ? »

Sans se retourner, Sunday répondit : « Peut-être pas dans ces circonstances exactes, mais j'ai défendu un certain nombre d'individus tellement drogués qu'ils ne se souvenaient même plus d'avoir commis un crime.

Pourtant, comme par hasard, il y avait toujours des témoins pour affirmer qu'ils étaient coupables. Ça ne me facilitait pas la tâche.

— Et ils ont été condamnés, naturellement. »

Sunday s'immobilisa et le regarda avec un sourire triste. « Ils ont écopé du maximum.

— C'est bien ce que je pensais. Mon avocat, Len Hart, est un type très capable. Il voudrait que je plaide la folie – passagère, bien entendu. Si je comprends bien, ma seule issue est de plaider coupable, dans l'espoir qu'en échange l'État ne requerra pas la peine de mort. »

Henry et Sunday regardaient leur ami parler, le regard fixé devant lui. « Vous comprenez, continua Shipman, j'ai ôté la vie à une jeune femme qui avait encore des dizaines d'années devant elle. Si je vais en prison, je ne survivrai probablement pas plus que cinq ou dix ans. La captivité, aussi longtemps qu'elle durera, m'aidera peut-être à expier cette atroce responsabilité avant que le Créateur me rappelle à lui. »

Ils restèrent tous les trois silencieux tandis que Sunday achevait de préparer le repas, remuait la salade, versait le mélange d'œufs battus, tomates, poivrons, jambon et échalote dans la poêle. Les toasts sautèrent du grille-pain au moment où elle faisait glisser la première omelette dans une assiette chaude qu'elle déposa devant Shipman. « Mangez », ordonna-t-elle.

Vingt minutes plus tard, disposant la dernière feuille de salade sur un bout de toast, Shipman regarda pensivement l'assiette vide devant lui et fit remarquer : « Quelle abondance de biens, Henry : non seulement vous avez un chef français à domicile, mais vous êtes aussi l'heureux époux d'une cuisinière de premier plan.

— Merci, cher monsieur, dit Sunday avec un léger salut. Pour tout vous avouer, si j'ai quelques talents culinaires, je les ai acquis dans la cuisine du traiteur chez lequel je travaillais pour financer mes études à Fordham. »

Shipman sourit sans cesser de fixer l'assiette vide devant lui. « C'est un talent remarquable. Et qu'Arabella ne possédait certes pas. » Il secoua la tête lentement. « Comment ai-je pu être à ce point aveugle ? »

Sunday posa sa main sur la sienne et dit doucement : « Tommy, vous avez sûrement des circonstances atténuantes. Vous avez passé tant d'années au service du peuple américain, et mené à bien tant de projets généreux. La Cour cherchera tous les moyens d'adoucir la sentence – à condition qu'il y en ait une, bien entendu. Henry et moi sommes ici pour vous aider dans la mesure de nos moyens, et nous resterons à vos côtés le temps qu'il faudra. »

Henry Britland serra l'épaule de Shipman. « C'est vrai, mon vieux, nous ferons tout ce qui est en notre pouvoir. Mais avant tout, il nous faut savoir ce qui s'est véritablement passé. Nous avons appris qu'Arabella avait rompu avec vous, alors pourquoi se trouvait-elle ici cette nuit-là ? »

Shipman ne répondit pas immédiatement. « Elle est passée à l'improviste, fit-il d'un air évasif.

— Vous ne l'attendiez donc pas ? demanda vivement Sunday.

— Euh… non… pas vraiment. »

Henry se pencha en avant. « Tom, comme le disait Will Rogers[1] : "Tout ce que je sais, je le lis dans la presse." D'après les médias, vous aviez téléphoné à Arabella plus tôt dans la journée pour la supplier de s'expliquer. Elle est venue vous voir vers neuf heures.

— C'est exact », répondit-il sans plus de précisions.

Henry et Sunday échangèrent un regard soucieux. Visiblement, Tom leur cachait quelque chose.

« Si nous parlions du revolver ? demanda Henry. Franchement, j'ai été stupéfait d'apprendre que vous en possédiez un, et de surcroît qu'il était déclaré à votre nom ; vous étiez un fervent partisan de l'amendement Brady, et considéré comme l'ennemi numéro un de la NRA, cette maudite association en faveur des armes à feu. Où le rangiez-vous ?

— À dire vrai, je l'avais complètement oublié, répondit Shipman d'un ton las. Je l'avais acheté lorsque nous nous sommes installés ici, et il était rangé depuis des années au fond du coffre-fort. Je m'en suis souvenu par hasard l'autre jour, après avoir appris que la police municipale menait une campagne pour encourager les gens à échanger des armes contre des jouets. Je l'ai sorti et laissé avec les balles sur la table de la bibliothèque. J'avais l'intention de le porter au commissariat le lendemain matin. »

Sunday devina qu'Henry se faisait la même réflexion qu'elle. La situation prenait une tournure de plus en plus mauvaise : non seulement Tom avait tué Arabella, mais il avait chargé l'arme après son arrivée.

---

1. Humoriste populaire.

« Tom, que faisiez-vous avant qu'Arabella ne vienne vous voir ? » interrogea Henry.

Shipman hésita avant de répondre. « J'avais assisté à l'assemblée générale annuelle d'American Micro. La journée avait été épuisante et en outre, j'avais un rhume épouvantable. Ma fidèle gouvernante, Lillian, avait préparé le dîner pour sept heures et demie. J'ai mangé légèrement et suis monté immédiatement dans ma chambre. Je ne me sentais pas bien ; j'avais des frissons, et j'ai pris une longue douche chaude avant de me coucher. Comme je dormais mal depuis plusieurs nuits, j'ai avalé un somnifère. J'étais plongé dans un profond sommeil lorsque Lillian a frappé à ma porte pour m'avertir qu'Arabella était en bas et qu'elle désirait me voir.

— Vous êtes descendu ?

— Oui. Lillian était partie lorsque je suis arrivé en bas de l'escalier. Arabella attendait dans la bibliothèque.

— Étiez-vous content de la voir ? »

Shipman resta un instant silencieux avant de répondre : « Non. Je me souviens que j'étais encore abruti par le somnifère et que j'avais du mal à garder les yeux ouverts. J'étais également fâché qu'après avoir ignoré mes appels téléphoniques elle ait décidé de venir sans m'en avertir. Comme vous le savez, il y a un bar dans la bibliothèque. Comme si elle se trouvait chez elle, Arabella nous avait déjà préparé un martini.

— Tom, comment avez-vous pu accepter de boire un martini après avoir avalé un somnifère ?

— Parce que je suis un idiot, répliqua Shipman. Parce que j'étais tellement excédé des glapissements d'Arabella et de son rire de crécelle que le seul moyen de ne pas devenir cinglé était de tout noyer dans l'alcool. »

Henry et Sunday dévisagèrent leur ami avec étonnement. « Je croyais que vous étiez fou d'elle, dit Henry.

— Oh, je l'ai été pendant un temps, mais à la fin c'est moi qui ai rompu. J'ai trouvé plus élégant de laisser croire que la décision venait d'elle. Étant donné nos différences d'âge et de personnalité, personne ne s'en serait étonné. La vérité est que j'étais enfin – temporairement, comme la suite l'a prouvé – revenu à la raison.

— Alors pourquoi lui téléphoniez-vous ? demanda Sunday. Je ne comprends pas.

— Parce qu'elle m'appelait au milieu de la nuit, parfois toutes les heures. En général, elle raccrochait dès qu'elle entendait ma voix, mais je savais que c'était elle. Je l'ai donc prévenue par téléphone que cela ne pouvait pas durer. Mais je ne l'ai certainement pas invitée à venir ici.

— Tom, pourquoi n'en avoir rien dit à la police ? Si j'en juge par ce que j'ai lu et entendu, tout le monde croit qu'il s'agit d'un crime passionnel. »

Tom Shipman secoua tristement la tête. « Parce que je crois qu'en définitive c'est probablement ainsi qu'on peut le qualifier. Ce soir-là, Arabella m'a annoncé qu'elle était en contact avec un journal à scandales pour lui vendre une histoire de parties fines que nous aurions, vous et moi, organisées durant votre présidence.

— C'est grotesque ! s'indigna Henry.

— Du chantage, murmura Sunday.

— Exactement. Croyez-vous que rapporter ce

genre de choses améliorerait ma situation ? » demanda Shipman. Il hocha la tête. « Non. Même si ce n'est pas le cas, au moins y a-t-il une certaine dignité à être puni pour avoir assassiné une femme parce que je l'aimais trop et que je n'ai pas accepté de la perdre. C'est une marque de respect envers elle et, d'une certaine manière, envers moi. »

Sunday tint à ranger la cuisine pendant qu'Henry accompagnait Tommy jusqu'à sa chambre. « Tommy, je préférerais que quelqu'un reste ici avec vous pendant les jours qui viennent, dit-il. Je n'aime pas vous savoir seul.

— Oh, ne vous inquiétez pas, Henry. Je vais bien. D'ailleurs, je ne me sens pas seul après votre visite. »

Henry ne fut pas rassuré pour autant. Constance et Tommy n'avaient pas d'enfants et aujourd'hui un grand nombre de leurs amis avaient pris leur retraite et étaient partis s'installer ailleurs, la plupart d'entre eux en Floride. Les pensées d'Henry furent interrompues par la sonnerie de son téléphone portable.

C'était Jack Collins, le chef de l'équipe des services secrets chargée d'assurer sa protection. « Je suis désolé de vous déranger, monsieur le Président, mais une voisine affirme qu'elle a un message urgent à transmettre à M. Shipman. Elle dit qu'une amie de ce dernier, une certaine comtesse Condazzi, habitant Palm Beach, a essayé en vain de le joindre ; il ne répond pas au téléphone et son répondeur est apparemment débranché. Elle s'inquiète. Elle fait dire à M. Shipman qu'elle attend son appel.

— Merci, Jack. J'en fais part immédiatement au

secrétaire Shipman. Sunday et moi sortirons de la maison dans quelques minutes.

— Très bien, monsieur. Nous serons prêts. »

La comtesse Condazzi, songea Henry. Intéressant. Je me demande qui c'est.

Sa curiosité s'accrut lorsque, après avoir informé Thomas Shipman de l'appel téléphonique, il vit une lueur apparaître dans son regard et un sourire flotter sur ses lèvres. « Betsy a appelé, vraiment ? C'est gentil de sa part ! » Mais ses yeux s'assombrirent aussi vite qu'ils s'étaient éclairés et son sourire s'évanouit. « Peut-être pourriez-vous prévenir ma voisine que je ne reçois aucun coup de téléphone, dit-il. De personne. Au point où en sont les choses, je pense préférable de ne parler qu'à mon avocat. »

Quelques minutes plus tard, comme Henry et Sunday traversaient d'un pas vif l'attroupement des journalistes, une Lexus s'arrêta dans l'allée à leur hauteur. Ils virent une femme en sortir rapidement et, profitant de la diversion provoquée par leur départ, atteindre sans mal la maison où, utilisant sa propre clé, elle entra immédiatement.

« Sans doute la gouvernante, dit Sunday, notant que la femme, âgée d'une cinquantaine d'années, était vêtue simplement et portait ses cheveux tressés en couronne sur la tête. Elle a la tenue de l'emploi et qui d'autre aurait une clé ? Au moins Tom ne sera-t-il pas seul.

— Il doit la payer généreusement, fit remarquer Henry. Elle a une voiture plutôt luxueuse. »

Sur le chemin du retour, il fit part à Sunday du mystérieux coup de fil de la comtesse. Elle n'émit aucun commentaire, mais il vit à la façon dont elle penchait la tête et plissait le front qu'elle était à la fois préoccupée et perplexe.

Ils avaient pris place dans une vieille Chevrolet, l'une des dix voitures d'occasion spécialement équipées qu'Henry utilisait volontiers lorsqu'il désirait passer inaperçu. Les deux gardes du corps, l'un au volant et l'autre assis à ses côtés, ne pouvaient pas les entendre à travers l'épaisse séparation vitrée.

Brisant ce qui pour elle était un silence interminable, Sunday dit : « Henry, il y a quelque chose qui n'est pas normal dans cette affaire. C'était déjà perceptible dans les comptes rendus publiés par la presse, mais maintenant, après avoir parlé à Tommy, j'en suis certaine. »

Henry acquiesça. « Tu as raison. Au début, j'ai pensé que les circonstances du meurtre étaient tellement horribles que Tommy les avait niées, qu'il avait été incapable d'accepter la vérité. » Il s'interrompit un instant. « Mais je m'aperçois maintenant que là n'est pas la question. Tommy ne sait même pas ce qui est arrivé. Et tout ça lui ressemble si peu ! s'exclama-t-il. Quel que soit le motif – menaces de chantage ou je ne sais quoi –, même sous l'effet d'un somnifère augmenté d'un martini, Tommy est incapable de s'emporter au point de tuer une femme. En le voyant aujourd'hui, je me suis rendu compte que toute cette histoire était invraisemblable. Tu ne le connaissais pas alors, Sunday, mais il était terriblement attaché à Constance. Son calme au moment de sa mort fut remarquable. Non, décidément, Tommy n'est pas le genre d'homme à perdre son sang-froid, quelles que soient les circonstances.

— Bon. Il s'est peut-être comporté de façon admirable à la mort de sa femme, mais qu'il ait complètement perdu les pédales pour Arabella Young alors que Connie était à peine en terre en dit long sur l'homme, tu ne crois pas ?

— Oui, par réaction peut-être ? Ou par refus ?

— Exactement. Parfois, les gens tombent amoureux très rapidement après avoir perdu un être cher et ça peut marcher, mais c'est rare.

— Tu as probablement raison. Le fait que Tommy n'ait jamais épousé Arabella – alors qu'il lui avait offert une bague de fiançailles il y a déjà presque deux ans – signifie sans doute qu'il savait dès le début que c'était une erreur.

— Henry, je n'étais pas dans le circuit à cette époque. J'ai lu dans les journaux l'histoire de cet amour fou entre l'austère secrétaire d'État et l'éblouissante attachée de presse qui aurait pu être sa fille ; mais je me souviens d'avoir vu deux photos de lui publiées côte à côte, l'une le montrant en public, serrant Arabella dans ses bras, et l'autre à l'enterrement de sa femme, prise à un moment où il ne surveillait pas son expression. Personne au monde ne peut être à ce point accablé par le chagrin et paraître aussi heureux à peine deux mois plus tard. Et la tenue d'Arabella… Ce n'était franchement pas le genre de Tommy. »

Sunday sentit plus qu'elle ne vit son mari hausser les sourcils. « Oh, allons ! Tu lis ces feuilles de chou comme moi. Dis-moi la vérité. Que pensais-tu d'Arabella ?

— Franchement, j'y pensais le moins possible.

— Tu ne réponds pas à ma question.

— Je n'aime pas dire du mal des disparus. » Il hésita un instant. « Mais si tu veux tout savoir, je la trouvais bruyante, vulgaire et insupportable. Un esprit acéré, certes, mais elle parlait sans discontinuer – un vrai moulin à paroles – et les lustres tremblaient lorsqu'elle riait.

— Bien. Ça correspond en effet à ce que j'ai lu à son sujet. » Sunday resta pensive une minute puis se tourna vers son mari. « Henry, si Arabella est allée jusqu'à faire chanter Tommy, crois-tu possible qu'elle ait déjà employé ce genre de méthode avec quelqu'un d'autre ? Est-il envisageable qu'entre le somnifère et le martini Tommy ait perdu conscience et qu'un intrus soit entré dans la maison à son insu ? Quelqu'un qui aurait suivi Arabella et trouvé là une occasion de se débarrasser d'elle et de laisser accuser ce pauvre Tommy ?

— Et qui aurait ensuite porté et couché Tommy dans sa chambre au premier étage ? » Henry haussa les sourcils.

Ils gardèrent le silence tandis que la voiture s'engageait sur la bretelle menant au Garden State Parkway. Sunday regarda pensivement par la fenêtre les derniers rayons du soleil enflammer les arbres encore revêtus de leur feuillage rouge et or. « J'adore l'automne, dit-elle. Et je trouve navrant qu'à l'automne de sa vie Tommy se trouve confronté à cette épreuve. » Elle se tut à nouveau. « Bon, reprit-elle. Envisageons un autre scénario. Tu connais bien Tommy. Supposons qu'il ait été en colère, voire fou de rage, mais aussi tellement groggy qu'il était incapable d'avoir les idées claires. Mets-toi dans sa position à ce moment-là : qu'aurais-tu fait ?

— Ce que nous faisions lui et moi lorsque nous

prenions part à des conférences au sommet. Nous sentions que nous étions trop fatigués ou excédés – ou les deux – pour réfléchir posément, et nous allions nous coucher. »

Sunday serra la main d'Henry dans la sienne. « Voilà exactement à quoi je voulais en venir. Supposons que Tommy soit parvenu à monter tant bien que mal dans sa chambre, laissant Arabella dans la bibliothèque. Et supposons que quelqu'un d'autre l'ait suivie jusque-là, quelqu'un qui savait ce qu'elle allait faire. Il nous faut découvrir avec qui Arabella aurait pu se trouver plus tôt dans la soirée. Et nous devrions interroger la gouvernante de Tommy, Lillian West. Elle est partie peu après l'arrivée d'Arabella. Peut-être a-t-elle remarqué une voiture stationnée dans la rue. Et cette comtesse qui a téléphoné de Palm Beach, si impatiente de parler à Tommy ? Essayons d'entrer en contact avec elle ; qui sait, elle peut nous apprendre quelque chose.

— D'accord, dit Henry, plein d'admiration. Comme d'habitude nous sommes sur la même longueur d'onde, mais tu as une foulée d'avance. Je n'avais pas envisagé de parler à la comtesse. » Il passa son bras autour de Sunday et l'attira plus près de lui. « Viens ici. Te rends-tu compte que je ne t'ai pas embrassée depuis onze heures dix ce matin ? »

Sunday lui caressa les lèvres du bout de son index. « Tu es donc attiré par autre chose que par mon esprit brillant ?

— Comme tu peux le remarquer. » Henry embrassa le bout de ses doigts avant de les repousser doucement et de presser sa bouche contre la sienne.

Elle s'écarta de lui. « Henry, encore une chose. Il faut nous assurer que Tommy ne plaide pas coupable avant que nous ayons tenté de l'aider.

— Comment l'en empêcher ?

— En le lui ordonnant, naturellement.

— Chérie, je ne suis plus président.

— Aux yeux de Tommy, tu l'es toujours.

— D'accord, je vais essayer. Mais voici une autre injonction présidentielle : tais-toi un peu. »

À l'avant, les deux gardes du corps regardèrent dans le rétroviseur et échangèrent un sourire.

Le lendemain matin, Henry se leva à l'aube et partit faire un tour à cheval dans sa propriété avec son régisseur. Il était de retour, à huit heures et demie, quand Sunday le rejoignit dans la salle du petit-déjeuner qui surplombait le jardin à l'anglaise à l'arrière de la maison. Sur les murs tendus de toile de lin à larges rayures, une profusion de gravures botaniques donnaient à la pièce un caractère joyeux et fleuri. Bien différent, comme Sunday le faisait souvent remarquer, de l'appartement de Jersey City où elle avait grandi et où ses parents vivaient encore.

« N'oublie pas que la session du Congrès commence la semaine prochaine, dit-elle en terminant lentement sa deuxième tasse de café. Si je peux faire quelque chose pour aider Tommy, je dois me mettre au travail dès maintenant. J'ai l'intention de rassembler tout ce que je peux trouver concernant Arabella. Marvin a-t-il terminé le rapport que nous lui avons demandé ? »

Marvin Klein dirigeait les bureaux d'Henry, désormais

installés dans une ancienne remise de la propriété. Pourvu d'un humour particulier, il se qualifiait de chef d'état-major d'un gouvernement en exil, se référant au fait qu'à la fin du second mandat d'Henry Britland, l'opinion publique avait demandé que soit supprimée l'interdiction faite au président des États-Unis de remplir plus de deux mandats. Un sondage à l'époque avait montré que quatre-vingts pour cent de l'électorat souhaitait que la restriction soit levée en cas de deux mandats *non consécutifs*. Manifestement, une majorité du peuple américain désirait le retour d'Henry Parker Britland IV au 1600 Pennsylvania Avenue.

« Je viens de le lire, dit Henry. Il en ressort que la regrettée Arabella s'est arrangée pour jeter un voile sur une bonne partie de son passé. Les découvertes croustillantes que Marvin a fini par déterrer nous apprennent quand même qu'elle s'était mariée une première fois, avait divorcé et saigné à blanc son ex-mari, et qu'elle entretenait depuis longtemps et épisodiquement une liaison avec un certain Alfred Barker, un individu qui a passé quelques années en prison pour corruption de sportifs.

— Incroyable ! En est-il sorti aujourd'hui ?

— Mieux que ça, ma chérie. Il a dîné avec Arabella le soir même de sa mort. »

Sunday resta bouche bée. « Chéri, comment Marvin l'a-t-il appris ?

— Comment Marvin s'y prend-il pour tout savoir ? Il a ses sources. Et pour en revenir à Arabella, il semble que cet Alfred Barker vive à Yonkers qui, comme tu le sais sans doute, n'est pas loin de Tarrytown. Quant à l'ex-mari d'Arabella, il paraît qu'il s'est remarié et n'habite plus la région.

— Marvin a obtenu toutes ces informations en une seule nuit ? » Les yeux de Sunday brillaient d'excitation.

Henry répondit d'un hochement de tête, tandis que Sims, le maître d'hôtel, lui servait une seconde tasse de café. « Merci, Sims. Et ce n'est pas tout, continua-t-il. Il a également appris qu'Alfred Barker était encore très épris d'Arabella, aussi incroyable que cela puisse paraître, et qu'il s'était vanté de la revoir depuis qu'elle avait largué le vieux schnoque.

— Que fait Alfred Barker maintenant ? demanda Sunday.

— Théoriquement, il est propriétaire d'un magasin de fournitures de plomberie. Mais selon les sources de Marvin, il s'agit d'une façade pour un bon nombre d'affaires douteuses qu'il gère plus ou moins seul. L'information qui m'intéresse plus particulièrement, cependant, est que notre M. Barker est connu pour ses réactions violentes, quand on le contrarie. »

Sunday plissa le front, profondément absorbée dans ses pensées. « Hmmm. Voyons. Il a dîné avec Arabella juste avant qu'elle ne débarque à l'improviste chez Tommy. Il déteste être contrarié, ce qui signifie probablement qu'il est aussi très jaloux, et il est violent. » Elle regarda son mari. « Est-ce que tu penses ce que je pense ?

— Exactement.

— Je savais bien qu'il s'agissait d'un crime passionnel ! s'écria Sunday. Seulement, il apparaît que la passion n'émanait pas de Tommy. Bon. J'irai voir Barker aujourd'hui, ainsi que la gouvernante de Tommy. Comment s'appelle-t-elle, déjà ?

— Dora, je crois », répondit Henry avant de corriger : « Non, non… Dora était le nom de la femme qui a travaillé chez eux pendant des années. Une perle. Tommy a mentionné qu'elle avait pris sa retraite peu de temps après la mort de Constance. Non, si ma mémoire est exacte, la femme qui s'occupe de sa maison actuellement et que nous avons aperçue hier s'appelle Lillian West.

— C'est ça. La femme à la Lexus. Donc, je m'occupe de Barker et de cette Lillian West. De ton côté, que comptes-tu faire ?

— Je vais prendre l'avion pour Palm Beach et rendre visite à cette comtesse Condazzi. Je serai rentré pour le dîner. Quant à toi, ma chérie, promets-moi d'être prudente. Souviens-toi que Barker a une sale réputation. Je ne veux pas que les types de la sécurité te perdent de vue.

— Entendu.

— Je ne plaisante pas, Sunday. » Henry avait pris le ton sévère qui mettait généralement les membres de son cabinet dans leurs petits souliers.

« Tu es un vrai macho, dit Sunday en souriant. Bon, c'est promis, ils resteront collés à mes basques. Tu peux prendre ton avion en paix. » Elle posa un baiser sur ses cheveux et sortit de la pièce en fredonnant la célèbre marche militaire *Hail to the Chief*.

Quatre heures plus tard, pilotant son jet privé, Henry avait atterri à l'aéroport de West Palm Beach et s'était sa célèbre mâchoire volontaire, à ses yeux noisette qui savaient si bien trahir ou, si nécessaire, dissimuler ses émotions. Et, si elle s'impatientait souvent de la présence des gardes du corps, soulignant que, n'ayant jamais été la première dame, elle ne voyait pas en quoi il était nécessaire d'assurer sa protection, en ce moment précis, seule dans cette pièce sordide avec cet homme à l'air hostile, elle était rassurée de les savoir derrière la porte légèrement entrouverte.

Elle s'était présentée sous le nom de Sandra O'Brien, et il était clair qu'Alfred Barker ne se doutait pas un instant que la suite de son nom était Britland.

« Alors, pourquoi est-ce que vous voulez me parler d'Arabella ? lui demanda Barker en allumant un cigare.

— Je voudrais d'abord vous dire que je suis sincèrement peinée de sa disparition, commença Sunday. Je crois savoir que vous étiez très proches l'un de l'autre. Mais, voyez-vous, je connais M. Shipman. » Elle se tut, puis expliqua : « Mon mari a jadis travaillé avec lui. Personne ne semble s'accorder sur celui des deux qui a pris l'initiative de rompre.

— Arabella en avait marre du vieux. C'est moi qu'elle aimait.

— Mais elle était fiancée à Thomas Shipman, protesta Sunday.

— Ouais. Je savais que ça durerait pas. Seulement, il était plein aux as. Voyez-vous, Arabella s'était mariée à l'âge de dix-huit ans avec un abruti qui ne savait même pas comment il s'appelait. Mais elle était maligne. Le bonhomme était peut-être stupide, mais ça valait le coup de rester avec lui parce que la famille avait du fric. Elle



rendu jusqu'à la propriété de style colonial espagnol où résidait la comtesse Condazzi. « Attendez à l'extérieur », dit-il à ses gardes du corps.

La comtesse était une femme d'une soixantaine d'années, petite, mince, avec des traits délicats et un regard gris plein de douceur. Elle l'accueillit chaleureusement et en vint directement au vif du sujet : « Votre appel m'a fait un immense plaisir, monsieur le Président, dit-elle. J'ai appris la nouvelle concernant l'affreuse situation dans laquelle se trouve Tommy, et je tenais absolument à lui parler. Je sais ce qu'il doit endurer, mais il refuse de répondre à mes appels. Écoutez, je suis convaincue que Tommy n'a pas pu commettre ce crime. Nous sommes amis d'enfance ; nous avons fait toutes nos études ensemble, y compris nos études universitaires, et pendant toutes ces années je ne l'ai jamais vu perdre son sang-froid. Même au bal des étudiants, alors que les autres garçons se comportaient grossièrement sous l'effet de la boisson, Tommy restait toujours un parfait gentleman, qu'il fût sobre ou non.

— C'est ce que j'ai toujours pensé, acquiesça Henry. Vous avez grandi dans la même ville ?

— Nous habitions dans la même rue, à Rye. Nous sommes sortis ensemble pendant nos années d'université, mais il a fait la connaissance de Constance et j'ai rencontré Eduardo Condazzi. Je me suis mariée, et un an plus tard, lorsque son frère aîné est mort et qu'Eduardo a hérité du titre et des vignobles de la famille, nous sommes partis nous installer en Espagne. Mon mari est mort il y a trois ans. C'est mon fils qui est actuellement comte. Il vit toujours là-bas, mais j'ai pensé qu'il était temps pour moi de regagner mon pays. Un jour, j'ai retrouvé Tommy chez des amis communs, lors d'un week-end de golf. Les années ont paru s'effacer comme par enchantement. »

Et un amour de jeunesse s'est rallumé, pensa Henry. « Comtesse…

— Betsy.

— Très bien. Betsy, je vais vous parler sans détour. Avez-vous renoué avec Tommy les relations que vous aviez dans le passé ?

— Oui et non, répondit lentement la comtesse. Je lui ai fait comprendre que j'étais très heureuse de le revoir, et je crois qu'il a éprouvé le même sentiment à mon égard. Voyez-vous, je pense que Tommy ne s'est jamais donné vraiment le temps de pleurer Constance. Nous en avons parlé ensemble. Pour moi, il était clair que sa liaison avec Arabella Young était un moyen d'échapper au chagrin. Je lui ai conseillé de la quitter, puis de s'octroyer une période de deuil – entre six mois et un an. Je lui ai dit de me rappeler ensuite et de m'emmener à un bal d'étudiants. »

Henry observa le visage de Betsy Condazzi, son sourire nostalgique, ses yeux embués de souvenirs.

« A-t-il accepté ?

— Pas exactement. Il a répondu qu'il était en train de vendre sa maison et comptait se retirer ici. » Elle sourit. « Il a ajouté qu'il n'attendrait pas six mois avant de m'emmener au bal. »

Henry la regarda longuement avant de poser la question suivante. « Si Arabella Young avait raconté à un journal que durant mon administration, et avant même



la mort de sa femme, Tommy et moi donnions des parties fines à la Maison-Blanche, quelle aurait été votre réaction ?

— Je n'en aurais rien cru, répondit-elle simplement. Et Tommy me connaît suffisamment pour savoir qu'il pouvait compter sur mon soutien. »

Pour le retour à Newark, Henry laissa son pilote prendre les commandes. Il resta plongé dans ses réflexions pendant toute la durée du trajet. Il était de plus en plus clair à ses yeux que cette histoire était un coup monté. Tommy était conscient qu'une seconde chance de bonheur s'offrait à lui, et il n'avait pas besoin de commettre un crime pour en profiter. Non, il était impensable qu'il ait tué Arabella Young. Mais comment le prouver ? Sunday avait-elle eu plus de chance dans ses recherches et trouvé un motif plausible pour expliquer la mort d'Arabella ?

Alfred Barker n'était pas homme à inspirer instinctivement la sympathie, songea Sunday en prenant place en face de lui dans le bureau de son magasin de fournitures de plomberie.

C'était un homme d'une quarantaine d'années, bâti en armoire à glace, les paupières lourdes, le teint cireux et le cheveu grisonnant rabattu sur le crâne afin de dissimuler une calvitie naissante. Sa chemise ouverte révélait une poitrine velue, et le dos de sa main droite était barré d'une cicatrice.

Sunday pensa avec un frisson de plaisir au corps mince et musclé d'Henry, à ses traits agréables, dont

a tenu bon pendant trois ou quatre ans, s'est inscrite à l'université, s'est fait arranger les dents, a laissé l'imbécile lui payer tout ce qu'elle voulait, et elle a attendu que le vieil oncle riche casse sa pipe pour empocher sa part d'héritage et demander le divorce. »

Alfred Barker ralluma son cigare à demi consumé, tira une bouffée et se renversa dans son fauteuil. « Une fille drôlement fortiche. Un sacré caractère !

— Et c'est alors qu'elle a commencé à vous voir ? interrogea Sunday.

— Exact. Mais j'ai eu un petit malentendu avec l'administration, et j'ai fini au trou. Elle avait décroché un job dans une boîte huppée de relations publiques et quand ils lui ont offert de l'engager dans leur agence de Washington, il y a deux ans, elle a sauté sur l'occasion. »

Barker aspira longuement la fumée de son cigare et toussa bruyamment. « Impossible de la faire tenir en place, et d'ailleurs je n'en avais pas vraiment envie. Quand on m'a relâché, l'an dernier, elle a pris l'habitude de me téléphoner à tout bout de champ et de débiner Shipman, ce pantin. Mais c'était un bon filon pour elle parce qu'il lui offrait des bijoux de prix et qu'elle rencontrait un tas de gens. » Barker se pencha par-dessus le bureau. « Y compris le président des États-Unis, Henry Parker Britland, quatrième du nom. »

Il regarda Sunday d'un air accusateur. « Combien de personnes dans ce pays ont jamais échangé des plaisanteries à une table avec le Président des États-Unis ? Vous l'avez fait, vous ?

— Pas avec le Président, dit Sunday sans mentir, se

rappelant cette première soirée à la Maison-Blanche où elle avait décliné l'invitation d'Henry.

— Vous comprenez ce que je veux dire ? brama Barker d'un ton triomphant.

— Évidemment, le secrétaire d'État Thomas Shipman était à même de procurer des contacts extrêmement intéressants à Arabella. Mais à l'entendre, c'est lui qui a rompu leurs relations. Pas Arabella.

— Oui. Et alors ?

— Alors pourquoi l'aurait-il tuée ? »

Le visage de Barker s'empourpra et sa main s'abattit sur le bureau. « J'avais prévenu Arabella de ne pas le menacer avec son histoire de scandale. Je lui avais dit que cette fois elle jouait dans une autre catégorie. Mais elle l'avait déjà fait auparavant et elle a refusé de m'écouter.

— Elle l'avait déjà fait ! s'exclama Sunday, se souvenant que c'était exactement le scénario dont elle avait suggéré la possibilité à Henry. Qui d'autre avait-elle fait chanter ?

— Un type avec qui elle travaillait. J'ai oublié son nom. De la petite bière. Mais c'est jamais une bonne idée de s'en prendre à un type qui a le bras aussi long que Shipman. Vous vous rappelez comment il s'est payé la tête de Castro ?

— A-t-elle parlé de ses tentatives pour le faire chanter ?

— Rarement, et à moi seul. Je lui répétais de ne pas continuer, mais elle s'imaginait que la fortune viendrait en chantant. » Des larmes inattendues embuèrent les yeux d'Alfred Barker. « Je l'aimais vraiment. Mais elle était tellement têtue… Elle voulait jamais rien écouter.» Il resta silencieux, apparemment perdu dans ses pensées. «Je l'avais prévenue. Il y avait même cette citation que je lui avais montrée.»

Sunday eut un sursaut involontaire en entendant l'étonnante déclaration de Barker.

«J'aime les citations, poursuivit-il. Je les lis pour m'amuser et pour leur sens profond, si vous voyez ce que je veux dire.»

Sunday hocha la tête. «Mon mari en est féru. Il dit qu'elles sont pleines de sagesse.

— Ouais, c'est aussi ce que je dis. Et qu'est-ce qu'il fait, votre mari ?

— Il est sans emploi actuellement.

— Pas facile ! Il s'y connaît en plomberie ?

— Pas vraiment.

— Et en chiffres ?»

Sunday prit une mine navrée.

«Non, la plupart du temps il reste à la maison. Et il lit beaucoup, pour trouver des citations par exemple.» Elle essayait de ramener la conversation sur le sujet.

«Celle que j'ai lue à Arabella lui allait comme un gant. C'était une grande gueule. Une vraie grande gueule. Un jour, je suis tombé sur cette citation et je la lui ai montrée. Je passais mon temps à lui dire que sa grande gueule lui attirerait des ennuis, et je me trompais pas.»

Barker fouilla dans le premier tiroir de son bureau et en sortit une feuille de papier froissée. «La voilà. Lisez.» Il tendit une page manifestement arrachée à un livre. Quelques lignes étaient entourées de rouge :

*Dans cette tombe, sous une motte d'argile,*
*Repose Arabella Young*
*Qui le 24 mai*
*Commença à tenir sa langue.*

« Ça vient d'une vieille pierre tombale en Angleterre. Mis à part la date, c'est une sacrée coïncidence, non ? » Barker poussa un profond soupir et s'enfonça à nouveau dans son fauteuil. « La belle Arabella va me manquer, c'est sûr. Elle était marrante.

— Vous avez dîné avec elle le soir de sa mort, n'est-ce pas ?

— Ouais.

— L'avez-vous accompagnée chez Shipman ?

— Non. Je lui ai dit qu'elle ferait mieux de laisser tomber, mais elle n'a pas voulu m'écouter. Alors je l'ai mise dans un taxi. Elle avait l'intention de lui emprunter sa voiture pour rentrer chez elle. » Barker secoua la tête. « Elle ne pensait pas la lui rendre. Elle était certaine qu'il lui donnerait n'importe quoi pour l'empêcher de raconter ses salades aux journaux. Au lieu de ça, regardez ce qu'il lui a fait ! »

Il se leva, le visage soudain déformé par la rage. « J'espère qu'ils vont le faire griller. »

Sunday se mit debout à son tour. « La peine de mort dans l'État de New York est appliquée par injection, mais je comprends ce que vous voulez dire. Dites-moi, monsieur Barker, qu'avez-vous fait après avoir mis Arabella dans son taxi ?

— Vous savez, j'attendais qu'on me pose cette

question, mais les flics n'ont même pas daigné venir me parler. Ils savaient depuis le début qu'ils tenaient l'assassin d'Arabella. Donc, après l'avoir mise dans son taxi, je suis allé chez ma mère, que j'ai emmenée au cinéma. Je le fais une fois par mois. Je suis arrivé chez elle à neuf heures moins le quart, et à neuf heures deux nous achetions les billets. Le caissier me connaît. Le gosse qui vend le pop-corn au cinéma me connaît. La femme qui était assise à côté de moi est une amie de ma mère et elle sait que j'ai pas bougé jusqu'à la fin du film. Par conséquent, je n'ai pas assassiné Arabella, mais je sais qui l'a fait ! »

Barker tapa violemment du poing sur le bureau, envoyant valdinguer sur le sol une bouteille de soda vide. « Vous voulez aider Shipman ? Allez lui porter des oranges en prison ! »

Les gardes du corps de Sandra apparurent aussitôt. Ils toisèrent Barker du regard. « Si j'étais toi, je ne taperais pas sur ce bureau en présence de cette dame », fit remarquer l'un d'eux.

Pour la première fois depuis son arrivée, Sunday vit Alfred Barker rester à court d'arguments.

Thomas Acker Shipman avait accueilli avec froideur l'appel téléphonique de Marvin Klein l'informant que le Président le priait de ne pas engager immédiatement les négociations avec le procureur. À quoi bon ? Il voulait en finir avec cette histoire. De toute façon, il irait en prison. D'ailleurs, cette maison avait déjà l'aspect d'une prison. Une fois qu'il aurait plaidé coupable, les médias s'en donneraient à cœur joie, puis ils se désintéresseraient de la question et passeraient à autre chose.

Un homme de soixante-cinq ans qu'on envoie en prison pour dix ou quinze ans ne fait pas longtemps les manchettes des journaux.

C'est uniquement parce qu'ils attendent de me voir traduit en justice qu'ils s'agglutinent comme des mouches devant la maison, se dit-il en observant la foule des reporters campés devant chez lui.

Sa gouvernante, Lillian West, était arrivée ponctuellement à huit heures du matin. Il avait placé la chaîne de sécurité à la porte, espérant la décourager, mais il n'avait réussi qu'à renforcer sa détermination. Elle avait sonné avec insistance, l'appelant jusqu'à ce qu'il vienne lui ouvrir. « Vous avez besoin que quelqu'un s'occupe de vous, que vous le vouliez ou non », avait-elle déclaré d'un ton sans réplique, repoussant les objections qu'il avait formulées la veille, lorsqu'il avait dit qu'il ne voulait pas la voir importunée par les journalistes, et préférait rester seul.

Et elle s'était tranquillement attaquée à ses tâches quotidiennes, nettoyer des pièces dans lesquelles il ne vivrait plus, préparer des repas pour lesquels il n'avait pas d'appétit.

Lillian était une belle femme, un fin cordon-bleu, et elle entretenait remarquablement sa maison, mais sa tendance à tout vouloir régenter lui faisait parfois regretter la fidèle Dora qui était restée avec Connie et lui pendant plus de vingt ans. Peut-être oubliait-elle parfois le bacon sur le feu, mais elle avait toujours fait partie de la famille.

Dora appartenait à l'ancienne école alors que Lillian croyait manifestement en l'égalité des rapports entre employés et employeurs. Bah ! pendant le court laps de temps qu'il lui restait à passer dans cette maison avant de se retrouver en prison, autant s'accommoder de son comportement autoritaire, et essayer de profiter de ses talents culinaires et de sa parfaite connaissance des vins.

Conscient qu'il ne pouvait se couper entièrement du monde extérieur, et qu'en outre son avocat risquait à tout instant d'avoir besoin de le joindre, Shipman avait branché le répondeur et commencé à écouter les messages, triant ceux qui ne lui paraissaient pas importants. Lorsqu'il entendit la voix de Sunday, il décrocha immédiatement.

« Tommy, je vous appelle de la voiture. Je reviens de Yonkers, expliqua-t-elle. Je voudrais parler à votre gouvernante. Est-elle chez vous aujourd'hui ? Sinon, où puis-je la trouver ?

— Lillian est ici.

— Parfait. Ne la laissez pas partir avant que je puisse lui parler, je serai là d'ici une heure.

— Je ne vois pas ce qu'elle vous dira que la police ne sache déjà.

— Tommy, j'ai eu un entretien avec l'ami d'Arabella. Il connaissait son intention de vous extorquer de l'argent et, d'après ce qu'il a dit, j'ai compris qu'elle s'était déjà fait la main sur au moins une autre personne. Il nous faut découvrir de qui il s'agissait. Il est très possible que quelqu'un ait suivi Arabella jusque chez vous cette nuit-là, et en sortant Lillian a pu remarquer quelque chose – une voiture peut-être – sans y attacher d'importance. La police ne s'est jamais intéressée à l'éventuelle existence d'autres suspects, et, Henry et moi étant convaincus que vous n'êtes pas coupable, nous allons enquêter à leur place. Haut les cœurs ! Rien n'est jamais perdu avant que tout soit fini. »

Shipman raccrocha et se retourna. Lillian se tenait debout dans l'embrasure de la porte du bureau. Visiblement, elle avait écouté la conversation. Néanmoins, il lui sourit aimablement. « Mme Britland va arriver d'un instant à l'autre, elle aimerait vous parler. Le Président et elle semblent croire que je ne suis pas coupable de la mort d'Arabella et ils mènent leur enquête de leur côté. Ils ont une théorie qui pourrait m'être très utile.

— C'est merveilleux, dit-elle d'une voix calme et froide. J'ai hâte de lui parler. »

Sunday appela ensuite Henry à bord de son avion. Ils échangèrent les récits de leurs entrevues respectives avec la comtesse et Alfred Barker. Après avoir révélé qu'Arabella faisait chanter ses amants, Sunday ajouta : « Le seul problème, c'est que si quelqu'un d'autre a voulu tuer Arabella, il sera extrêmement difficile de prouver qu'il est entré chez Tommy, a chargé l'arme et appuyé sur la détente.

— Difficile mais pas impossible, chercha à la rassurer Henry. Je vais demander à Marvin d'enquêter immédiatement auprès des derniers employeurs d'Arabella ; peut-être apprendra-t-il avec qui elle était liée. »

Après avoir raccroché, Henry réfléchit à ce qu'il venait d'apprendre sur le passé d'Arabella. Une soudaine et inexplicable inquiétude s'empara de lui. Le sentiment grandissant que quelque chose clochait dans toute cette affaire, mais il ne parvenait pas à savoir quoi.

Il se renfonça dans le siège pivotant, sa place favorite lorsqu'il ne pilotait pas en personne. Sunday avait dit quelque chose qui le tracassait. Quoi donc ? Il passa en revue leur conversation. Bien sûr ! C'était sa remarque concernant la difficulté de prouver qu'un inconnu avait pu pénétrer chez Tommy, charger son arme et tirer.

C'était ça ! Il ne s'agissait pas obligatoirement de quelqu'un d'étranger à la maison ! Il y avait une personne qui avait pu tout faire, une personne au courant que Tommy était ivre et épuisé, qu'Arabella était là, qui en fait l'avait introduite elle-même chez lui. *La gouvernante !*

Elle était au service de Tommy depuis peu. Il n'avait probablement pas vérifié d'où elle venait, il ne savait sans doute rien d'elle.

Sans attendre, Henry appela la comtesse Condazzi. Pourvu qu'elle soit encore chez elle ! pria-t-il intérieurement. Lorsque résonna la voix désormais familière, il alla droit au but : « Betsy, Tommy ne vous a jamais rien dit au sujet de la femme qui s'occupe de son ménage ? »

Elle hésita. « Si, en plaisantant.

— C'est-à-dire ?

— Oh, vous le connaissez ! Il y a tellement de femmes seules entre cinquante et soixante ans et si peu d'hommes disponibles. La dernière fois que j'ai parlé à Tommy, le matin même du jour où cette pauvre fille a été assassinée, je lui ai dit que j'avais une douzaine d'amies veuves ou divorcées qui allaient être jalouses de son intérêt pour moi, et que s'il se montrait par ici il serait le centre de l'attention générale. Il a répondu qu'il était résolu à se méfier des femmes libres ; qu'il venait de faire une expérience embarrassante dans ce domaine. Le matin même, il avait averti sa nouvelle gouvernante qu'il comptait mettre sa maison en vente et partir s'installer à Palm Beach. Il lui avait confié qu'il venait de rompre avec Arabella parce que quelqu'un d'autre était devenu important dans sa vie. Plus tard, en repensant à cette conversation et à la réaction de sa gouvernante, il s'est rendu compte que la pauvre femme s'était peut-être imaginé qu'il s'agissait d'elle. Il a donc tenu à l'informer que, bien entendu, il n'aurait plus besoin de ses services une fois la maison vendue, et que naturellement il ne comptait pas l'emmener avec lui en Floride. Il m'a rapporté qu'elle avait paru bouleversée au début, puis était devenue froide et distante. » La comtesse s'interrompit et étouffa une exclamation. « Bonté divine ! Vous ne pensez tout de même pas qu'elle puisse avoir quelque chose à voir dans cette affaire ?

— C'est ce que je commence à croire, Betsy, répondit Henry. Écoutez, je vous rappelle dans un instant. Je dois avertir sans plus attendre l'homme qui enquête pour moi. » Il raccrocha et composa rapidement le numéro de Marvin Klein. « Marvin, j'ai des doutes sur la gouvernante du secrétaire Shipman, Lillian West. Trouvez-moi immédiatement tout ce qu'on peut dénicher sur elle. »

Marvin Klein n'aimait pas compulser illégalement les fichiers informatiques d'autrui, mais lorsque le patron disait « immédiatement », il n'y avait pas à tergiverser.

À peine quelques minutes plus tard, il avait rassemblé un dossier complet sur Lillian West, y compris la liste de ses nombreuses infractions au code de la route et, plus important, son passé professionnel. Marvin fronça les sourcils en commençant sa lecture. Lillian West, cinquante-six ans, avait fait des études universitaires, décroché une maîtrise et enseigné l'économie domestique dans plusieurs établissements, le dernier en date étant le Wren College, dans le New Hampshire. Six ans auparavant, elle avait quitté son poste pour devenir femme de charge.

À ce jour, elle avait occupé quatre emplois différents. Ses recommandations, soulignant sa ponctualité, sa capacité de travail, ses qualités de cuisinière, étaient bonnes mais pas enthousiastes. Marvin décida d'effectuer quelques vérifications de son côté.

Moins d'une demi-heure après l'appel d'Henry, Marvin était en communication avec l'ancien Président dans son avion. « Monsieur, les rapports indiquent que Lillian West, du temps où elle enseignait plus ou moins à l'université, a eu des relations difficiles avec ses supérieurs. Il y a six ans, elle a quitté son dernier poste dans l'enseignement et elle est partie travailler chez un veuf, dans le Vermont. Il est mort dix mois plus tard, apparemment d'une crise cardiaque. Elle a ensuite été engagée par un dirigeant d'entreprise divorcé, qui malheureusement est décédé la même année. Avant son entrée chez le secrétaire Shipman, son troisième employeur avait été un millionnaire de quatre-vingts ans ; il l'a renvoyée mais lui a fourni un bon certificat. Je suis allé l'interroger. D'après lui, Lillian West était une parfaite femme de charge et une excellente cuisinière, mais elle était très imbue d'elle-même et ne tenait aucun compte des rapports qui existent traditionnellement entre maître et domestique. En fait, c'est le jour où il a pris conscience qu'elle s'était mis en tête de se faire épouser qu'il l'a fichue dehors.

— Cet homme a-t-il jamais eu des problèmes de santé ? demanda calmement Henry, réfléchissant aux possibilités qu'impliquaient ces révélations.

— J'ai pensé à le lui demander, monsieur. Il a répondu qu'il se sent aujourd'hui en pleine forme, mais que durant les dernières semaines où Mme West était à son service, spécialement après qu'il lui eut signifié son congé, il avait souffert d'une extrême fatigue, suivie d'une maladie que personne n'a pu diagnostiquer et qui s'est terminée en pneumonie. »

Tommy s'était plaint d'un gros rhume et d'une sensation d'épuisement. La main d'Henry serra plus fort le récepteur. « Bon travail, Marvin.

— Il y a encore autre chose, monsieur. Selon les rapports, le sport favori de Mme West est la chasse, et il paraît qu'elle a un très bon coup de fusil. J'ai pu m'entretenir avec le président de l'université de Wren, où elle a enseigné pour la dernière fois. Il m'a informé que Mme West a été contrainte de donner sa démission. Elle montrait de sérieux signes de perturbation et a refusé toute aide psychologique. »

Lorsque Henry mit fin à la conversation, l'angoisse se lisait sur son visage. Sunday était en route pour rencontrer Lillian West et elle ignorait tout de ce qu'il venait d'apprendre. Elle allait innocemment lui révéler qu'ils envisageaient l'implication d'une autre personne dans l'assassinat d'Arabella Young. Dieu seul savait comment réagirait cette femme ! Les doigts tremblants, il parvint à peine à composer le numéro du téléphone de la voiture de Sunday.

L'agent Jack Collins répondit. « Nous sommes devant la maison du secrétaire Shipman, monsieur, Mme Britland est à l'intérieur.

— Allez la chercher ! s'écria Henry. Dites-lui que je dois absolument lui parler.

— Tout de suite, monsieur. »

Plusieurs minutes s'écoulèrent avant que Collins ne revienne en ligne. « Monsieur, il semble y avoir un problème. Nous avons sonné à plusieurs reprises mais personne ne répond. »

Assis côte à côte sur le canapé de cuir du bureau, Sunday et Tommy regardaient fixement le canon d'un revolver. Droite et impassible sur sa chaise, Lillian West pointait l'arme vers eux. Le carillon de la porte d'entrée ne parut pas la troubler.

« Sans doute votre garde du palais », dit-elle d'un ton sarcastique.

Cette femme est folle, pensa Sunday en voyant les pupilles dilatées de la gouvernante. Elle est folle et aux abois. Elle sait qu'elle n'a plus rien à perdre en nous tuant, et elle est assez cinglée pour le faire.

Les hommes de la sécurité… Jack Collins et Clint Carr l'accompagnaient aujourd'hui. Que feraient-ils en constatant que personne ne répondait ? Ils allaient probablement forcer la porte. Et au moment où ils entreront dans la pièce, elle nous abattra, Tommy et moi. J'en suis sûre.

« Vous avez tout pour vous, dit soudain Lillian West,

s'adressant à Sunday d'une voix sourde et amère. Vous êtes belle, jeune, vous avez une situation importante, et vous êtes mariée à un homme fortuné et séduisant. J'espère que vous avez apprécié les moments que vous avez passés à ses côtés.

— Oui, répondit doucement Sunday. C'est un homme et un mari merveilleux, et j'ai l'intention de vivre longtemps avec lui.

— Navrée, vous n'aurez pas ce plaisir, et cela par votre faute. Tout ça n'aurait pas été nécessaire si vous ne vous étiez pas mêlée de cette histoire. Quelle importance s'il… » Les yeux de la gouvernante se tournèrent furtivement vers Tommy. « … S'il s'était retrouvé en prison ? Il ne mérite pas le mal que vous vous donnez pour lui. Il m'a trompée. Il m'a menti. Il m'avait promis de m'emmener en Floride. Il devait m'épouser. » Elle se tut à nouveau, lança un regard noir à l'ancien secrétaire d'État. « Naturellement, il n'était pas aussi riche que les autres mais c'était largement suffisant. J'ai fouillé dans ses papiers et je suis au courant. » Un sourire flotta sur ses lèvres. « Et il est plus gentil que les autres, aussi, ce que j'appréciais particulièrement. Nous aurions pu être très heureux.

— Lillian, je ne vous ai pas menti, intervint Tommy. Rappelez-vous tout ce que je vous ai toujours dit, et je pense que vous en conviendrez. J'ai beaucoup d'affection pour vous, malgré tout, et je crois que vous avez besoin de soutien. Je vais faire en sorte que l'on s'occupe de vous. Sunday et moi ferons notre possible pour vous aider.

— Comment ? En me trouvant un autre poste de

gouvernante ? Pour que je fasse le ménage, la cuisine, les courses ? Non merci ! J'ai renoncé à instruire de jeunes gourdes pour accomplir ce genre de corvées en espérant que quelqu'un finirait par s'intéresser à moi, par prendre soin de moi. En vain. Tous ces gens que j'ai servis m'ont toujours traitée comme une rien du tout. » Elle regarda Tommy droit dans les yeux. « Je croyais que vous seriez différent, mais je me suis trompée. Vous êtes comme tous les autres. »

Pendant qu'ils parlaient, la sonnette de l'entrée s'était tue. Sunday savait que les hommes de la sécurité trouveraient un moyen de s'introduire dans la maison et elle savait ce qui s'ensuivrait. Son sang se glaça dans ses veines. Après l'avoir introduite dans la maison, Lillian West avait rebranché l'alarme : « Je ne veux pas qu'un de ces journalistes vienne fourrer son nez ici. »

Si Jack ou Clint tente d'ouvrir une fenêtre, l'alarme va se déclencher, pensa Sunday, et Tommy et moi sommes fichus. Elle sentit la main de Tommy effleurer la sienne. Il se fait la même réflexion. Mon Dieu, que faire ? Elle avait souvent entendu l'expression « regarder la mort en face », mais c'était seulement maintenant qu'elle en comprenait la véritable signification. Henry ! Henry ! Ne laisse pas cette femme nous priver de notre vie ensemble !

La main de Tommy se referma sur la sienne. Son index en pressait avec insistance le dos. Il essayait de lui communiquer quelque chose. Quoi ?

Henry était toujours en ligne, désireux de garder le contact avec l'agent de sécurité qui se trouvait à l'extérieur de la maison de Shipman. Son téléphone cellulaire à la main, Collins ne cessait de lui parler tout en contournant prudemment le bâtiment. « Monsieur, les rideaux sont tirés pratiquement dans toutes les pièces. Nous avons averti la police locale et ils devraient arriver d'un moment à l'autre. Clint est en train de grimper, derrière la maison, à un arbre dont les branches atteignent presque les fenêtres. Nous pourrions entrer par là. Le problème, c'est que nous ignorons dans quelle pièce ils se trouvent. »

Mon Dieu, pensa Henry. Il faudrait au moins une heure pour amener jusque-là le matériel capable de détecter leurs mouvements à l'intérieur. Il revit le visage de sa femme. Sunday ! Sunday ! Il aurait voulu voler à son secours. Envoyer l'armée. Se trouver sur place. Tout de suite. Il secoua la tête. Il ne s'était jamais senti aussi impuissant. Puis il entendit Jack Collins jurer rageusement.

« Que se passe-t-il ?

— Monsieur, les rideaux de la pièce à droite en façade viennent de s'ouvrir et je suis sûr d'avoir entendu des coups de feu à l'intérieur. »

« Cette pauvre idiote m'a donné l'occasion que j'attendais, disait Lillian West. Je savais que le temps me manquait, que je ne pourrais pas vous tuer à petit feu, comme je l'aurais voulu, mais c'était aussi bien comme ça. J'allais faire d'une pierre deux coups, me venger en même temps de vous et de cette horrible bonne femme.

— C'est donc vous qui avez tué Arabella ! s'exclama Tommy.

— Bien sûr que je l'ai tuée. Rien de plus facile. Voyez-vous, je ne suis pas partie ce soir-là. J'ai introduit Arabella dans cette pièce, suis montée vous réveiller, vous ai dit bonsoir, puis j'ai claqué la porte et je suis allée me cacher dans le bureau. J'ai tout entendu. Et je savais que le revolver était là, prêt à être utilisé. Quand vous êtes remonté péniblement à l'étage, je savais que vous n'alliez pas tarder à vous écrouler. » Un sourire mauvais étira ses lèvres. « Mes somnifères sont beaucoup plus efficaces que les vôtres. Ils contiennent quelques ingrédients particuliers. » Elle sourit à nouveau. « Pourquoi croyez-vous que votre rhume a diminué depuis cette fameuse nuit ? Parce que vous ne m'avez pas laissée venir chez vous et que je n'ai pas pu vous donner vos somnifères. Sinon, vous souffririez d'une pneumonie à l'heure qu'il est.

— Vous étiez en train d'empoisonner Tommy ? » s'indigna Sunday.

Lillian West lui jeta un regard furieux. « Je le punissais », dit-elle d'un ton résolu. Elle se retourna vers Tommy. « Vous sachant hors de combat dans votre chambre, j'ai regagné la bibliothèque. Arabella cherchait quelque chose sur votre bureau, et elle a eu un sursaut de surprise à ma vue. Elle a dit qu'elle cherchait les clés de votre voiture, que vous ne vous sentiez pas bien et lui aviez demandé de rentrer seule chez elle et de ramener la voiture le lendemain matin. Puis elle m'a demandé pourquoi j'étais revenue puisque je leur avais souhaité le bonsoir à tous les deux. J'ai dit que je vous avais promis de remettre votre vieux revolver au commissariat de police, et que j'avais oublié de le prendre.

La pauvre idiote est restée plantée là à me regarder le charger. Ses derniers mots furent: “N’est-il pas dangereux de le charger? Je suis sûre que ce n’était pas l’intention de M. Shipman.”»

Elle éclata d’un rire aigu, hystérique. Des larmes jaillirent de ses yeux et elle fut secouée de tremblements, mais elle maintint l’arme pointée dans leur direction.

Elle s’échauffe avant de nous tuer, se dit Sunday, consciente que leurs chances de s’en tirer étaient minces. Le doigt de Tommy pressait toujours le dos de sa main.

«*N’est-il pas dangereux de le charger?*» répéta Lillian West, imitant la voix d’Arabella, avant d’être reprise d’un rire rauque.

Elle cala la main qui tenait le revolver sur son bras gauche. Son rire cessa.

«Accepteriez-vous d’ouvrir les rideaux? demanda Shipman. J’aimerais voir le soleil une dernière fois.»

Lillian West eut un sourire sans joie. «À quoi bon? Vous verrez bientôt la lumière briller au bout du tunnel.»

Les rideaux, pensa Sunday. Voilà ce que Tommy tentait désespérément de lui faire comprendre. La veille, en abaissant le store de la cuisine, il avait mentionné que le système électronique qui actionnait les rideaux de cette pièce faisait un bruit de détonation lorsqu’on le mettait en marche. L’interrupteur qui le commandait était situé sur l’accoudoir du canapé. C’était leur seule chance.

Sunday pressa la main de Tommy pour lui indiquer qu’elle avait compris. Et, priant Dieu en silence, elle appuya furtivement sur le bouton.

Le bruit, semblable à une explosion, fit pivoter Lillian

sur elle-même. Tommy et Sunday en profitèrent pour bondir du canapé. Tommy se précipita sur la femme, mais ce fut Sunday qui, d'un coup sec, parvint à détourner sa main vers le plafond au moment où elle tirait. Plusieurs coups partirent. Sunday sentit une brûlure sous son bras gauche. Impuissante à arracher le revolver des mains de son adversaire, elle se jeta sur elle, fit basculer la chaise sur laquelle elle était assise et roula à terre en même temps qu'elle. Un bruit de verre brisé signala l'arrivée tant attendue de ses deux gardes du corps.

Dix minutes plus tard, la blessure superficielle de son bras entourée d'un mouchoir, Sunday s'entretenait au téléphone avec un ex-président des États-Unis complètement bouleversé.

« Je vais bien, répéta-t-elle pour la quinzième fois. Parfaitement bien. Tommy aussi. On a emmené Lillian West hors d'ici, après lui avoir passé une camisole de force. Cesse de te faire du souci.

— Tu aurais pu être tuée », répétait Henry. Il ne voulait pas couper la communication. Il voulait entendre, entendre et entendre encore la voix de sa femme.

« Mais je suis vivante, répliqua Sunday. Et, Henry, nous avions raison tous les deux. Aucun doute, c'était un crime passionnel. Nous avons seulement mis un peu longtemps à découvrir qui était animé de cette passion. »

## L'homme d'à côté
*1997*

Il savait depuis des semaines que le temps était venu de convier une nouvelle pensionnaire dans son endroit secret, la cachette qu'il avait aménagée au sous-sol. Six mois s'étaient écoulés depuis le départ de la dernière de ses invitées. Elle était restée vingt jours, plus longtemps que les autres.

Ce n'était pas raisonnable de jeter son dévolu sur Bree Matthews – il le savait. Matin et soir, alors qu'il se livrait à ses tâches quotidiennes – laver les carreaux, passer l'aspirateur, astiquer les meubles, balayer l'allée –, il se répétait que c'était risqué de choisir une voisine aussi proche. Beaucoup trop risqué. Mais depuis le jour où elle avait sonné à sa porte et où il l'avait fait entrer chez lui, elle hantait son esprit. Debout dans l'entrée, les bras croisés, elle lui avait affirmé que les fuites qui s'étaient produites dans sa maison, mitoyenne de la sienne, provenaient de son toit à lui. « L'entrepreneur auquel j'ai fait appel m'a demandé un prix exorbitant, avait-elle dit, et malgré tout, dès qu'il pleut, j'ai l'impression d'habiter sous les chutes du Niagara ! En tout cas, il soutient que les responsables sont les ouvriers qui ont fait vos travaux. »

Sa colère l'avait violemment ému. Elle était superbe, avec son type celtique, ses yeux bleu nuit, son teint clair et ses cheveux couleur aile-de-corbeau. Guère plus de trente ans, à son avis, un peu plus âgée que les femmes qui l'attiraient en général, mais extrêmement séduisante. Il s'était retenu de prendre sa main et de refermer la porte, de l'enfermer.

Il avait rougi, balbutié, expliquant qu'il était impossible que les fuites proviennent de son toit, que sinon elles se seraient produites également chez lui. Il lui avait suggéré de consulter une autre entreprise, afin d'avoir un second avis. Il avait failli lui dire qu'il avait travaillé quinze ans chez un entrepreneur et qu'il était évident qu'elle s'était fait rouler par la société qui avait exécuté ses travaux, mais il s'était abstenu. Il ne voulait pas montrer qu'il s'intéressait à elle ou à sa maison, il ne voulait même pas qu'elle puisse deviner qu'il l'avait remarquée.

Quelques jours plus tard, alors qu'il était en train de planter des impatiens le long de son allée, elle était venue s'excuser. Elle avait suivi son conseil et fait venir un autre entrepreneur. Selon ce dernier, le travail avait été bâclé. « Je ne vais pas me laisser faire, avait-elle promis. J'ai porté plainte contre lui. »

Enhardi par son attitude amicale, il avait cédé à une impulsion stupide. Il se tenait près d'elle sur la pelouse, face à leurs deux maisons jumelles, et il avait noté pour la énième fois que le store d'une des fenêtres était de guingois. Elle ne l'avait toujours pas fait réparer. Ça le rendait fou. Les stores de leurs deux maisons étaient parfaitement alignés, et que l'un d'eux penche de la sorte lui était aussi désagréable que le raclement d'un ongle sur un tableau noir. Il lui avait proposé de le redresser.

Elle contempla le store incriminé comme si elle ne l'avait jamais vu auparavant. « Merci beaucoup, mais je ne veux pas vous ennuyer. Le décorateur a fait confectionner des rideaux qu'il viendra poser dès que les dégâts des fuites auront été réparés. J'en profiterai alors pour lui demander d'arranger le store. »

Cet « alors » aurait peut-être lieu dans plusieurs mois, cependant il fut soulagé de l'entendre refuser son offre. Après sa disparition, la police poserait des questions. « Monsieur Mensch, avez-vous vu Mlle Matthews sortir en compagnie de quelqu'un ? A-t-elle reçu des visites récemment ? Entreteniez-vous des relations amicales avec elle ? »

Il pourrait répondre franchement : « Nous parlions de choses et d'autres lorsque nous nous rencontrions dans la rue. Elle sortait souvent avec un jeune homme. Il m'est arrivé d'échanger quelques mots avec lui – un grand brun, d'une trentaine d'années. Je crois qu'il s'appelle Carter. Kevin Carter. »

La police serait probablement déjà au courant de l'existence de Carter. Quand Bree Matthews disparaîtrait, ils interrogeraient d'abord ses amis les plus proches.

On ne l'avait jamais interrogé au sujet de Tiffany. Il n'y avait aucune raison de le faire. Ils s'étaient croisés dans des musées à l'occasion – c'est dans les musées qu'il rencontrait la plupart de ses futures invitées. À la troisième ou quatrième rencontre, il avait demandé à Tiffany ce qu'elle pensait du tableau qu'elle était en train de contempler.

Elle lui avait plu dès le premier coup d'œil. La belle Tiffany, attirante, intelligente. Parce qu'il avait feint de partager son admiration pour Gustav Klimt, elle lui avait accordé sa sympathie et sa confiance. Elle avait accepté son offre de la reconduire à Georgetown. Il l'avait suivie en voiture tandis qu'elle se dirigeait vers la station de métro. Tiffany avait à peine senti la piqûre de l'aiguille. Elle s'était affaissée sur le plancher de la voiture. Au moment où il s'était engagé dans son allée, Bree Matthews était sortie de chez elle ; il lui avait fait un petit signe de tête en actionnant la commande de la porte du garage. À cette époque, naturellement, il ignorait qu'elle prendrait la suite.

Chaque matin, pendant les trois semaines suivantes, il avait passé tout son temps libre avec Tiffany. Il était heureux de l'avoir chez lui. La cachette était claire, lumineuse et gaie, le sol recouvert d'un épais tapis de sol jaune. Il avait rempli la pièce de livres et de jeux. Il avait même peint la salle de bains aveugle en jaune et rouge et installé une douche portative. Il enfermait Tiffany dans la salle de bains, et pendant qu'elle prenait sa douche il passait l'aspirateur et briquait la pièce. Il fallait que tout soit nickel ; il ne supportait pas le désordre. Il lavait et repassait les vêtements qu'elle portait à son arrivée, et les disposait une fois propres dans la pièce à son intention, ainsi qu'il l'avait fait avec les autres. Il avait même fait nettoyer sa veste ; la tache sur la manche le rendait fou.

Il était conscient de sa chance. Il pouvait consacrer

tout son temps à la femme de son choix car il n'était pas obligé de travailler. Il n'avait pas besoin de gagner sa vie. À la fin de ses études secondaires, quand il avait trouvé un emploi chez un entrepreneur, son père avait exigé qu'il lui confie ses gains. « Je vais mettre cet argent de côté pour toi, avait-il dit. Ce serait du gâchis de le gaspiller avec des femmes. Elles ressemblent toutes à ta mère – elles empochent ton fric et te plaquent pour un autre. Ta mère disait qu'elle était trop jeune quand nous nous sommes mariés, que dix-neuf ans était trop jeune pour avoir un enfant. Je lui ai répliqué que cela n'avait pas été trop jeune pour ma mère. »

Son père était mort dix ans auparavant et August avait découvert avec stupéfaction que pendant tout ce temps où il l'avait chichement entretenu, son père n'avait cessé d'investir en actions. À trente-quatre ans, lui, August Mensch, possédait plus d'un million de dollars. Il pouvait se permettre de voyager et de vivre à sa guise, comme il en avait si souvent rêvé durant ces interminables soirées à écouter son père lui rabâcher que sa mère ne s'était jamais occupée de lui quand il était petit. « Elle te laissait dans ton parc des heures entières. Lorsque tu pleurais, elle te lançait un biberon ou un paquet de biscuits. Tu n'étais pas son bébé. Tu étais son prisonnier. Elle refusait même de lire les histoires que j'achetais pour toi. Je rentrais du travail pour te trouver assis tout seul, frissonnant et abandonné à ton sort au milieu des miettes et du lait renversé. »

August s'était installé à Washington l'année précédente ; il avait loué cette maison quelque peu délabrée pour une somme modique, effectuant lui-même les réparations indispensables. Il avait lessivé et repeint entièrement la cuisine et les salles de bains. Mais son bail venait à expiration le 1er mai, dans une vingtaine de jours, et il avait déjà annoncé au propriétaire son intention de quitter les lieux. D'ici là, il aurait invité Bree Matthews et il ne lui resterait plus qu'à partir. Il lui faudrait seulement camoufler les améliorations qu'il avait apportées à sa cachette, s'assurer que personne ne puisse deviner ce qui s'y était passé.

Dans combien de villes avait-il vécu au cours de ces dix dernières années ? Il n'aurait su le dire avec exactitude. Sept ? Huit ? Davantage ? Il se plaisait à Washington, il aurait aimé y séjourner plus longtemps. Mais après Bree, ce serait trop risqué.

*Quel genre d'invitée sera-t-elle ?* Tiffany s'était montrée à la fois terrifiée et furieuse. Elle s'était moquée des livres qu'il lui avait achetés, avait refusé de les lui lire. Elle lui avait dit que sa famille n'était pas fortunée, au cas où il réclamerait de l'argent. Quand elle avait émis son désir de peindre, il lui avait même acheté un chevalet et les fournitures nécessaires.

Et elle avait commencé un tableau pendant son séjour chez lui – une reproduction du *Baiser* de Klimt. Il l'avait arraché du chevalet, et lui avait ordonné de copier une des jolies illustrations de l'album pour enfants qu'il lui avait offert. C'est alors qu'elle lui avait jeté sa boîte de peinture ouverte à la figure.

Mensch n'avait pas un souvenir très exact de ce qui s'était passé ensuite – il se rappelait seulement qu'en voyant sa veste et son pantalon maculés de peinture, il s'était rué sur elle.

Lorsqu'on avait repêché son corps dans un canal de Washington le lendemain, la police avait interrogé ses ex-jules. L'histoire avait fait les gros titres de la presse et de la télévision, chacun échafaudant toutes les hypothèses possibles concernant l'endroit où elle avait disparu pendant trois semaines.

Mensch soupira. Il ne voulait plus penser à Tiffany. Il voulait briquer la pièce, la préparer pour la venue de Bree. Ensuite il lui faudrait desceller les parpaings du mur qui séparaient sa cave de la sienne. Il en ôterait suffisamment pour pouvoir pénétrer chez elle, la ramener à travers l'ouverture et tout remettre en place.

On était dimanche soir. Il avait surveillé sa maison du matin jusqu'au soir ; elle n'était pas sortie une seule fois. Récemment, elle s'était mise à rester chez elle le dimanche, depuis que Kevin Carter ne venait plus la voir, en fait. Mensch l'avait vu pour la dernière fois deux semaines auparavant.

Demain à la même heure, elle serait ici avec lui. Il avait acheté plusieurs albums du Dr Seuss[1] qu'elle lui lirait. Il avait jeté tous les autres. Certains avaient été éclaboussés de peinture rouge. Tous lui rappelaient que Tiffany n'avait jamais voulu lui en lire un seul.

Pendant toutes ces années, il avait toujours veillé au confort de ses invitées. Il n'était pas responsable de leur ingratitude. Il se rappelait le jour où celle du Kansas lui avait réclamé un steak. Il était allé lui en acheter un ; il avait choisi un morceau épais, le meilleur qui fût. À son

1. Auteur et illustrateur célèbre d'albums pour enfants, dont le plus connu est *Le Chat chapeauté*.

retour, il s'était aperçu qu'elle avait voulu profiter de son absence pour tenter de fuir, et cela l'avait mis hors de lui. Il ne se rappelait pas exactement ce qui s'était passé ensuite.

Il espérait que Bree se montrerait plus aimable.

« Qui fait ce bruit ? » s'étonna Bree à voix haute. Postée sur la première marche de l'escalier qui menait à sa cave, elle dressa l'oreille. Un faible grattement venait du sous-sol de la maison voisine. Elle secoua la tête. *À six heures du matin un lundi M. Mensch est déjà en train de bricoler !*

Elle poussa un soupir. Elle n'avait aucune raison d'être debout si tôt, mais elle n'avait plus sommeil. Elle avait attrapé froid et s'était sentie si mal fichue la veille qu'elle avait passé la journée à somnoler au lit. Elle n'avait même pas pris la peine de répondre au téléphone, se contentant d'écouter les messages. Ses parents étaient en voyage. Sa grand-mère n'avait pas appelé, pas plus qu'un certain Kevin Carter.

Aujourd'hui, enrhumée ou pas, elle devait se rendre au tribunal à neuf heures pour forcer ce maudit entrepreneur à rembourser les réparations du toit qu'il était censé avoir précédemment refait. Sans mentionner les dégâts causés à l'intérieur par les fuites. Elle ferma la porte de la cave d'un geste décidé et alla à la cuisine, prépara un jus de pamplemousse, du café, fit griller un muffin, puis s'installa au comptoir du petit-déjeuner. Je n'ai jamais porté plainte devant un tribunal, se dit-elle. C'est pourquoi je suis si tendue.

Bree – diminutif de Bridget – Matthews était indiscutablement d'un naturel émotif. L'achat de cette maison un an auparavant s'était révélé une coûteuse erreur. « Un aperçu de l'enfer », disait-elle à qui voulait l'entendre. Elle admettait pourtant qu'une fois remis en état, l'endroit serait délicieux à habiter.

Elle avait passé en revue tout ce qu'elle voulait dire au juge. Le papier mural est taché et se décolle. J'ai dû rouler et envelopper le tapis persan de ma grand-mère pour le protéger d'éventuelles nouvelles fuites, et le parquet est abîmé et taché. Maintenant j'attends que le peintre et le parqueteur me demandent une fortune pour refaire les travaux qu'ils ont exécutés il y a quatre mois.

« J'ai demandé à l'entrepreneur de réparer les fuites. Lorsqu'il a prétendu qu'elles provenaient du toit de mon voisin, je l'ai cru et j'ai accusé ce pauvre M. Mensch d'être à l'origine de tous mes problèmes. Vous comprenez, Votre Honneur, un mur mitoyen nous sépare... »

Bree se remémora son voisin, avec son crâne dégarni et sa queue-de-cheval grisonnante, qui la saluait d'un air gêné lorsqu'ils se croisaient dans la rue. Le jour où elle s'était précipitée comme une furie chez lui, il l'avait invitée à entrer, écoutée calmement récriminer, sans ciller. Puis il avait rougi et dit d'une voix presque chuchotante que l'écoulement ne pouvait pas provenir de son toit, car lui-même aurait alors constaté des fuites dans sa maison. Il lui avait conseillé de faire appel à une autre entreprise.

« J'ai fait une peur bleue à ce pauvre type, avait-elle raconté à Kevin ce soir-là. Dès la minute où j'ai vu l'ordre qui règne chez lui, j'aurais dû me douter qu'il ne pouvait y avoir de fuite dans son toit. Je parie que dans sa jeunesse il a obtenu la médaille de la propreté. »

Kevin. Elle avait beau faire, elle ne pouvait s'empêcher de penser à lui. Ce matin, elle allait le revoir pour la première fois depuis un certain temps. Il avait insisté pour venir la rejoindre au tribunal, bien qu'ils eussent cessé de sortir ensemble. Comparaître devant un tribunal n'est certes pas une partie de plaisir, se dit-elle, et je n'ai vraiment aucune envie de revoir Kevin !

D'abord anodine, leur dispute avait bientôt pris des proportions épiques. Kevin avait trouvé stupide de sa part de refuser l'arrangement que lui proposait l'entrepreneur – elle n'obtiendrait probablement pas davantage en allant en justice – mais elle était têtue et aimait la bagarre, avait-il dit, et elle ne réfléchissait jamais avant d'agir. Elle s'était montrée irrationnelle dans cette affaire, elle n'aurait pas dû s'en prendre à son malheureux voisin.

Bree lui avait rappelé qu'elle s'était abondamment excusée, et que M. Mensch avait été très aimable, allant jusqu'à offrir de réparer le store de la fenêtre du salon. Ensuite, au lieu de s'en tenir là, elle avait déclaré à Kevin que c'était *lui* qui aimait la bagarre, lui qui soutenait toujours le parti adverse. Il avait alors proposé qu'ils prennent un peu de recul l'un par rapport à l'autre, qu'ils réfléchissent pendant quelque temps à leur relation. Et Bree avait répliqué avec colère : « Si elle donne à réfléchir, c'est qu'elle n'existe pas ! »

Elle soupira. Ces deux semaines lui avaient paru interminables.

À nouveau, elle perçut le grattement en provenance du sous-sol. Elle se retint de crier : Ça suffit ! Puis le bruit cessa brusquement, suivi par un silence profond.

Elle crut entendre un pas dans l'escalier de la cave. Elle pivota sur elle-même pour voir son voisin se dresser devant elle, une seringue à la main.

Au moment où elle laissait tomber sa tasse de café, il lui planta l'aiguille dans le bras.

Kevin sentit la colère le gagner dangereusement. *Bree est décidément incapable d'entendre raison. C'est une vraie bourrique. Où diable a-t-elle disparu maintenant ?*

L'entrepreneur, Richie Ombert, était arrivé à l'heure. L'air maussade, il ne cessait de consulter sa montre, marmonnant qu'il était attendu sur un chantier. Il réitéra sa position à son avocat. « J'ai proposé de réparer la fuite, mais elle avait déjà fait exécuter le travail par un autre. Pour six fois le prix que j'aurais demandé. Néanmoins, je lui ai offert de payer la somme que ça m'aurait coûté. »

Furieux contre Bree, Kevin regagna son bureau au State Department. Il ne téléphona pas à la société de relations publiques dans laquelle elle travaillait ; pas plus qu'il ne tenta de l'appeler chez elle. Il s'efforça d'oublier ce qu'il avait projeté de lui dire une fois qu'elle serait sortie de sa séance au tribunal, à savoir qu'elle lui avait horriblement manqué.

Mensch traîna péniblement dans l'escalier le corps inerte de Bree. Arrivé en bas, il se pencha et la souleva dans ses bras. Il avait pratiqué l'ouverture dans le mur derrière la chaufferie, à l'endroit où le trou passerait le plus facilement inaperçu. Il avait entreposé les parpaings dans sa propre cave, si bien qu'il ne lui restait plus qu'à mettre Bree en sécurité dans la cachette, aller lui chercher quelques vêtements de rechange, puis replacer les parpaings et les resceller.

Elle n'avait pas repris conscience et ce fut sans difficulté qu'il la porta dans la cachette. Il lui entrava les poignets et les chevilles et, à titre de précaution, noua une écharpe autour de sa bouche. Il devina à sa respiration qu'elle était enrhumée. Il ne voulait pas qu'elle s'étouffe, bien sûr. Il serra les pans de sa robe de chambre autour d'elle, l'emmitouflant chaudement.

Maintenant qu'elle était là, il se sentait fort et calme. Mais il devait se dépêcher, aller chercher ses vêtements et son sac, nettoyer les éclaboussures de café. Il fallait donner l'impression qu'elle avait disparu *après* avoir quitté sa maison.

Il jeta un coup d'œil au répondeur dans la cuisine, le clignotant lumineux indiquait plusieurs appels. Bizarre, pensa-t-il. Il savait qu'elle n'était pas sortie la veille. Se pouvait-il qu'elle n'ait pas répondu au téléphone ?

Il écouta les messages. Tous provenaient d'amis. « Comment va ? » « On se voit bientôt » « Bonne chance au tribunal » « J'espère que tù vas faire payer ce salaud. »

Mensch effaça les messages et s'assit un moment au comptoir. Il avait besoin de réfléchir à la situation. Bree n'était pas sortie de la journée et n'avait manifestement pas répondu au téléphone. Supposons qu'au lieu d'aller chercher ses vêtements afin de simuler qu'elle était partie à son travail ce matin, il range à fond la maison pour faire croire qu'elle n'était pas rentrée chez elle dans la nuit du dimanche ? Après tout, il l'avait vue sortir, et revenir seule vers onze heures, un journal sous le bras. Qui pouvait dire si elle était rentrée chez elle ou non ?

Il se leva, enfila ses gants de caoutchouc et commença à inspecter les lieux. La poubelle sous l'évier était vide. Il prit un sac-poubelle dans le tiroir et y jeta les écorces de pamplemousse, le café moulu et les morceaux de la tasse que Bree avait fait tomber. Méthodiquement, il nettoya la cuisine, prenant même le temps de récurer la cafetière qu'elle avait laissée sur la cuisinière.

Dans sa chambre à l'étage, il fit le lit et ramassa l'édition du *Washington Post* qui traînait par terre. Il fourra le journal dans le sac-poubelle. Un tailleur était posé sur le lit. Il le rangea dans la penderie.

Ensuite il s'attaqua à la salle de bains. La machine à laver et le sèche-linge étaient dissimulés dans un placard, derrière une porte à jalousie. Au-dessus de la machine à laver, il trouva le jean et le sweater dont elle était vêtue le samedi. Il ne pleuvait pas ce jour-là, néanmoins elle portait aussi un imperméable jaune. Il rassembla les vêtements, se dirigea ensuite vers sa commode où il choisit des sous-vêtements. Dans la penderie il prit quelques sweaters supplémentaires et deux ou trois pantalons confortables.

Il trouva son imperméable et son sac dans l'entrée près de la porte. Il consulta sa montre. Sept heures et demie – il était temps de retourner en bas. Il devait s'occuper des parpaings.

Il jeta un coup d'œil autour de lui pour s'assurer qu'il n'avait rien oublié. Ses yeux tombèrent sur le store de guingois à la fenêtre du salon. Sa seule vue lui donnait la nausée. Il posa les vêtements, le sac et le sac-poubelle par terre, et d'un pas rapide et décidé alla à la fenêtre. Le cordon du store était cassé, mais il restait assez de longueur pour l'attacher et le redresser.

Une fois sa tâche accomplie, il poussa un soupir de soulagement. Le store était enfin exactement aligné sur l'autre et, comme lui, effleurait l'appui de la fenêtre. Il reprit rapidement l'imperméable, le sac à main, les vêtements et le sac-poubelle. Deux minutes plus tard, il était de retour dans son sous-sol et remettait les parpaings en place.

Bree crut d'abord qu'elle faisait un cauchemar – un cauchemar à la Disneyworld. Elle ouvrit les yeux et vit les murs peints de rayures marron régulièrement espacées, représentant une barrière. L'endroit était petit, pas plus de deux mètres sur trois, et elle était couchée sur un tapis de sol de plastique jaune vif. Au-dessus de la « barrière », les murs étaient ornés de décalcomanies : Mickey, Cendrillon, Kermit, Miss Peggy, la Belle au bois dormant.

Elle se rendit compte qu'elle avait un bâillon sur la bouche. Elle voulut l'ôter mais put à peine remuer le bras. Ses bras et ses jambes étaient entravés par des menottes.

L'engourdissement se dissipait peu à peu. Où était-elle ? Que lui était-il arrivé ? La panique s'empara d'elle au souvenir du moment où elle avait vu Mensch, son voisin, se dresser devant elle dans sa cuisine. Elle regarda lentement autour d'elle, les yeux écarquillés par la stupéfaction. L'endroit où elle se trouvait ressemblait à un parc pour bébé. Des livres d'enfants étaient empilés dans un angle. Elle distingua le titre de l'un d'eux : *Les Contes de Grimm*.

Comment diable avait-elle atterri là ? Elle se souvint qu'elle s'apprêtait à s'habiller pour se rendre au tribunal. Elle avait disposé sur le lit le tailleur qu'elle avait l'intention de porter. Il était neuf. Elle voulait être chic – plus pour Kevin, à dire vrai, que pour le juge. Elle se l'avouait maintenant.

Kevin. Il la chercherait quand il ne la verrait pas apparaître au tribunal. Il devinerait qu'il lui était arrivé quelque chose.

Ica, sa femme de ménage, se mettrait à sa recherche elle aussi. Elle venait chez elle tous les lundis. Elle s'apercevrait qu'il s'était passé quelque chose d'anormal. Bree se souvint d'avoir laissé tomber sa tasse de café. Elle s'était brisée sur le sol de la cuisine lorsque Mensch l'avait empoignée. Ica savait que Bree n'aurait pas laissé des morceaux de tasse par terre sans les ramasser.

Ses idées s'éclaircissaient peu à peu ; elle se souvint qu'une seconde avant de se retourner et d'apercevoir Mensch, elle avait entendu un bruit de pas dans l'escalier de la cave. Elle sentit sa gorge se contracter à la pensée qu'il s'était introduit chez elle par la cave. Comment ? La porte du sous-sol était fermée à double tour, la fenêtre grillagée.

L'effroi la saisit. Il était clair que rien n'était dû au hasard ; tout avait été méticuleusement planifié. Elle voulut crier mais seul un son étouffé sortit de sa bouche. Elle tenta de prier, répétant désespérément la même phrase : Mon Dieu, faites que Kevin me trouve.

Tard dans l'après-midi du mardi, Kevin reçut un appel téléphonique du bureau de Bree. Elle ne s'était pas présentée à son travail depuis vendredi dernier et n'avait pas téléphoné. Ils avaient supposé qu'elle avait été retenue toute la journée du lundi au tribunal, mais à présent ils étaient franchement inquiets.

Un quart d'heure plus tard, Mensch regarda furtivement Kevin Carter sonner à la porte d'entrée de Bree. Ensuite il le vit franchir la pelouse et jeter un coup d'œil par la fenêtre du salon. Il s'attendit presque à le voir venir chez lui, mais Kevin n'en fit rien. Il resta sans bouger pendant un instant, l'air indécis, avant de se diriger vers le garage et de lorgner à l'intérieur par la fenêtre. Mensch savait que la voiture de Bree y était garée. Il eût préféré la faire disparaître, mais n'en avait pas eu la possibilité.

Il continua de surveiller Kevin Carter jusqu'au moment où il le vit enfin regagner sa voiture et s'éloigner. Avec un sourire satisfait, il descendit alors dans son sous-sol et, comme à chaque fois, contempla ses outils, ses pots de peinture et de vernis, tous parfaitement disposés sur leurs rayons, ou suspendus en rang à leurs crochets. Les pelles à neige masquaient les parpaings qu'il avait descellés pour pénétrer dans la cave de Bree. Le mortier avait séché à présent et il ne restait aucune trace de l'ouverture. Il traversa la chaufferie pour atteindre la cachette située à l'arrière.

Bree reposait sur le tapis jaune, les bras et les jambes toujours entravés. Elle leva les yeux vers lui, et il vit la peur percer sous la colère. Il s'agenouilla près d'elle, ôta le bâillon qui couvrait sa bouche. « Votre ami était en train de vous chercher, lui dit-il. Il est parti. »

Il libéra sa jambe et son bras gauches. « Quel livre vas-tu me lire, maman ? » demanda-t-il, prenant soudain une voix enfantine et implorante.

Le jeudi matin, Kevin était assis dans le bureau de Lou Ferroni, agent du FBI. Derrière la fenêtre, Washington ressemblait à une mer de cerisiers en fleur, mais il ne les voyait même pas. Tout était confus dans son esprit, en particulier les deux derniers jours : son appel affolé à la police, les questions, les conversations au téléphone avec la famille de Bree, l'entrée en scène du FBI.

« Elle est partie depuis suffisamment de temps pour que l'hypothèse d'une disparition devienne envisageable », lui disait Ferroni. L'agent savait que Kevin était le petit ami de Bree, du moins jusqu'à ces derniers jours ; Kevin avait reconnu qu'ils s'étaient disputés. Mais il n'était pas un suspect plausible, et il avait un alibi solide.

Bridget – ou Bree – était encore chez elle le samedi. De cela ils étaient sûrs. Cependant ils n'avaient pu trouver personne qui l'ait vue ou lui ait parlé dans la journée du dimanche, et elle ne s'était pas présentée au tribunal le lundi.

« Reprenons depuis le début, proposa Ferroni. Vous dites que la femme de ménage de Mlle Matthews a été étonnée de voir le lit fait et la vaisselle lavée quand elle est arrivée le lundi matin. » Il avait déjà interrogé la femme de ménage mais voulait s'assurer que son récit concordait avec celui de Kevin.

Kevin hocha la tête. « J'ai téléphoné à Ica dès que je me suis rendu compte de la disparition de Bree. Elle a la clé de la maison et m'a fait entrer. Elle m'a dit qu'à son arrivée le lundi matin, elle n'avait pas compris pourquoi le lit était fait et la vaisselle propre dans la machine à laver. C'était inhabituel. Bree ne faisait jamais son lit le lundi, jour où Ica changeait les draps. C'était la preuve qu'elle n'avait pas dormi chez elle le dimanche soir, et qu'elle avait probablement disparu à un moment donné entre le samedi et le dimanche soir. »

Ferroni sut instinctivement que le désespoir peint sur le visage de Kevin était sincère. Vers qui alors orienter les soupçons ? Richie Ombert, l'entrepreneur poursuivi en justice par Bridget Matthews, avait été l'objet de plusieurs plaintes pour insultes et menaces à l'égard de clients mécontents. Il était réputé pour son sale caractère, et était jusqu'ici le principal suspect.

Il y avait un aspect de cette affaire que Ferroni préférait taire à Carter. L'ordinateur du VICAP, le programme de recherche criminelle du FBI, avait fait apparaître un schéma particulier de disparitions de jeunes femmes. La piste prenait naissance en Californie une dizaine d'années plus tôt, quand une jeune étudiante en art dramatique avait disparu. On avait retrouvé son corps trois semaines plus tard ; elle avait été étranglée. Le plus étrange était qu'elle portait l'ensemble dont elle était vêtue au moment où l'on avait perdu sa trace, mais fraîchement lavé et repassé. On n'avait relevé sur elle aucune trace de violences sinon celles qui à l'évidence avaient provoqué la mort. Mais où diable avait-elle été pendant ces trois semaines ?

Peu après, l'ordinateur du VICAP avait révélé un cas survenu en Arizona et qui présentait des similitudes frappantes avec le précédent. Puis un autre au Nouveau-Mexique, et ainsi de suite au Colorado… dans le Wisconsin… au Kansas… dans le Missouri… dans l'Indiana… dans l'Ohio… en Pennsylvanie… Six mois auparavant, ici même dans le district de Columbia, une étudiante en art, Tiffany Wright, avait disparu. Son corps avait été repêché dans un canal de Washington trois semaines plus tard, mais il n'y avait séjourné que peu de temps. Hormis l'effet de l'eau sur ses vêtements, ces derniers étaient en parfait état. Le seul détail insolite était une légère tache de peinture rouge sur son chemisier.

Ce petit indice avait orienté les recherches vers le cercle des Beaux-Arts, parmi les camarades de classe de la jeune fille. La disparition de Bridget Matthews n'était probablement pas liée à la mort de Tiffany Wright. Le fait de frapper deux fois de suite dans la même ville était contraire aux méthodes employées par ce tueur en série…

« Mlle Matthews s'intéresse-t-elle à l'art ? demanda néanmoins Ferroni. Peint-elle en amateur, par exemple ? »

Kevin secoua la tête. « Non, ses goûts la portent davantage vers la musique et le théâtre, répondit-il. Nous allions fréquemment au Kennedy Center. »

*Allions ? Pourquoi suis-je en train d'utiliser le passé ? Mon Dieu, non !*

Ferroni consulta les notes qu'il tenait à la main. « Monsieur Carter, j'aimerais reprendre les choses depuis le début. Vous connaissiez bien la maison. N'avez-vous rien remarqué de spécial lorsque vous y êtes allé avec la femme de ménage ? »

Kevin le regarda, fronçant les sourcils.

« Qu'y a-t-il ? » demanda vivement Ferroni.

Le visage de Kevin était décomposé. « Il y avait quelque chose de changé, dit-il. Je l'ai senti en entrant. Mais je ne saurais dire de quoi il s'agissait. »

Depuis combien de temps suis-je ici ? se demanda Bree. Elle avait perdu le fil des jours. Trois ? Quatre ? Ils se confondaient tous. Mensch venait de remonter à la cuisine avec le plateau du petit-déjeuner. Elle savait qu'il allait réapparaître dans moins d'une heure et exiger qu'elle lui fasse la lecture à nouveau.

Son emploi du temps obéissait à une routine bien établie. Le matin, il descendait et lui apportait de nouveaux vêtements, un chemisier ou un pull, un jean ou un pantalon. Visiblement il avait pris le temps de fouiller dans sa penderie après l'avoir plongée dans l'inconscience. Et il n'avait emporté que des vêtements lavables.

Ensuite il lui libérait les mains, attachait ensemble les menottes qui lui enserraient les chevilles, puis la menait à la salle de bains, déposait ses vêtements propres sur une chaise et l'enfermait à l'intérieur. Avant même d'avoir ouvert le robinet de la douche, elle entendait le ronflement de l'aspirateur.

Elle avait beau chercher désespérément un moyen de s'échapper, elle savait que ses efforts étaient vains. Les entraves de ses pieds l'obligeaient à mesurer ses pas, et il était clair qu'elle ne parviendrait pas à courir plus vite que lui. En outre, elle n'avait rien à portée de la main qui lui permette de l'étourdir et de prendre la fuite.

Elle savait désormais où elle se trouvait – dans la cave de Mensch. Le mur à sa droite était le mur mitoyen de sa maison. En ce moment même, la police était certainement à sa recherche. Kevin leur aurait raconté qu'elle avait accusé Mensch d'être à l'origine des fuites de son plafond. Ils allaient mener une enquête sur lui et s'apercevoir qu'il avait un comportement bizarre. Toutefois, à moins que Mensch ne change radicalement son emploi du temps, elle n'avait aucune chance de faire savoir qu'elle se trouvait là. Il ne lui restait qu'à attendre et à espérer, éviter de le contrarier jusqu'à l'arrivée éventuelle d'une aide extérieure. Tant qu'elle lui faisait la lecture, il paraissait satisfait.

La veille au soir, elle lui avait conseillé d'acheter des livres de Roald Dahl. Il avait souri, satisfait. « Aucune de mes invitées ne s'est montrée aussi gentille que vous », avait-il dit.

Qu'avait-il fait à ces femmes ? N'y pense pas, se dit-elle farouchement – il a horreur que tu aies l'air d'avoir peur. Elle s'en était rendu compte au début, quand elle s'était mise à sangloter devant lui, le suppliant de la libérer.

« Vous faites trop de bruit », avait-il dit en plaquant une main sur sa bouche tout en lui serrant la gorge de l'autre. Elle avait cru qu'il allait l'étrangler. Mais il avait hésité avant de dire : « Promettez-moi de rester tranquille et je vous permettrai de me faire la lecture. » Puis il avait ajouté : « Maman, je t'en prie, ne pleure pas. »

Depuis, elle s'était forcée à dissimuler ses émotions.

Soudain, elle entendit la poignée de la porte tourner et vit Mensch apparaître, la mine inquiète. « Mon propriétaire vient de téléphoner. Légalement, il a le droit de faire visiter la maison deux semaines avant l'expiration du bail. Elle a lieu lundi, et nous sommes déjà vendredi. Il faut que je fasse disparaître toutes les décorations de cette pièce et que je repeigne les murs ainsi que ceux de la salle de bains, et qu'ils aient le temps de sécher. Cela prendra le week-end entier. Il ne nous reste plus que la journée d'aujourd'hui à passer ensemble, Bridget. Je regrette. Il faudra que vous lisiez un peu plus vite… »

À dix heures du matin – le vendredi –, Kevin était à nouveau assis en face de Lou Ferroni dans les bureaux du FBI. « Grâce à nos appels, nous avons pu reconstituer l'emploi du temps de Mlle Matthews pendant la journée du samedi, lui annonça Ferroni. Plusieurs voisins l'ont vue sortir dans la rue vers deux heures de l'après-midi. D'après leurs dires, elle portait un jean et un imperméable jaune, et elle avait un sac en bandoulière. L'imperméable et le sac ne se trouvent pas dans sa maison. Nous ignorons ce qu'elle a fait ensuite, mais nous savons qu'elle a dîné seule au restaurant Antonio à Georgetown et qu'elle est allée au cinéma à neuf heures voir *L'Arme fatale* au Beacon. »

Bree a dîné seule samedi soir, pensa Kevin. Et moi aussi. Et elle aime les films de violence avec Mel Gibson. Nous en avons souvent ri ensemble…

« Il semble que personne ne l'ait revue ensuite, poursuivit Ferroni. Toutefois nous détenons une information significative. Nous avons appris que son entrepreneur, qu'elle avait poursuivi en justice, était au même cinéma ce soir-là, à la même séance. Il prétend être rentré directement en voiture chez lui, mais il n'y a personne pour confirmer son alibi. Apparemment, il est séparé de sa femme depuis peu. » Ferroni n'ajouta pas que l'entrepreneur avait clairement exprimé devant plusieurs témoins ce qu'il ferait volontiers à cette nana qui le traînait devant les tribunaux. « Nous examinons l'hypothèse selon laquelle Mlle Matthews ne serait pas rentrée chez elle ce soir-là, poursuivit-il. Prenait-elle souvent le métro au lieu de sa voiture ?

— Le métro, ou un taxi, répondit Kevin. Elle trouvait trop compliqué de chercher une place de stationnement. » Il était clair que Ferroni commençait à soupçonner l'entrepreneur d'être à l'origine de la disparition de Bree. Il se rappela Richie Ombert au tribunal, lundi dernier – d'abord irrité, puis bruyamment ravi en entendant le juge rejeter la plainte. Ce type n'avait pas l'air de jouer la comédie, pensa Kevin. Il avait paru sincèrement surpris et soulagé lorsque Bree ne s'était pas présentée. Non, ce n'était pas du côté d'Ombert qu'il fallait chercher la solution. « Y a-t-il d'autres pistes ? » demanda-t-il à Ferroni.

L'agent du FBI songea à la possibilité, brièvement envisagée, d'un enlèvement par un tueur en série. « Non », répondit-il fermement. Puis : « Comment réagit sa famille ? Son père est-il reparti dans le Connecticut ?

— Les circonstances l'y ont forcé. La grand-mère de Bree a eu une légère attaque cardiaque mardi soir – une de ces affreuses coïncidences. La mère de Bree se trouve actuellement auprès d'elle. C'est pourquoi M. Matthews a dû rentrer. Mais nous restons en contact. »

Ferroni soupira. « J'aimerais avoir une bonne nouvelle à leur annoncer. » Dans un certain sens, il eût préféré imaginer que Bree était séquestrée par le tueur en série. Toutes les femmes qu'il avait enlevées étaient restées en vie pendant plusieurs semaines après leur disparition. Cela donnerait au moins un peu de temps au FBI.

« Et son répondeur ? demanda Kevin. Y avait-il des messages ?

— Aucun datant du dimanche, à moins qu'ils n'aient été effacés. Bien entendu, elle a pu les écouter en appelant de l'extérieur. »

Kevin secoua la tête. Il ne voulait pas s'éterniser ici. Il avait promis à Ica de lui téléphoner dès la fin de son entretien avec Ferroni, mais à présent il préférait attendre d'être chez Bree pour l'appeler. Une fois dans sa maison, il aurait l'impression d'être plus près d'elle.

Au moment où Kevin garait sa voiture devant la maison de Bree, il aperçut dans la rue son voisin, le type à la queue-de-cheval. Il sortait visiblement de la librairie et était chargé d'un sac de livres. Leurs regards se croisèrent, mais ils ne s'adressèrent pas la parole. L'homme se contenta de faire un signe de tête, puis remonta l'allée qui menait chez lui. Il pourrait avoir la correction de demander des nouvelles de Bree, pensa Kevin. À moins qu'il ne soit embarrassé – ou effrayé à cette idée.

Kevin prit la clé qu'Ica lui avait donnée, entra et composa son numéro de téléphone. « Ica, pouvez-vous venir jusqu'ici ? lui demanda-t-il. Il y a quelque chose dans la maison qui me préoccupe, mais je n'arrive pas à trouver quoi. Peut-être pourrez-vous m'aider. »

En l'attendant, il arpenta nerveusement le rez-de-chaussée. Il s'arrêta devant la porte du salon. Le contraste avec la cuisine et le bureau était frappant. Ici, comme dans la salle à manger, les meubles et le tapis étaient recouverts de plastique et repoussés dans un angle de la pièce à cause des dégâts provoqués par les fuites d'eau. Le papier mural de couleur ivoire à fines rayures était taché et gondolé.

Kevin se souvint de la joie de Bree trois mois plus tôt, quand toute la décoration avait été achevée. Ils avaient même plus ou moins parlé de se marier, évoqué la maison de Bree et la belle ferme ancienne que lui-même avait achetée en Virginie. Trop prudent pour s'engager vraiment, se reprocha Kevin amèrement. Mais pas suffisamment pour éviter de nous disputer pour des broutilles. Quelle bêtise !

Ica sonna à la porte, interrompant le cours de ses pensées. Le beau visage de la Jamaïcaine trahissait un chagrin égal au sien. « Je n'ai pas fermé l'œil cette semaine, dit-elle. On dirait que vous n'avez pas beaucoup dormi non plus. »

Kevin acquiesça. « Ica, il y a dans cette maison quelque chose qui me tracasse sans que je puisse préciser quoi. »

Elle hocha la tête. « C'est drôle que vous fassiez cette réflexion, car j'ai eu la même impression, mais je l'ai mise sur le fait que le lit était fait et la vaisselle lavée. Si Bree n'est pas rentrée le samedi soir, cela explique tout. Elle ne laisse jamais la maison en désordre. »

Ensemble ils montèrent l'escalier et pénétrèrent dans la chambre. Ica regarda autour d'elle d'un air hésitant. « La pièce m'a paru différente lorsque je suis arrivée lundi matin, dit-elle.

— Différente en quoi ?

— Elle était… voyons, elle était trop bien rangée. » Ica alla jusqu'au lit. « Les coussins – Bree les disposait n'importe comment, tels qu'ils le sont aujourd'hui.

— Qu'est-ce que vous racontez ? » Kevin la saisit par le bras.

« Tout était trop… trop net. J'ai quand même refait le lit, parce que je voulais changer les draps. Il était bordé si serré que j'ai eu du mal à retirer les couvertures. Quant aux coussins du lit, ils étaient alignés contre le mur comme des petits soldats.

— Rien d'autre ?

— Si, répondit Ica d'un ton surexcité. La semaine dernière, Bree a laissé brûler une cafetière. Je l'ai frottée du mieux que j'ai pu et j'ai écrit un mot lui demandant d'acheter de la laine d'acier et de la poudre à récurer ; j'ai ajouté que je finirais de la nettoyer la fois suivante. Le lundi matin la cafetière trônait sur le fourneau, rutilante. Je connais Bree – elle n'aurait jamais fait un truc pareil. »

Ils descendirent à la cuisine. Ica sortit la casserole du placard et regarda Kevin. « Tout ça n'est pas normal, dit-elle. Le lit était trop bien fait. La cafetière trop propre.

— Et… et le store de la fenêtre de devant a été réparé ! s'écria Kevin. Il est aligné sur ceux de la maison voisine. » Il avait fait cette remarque spontanément, mais il comprit tout à coup ce qui l'avait tracassé à propos de la maison de Bree.

C'est alors qu'il songea au type qui habitait à côté et passait son temps à faire les vitres, tondre sa pelouse ou balayer son allée. Que savait-on de lui ? Mettons qu'il ait sonné à la porte de Bree et qu'elle l'ait invité à entrer... Il avait proposé d'arranger son store – c'est Bree elle-même qui le lui avait dit. Kevin sortit la carte de Ferroni de sa poche et la tendit à Ica. « Je vais faire une petite visite chez le voisin. Appelez Ferroni et dites-lui de venir ici immédiatement. »

« Encore un. Nous avons juste le temps. Ensuite tu me quitteras encore une fois, maman, comme elle l'a fait – comme elles l'ont toutes fait. »

Pendant les deux heures où elle lui avait fait la lecture, Bree avait regardé Mensch régresser au stade enfantin, passer de l'adoration à la colère. Il essaye de trouver le courage de me tuer, avait-elle pensé.

Il était assis en tailleur à côté d'elle sur le tapis. « Mais je voudrais vous lire tous les livres, dit-elle d'une voix apaisante. Je sais qu'ils vous plairont. Et demain je vous aiderai à peindre les murs. Nous irons plus vite à deux. Ensuite nous partirons quelque part et je continuerai à vous faire la lecture. »

Mensch se leva d'un bond. « Vous essayez de me tromper. Ce n'est pas vrai, vous ne voulez pas partir avec moi. Vous êtes comme les autres. » Il la regarda fixement, louchant sous l'effet de la colère. « J'ai vu votre petit ami entrer chez vous. Il est trop fouineur. Heureusement que vous êtes en jean aujourd'hui. Mais il faut que j'aille chercher votre imperméable et votre sac. » Il semblait sur le point de pleurer. « Vous n'avez plus le temps de me lire un autre livre », ajouta-t-il avant de sortir à la hâte de la pièce.

Je vais mourir, pensa Bree. Prise de panique, elle s'efforça frénétiquement de libérer ses bras et ses jambes de leurs entraves. Elle fit un mouvement du bras droit et s'aperçut qu'il avait oublié de rattacher la menotte au mur. Il avait dit que Kevin était à côté. Elle ferma les yeux : Kevin, viens à mon secours. Kevin, j'ai besoin de toi.

Elle devait gagner du temps. Elle n'aurait qu'une chance contre lui, un seul instant pour le prendre au dépourvu. Elle le frapperait à la tête avec la menotte qui pendait à son poignet, tenterait de l'assommer. Et après ? Ses yeux s'arrêtèrent sur la pile de livres d'enfants. Il y avait peut-être un moyen. Elle saisit le premier album et commença à en déchirer les pages, les éparpillant tout autour d'elle sur le tapis.

J'aurais dû me douter que le jour était arrivé, se dit Mensch en prenant l'imperméable et le sac de Bree qu'il avait rangé dans la penderie de sa chambre. J'ai préparé le jean et le pull rouge qu'elle portait ce samedi-là. Lorsqu'ils la trouveront, les choses se dérouleront comme à chaque fois ; ils poseront la même question : où se trouvait-elle depuis sa disparition ?

Il commença à descendre l'escalier puis s'immobilisa. Le carillon de la porte d'entrée sonnait. Il posa le sac et l'imperméable. Fallait-il qu'il aille ouvrir ? S'il ne répondait pas, cela paraîtrait-il louche ? Non. Mieux valait se débarrasser d'elle, la transporter loin d'ici. Il ramassa l'imperméable et dévala en courant l'escalier de la cave.

Je sais qu'il est ici, pensa Kevin, mais il ne répond pas. Il faut que je trouve un moyen de pénétrer dans la maison.

Il vit Ica traverser la pelouse en courant. « M. Ferroni est en route, annonça-t-elle, essoufflée. Il a dit de l'attendre. De ne plus sonner à la porte. Il a paru très excité quand je lui ai raconté que tout était tellement bien rangé. Si ses soupçons se vérifient, il dit que Bree est probablement en vie. »

Kevin courut à l'une des fenêtres en façade de la maison dc Mensch et essaya de regarder à l'intérieur. À travers les jalousies il distingua la salle de séjour, impeccablement ordonnée. Haussant le cou, il aperçut l'escalier dans l'entrée. Puis son sang se glaça. Un sac de femme était posé sur la première marche. Il le reconnut : c'était celui qu'il avait offert à Bree pour son anniversaire.

Il s'élança vers le trottoir, où une poubelle était sortie, attendant d'être vidée. Il en renversa le contenu dans la rue, l'emporta en courant vers la maison et l'installa devant la fenêtre. Avec l'aide d'Ica, il grimpa dessus, donna un coup de pied dans la fenêtre, fit tomber les morceaux de vitre et sauta dans la maison de Mensch. Il se précipita au premier étage, criant le nom de Bree.

Ne trouvant personne, il dévala l'escalier quatre à quatre, ouvrit rapidement la porte d'entrée. « Ica, prévenez le FBI que je suis là. » Il franchit au pas de course les pièces du rez-de-chaussée, puis descendit au sous-sol.

Le carillon s'était enfin tu. La personne qui avait sonné à la porte était partie. Mensch comprit qu'il n'avait plus une minute à perdre. L'imperméable et un sac en plastique sur le bras, il pénétra dans la cachette. Le tapis était jonché de bouts de papier. Elle était en train de déchirer ses livres, tous ses albums d'enfant. « Non ! » hurla-t-il.

Il avait mal à la tête, l'impression d'étouffer. Une douleur lui comprimait la poitrine. La pièce était sens dessus dessous – il devait remettre de l'ordre s'il voulait respirer ! Ensuite il la tuerait.

Il courut à la salle de bains, prit la corbeille, revint toujours en courant dans la pièce et commença à rassembler les pages et les livres déchirés. Il procédait rapidement, efficacement, ramassant chaque petit bout de papier. Bree était recroquevillée sur le tapis. Il se pencha vers elle, le sac en plastique serré dans sa main. C'est alors qu'elle leva le bras et le frappa au visage.

Il poussa un hurlement, resta un instant stupéfait, puis poussa un grognement et lui enserra la gorge de ses doigts.

La cave aussi était déserte. Où était-elle donc ? Kevin s'apprêtait à se diriger vers le garage quand il entendit le hurlement de douleur de Mensch à l'arrière de la chaufferie. Suivi d'un autre cri. C'était la voix de Bree !

Mensch étreignait de plus en plus étroitement le cou de Bree quand il sentit soudain qu'on lui tirait violemment la tête en arrière. Un coup à la mâchoire le fit vaciller. Étourdi, il secoua la tête puis, avec un cri guttural, reprit son équilibre.

Bree tendit la main et, lui saisissant la cheville, le fit tomber au moment où Kevin le saisissait à son tour à la gorge.

Des pas lourds résonnèrent dans l'escalier du sous-sol, et Ferroni escorté de deux agents se rua dans la pièce, pistolet à la main. Un instant plus tard, blottie dans les bras de Kevin, Bree regardait Mensch menotté quitter la pièce escorté par les policiers.

Deux jours plus tard, Bree et Kevin se tenaient au chevet de la grand-mère de Bree dans le Connecticut.

« D'après le médecin, tu vas très vite te rétablir, lui dit Bree.

— Bien sûr que je vais me rétablir ! Mais parle-moi plutôt de ta maison. Je parie que tu as fait passer un mauvais quart d'heure à cet escroc d'entrepreneur, hein ? »

Bree sourit en voyant Kevin hausser les sourcils.

« Oh, après mûre réflexion j'ai décidé d'accepter son offre de dédommagement, dit-elle. Je me suis rendu compte qu'au fond j'avais horreur des querelles. »

## Vous souvenez-vous de moi ?
*2000*

Jack Carroll, l'adjoint du procureur du comté de Westchester, présenta ses papiers au poste de garde de l'institut Haviland, centre d'internement psychiatrique pour criminels, et attendit qu'on lui ouvrît la grille.

Le jour idéal pour visiter un endroit réservé aux psychopathes, pensa-t-il amèrement ; pluvieux et froid, avec une humidité pénétrante qui vous paralysait l'esprit autant que le corps. Et il était prêt à parier que cette démarche ne servirait à rien. C'était la quatrième fois qu'il venait ici dans le but d'interroger William Koenig. L'homme avait été déclaré inapte à passer en jugement pour tentative d'homicide sur la personne d'Emily Winters, une jeune fille de vingt-quatre ans. Pour sa défense, il l'avait accusée d'avoir été responsable de sa mort dans une vie antérieure.

Pour Jack Carroll, Koenig était bien davantage qu'un meurtrier présumé. Il avait l'intime conviction que Koenig était coupable de la série de meurtres restés inexpliqués qui avaient hanté Westchester pendant les huit années écoulées.

Et il n'y avait pas le moindre soupçon de preuve, se rappela Jack d'un air sombre alors qu'il pénétrait dans le parking de l'hôpital. Frustré à cette pensée, il sentit une bouffée de colère monter en lui. Heureusement, son chef, le procureur, le soutenait. « Mon sentiment est que vous perdez votre temps, Jack, lui avait-il déclaré carrément, mais depuis trois ans que vous êtes ici, vos intuitions ont toujours été sacrément bonnes. Si vous arrivez à épingler Koenig pour un seul de ces meurtres, je vous promets d'épingler moi-même une médaille à votre poitrine. »

Jack sortit de la voiture, referma la portière et d'un pas rapide suivit l'allée qui menait à l'entrée principale de l'établissement. C'était une nouvelle installation, faussement attrayante, avec de longues et étroites fenêtres. Elles étaient dépourvues de barreaux, mais même un singe n'aurait pu passer à travers l'ouverture.

À l'intérieur du bâtiment, le grand hall d'accueil était décoré avec goût. On se serait cru dans un luxueux immeuble de bureaux. Chaque fois qu'il venait en visite au centre, Jack espérait que l'absence de dispositif apparent de sécurité n'était pas signe de son inexistence.

Koenig avait rendez-vous avec sa nouvelle psychiatre aujourd'hui. Rhoda Morris, qui l'avait suivi depuis son internement voilà huit mois, était partie dans le privé. Jack ne le regrettait pas. À son avis, Koenig avait berné le Dr Morris. Il espérait que sa remplaçante, le Dr Sara Stein, serait plus âgée et plus expérimentée.

Il se sentit rassuré dès le moment où il fut introduit dans son bureau. Le Dr Stein était une femme d'apparence agréable, bien en chair, proche de la soixantaine, avec des cheveux gris et des traits réguliers dans un visage dominé par des yeux marron au regard vif et chaleureux. Il sentit qu'elle l'examinait avec attention et espéra lui faire une impression favorable.

Il savait que de son côté elle voyait un échalas blond d'un mètre quatre-vingts, avec un visage d'adolescent malgré ses vingt-huit ans. Il espéra que, contrairement à beaucoup, elle ne le prendrait pas pour un gamin à peine sorti de l'université.

Elle n'en fit rien. « Heureuse de vous connaître, monsieur Carroll, dit-elle d'un ton vif. Comme vous le savez, je n'ai pas encore rencontré William Koenig. Après avoir parcouru son dossier et appris votre intérêt pour cette affaire, j'ai décidé d'avoir ma première séancc avec lui en votre présence. Bien sûr, il sait pourquoi vous êtes là. »

Jack prit une profonde inspiration. « Docteur, je suis ici parce que je crois que William Koenig est peut-être le fou le plus dangereux qu'abrite cet établissement.

— Nous nous sommes entretenus de lui à la réunion du personnel ce matin. De l'avis général, ses troubles psychotiques auraient été alimentés par des expériences de régression dans une vie antérieure. Pourtant, comme vous l'avez sans doute compris, mes collègues à l'inverse de vous ne pensent pas que Koenig soit un tueur en série.

— Docteur Stein, il ne l'est peut-être pas. Mais si j'ai raison et que nous découvrons la vérité, les familles d'au moins quatre victimes d'homicide pourront enfin connaître la paix. »

Il s'interrompit un instant avant de poursuivre :

« Laissez-moi vous donner un exemple. Voilà deux ans, une vieille femme à Dobbs Ferry a été asphyxiée dans un incendie qui avait été délibérément provoqué dans sa maison. Sa famille a empoisonné la vie d'un jeune voisin de vingt ans qui avait fait un feu de camp dans les bois alentour quelques jours auparavant, l'accusant d'être un pyromane.

— Il leur fallait un coupable, fit-elle remarquer. Mais les conséquences sur un enfant innocent peuvent être terribles. Faisons entrer Koenig.

— Docteur, demandez-lui s'il se souvient d'avoir vécu d'autres existences antérieures. S'il nous en dit suffisamment, nous comprendrons peut-être quelle raison l'aurait poussé à châtier d'autres victimes. »

Elle hocha la tête et se tourna vers l'intercom. « Nous sommes prêts, faites entrer Koenig », dit-elle.

« William, l'adjoint du procureur, Jack Carroll, souhaiterait s'entretenir avec vous.

— Docteur, j'ai expliqué à votre assistante que je ne lui parlerais que par votre intermédiaire, dit Koenig d'un ton froid. Je m'adresserai à vous pour répondre à ses questions. Je sais que mes réponses peuvent être utilisées contre moi. Je ne veux pas de la présence d'un avocat. Je sais aussi que je peux cesser de répondre à tout moment. Je ne demande pas la confidentialité à laquelle est généralement tenu le médecin envers son patient. Vous êtes nouvelle, mais j'ai déjà rencontré M. Carroll à plusieurs reprises. Je ne lui parlerai plus directement. Autre chose ? »

Le Dr Stein jeta un coup d'œil rapide à Jack Carroll, qui secoua la tête.

« Rien d'autre, William, dit-elle.

— Nous pouvons donc commencer. L'État vous paye grassement pour scruter mon cerveau, docteur. Pourquoi attendre plus longtemps pour gagner votre dû ? »

Le sourire de William Koenig atténuait l'ironie de ses propos. Il comptait calmement les heures jusqu'à ce soir ; rien dans son attitude ne pouvait laisser supposer que c'était son dernier jour ici. Son plan d'évasion était infaillible.

Il espérait que le temps continuerait à être gris et pluvieux au moins jusqu'au lendemain. Ses mains menottées jointes sur ses genoux, une ceinture de contention autour de la poitrine, sentant l'œil du surveillant rivé sur lui à travers la lourde porte vitrée, il resta assis dans un silence méprisant face à sa nouvelle psychiatre, le Dr Stein, et à son vieil adversaire, Jack Carroll.

Derrière son sourire faussement aimable, il examinait Stein, lui trouvait l'air négligé avec ses cheveux qui s'échappaient du chignon tortillé à la va-vite sur sa tête. Elle ne portait aucun maquillage. La dernière psychanalyste à laquelle il avait eu affaire était jolie. Plaisante et si gentiment naïve.

Carroll était beau gosse, le genre de type à avoir toutes les filles à ses basques à l'école. Il était intelligent, aussi, assez en tout cas pour se demander si lui, William Koenig, n'était pas responsable d'une série d'homicides qui n'avaient jamais été élucidés.

Mais on avait seulement pu prouver qu'en février dernier il avait tenté d'étrangler Emily Winters.

« William, j'espère que vous vous sentirez à l'aise

avec moi et que vous m'aiderez à vous comprendre. Avec vos propres mots, voulez-vous me dire pourquoi vous avez attaqué Emily Winters ? »

William savait parfaitement que Stein avait étudié son dossier en large et en travers. Malgré tout, il fut flatté de voir l'intérêt s'allumer dans ses yeux quand il lui raconta – avec ses propres mots comme elle l'avait recommandé – qu'en 1708, lorsqu'il était Simon Guiness, il avait été pendu à Londres à cause du faux témoignage de Kate Fallow, une femme qui avait fait une fixation sur lui.

« Elle a tué son mari, puis prétendu qu'il avait été victime d'une attaque à main armée sur la route de leur domaine, expliqua William d'un ton grave. Ensuite, quand je l'ai repoussée, elle est allée trouver le juge et a raconté que j'avais poignardé son mari parce que je la convoitais. »

Un frisson le parcourut tandis qu'il évoquait les malheurs qui s'étaient abattus sur lui par la suite. On avait cru Kate Fallow. Des mois durant, il avait pourri dans un cachot humide et répugnant jusqu'à ce que l'exécution mette un terme à son existence, c'est-à-dire à celle de Simon Guiness.

« Quand avez-vous su pour la première fois que vous aviez eu une vie antérieure, William ?

— J'ai appris qui j'étais durant mes études au lycée. J'ai commencé à m'intéresser à la parapsychologie et je suis parvenu à m'hypnotiser moi-même et à retrouver la personne que j'avais été dans le passé. »

William se rendit compte que le Dr Stein ne le croyait pas capable de s'hypnotiser seul. « Ce n'est pas sorcier si vous vous concentrez, dit-il avec impatience. Vous vous postez devant un miroir dans une pièce sombre éclairée par une seule bougie. Vous prenez un stylo ou un crayon et marquez un point au milieu de votre front afin d'indiquer votre troisième œil. Puis vous fixez ce point dans le miroir. » Il baissa la voix. « Vous verrez les changements survenir au fur et à mesure que vous remonterez dans le passé.

— Les changements, William ?

— Vous les verrez dans le miroir, murmura-t-il. Votre image présente se décomposera et s'effacera, comme l'a fait la mienne. D'autres visages apparaîtront, les visages des personnes que vous étiez dans d'autres temps. »

Il glissa un regard en coulisse vers Jack Carroll. « Je lui ai déjà expliqué tout ça, dit-il au Dr Stein. Je parie qu'il a essayé de s'hypnotiser. Essayé et échoué. Il est trop rationnel. Il n'a pas pu y parvenir.

— Est-ce que j'apprendrais ce qui est arrivé aux personnes que je réincarne si j'étais capable de m'hypnotiser ? demanda le Dr Stein.

— Oh, oui, docteur, vous vous rappelleriez tous les détails.

— De combien de vies avez-vous le souvenir ? »

William fixa le mur vert derrière le bureau du Dr Stein. Vert mousse. Il se flattait de saisir les nuances, pas seulement les couleurs. Ils essayaient tous de le piéger en parlant des autres vies qu'il avait vécues, des châtiments qu'il avait infligés aux personnes qui lui avaient causé du tort dans le passé.

Si seulement vous saviez, pensa William. Il en avait

onze autres à son actif. Un sourire se dessina sur ses lèvres au souvenir de la première, une vieille femme qu'il avait suivie chez elle depuis la gare de chemin de fer après s'être aperçu qu'elle était la sorcière qui lui avait jeté un sort à Salem. Il avait attendu d'être certain qu'elle soit profondément endormie et avait mis le feu à sa maison. Feu pour feu.

Il choisit ses mots avec soin. « Le visage qui m'est apparu à l'époque où j'ai aperçu pour la première fois la femme que vous appelez Emily Winters était celui de Simon Guiness. Sachant le sort fatal qui avait été le mien en la personne de Simon, vous comprendrez pourquoi la vue d'une jeune femme aux cheveux couleur de flamme et aux grands yeux bleus m'a bouleversé.

— La vue d'une femme de cette apparence vous bouleverse-t-elle toujours autant, William ?

— Oh non, tout a commencé voilà un peu plus de trois ans – après ma réincarnation en Simon Guiness.

— Racontez-moi votre rencontre avec Emily. »

Il l'avait repérée en passant dans la rue. Elle servait des clients à une table près de la fenêtre dans un restaurant. « Je l'ai longuement regardée, voulant m'assurer qu'il s'agissait bien de Kate, se remémora-t-il. Puis je suis entré dans le restaurant. Il y avait peu de monde, si bien que j'ai pu l'observer à mon aise. »

La voix de William s'assourdit tandis qu'il se rappelait son excitation en découvrant qu'il avait enfin dépisté Kate Fallow. « Lorsqu'elle est passée devant ma table, je lui ai effleuré le bras. Elle a paru surprise, voire effrayée. Je suis certain qu'elle a éprouvé un sentiment de danger, bien que je me sois excusé.

— Ne lui avez-vous rien dit d'autre, William ?

— J'ai dit : "Vous souvenez-vous de moi ? Je crois que nous nous sommes déjà rencontrés."

— Ensuite vous avez attendu dehors qu'elle sorte du restaurant ?

— Oui, elle s'est mise à marcher en direction de sa maison. Je l'ai suivie à une certaine distance. Je l'ai vue tourner dans une résidence gardée. Il m'a été facile de franchir la clôture à l'insu du vigile. Je l'ai rattrapée dans l'allée d'une belle propriété assez semblable au manoir où vivait Simon Guiness. J'ai pensé que c'était une demeure qui ne correspondait pas à une jeune femme gagnant sa vie comme serveuse. Plus tard, j'ai appris qu'elle était étudiante en droit, travaillait le soir et gardait cette maison en l'absence des propriétaires, un couple du nom d'Adamson.

— Vous êtes entré par effraction.

— C'est exagéré. J'ai attendu des heures et remarqué qu'une chambre à l'étage avait une fenêtre ouverte, ce qui signifiait que l'alarme n'était pas branchée. Je n'ai eu aucun mal à grimper dans l'arbre le plus proche et à me glisser dans la pièce.

— C'était la chambre d'Emily ?

— Oui. Elle dormait. La lune était très brillante, et j'ai pu l'examiner pendant un long moment. Les souvenirs revenaient par vagues, je me rappelais ses efforts incessants pour attirer mon attention lorsque nous habitions des propriétés voisines en Angleterre. »

Jack Carroll sentait la colère le gagner en l'écoutant. Emily lui avait raconté avoir vu la silhouette de Koenig s'encadrer dans la fenêtre. Elle avait su qu'elle ne pourrait pas s'échapper, que son seul espoir était d'atteindre le bouton d'alarme sur le côté du lit. Dans son extrême prudence, M. Adamson avait voulu que chaque lit en soit équipé. Le dispositif était relié au poste des vigiles qui patrouillaient dans la résidence. Ils savaient instantanément de quelle pièce provenait l'alarme, et ils avaient une clé de la maison.

« J'ai eu si peur, Jack, lui avait-elle dit, d'une voix blanche. Je dors avec la lumière allumée depuis, et je crains d'ouvrir les fenêtres. J'ai cru qu'il allait me tuer lorsqu'il s'est penché et a dit : "Vous souvenez-vous de moi ?" – cette même question qu'il m'avait posée au restaurant. »

Emily était tant bien que mal parvenue à garder son sang-froid, pensa Jack. Elle avait dit à Koenig qu'elle était sûre de l'avoir déjà rencontré, mais ne se rappelait plus très bien où. Aurait-il l'amabilité de lui rafraîchir la mémoire ?

« Il était terrifiant, Jack. Son visage était écarlate, les veines de son cou saillaient. Il m'a dit que j'avais tenté de l'attirer dans les champs, que je m'étais vantée d'avoir tué mon mari pour lui. Puis il a dit que le temps était venu – et a mis ses mains autour de mon cou. »

Les vigiles avaient surgi dans la chambre au moment où Koenig commençait à l'étrangler. « Ses doigts étaient si puissants, avait murmuré Emily. Il m'arrive de me réveiller la nuit en les sentant autour de mon cou. »

À son arrestation, les propos hystériques de William criant qu'il était mort à cause d'Emily dans une vie antérieure avaient provoqué un véritable tohu-bohu médiatique.

« Vous avez attaqué Emily Winters parce qu'elle ressemblait à Kate Fallow ? insista le Dr Stein.

— Elle ne lui *ressemblait* pas, répondit William avec un soupçon d'irritation. Elle *était* Kate Fallow. Je l'ai reconnue et je suis immédiatement redevenu l'homme que j'avais été, Simon Guiness. Simon avait le droit d'être en colère – vous devriez le comprendre, docteur. Qu'éprouveriez-vous envers une personne à cause de laquelle vous avez été mis à mort ?

« Je vous avoue que je regrette de ne pas avoir réveillé Emily plus tôt. Si c'était à refaire, je lui passerais une corde autour du cou et la regarderais longuement éprouver la peur et l'angoisse que j'ai connues lors de ma propre exécution. En serrant la corde, je lui expliquerais en détail pourquoi elle doit mourir. »

Il fut récompensé en voyant Jack Carroll se raidir. Il devina qu'un lien personnel s'était formé entre Carroll et la femme qu'ils appelaient Emily Winters.

« Emily était-elle la seule femme à incarner Kate à vos yeux ? demanda le Dr Stein.

— Peu après m'être souvenu que j'avais été Simon Guiness dans le passé, j'ai croisé plusieurs femmes rousses et me suis approché d'elles. Mais l'une avait les cheveux teints. Une autre des yeux de couleur différente. Ceux de Kate étaient d'un bleu intense. Un bleu d'une nuance particulière. Il existe un nom pour ça : pervenche, une sorte de bleu tirant sur le mauve.

« Vous apprendrez peut-être avec intérêt que Kate a réapparu dans d'autres vies, mais qu'elle s'est apparemment arrangée pour échapper à la justice. Lorsque je l'ai observée cette nuit-là, je savais qu'elle était Kate

Fallow, pourtant un autre nom m'a aussitôt traversé l'esprit. Eliza Jackson. Lorsque ces images de mon passé deviendront plus claires, docteur, j'en discuterai avec vous. »

Il la mène en bateau, pensa Jack Carroll. Il fait en sorte que tout le monde le croie fou, et il l'est – mais fou et rusé comme un renard. Si nous avions seulement quelques indications sur les personnes qu'il imagine avoir été antérieurement, nous pourrions établir un lien entre les victimes et lui.

« Vous vous êtes donc *vu* dans des vies passées ? demanda le Dr Stein.

— J'ai vu des visages et j'ai su que j'avais vécu sous les traits d'un seigneur du temps du roi Arthur, et en Égypte durant l'occupation romaine, que j'avais été pasteur dans l'Allemagne du XVIe siècle, mais aucune de ces vies ne comportait beaucoup de détails. J'en conclus que seule celle de Simon Guiness s'était injustement achevée. »

William Koenig sourit secrètement. Ses autres vies lui étaient clairement apparues, et dans chacune d'elles les individus qui l'avaient injustement traité avaient été punis. Excepté la femme qu'ils appelaient Emily Winters, mais il savait où la trouver ce soir. Lorsque son cousin était venu lui rendre visite en prison, Koenig lui avait dit qu'il désirait écrire une lettre d'excuses à Emily. Le cousin s'était renseigné et avait appris qu'elle était en dernière année à la faculté de droit, travaillait encore dans le même restaurant, habitait toujours chez les Adamson.

Il sentit le regard scrutateur du Dr Stein posé sur

lui. Les yeux de Jack Carroll ne trahissaient rien, mais il savait que cette impassibilité masquait sa fureur. Carroll voulait des réponses. Koenig se demanda s'il avait demandé au Dr Stein de lui poser les questions habituelles :

*Aviez-vous quelque chose à voir avec l'incendie survenu à Rosedale qui a tué une femme de quatre-vingts ans ?*

*Il y a cinq ans, en mars, un individu correspondant à votre signalement a été vu dans le cinéma York à Mamaroneck, où un caissier fut retrouvé assassiné. Avez-vous jamais rencontré ce caissier dans une autre vie ?*

*Vous êtes-vous jadis appelé Samuel Ensinger et avez-vous eu un rendez-vous avec Jeffrey Lane, un agent immobilier de Rye ?*

La vieille était la sorcière de Salem. Dans le caissier il avait reconnu un pirate du XVIIe siècle qui l'avait jeté à la côte en 1603. Lane avait été son frère cadet à Glasgow en 1790 et l'avait assassiné pour hériter de la propriété.

Le Dr Stein devina la frustration de Carroll. Il lui avait clairement annoncé : « Je refuse de croire qu'une simple coïncidence explique le fait qu'un homme répondant au signalement de Koenig a été vu dans la région où furent assassinées des personnes n'ayant aucun lien entre elles. »

Répondant au signalement, songea le docteur. Un signalement qui lui va comme un gant : taille moyenne, stature moyenne, traits banals, cheveux filasse. Comme Carroll l'avait fait remarquer, des lunettes différentes, une perruque voire une casquette ou un bonnet de ski pouvaient changer l'apparence de Koenig. Seuls ses yeux étaient particuliers : un bleu délavé, presque incolore. Et il était très fort. Les tendons des muscles saillaient sur son cou et ses mains. Il s'entraînait dans sa cellule plusieurs heures par jour.

À en croire son dossier, sa mère et son père s'étaient toujours montrés renfermés et solitaires. Adolescent, il avait interdiction de jouer avec les autres enfants. Trop d'accidents étaient survenus quand il était dans les parages. Il avait suivi ses études secondaires à White Plains, considéré comme un sale type par ses camarades de classe.

Avec son baccalauréat en poche, William avait quitté le comté de Westchester, et erré d'un boulot à l'autre dans la région. Son casier décrivait un garçon très intelligent mais incapable de se dominer. À la suite d'accès de violence envers ses collègues, il avait été interné pour de courtes durées dans des hôpitaux psychiatriques. Il était retourné à White Plains, véritable bombe à retardement, qui avait en effet explosé la nuit où il avait attaqué Emily Winters.

Le Dr Stein nota que William était un lecteur vorace. Plusieurs psychiatres croyaient que Simon Guiness, l'homme qu'il prétendait réincarner, était le personnage d'un roman qu'il avait lu. Mais à part Jack Carroll, personne ne pensait que William était un tueur en série.

Il était évident qu'on ne tirerait rien de lui aujourd'hui. Il était également évident qu'il se jouait de Carroll.

« C'est bientôt l'heure, William, dit le Dr Stein. Je vous reverrai jeudi.

— Volontiers. Vous me semblez très gentille. Qui

sait ? Peut-être étiez-vous mon amie dans une autre vie ? Je vais essayer de le savoir. J'aimerais bien que vous en fassiez autant de votre côté. »

« Comment va Emily ? demanda le Dr Stein à Jack lorsque Koenig eut quitté la pièce.

— Elle a vu un conseiller psychologique pendant un certain temps, mais je crois qu'elle devrait le consulter régulièrement. Récemment, elle a fait quelque chose que j'ai estimé franchement dangereux. Elle est allée trouver un médium et lui a demandé de la faire régresser dans une vie antérieure.

— Elle a voulu savoir si elle était réellement Kate Fallow ?

— Oui.

— Le pouvoir de suggestion peut jouer un rôle considérable dans ce genre d'évocation du passé.

— Elle ne s'est pas rappelé avoir été Kate Fallow. Mais elle m'a dit détenir une cassette dans laquelle elle décrit sous hypnose ses souvenirs d'une vie passée – lorsqu'elle vivait dans le Sud durant la guerre de Sécession.

— Vous a-t-elle fait entendre cet enregistrement ? »

Jack secoua la tête. « Je lui ai dit que c'était pour moi une absurdité absolue et qu'elle devrait plutôt voir son conseiller psychologique et ne pas se brouiller la cervelle avec ça.

— J'ai appris qu'elle est étudiante en droit à la faculté de Fordham. Mais pourquoi est-elle serveuse dans un restaurant ? demanda le Dr Stein. Et pourquoi vit-elle à White Plains ?

— Emily gagne sa vie pour payer ses études et ne veut pas contracter d'emprunts trop lourds pour elle. Elle a l'intention de devenir avocat commis d'office et ce n'est pas la branche où l'on reçoit les plus gros chèques. Le fait de garder la maison où elle habite lui permet de ne pas payer de loyer. Elle prend ses repas principaux – et gagne de bons pourboires – au restaurant. Dernier point, sa grand-mère qui l'a élevée n'a plus beaucoup de temps à vivre. Elle vit dans une maison de retraite à White Plains, Emily peut ainsi lui rendre visite presque tous les jours. »

Sara Stein ne manqua pas de remarquer l'émotion de Jack Carroll quand il parlait d'Emily. « Vous portez sur elle un jugement personnel, fit-elle remarquer, ce qui pourrait, naturellement, orienter votre réaction à l'égard de William Koenig.

— Assez en tout cas pour être certain que s'il est un jour déclaré sain d'esprit, il passera en jugement pour un bon nombre de meurtres et n'aura pas assez de toutes les vies antérieures qu'il pourra trouver pour purger sa peine. »

Ce soir-là, William mit son plan à exécution. Le nouveau gardien, aussi amical qu'imprudent, était une cible facile. William le laissa enveloppé dans les couvertures sur le lit de sa cellule, le visage tourné vers le mur. Le vieil employé chargé des vestiaires ne vécut pas assez longtemps pour voir le visage de son agresseur.

Il quitta les lieux dans la voiture dudit employé, vêtu des vêtements qu'il lui avait empruntés et muni de ses papiers d'identité. Avant d'aller retrouver Emily, il s'arrêta chez un quincaillier pour acheter une corde. Le nœud coulant était déjà formé lorsqu'il abandonna la voiture dans un parking municipal et se dirigea à pied vers le lotissement privé. Un garde était posté à la grille. Il alla quelques mètres plus loin, escalada la clôture avec l'aisance d'un athlète accompli et, se glissant derrière les buissons et les arbres, se dirigea vers la résidence des Adamson qu'Emily habitait toujours.

Il avait craint que le vieux couple pour lequel elle travaillait ne soit de retour, mais un coup d'œil lui suffit pour constater qu'il n'y avait aucune voiture dans le garage. Juste Kate et moi, pensa-t-il. Dès qu'elle ouvrirait la porte, il s'introduirait derrière elle. Si nécessaire, il la tuerait sur-le-champ. Il lui laisserait cependant la possibilité de désarmer le système de sécurité afin de pouvoir parler avec elle. C'est sans doute ce qu'elle ferait. Restait bien sûr le risque qu'elle le désarme de façon à envoyer un signal d'alarme immédiat, mais il resterait l'oreille aux aguets, à l'affût du premier venu qui aurait l'intention d'entrer dans la maison. Cette fois, ils auraient beau se dépêcher, ils ne la trouveraient pas en vie.

« Je vous recommande la côtelette de veau, dit Emily au client qui hésitait entre le veau et l'espadon.

— Vous voulez dire qu'elle est meilleure que l'espadon ? »

Oh, mon Dieu ! Pourquoi était-elle aussi nerveuse ce soir ? Elle avait l'impression qu'une menace planait sur elle, que quelque chose de terrible allait arriver. Elle savait au fond d'elle-même qu'elle se réveillerait un jour ou l'autre au beau milieu de la nuit et reverrait William Koenig, avec ses yeux au regard glacé, ses mains ouvertes, ses doigts écartés, tendus vers sa gorge.

Ou qu'elle entendrait des pas derrière elle, se retournerait et qu'il serait là. À nouveau il lui demanderait de sa voix calme, étrange : « Vous souvenez-vous de moi ? »

« Je vais peut-être choisir le veau.

— Je suis sûre que vous ne le regretterez pas. » Emily tourna les talons, heureuse de s'éloigner de la table située près de la fenêtre, de regagner la cuisine, où personne ne pouvait la voir depuis la rue. Elle se sentait si vulnérable depuis qu'elle savait que William Koenig l'avait observée dans le noir.

Peut-être devrais-je changer de job, pensa-t-elle. Mais si jamais il est libéré, il te retrouvera partout où tu iras, chuchota une voix dans son inconscient. Ce travail, cette situation lui convenait. Elle aurait terminé ses études de droit en mai et un poste l'attendait déjà au bureau du procureur. Jack se moquait gentiment d'elle à ce propos. « Vous vous escrimerez à sortir les gens de prison, et je ferai tout pour les y mettre. Ça risque d'être intéressant. »

Ils étaient faits l'un pour l'autre. Ils le savaient tous les deux, mais n'en disaient rien. Le temps ne pressait pas, et Jack était assez intelligent pour comprendre qu'avec la fac, son job de serveuse, la garde de la maison, plus sa grand-mère, elle n'était pas prête à s'engager sérieusement.

Elle tendit la commande à l'aide-cuisinier, souriant secrètement au souvenir de ce que lui avait dit Jack. « Quand nous sortons ensemble, j'ai l'impression que

Au son de sa voix, Jack sentit sa gorge se nouer. « Que se passe-t-il ?

— C'est Koenig. Le gardien responsable de son secteur a été étranglé dans la cellule de Koenig. Un employé chargé de nettoyer les vestiaires a été retrouvé dans un placard. Nous fouillons les alentours de l'établissement, mais il est probable que Koenig se soit enfui dans la voiture de cet employé. Il est parti depuis au moins deux heures. Sait-il où habite Emily actuellement ?

— C'est possible. Je vais l'appeler et la mettre sous protection. » Jack coupa nerveusement la communication et composa le numéro d'Emily. Emily, répondez, je vous en supplie, répondez, pria-t-il. Dès qu'il entendrait sa voix, il lui recommanderait de fermer toutes les portes au verrou. Puis il préviendrait le poste des vigiles et leur dirait de se rendre d'urgence sur place en attendant l'arrivée de la police. En attendant de pouvoir lui-même voler au secours d'Emily.

Le téléphone sonna deux fois. Avec un intense soulagement il entendit le déclic de l'appareil.

« Emily ?

— Non, monsieur Carroll, c'est moi, Simon Guiness. Kate est avec moi. Elle vient juste de convenir avec moi que, en effet, nous nous étions déjà rencontrés dans le passé. »

Le bouton d'alerte sur le panneau de sécurité était reconnaissable à sa forme étoilée. Emily aurait pu sans mal y appuyer son doigt en même temps qu'elle débranchait l'alarme, mais elle s'était retenue. Il l'observait de



nous nous comportons comme à l'époque de ma mère. Cinéma, dîner, bonsoir. »

Ils n'avaient connu qu'un seul désaccord. Lorsque Jack avait refusé d'écouter l'enregistrement de sa séance d'hypnotisme et de régression dans le passé. Peut-être s'agit-il de l'inconscient collectif. De quelque chose que j'ai lu quelque part, s'était-elle dit. Mais c'était hallucinant d'entendre sa propre voix affirmer qu'elle avait vécu dans le Sud pendant la guerre de Sécession.

Je n'y prête aucune foi, cependant on peut comprendre que les gens se laissent séduire par l'idée de la réincarnation, pensa-t-elle.

La dernière table de quatre fut enfin débarrassée à dix heures et demie. Jack avait téléphoné plus tôt dans la soirée. Il avait été voir William Koenig et lui proposait de la retrouver pour un dernier verre. Elle fut tentée d'accepter, mais elle avait un examen dans deux jours et une quantité de bouquins à piocher.

Emily avait dit bonsoir à Pat Cleary, son patron, et convenu de venir le lendemain matin au restaurant prendre le déjeuner chaud qu'elle apporterait à sa grand-mère dans sa maison de retraite.

« Je sais que tu vas la voir tous les jeudis en fin de matinée, lui avait dit Pat gentiment, et personne n'ignore que la cuisine dans ce genre d'établissement n'a rien de gastronomique. »

Sa voiture, garée dans le parking du restaurant, démarra avec son habituel couinement de protestation. L'année prochaine, lorsque j'aurai enfin terminé mon droit, peut-être pourrai-je m'offrir une voiture qui tienne autrement qu'avec des bouts de ficelle, pensa-t-elle.

Jack conduisait une Toyota. Il lui avait raconté que le jour où il était sorti diplômé de l'école de droit, trois ans auparavant, son père avait voulu lui offrir une Jaguar. « Ça m'a fendu le cœur, mais je me voyais mal, jeune adjoint du procureur, débarquant au palais en Jag », avait-il expliqué.

Le vigile la salua quand elle franchit la grille de sécurité. Il lui disait souvent en riant qu'avec toutes les bagnoles de luxe qui roulaient dans le coin, la sienne était la seule à mériter la mention « Épave à louer ».

Elle la garait toujours dans le garage. Les Adamson lui avaient fait comprendre que sa vue n'était pas souhaitable dans le voisinage.

Emily parcourut rapidement l'allée qui menait du garage à la porte de service. C'était le moment le plus angoissant de sa journée. Une fois à l'intérieur, le bouton du dispositif de sécurité enfoncé, elle savait que personne ne pourrait s'approcher d'aucune porte, d'aucune fenêtre sans que l'alarme se mette à hurler. Provoquant l'arrivée instantanée des vigiles.

En outre, William Koenig était enfermé dans une cellule capitonnée, le genre d'endroit où l'on isolait les malades mentaux dans ce nouvel établissement.

Elle introduisit la clé dans la porte et la tourna. Au moment où elle entendit le *clic* de la serrure et où la poignée tourna, elle sentit une main ferme couvrir sa bouche. La porte s'ouvrit et Emily fut propulsée à l'intérieur de la maison. « Vous souvenez-vous de moi ? » chuchota Koenig.

Jack Carroll était d'une humeur de chien lorsqu'il regagna son bureau. N'y pense plus, se dit-il. Il devait



préparer le dossier d'une affaire en instance, et il n'était pas question que son patron loupe son réquisitoire parce que son adjoint passait son temps à vouloir vérifier ses intuitions concernant Koenig.

Il aurait aimé retrouver Emily pour un dernier verre, mais comprenait qu'elle ait besoin d'étudier tard le soir. Lorsque Jack pensait à son éducation privilégiée à Rye et aux difficultés qu'Emily avait toujours connues, il avait honte. Elle avait perdu ses parents. Été élevée par une grand-mère à la santé longtemps chancelante, et aujourd'hui en phase terminale. Fait de bonnes études financées par des bourses partielles et un travail acharné. Et aujourd'hui, au lieu de chercher à faire fortune, Emily voulait se mettre au service de ceux qui avaient besoin d'une assistance juridique et n'en avaient pas les moyens.

Et c'est elle qui se fait attaquer par ce malade mental, fulmina Jack. Il reconnut qu'après avoir vu Koenig aujourd'hui il n'avait qu'une envie, prendre Emily dans ses bras et s'assurer qu'elle était en vie, près de lui, en sécurité, hors de danger.

Les heures passèrent tandis qu'il était plongé dans l'exposé préliminaire du procès qui devait s'ouvrir la semaine suivante. Dans d'autres petits bureaux, d'autres substituts étaient occupés à la même tâche. « Nous sommes tous frères », plaisantaient-ils.

« Et sœur », leur rappelait la seule femme adjointe du procureur.

À onze heures quinze, son téléphone sonna. Le Dr Stein parut étonnée de l'entendre répondre lui-même. « Monsieur Carroll, dit-elle, je ne m'attendais pas à vous trouver au bureau. »

trop près. Il aurait compris, et la corde qu'il avait glissée autour de son cou se serait resserrée.

Elle n'avait qu'une seule chance, c'était de l'amener à parler. Il lui avait fallu une bonne demi-heure pour venir de l'hôpital jusqu'ici. À l'heure actuelle, ils s'étaient certainement aperçus de sa fuite. Jack n'allait pas tarder à arriver.

« Vous venez de prendre une sage décision, dit Koenig, une très sage décision. Vous vous êtes accordé quelques minutes d'existence supplémentaires ici-bas. »

Ils se trouvaient dans la cuisine. C'était une vaste pièce dont le mur du fond était occupé par une cheminée, à laquelle faisaient face un canapé et deux confortables fauteuils, avec une télévision sur un côté. Lorsque les Adamson étaient chez eux, M. Adamson disait souvent à Emily que de toutes les pièces de cette grande baraque, celle-ci était sa préférée. Ils y prenaient souvent leurs repas, avec Mme Adamson aux fourneaux. Il se prélassait dans son fauteuil, lisait le journal, regardait la télévision.

Emily se rendit compte qu'elle était sous le choc. Comment pouvait-elle songer ainsi aux Adamson alors que William Koenig la conduisait vers le fauteuil de M. Adamson et se postait derrière elle ? Elle sentit la corde rugueuse lui écorcher la peau du cou.

Pitié, mon Dieu, pensa-t-elle, faites que je ne lui montre pas à quel point j'ai peur. C'est ce qu'il attend. Aidez-moi à le faire parler. Jack va arriver. Je sais qu'il va arriver.

Elle chercha désespérément à se rappeler tout ce que Jack lui avait appris sur Koenig. « Je sais que vous allez me tuer, dit-elle. Et je sais que vous êtes mort à cause de moi. Mais c'était parce que je vous aimais tellement, Simon, et vous m'avez repoussée. Une femme dédaignée mérite d'être pardonnée d'avoir éprouvé un si grand amour.

— Je vous ai dédaignée, c'est vrai, admit Koenig. Ce n'était pourtant pas une raison pour mentir. »

Emily avait la bouche si sèche qu'elle se demanda si les mots parviendraient à sortir de sa gorge. « Mais voyez-vous, Simon, vous m'avez encouragée. Vous avez oublié ? Je sais que j'ai fait la coquette avec vous, mais vous disiez que vous me désiriez. Vous étiez le plus bel homme du village. Toutes les filles étaient folles de vous.

— Je ne m'en rendais pas compte. » Koenig eut l'air ravi.

*Continue à le faire parler. Continue.* « Suis-je la première personne à être châtiée des offenses que vous avez subies dans des vies antérieures ?

— Oh, non, Kate. Vous êtes la onzième.

— Parlez-moi des autres. »

*Jack a raison. C'est un tueur en série. Si je pouvais seulement l'inciter à se vanter de ses exploits.*

Le téléphone sonna. Lorsque Koenig répondit et parla à Jack, Emily sut qu'il ne lui restait que quelques secondes à vivre. Jack allait prévenir les vigiles qui feraient irruption dans la maison.

Koenig le savait, lui aussi. Il raccrocha et lui sourit. « Vous vous demandez peut-être si j'espère m'enfuir ? Bien sûr que non. Ils vont me ramener à Haviland. Mais c'est très bien comme ça. Ce n'est pas un endroit désagréable, et vous êtes la dernière qu'il me fallait retrouver. Ma vengeance est désormais accomplie. Levez-vous. »

Il tira sur le nœud tandis qu'elle se levait. Emily se mit à suffoquer. *Oh, mon Dieu, pitié.*

« Montez sur cette chaise. » Il indiquait la chaise de cuisine sous la poutre transversale.

« Non ! »

Il tira méchamment sur la corde. *Obéis. Essaye d'obtenir une ou deux secondes de plus. Peut-être arriveront-ils à temps.*

Sans effort apparent, il lança le bout de la corde par-dessus la poutre. « Vous avez peur, hein ? Mon seul regret, Kate, c'est que je crois vous avoir également connue dans une autre vie, différente de celle-ci. Vous vous appeliez Eliza Jackson alors. J'aurais aimé savoir ce qui s'est passé entre nous. »

Emily était sur le point de perdre connaissance. « Je me souviens de cette époque, murmura-t-elle. J'étais Eliza Jackson. Je suis allée voir un médium. Il m'a hypnotisée, et lorsque j'ai régressé dans le temps, je lui ai dit que j'étais Eliza Jackson.

— Je ne vous crois pas.

— Il y a un enregistrement dans ce tiroir. Avec un magnétophone à côté. Je vous en prie, écoutez-le. Nous nous sommes connus en 1861.

— Ne croyez pas que j'ai l'intention de lâcher la corde. Même s'ils font irruption dans la maison, il sera trop tard pour vous. » Il fouilla dans le tiroir et en sortit le magnétophone. D'une main il introduisit la cassette et appuya sur le bouton.

Emily aperçut des visages à la fenêtre : les vigiles. Mais Koenig les avait vus lui aussi. Avec une rapidité fulgurante, il enroula le bout de la corde autour de sa main gauche, se cambra et commença à la tirer vers lui.

Emily ne pouvait plus respirer. Ses mains se cramponnèrent à la corde autour de son cou tandis qu'elle se sentait hissée en l'air, les pieds soulevés de la chaise.

« Je m'appelle Eliza Jackson. » La cassette se déroulait, le volume au plus haut.

William Koenig se figea, lâcha la corde, et se précipita vers le magnétophone tandis que la voix d'Emily, rêveuse et grave, emplissait la pièce.

« Nous nous sommes réellement connus dans une autre vie », hurla Koenig.

La seconde d'hésitation suffit. La vitre vola en éclats. Les vigiles étaient déjà dans la pièce.

L'un saisit le bras de Koenig. L'autre releva doucement Emily du sol, où elle était tombée lorsque Koenig avait lâché la corde, et ôta le nœud coulant de son cou.

Koenig était immobilisé, ceinturé. « Je veux écouter la suite de l'enregistrement ! hurlait-il. Je veux savoir ce que vous m'avez fait lorsque vous étiez Eliza Jackson ! »

Jack Carroll déboulait à son tour dans la pièce. Emily regarda alors Koenig droit dans les yeux. « J'ignore ce qu'Eliza Jackson peut vous avoir fait, lui dit-elle. Mais je sais une chose : c'est qu'elle vient de me sauver la vie. »

## Une drôle d'impression
*2002*

Fred Rand n'avait pas besoin de lire la liste des quatre personnes qu'il lui fallait supprimer pour connaître leurs noms. Ils étaient gravés dans son esprit depuis quinze ans. Il avait fait le trajet depuis la Floride jusqu'à Long Island en espérant apprendre qu'elles avaient souffert d'une manière ou d'une autre, que leur petit univers confortable et égocentrique avait changé, que la vie les avait durement traitées.

J'aurais pu l'accepter pensa-t-il. J'aurais pu m'en contenter. J'aurais regagné St. Augustine, poursuivi le cours de mon existence.

Mais, à sa grande consternation, tout allait bien pour elles, très bien merci.

Genevieve Baxter. Gen pour ses amis. C'était elle qu'il punirait en premier, parce qu'elle était la plus facile à avoir. Elle avait participé à l'enchaînement tragique des événements qui avaient détruit sa vie. Gen avait aujourd'hui soixante-quinze ans, elle était veuve depuis plusieurs années, une situation douloureuse certes mais qui, tout bien considéré, n'était pas un châtiment suffisant à ses yeux. Il l'avait suivie par intermittence, depuis quelques semaines, et avait une idée assez précise de ses activités.

Selon les apparences, Gen avait une vie bien remplie et agréable. Deux de ses enfants résidaient dans des villes voisines. Elle participait aux activités de sa paroisse, Notre-Dame-du-Refuge.

Pas de refuge pour moi, pensa-t-il.

Six petits-enfants.

Gen vivait dans la maison qu'elle avait habitée avec son mari. Une de ces agréables demeures de style Tudor en vogue à Long Island dans les années 1950 auprès des classes moyennes.

Il savait de quoi il parlait. Lui-même avait vécu dans l'une d'elles, à quelques kilomètres de là, quinze ans auparavant.

Cet après-midi au supermarché, il s'était posté non loin de Gen à la sortie et l'avait entendue parler à la caissière. Elle avait l'intention d'assister à un spectacle de danse que donnait sa petite-fille le soir même.

Elle n'en verrait pas d'autre.

Vinnie D'Angelo. Le deuxième nom sur la liste. Vinnie avait reçu un blâme pour manquement au règlement à la suite de ce qui était arrivé. Ce qui ne l'avait pas empêché de bénéficier d'une promotion un an plus tard. Il avait terminé sa carrière à la tête du service de sécurité du Long Island Mall, l'endroit même où sa négligence avait causé un accident mortel. Il passait ses hivers en Caroline du Nord, mais revenait en mars à Babylon où il mettait son bateau à l'eau. Vinnie était un passionné de pêche.

Babylon n'était qu'à une demi-heure de distance. Il avait observé Vinnie sur le quai, l'avait vu larguer les amarres d'un geste assuré, faire rugir son moteur.

Il avait déjà un plan en tête. Il sortirait en bateau, se rapprocherait de l'endroit où Vinnie était en train de pêcher et prétendrait être en panne. Puis quand Vinnie, le complaisant Vinnie, lui proposerait de le remorquer jusqu'au port, il en profiterait pour lui régler son compte.

Le lieutenant Stuart Kling, de la police de Nassau, serait peut-être le plus difficile à coincer. C'était un jeune flic à l'époque, avide de faire le plein de contraventions pour excès de vitesse, alors qu'il eût pu empêcher un meurtre. Il n'aurait aucune chance d'empêcher le sien.

Et enfin… hélas… Lisa Monroe Scanlon. Après l'avoir suivie pendant plusieurs semaines, il avait cédé à une impulsion et décidé de lui parler. Il avait feint la surprise en la croisant au centre commercial. Ses trois enfants l'accompagnaient. Des jumeaux de sept ans et une fillette. Il n'était pas certain que cette rencontre fût une bonne idée de sa part, mais il avait parlé de choses et d'autres, expliquant qu'il était venu de Floride pour affaires et comptait repartir le lendemain.

Lisa était devenue décoratrice. Elle avait épousé Tim Scanlon, et se partageait aujourd'hui entre son activité et les enfants. « Beaucoup de travail, mais passionnant », avait-elle dit en souriant.

Passionnant. *J'en doute pas.*

Et ses parents étaient en pleine forme. Des grands-parents généreux.

Formidable, non ?

Un goût amer lui était monté à la gorge, le faisant presque suffoquer, tandis qu'il regagnait sa voiture.

Si Lisa n'avait pas été aussi heureuse, aussi contente d'elle-même – c'étaient les mots qui convenaient, *contente d'elle-même* –, il aurait peut-être changé d'avis. La souriante et heureuse Lisa avait été le catalyseur.

Ce soir, ce serait le tour de Genevieve Baxter.

Gen Baxter ferma sa porte à clé et brancha l'alarme. Il était presque dix heures et demie et elle était fatiguée. Elle avait assisté au spectacle de danse de sa petite-fille de neuf ans, Laurie. Ensuite, ils étaient tous allés dîner dans une pizzeria.

Les jours précédents avaient été chauds pour un mois de mars, mais ce soir la température avait brutalement chuté et l'arthrite s'était douloureusement réveillée dans ses mains et ses chevilles. Le poids de l'âge se fait sentir, pensa-t-elle avec mélancolie tandis qu'elle enfilait une chemise de nuit douillette, nouait la ceinture de sa robe de chambre et chaussait une vieille paire de pantoufles avant de redescendre à la cuisine.

Boire un chocolat chaud était une coutume de longue date chez elle. Elle le buvait à petites gorgées au lit, adossée aux oreillers, avec un livre ou en regardant les informations de onze heures. Arrivée en bas de l'escalier, Gen hésita. Elle habitait seule la maison depuis trois ans et ne s'y était jamais sentie inquiète jusqu'à aujourd'hui. Les pièces lui étaient si familières qu'elle aurait pu les parcourir les yeux bandés sans faire un seul faux pas. Mais ce soir, pour une raison inconnue, il en allait différemment.

Oh, ça suffit, se reprit-elle. Tu te laisses emporter par ton imagination. Pourquoi quelqu'un te suivrait-il ? C'était stupide. Elle le savait. Mais elle avait eu l'impression de se trouver près de la même personne à plusieurs reprises ces derniers temps.

Je me souviens rarement des visages à moins de les voir régulièrement, réfléchit-elle tout en mesurant le cacao dans une tasse qu'elle remplit de lait avant de la placer dans le four à micro-ondes. Voilà pourquoi lorsque j'ai vu cet homme aujourd'hui qui faisait la queue à la caisse voisine de la mienne, j'ai eu la certitude de l'avoir aperçu au moins trois ou quatre fois récemment et que son visage ne m'était pas étranger.

Ce matin donc, convaincue qu'il la suivait, elle était restée assise dans sa voiture jusqu'au moment où elle l'avait vu sortir du supermarché chargé de ses sacs de provisions et traverser le parking. Elle l'avait regardé placer ses achats dans le coffre de sa voiture et se diriger vers la sortie à l'autre extrémité du centre commercial.

Elle avait alors décidé de le suivre, d'assez près pour pouvoir lire le numéro de sa plaque minéralogique et le noter.

Le papier sur lequel elle avait écrit le numéro était dans son sac. Elle avait failli se confier à son fils, Mark, pendant qu'ils assistaient au ballet, mais c'était une soirée tellement réussie et il était si fier de voir Laurie en princesse des cygnes qu'elle n'avait pas voulu jeter une ombre sur le tableau.

De toute manière, la famille aurait pris son histoire à la blague : tiens, voilà mamie qui essaye de lever un type.

La sonnerie du four à micro-ondes lui indiqua que les deux minutes étaient écoulées. Munie d'une manique, elle sortit la tasse, la plaça sur une soucoupe et se dirigea vers l'escalier. Charlie s'étonnait toujours que je ne me brûle pas la langue avec ma manie de boire aussi chaud, se remémora-t-elle avec un sourire mélancolique.

Charlie. Il lui manquait, avec cette constance tranquille dont les veuves de son âge regrettent l'homme qui a partagé leur vie pendant tant d'années. Mais alors qu'elle éteignait la lumière de la cuisine et longeait le couloir peu éclairé qui menait à l'escalier, elle éprouva soudain un besoin intense de la présence de Charlie. Elle aurait voulu qu'il soit auprès d'elle.

Tout arriva très vite. Elle vit d'abord le bouton de la porte tourner.

« Qui est là ? » La question involontaire mourut sur ses lèvres au moment où elle entendit le déclic de la serrure. Le pêne se dégagea et la porte s'ouvrit. L'homme qu'elle avait vu à la caisse du supermarché s'avançait vers elle.

Il ne se donna pas la peine de refermer la porte. Il resta immobile à la regarder, les bras ballants. Il ne paraissait même pas conscient du hurlement de l'alarme. Grand, maigre, le cheveu rare et brun, avec sur le visage une expression ahurie comme s'il était entré par erreur et qu'il avait peur.

Il dit soudain : « Vous auriez dû essayer de la sauver, vous savez », et ses mains se changèrent en deux serres qui se refermèrent autour du cou de Gen. Elle tomba à genoux, cherchant désespérément à retrouver le souffle qui lui manquait. Tandis que la tasse de cacao lui échappait, à travers les vagues de brouillard qui lui obscurcissaient la vue, elle reconnut son agresseur. Dans la seconde qui précéda sa mort, un sursaut de rage l'envahit à la pensée qu'il pût l'accuser de quelque chose qu'elle n'aurait pas pu prévoir de toute façon.

Fred fit le tour de la maison, coupa à travers la cour, à l'arrière, et atteignit le lotissement où il avait garé sa voiture.

Il longeait la rue quand une voiture de police le croisa, sirène en action, probablement alertée par le service de sécurité branché sur l'alarme de la maison de Gen Baxter. Quelques minutes plus tard, s'engageant sur la voie express, il revécut l'instant où Gen Baxter avait rendu l'âme. Une seconde avant que son regard ne prenne une fixité irrémédiable, il avait été frappé par l'expression de ses yeux. Que contenait-elle ? De la colère. C'est ça, de la colère et du reproche. Comment osait-elle le blâmer ? Elle avait contribué à la mort de son unique enfant et elle venait d'en payer le prix.

De retour au motel, il saisit la bouteille de scotch qui ne quittait pas sa table de chevet et se servit un verre. Puis il se déshabilla, gardant uniquement son caleçon, et se coucha. Il resta de longues heures éveillé. Il avait espéré que la mort de Genevieve Baxter lui apporterait un certain réconfort, mais il comprit qu'il ne serait délivré que le jour où ils seraient tous morts. Tous les quatre.

Demain viendrait le tour de Vinnie D'Angelo. Les prévisions météorologiques étant excellentes, il y avait gros à parier qu'il sortirait en bateau. Ensuite, dans un ou deux jours, Stuart Kling paierait pour le rôle qu'il avait joué dans la tragédie. Ce serait un peu plus difficile avec lui, une sorte de défi. Fred sourit intérieurement. Un sourire triste et las. Planifier la mort de Kling occuperait son esprit, tiendrait ses démons à distance. Du moins l'espérait-il.

L'inspecteur Joe O'Connor de la police de Nassau avait toujours connu Mme Genevieve Baxter. Il avait fait ses études au lycée avec son fils Mark et était même sorti avec sa fille Kay lorsqu'ils étaient mômes. Il demanda à être chargé de l'enquête sur l'affaire Baxter.

Aujourd'hui, trois jours après les obsèques, il buvait un café avec Mark dans la cuisine familiale qui était devenue la scène du crime. « C'est fou ce que tu ressembles à ta mère », fit remarquer Joe.

Un sourire fugitif étira les lèvres de Mark. « Si tu le dis. » À quarante-trois ans, c'était un bel homme aux yeux bleu-gris, avec un nez droit bien dessiné, une bouche sensible et un menton volontaire. Quelques fils gris striaient ses cheveux blonds. Ses doigts se refermaient convulsivement sur sa tasse de café.

« Mark, cette histoire est incompréhensible. » Le corps massif de Joe était courbé en avant. Il plissait les yeux, contenant difficilement sa frustration. « Il n'y a aucune trace de vol. Le type est entré par effraction, a étranglé ta mère, et s'est enfui. S'agit-il d'un fou qui s'apprêtait à cambrioler sa maison, ou avait-il une autre raison de vouloir la tuer ?

— Qui diable aurait pu vouloir tuer ma mère ? demanda Mark avec lassitude. Elle verrouillait toujours la porte d'entrée. Comment a-t-il pu la forcer aussi facilement ? Il est clair qu'elle s'apprêtait à monter dans sa chambre avec son chocolat. Elle l'a sans doute vu ou entendu au moment où il s'introduisait dans la maison.

— La serrure date probablement de la construction de la maison, il y a une quarantaine d'années, dit O'Connor. L'homme possédait sans doute un outil de professionnel capable de la forcer et de l'ouvrir en dix secondes. À mon avis, c'est à ta mère qu'il en voulait. On a peut-être affaire à un fou, mais je ne crois pas qu'il s'agisse d'un acte fortuit. Mark, tu dois m'aider. Efforce-toi de rassembler tes souvenirs. Ta mère a-t-elle jamais mentionné que quelqu'un la harcelait au téléphone, a-t-elle fait allusion à un réparateur qui serait venu chez elle récemment ? Tu vois ce que je veux dire. Lorsque tu trieras ses effets et son courrier, essaye de repérer tout ce qui te paraît insolite. »

Mark hocha la tête. « Je comprends. »

Le lendemain il appela O'Connor au commissariat. « Joe, quelque chose m'est revenu à l'esprit. La dernière fois que j'ai vu ma mère, c'était au spectacle de danse de Laurie. Je te l'ai déjà dit. Ensuite nous sommes allés manger une pizza et elle m'a dit – je me souviens précisément de ses mots : “J'ai eu une drôle d'impression aujourd'hui.” Et, à moins que je ne me laisse emporter par mon imagination, elle semblait inquiète. Mais la serveuse est arrivée à ce moment précis pour prendre nos commandes, des gens nous ont rejoints à notre table pour féliciter Laurie. Et voilà, maman n'en a plus reparlé. »

Quelque chose qui l'inquiétait, pensa Joe. Je le savais.

« Mark, de toute façon, tu n'aurais pas pu empêcher ce qui lui est arrivé quelques heures plus tard, fit-il, mais c'est exactement ce que je voulais dire lorsque je t'ai demandé de chercher dans ta mémoire tout ce qui pouvait te paraître insolite. Et n'oublie pas de vérifier dans son courrier les factures de réparations qui pourraient lui parvenir pendant les semaines à venir. »

Fred était posté sur le quai, attendant de voir arriver Vinnie D'Angelo, quand il décida brusquement de téléphoner à Helen, à Atlanta. Bien qu'ils fussent divorcés depuis dix ans et que seule Jenny eût préservé leur union quand elle était en vie, sa mort avait créé entre eux un lien indissoluble. C'était la seule chose qu'ils partageaient vraiment, la joie qu'elle leur avait donnée, le chagrin qu'elle avait laissé.

« Où es-tu, Fred ? Tu n'avais pas l'air en forme lorsque je t'ai parlé le mois dernier. »

Le mois précédent, le 28 février, était le quinzième anniversaire de la mort de Jenny.

« Oh, j'ai voulu revoir notre ancien quartier. Un voyage sentimental, je présume. Rien n'a beaucoup changé, tu sais. Suis allé sur la tombe de Jenny. J'ai apporté des fleurs.

— Fred, est-ce que tu prends ton médicament ?

— Bien sûr. J'aime beaucoup ce médicament. Il me fait voir la vie en rose.

— Fred, rentre chez toi. Va voir ton médecin.

— Je le verrai à mon retour. Tout va bien pour toi, Helen ?

— Tout va bien.

— Ton travail te plaît toujours ? »

Après la mort de Jenny, ils s'étaient installés en Floride et Helen s'était inscrite à une école d'infirmières. Aujourd'hui elle travaillait dans le service de pédiatrie d'un hôpital d'Atlanta.

« Il me plaît toujours autant. Prends bien soin de toi, Fred.

— Ouais. J'ai loué un bateau. J'ai l'intention d'aller à la pêche aujourd'hui.

— Excellente idée. Quel temps fait-il ?

— Pourrait pas rêver mieux. »

Soudain il eut hâte de mettre un terme à la conversation. Il voyait Vinnie D'Angelo, son matériel de pêche à la main, en train de se diriger vers son bateau. « Je dois y aller, Helen. Salut, porte-toi bien. »

Il avait cherché un dérivatif en Floride en achetant un chris-craft super-luxe de trente-cinq pieds pour s'adonner à la pêche. Aujourd'hui, ses mains reposant avec assurance sur la roue du gouvernail, il sortait de la marina à la suite du bateau de D'Angelo. La saison avait à peine commencé et il y avait peu d'embarcations en mer. Et, comme il l'avait espéré, D'Angelo se tenait à une bonne distance des autres.

Une heure plus tard, il se laissait dériver le long du bateau de Vinnie. Ce dernier prenait le soleil sur le pont, sa canne fixée dans son support. « Est-ce que vous pourriez me remorquer ? lui cria Fred. Ce foutu machin m'a claqué entre les pattes. »

Ce fut encore plus facile de tuer Vinnie D'Angelo que Gen Baxter. L'ancienne star des services de sécurité était l'image même du joyeux bon Samaritain. « Salut, mon vieux, dit-il, montez à bord. Prenez une bière. Vous ne devriez pas louer chez ces abrutis. Tous leurs bateaux sont des baignoires hors d'usage ! »

Au moment où Vinnie se penchait pour prendre une bière dans la glacière, Fred sortit le marteau de son anorak et asséna son coup. Vinnie s'affaissa, le sang jaillit à l'arrière de son crâne. C'était un homme corpulent et il ne fut pas aisé de le tirer sur le pont et de le balancer par-dessus bord.

Fred s'assit et but une bière, puis trouva une serviette, épongea le sang et jeta la serviette à l'eau. Il remonta dans son bateau de location et s'éloigna rapidement, s'amusant à imaginer la suite des événements.

Les jours où il avait observé les habitudes de Vinnie, il avait constaté qu'il pêchait jusqu'à une heure de l'après-midi puis rentrait en voiture chez lui, un trajet d'une quinzaine de minutes. Ensuite, il déjeunait sans doute avec sa femme. Un moment de détente pour tous les deux.

Vers deux heures, elle tenterait sans doute de le joindre au téléphone sur le bateau pour savoir ce qui le retardait. Elle n'obtiendrait pas de réponse. Elle appellerait alors la capitainerie, à l'entrée du quai. Non, Vinnie n'est pas rentré. Son emplacement est vide. Ils avertiraient sans doute les gardes-côtes ou demanderaient à quelqu'un de partir à sa recherche. À moins qu'un quidam croisant dans les parages ne s'étonne de voir un bateau mouillé depuis longtemps au même endroit sans personne à bord. Qui sait, peut-être un des vieux copains de Vinnie aborderait-il le bateau afin de jeter un coup œil à l'intérieur, de voir si tout allait bien.

Je connais tout le rituel des annonces de disparition, pensa Fred. Je n'ignore rien de cette attente.

Il rendit le bateau au loueur, monta dans sa voiture et rentra au motel prendre une douche et se changer. Le motel était situé à Garden City, à des kilomètres de Manhasset où avait habité Gen Baxter, de Babylon où Vinnie avait vécu, et de Syosset où résidait Stuart Kling, bref suffisamment loin pour que Fred fût assuré de ne rencontrer personne l'ayant vu traîner dans les environs, en train d'observer les faits et gestes de Gen Baxter ou de Vinnie D'Angelo.

Stuart Kling était le prochain sur la liste. Lieutenant dans la police du comté de Nassau. Terminées les patrouilles dans les rues pour Stu. Plus de carnets de contraventions à remplir. Fred avait déjà concocté le meilleur moyen de s'en débarrasser. Simple et de bon goût. Kling se rendait au gymnase tôt dans la matinée trois jours par semaine. Il n'était pas armé, ni à l'aller ni au retour.

Fred déchira une page de son agenda sur laquelle il écrivit en lettres d'imprimerie : CONTRAVENTION POUR L'ENFER, et l'introduisit avec précaution dans la poche de la veste qu'il porterait le lendemain.

Il déposerait le message sur le corps de Stu après l'avoir tué.

À Atlanta, Helen Rand s'apprêtait à partir pour l'hôpital lorsqu'elle reçut l'appel téléphonique de son ex-mari. Comme toujours, elle éprouva un certain malaise à lui parler. Au cours des quinze années qui avaient suivi la mort de Jenny, elle était parvenue à changer de vie. Les cours accélérés d'infirmière l'avaient tenue occupée, épuisée de fatigue, durant les premiers temps. Ensuite, il y avait eu son travail à l'hôpital à St. Augustine, et les cours du soir pour passer son diplôme d'infirmière en chef.

Dix ans auparavant, lorsqu'elle avait compris qu'elle ne pourrait plus continuer à vivre avec Fred, elle avait pris ce job à Atlanta et demandé le divorce.

Au début, il lui avait téléphoné sans répit, non parce qu'elle lui manquait, mais parce qu'il lui fallait s'assurer qu'elle partageait sa douleur, le chagrin d'avoir perdu Jenny. C'est bien son genre, pensa-t-elle, de téléphoner pour dire qu'il est allé sur la tombe de Jenny.

Voilà un an, il lui avait annoncé qu'il consultait un psychiatre et prenait des antidépresseurs. Mais il y avait autre chose. Six mois auparavant, il s'était mis à parler du procès, maudissant les gens qui avaient témoigné à l'audience. Le meurtrier de Jenny était un paumé de vingt-six ans qui traînait dans le centre commercial et essayait d'attirer les jeunes femmes dans la camionnette de la station-service où il travaillait à mi-temps.

L'une d'entre elles s'était plainte à un agent de sécurité qui s'apprêtait à quitter son service. Au lieu d'arrêter le type, l'agent l'avait forcé à regagner illico presto sa camionnette en lui intimant l'ordre de décamper. Quand on l'avait interrogé, il avait admis qu'il n'avait pas voulu se mettre en retard. Il avait rendez-vous au bowling avec son équipe.

Il y avait aussi cette gentille femme qui avait raconté en pleurant avoir vu Jenny arrêtée sur l'autoroute avec un pneu crevé. « Je me suis engagée sur la voie de dégagement avec l'intention de l'aider, avait-elle expliqué, mais j'ai vu la camionnette de la station-service s'arrêter devant sa voiture et j'ai pensé qu'elle avait téléphoné pour se faire dépanner. Je n'ai pas jugé bon de m'attarder.»

Si l'agent de sécurité du centre commercial avait fait correctement son travail, si la femme était restée pour s'assurer que Jenny n'avait pas de problème, si le flic qui l'avait vue monter dans la camionnette avait vérifié qu'elle n'avait pas besoin d'aide au lieu de se lancer à la poursuite d'un fou du volant, si Lisa avait accompagné Jenny au centre commercial ce jour-là... Si... Si...

Et le plus grand *si* était celui qui restait expressément tu.

Désormais, chaque fois qu'elle s'entretenait au téléphone avec Fred, Helen sentait l'assaillir la souffrance indicible et la colère qu'elle s'efforçait désespérément d'oublier. «Ça suffit. C'est assez», dit-elle tout bas. Mais peut-être devrais-je appeler son psychiatre, pensa-t-elle en décrochant sa veste. Fred avait mentionné son nom à une ou deux reprises. Raleigh? Renwood? Raines?

Elle vivait dans un immeuble situé à dix blocs de l'hôpital, au centre d'Atlanta, et, à moins qu'il ne pleuve à torrents, elle avait coutume de faire le trajet à pied.

Malgré un ciel légèrement couvert, les prémices du printemps flottaient dans l'air, et Helen se sentit mieux une fois qu'elle fut dehors. Elle fêterait bientôt ses soixante ans, mais elle en paraissait cinq de moins et le savait. Ses cheveux striés de gris et coupés court encadraient souplement son visage. Elle les portait longs lorsqu'elle était jeune. Ses vieilles amies de St. Mary's Academy disaient qu'à dix-huit ans Jenny était le portrait de sa mère.

Jenny, dix-huit ans, qui n'en atteindrait jamais dix-neuf.

Jenny, dix-huit ans, en chemin pour l'éternité.

Jenny, dix-huit ans, reçue à Georgetown, l'université où Lisa et elle avaient décidé de faire des étincelles.

J'ai cru que je ne pourrais plus jamais me lever le matin après sa mort, se souvint Helen, à nouveau submergée par le souvenir douloureux qu'avait réveillé l'appel de Fred. À l'époque pourtant, l'incapacité de ce dernier à accepter et surmonter son désespoir l'avait obligée à se montrer forte. Jusqu'au jour où elle n'avait plus pu s'accommoder de sa… Allez, dis-le, pensa-t-elle… de sa *malhonnêteté*.

Inconsciemment, elle accéléra le pas comme si elle espérait dissiper ses pensées. Elle s'efforça de songer à sa vie actuelle. Atlanta, ses nouveaux amis, l'équipe des soins intensifs du service de pédiatrie dont elle faisait partie, ces hommes et ces femmes qui luttaient pour entretenir la flamme vacillante de la vie chez un enfant mourant. Et l'année dernière, après tout ce temps, Gene, un veuf de soixante-trois ans, chef du département de chirurgie orthopédique. Ils se voyaient régulièrement.

Raleigh. Renwood. Raines. Comment diable s'appelait ce psychiatre ? Son instinct lui disait de le contacter. Voilà ce qu'elle allait faire. Il existait certainement une liste des psychiatres établis à St. Augustine ou dans les environs. Elle demanderait à Gene de se renseigner auprès des médecins du département de psychiatrie et de lui obtenir le renseignement. S'ils identifiaient celui qu'elle cherchait, elle pourrait lui téléphoner et expliquer qu'elle était l'ex-femme de Rand et redoutait qu'il ne soit en train de sombrer dans la dépression.

Si elle parvenait à parler au médecin de Fred, peut-être pourrait-il lui-même appeler Fred sur son téléphone portable. Cela valait le coup d'essayer.

À moins qu'il ne soit préférable de ne pas s'en mêler. Fred finissait toujours par se calmer, de plus elle ne savait même pas où il se trouvait. De toute manière, il ne réagirait probablement pas à la sonnerie de son portable. Il ne répondait presque jamais.

Tôt dans la matinée du lendemain, Stuart Kling s'octroya une demi-heure supplémentaire d'exercice. Puis il prit une douche et s'habilla. Il avait l'intention de se rendre directement au commissariat. Fier d'avoir enfin perdu les deux kilos qu'il tentait d'éliminer depuis Noël, c'est d'un pas léger qu'il sortit par la porte latérale du gymnase qui donnait sur le parking.

Il entendit plutôt qu'il ne vit s'abaisser la vitre de la camionnette rangée à côté de sa voiture. L'instinct d'un danger imminent le fit pivoter sur lui-même, la clé de sa voiture à la main. Stuart Kling avait une mémoire quasi infaillible des visages et, dans l'instant qui précéda sa mort, il identifia son assassin. Son doigt pressa machinalement le bouton de la commande à distance et le couvercle du coffre s'ouvrit brusquement au moment où il s'écroulait sur le sol. Une feuille de papier s'échappa en voletant et alla se plaquer sur sa poitrine d'où s'écoulait un flot de sang.

CONTRAVENTION POUR L'ENFER. Tels furent les mots que l'employé du gymnase, qui se précipita auprès de Kling en entendant le coup de feu, déchiffra avec stupéfaction avant que l'inscription en caractères d'imprimerie ne devienne illisible, masquée par les taches de sang. Fébrilement, il s'élança vers la camionnette qui sortait du parking dans un rugissement de moteur afin de noter le numéro d'immatriculation du véhicule. En vain. La plaque manquait.

Trois jours après son entretien avec l'inspecteur Joe O'Connor, Mark Baxter découvrit dans le sac à main de sa mère le talon déchiré d'un bordereau de remise de chèque sur lequel était noté un numéro de plaque minéralogique.

Il se trouvait dans la poche intérieure où elle enfermait son chéquier et son portefeuille : il était froissé. Dernièrement, après avoir fait part à O'Connor de l'allusion de sa mère à une « drôle d'impression », Mark lui avait téléphoné pour lui parler du nouvel homme à tout faire qu'un voisin avait vu travailler chez sa mère, du nouveau livreur de la teinturerie, et de plusieurs e-mails qu'il avait trouvés sur son ordinateur, provenant d'un cousin éloigné qui désirait la rencontrer à son prochain passage.

Tout cela commençait à lui paraître ridicule. O'Connor avait vérifié toutes ces pistes et elles ne menaient nulle part. Ce bout de papier date sans doute de plusieurs mois, pensa-t-il, se souvenant vaguement qu'un adolescent du voisinage avait légèrement endommagé la voiture de sa mère en se garant trop près d'elle dans le parking de l'église. Elle avait alors décidé de ne pas donner suite parce qu'elle songeait à changer de voiture et ne voulait pas que ce gosse ait des ennuis avec ses parents.

Il froissa le talon, le jeta dans la corbeille à papier et quitta la maison de son enfance. Cette maison où il avait grandi, toujours si chaleureuse et accueillante, était devenue le théâtre du meurtre de sa mère, et moins il y passait de temps, mieux il se portait. En se dirigeant vers son cabinet, il écouta les nouvelles à la radio et apprit que le lieutenant Stuart Kling de la police de Nassau avait été assassiné alors qu'il venait de quitter son gymnase.

Kling, songea Mark. Le malheureux. Pourquoi ce nom lui semblait-il familier? D'après le présentateur, le principal suspect était un homme que Kling avait arrêté six ans plus tôt et qui venait de sortir de l'hôpital psychiatrique. Je n'aurais pas cru le monde aussi moche, pensa Mark.

Son premier rendez-vous était à onze heures. Il avait dû modifier son emploi du temps après la mort de sa mère et une journée chargée l'attendait. Pourtant deux choses ne cessèrent de le turlupiner pendant ses réunions. En premier lieu : il aurait dû communiquer à Joe O'Connor le numéro qu'il avait trouvé dans le sac de sa mère ; ensuite : pour quelle raison le nom de Stuart Kling aurait-il dû avoir de l'importance pour lui ?

Encore un jour et tout serait fini. Lisa Monroe Scanlon. Après-demain, elle ne se rendrait plus dans cette belle propriété de Locust Valley, symbole de la réussite de deux jeunes gens de talent. Tim Scanlon était agent de change et, à trente-huit ans, vice-président d'un prestigieux établissement financier. Fred avait lorgné par la fenêtre l'intérieur de l'atelier de décorateur qu'occupait Lisa. Canapés recouverts d'une gamme de tissus luxueux, tables et sièges anciens. Une cheminée ornée de bougeoirs, une pendule délicatement peinte. Des papiers peints fleuris sur les murs.

Tout allait bien pour elle, pensa Fred. Un mari, une famille, la réussite. Et des parents qui adorent leurs délicieux petits-enfants, alors que mes propres petits-enfants ne verront jamais le jour.

Ce jour-là, Jenny était allée chercher Lisa. Elles avaient projeté de faire du shopping ensemble, mais Lisa avait changé d'avis.

Si elle avait accompagné Jenny, si elles s'étaient trouvées toutes les deux dans la voiture lorsque le pneu avait crevé, Jenny aurait été en vie aujourd'hui.

En écoutant les informations concernant la mort par balle du lieutenant Stuart Kling, Fred nettoya et chargea l'arme qu'il utiliserait pour achever sa mission. Il savait avec précision quand il pénétrerait dans la maison. Le lendemain dans la matinée. Tim Scanlon partait à sept heures et quart. À huit heures cinq, les jumeaux prenaient le bus scolaire qui s'arrêtait au coin de la rue, à quelques mètres de leur maison. Trois matins d'affilée, Fred s'était posté non loin de là et avait vu Lisa les accompagner jusqu'à l'angle de la rue avant de rentrer à la hâte chez elle. Elle laissait toujours la porte entrebâillée.

Demain, si tout se déroulait de la même façon, il

s'introduirait chez elle et l'attendrait. Sinon, il sonnerait à la porte et dirait qu'il avait quelque chose à lui remettre. Elle le laisserait entrer. Après tout, il était Fred Rand, le père de Jenny.

En arrivant à neuf heures, la baby-sitter découvrirait le corps de Lisa.

Puis je rentrerai à la maison, pensa Fred. J'irai voir mon psy, le Dr Rawlston, et je lui dirai que je commence à accepter la mort de ma fille. Je lui dirai qu'en me recueillant sur sa tombe, je me suis senti envahi par un profond sentiment de paix et que je n'éprouve plus de haine envers ceux qui sont responsables de la mort de Jenny.

Je lui ai communiqué leurs noms, pensa-t-il. Ce n'était pas malin de ma part. Une sensation d'angoisse le saisit tandis que s'estompait l'euphorie qu'il avait ressentie à l'instant où il avait appuyé sur la détente et vu Stuart Kling s'affaisser. Il avait l'impression que des gens étaient postés dans l'ombre, s'approchaient de lui.

Son téléphone portable sonna. Il ne répondit pas. C'était sûrement Helen. Elle avait deviné qu'il y avait quelque chose de changé en lui. Il le savait. Il lui en avait trop dit sur ceux qui avaient provoqué la mort de Jenny.

Elle l'avait pressé d'appeler son psychiatre. Peut-être avait-elle téléphoné au Dr Rawlston ? Peut-être avaient-ils décidé d'avertir la police que Fred Rand était un individu dangereusement perturbé et qu'il fallait prévenir certaines personnes pour le cas où il tenterait de les contacter ? Ils apprendraient alors que trois de ces personnes étaient déjà mortes.

Fred acheva rapidement de charger son pistolet, le rangea dans sa serviette et commença à faire sa valise. Il était temps de quitter les lieux. Il allait se mettre en route pour Locust Valley. Visiblement, la maison voisine de celle de Lisa n'était utilisée que pour les vacances. Il se garerait à l'arrière. Personne ne le remarquerait.

Et même s'il risquait de se faire prendre, il devait terminer ce qu'il avait à faire.

À huit heures et demie, Fred Rand paya la note du motel de Garden City, prit le volant de sa voiture et roula pendant quarante minutes jusqu'à Locust Valley. À la sortie de l'autoroute, il s'arrêta dans un modeste restaurant où il dîna, sans oublier de fourrer un ou deux pains individuels dans sa poche en prévision d'un petit creux pendant la nuit. À dix heures, il avait garé sa voiture dans l'obscurité, à l'arrière de la maison voisine des Scanlon comme prévu. Le sommeil qui l'avait fui dans le lit confortable du motel s'empara de lui dès qu'il inclina en arrière le siège de la voiture.

Il se réveilla à l'aube et attendit.

Mark Baxter dormit d'un sommeil agité. Kling, Stuart Kling. Pourquoi diable ce nom lui était-il familier ? Il se réveilla, chercha à retrouver un souvenir, puis se rendormit. Cette fois-ci, il rêva que sa mère était à la banque pour y déposer un chèque. Mais au lieu d'inscrire le montant de son dépôt, elle écrivait un numéro d'immatriculation et s'efforçait de le faire accepter par l'employé.

À sept heures, après avoir avalé en vitesse une tasse de café et embrassé sa femme et sa fille, Mark ne se rendit pas à son bureau. Il se dirigea vers la maison de sa mère. Il devait à tout prix retrouver le talon du bordereau dans la corbeille à papier, l'apporter à l'inspecteur O'Connor et le convaincre qu'il y avait sans doute un lien entre le numéro qui y était inscrit et l'assassinat du lieutenant de la police de Nassau.

Helen Rand passa une nuit blanche. Elle se reprochait de n'avoir pas contacté le psychiatre de Fred. Pendant le dîner, elle avait fait part de son inquiétude à Gene et il lui avait assuré que Bruce Stevens, un de ses amis psychiatres, pourrait sans mal retrouver un confrère dénommé Raleigh, Renwood ou Raines dans la région de St. Augustine.

Lorsque Gene l'avait déposée chez elle ensuite, Helen avait en vain tenté d'obtenir par les renseignements le numéro du psychiatre. Incapable de leur communiquer son nom exact, elle n'avait abouti à rien.

Le matin, à sept heures quinze, elle téléphona à Gene à l'hôpital. « Peux-tu appeler Bruce tout de suite ? J'ignore pourquoi, mais je me sens soudain terriblement anxieuse. »

À huit heures, elle était en ligne avec le Dr Richard Rawlston, dont le cabinet était situé à Ponte Vedre, à une vingtaine de kilomètres de St. Augustine.

Elle lui fit rapidement part de ses inquiétudes, puis attendit, espérant de tout son cœur qu'il allait, sinon les chasser, du moins la rassurer, lui dire qu'à son avis rien ne laissait craindre que Fred puisse accomplir un acte irréfléchi.

« Vous dites que Fred est à Long Island à présent et vous pensez qu'il ne prend plus ses médicaments ?

— En effet. »

Suivit un long silence avant que le médecin ne reprenne : « Je me suis beaucoup tourmenté au sujet de Fred, mais il m'a dit qu'il partait en croisière avec des amis et qu'il se sentait beaucoup mieux. S'il m'a menti et se trouve actuellement à Long Island, je pense qu'il y a trois personnes à protéger. Il les accuse de ne pas avoir empêché la mort de votre fille. Il s'agit d'un vigile, d'une femme d'un certain âge et d'un agent de police.

— En effet, ce sont les personnes qu'il a accusées.

— Connaissez-vous l'adresse de Fred, madame Rand ?

— Non.

— Dans ce cas, il faut d'urgence prévenir les policiers du comté de Nassau et les mettre au courant de ce qui vous préoccupe. J'aimerais leur communiquer votre numéro de téléphone au cas où ils voudraient s'entretenir avec vous.

— Bien sûr. Je ne suis pas de garde aujourd'hui. Je serai à la maison. »

Helen raccrocha. Et attendit.

Mark se trouvait dans le bureau de Joe O'Connor quand ce dernier reçut l'appel du Dr Rawlston. Joe venait de retrouver le numéro que Genevieve Baxter avait noté sur le talon du bordereau. C'était celui d'une Volvo louée par Fred Rand à St. Augustine, en Floride.

« Il a tué ma mère parce que… » La voix de Mark se brisa… « Parce… qu'il la jugeait responsable ! Il la jugeait responsable !

— Et il a tué Stuart Kling et Vinnie D'Angelo, dont

le corps a été rejeté sur la côte hier après-midi. On a tout de suite pensé qu'il s'agissait d'un meurtre dans le cas de Vinnie D'Angelo, dit Joe d'un air sombre.

— Si seulement ma mère m'avait parlé ce soir-là, soupira Mark.

— Tu ne peux savoir combien de "si seulement" nous entendons dans notre métier. » O'Connor décrocha le téléphone. « Lancez un appel général… armé et dangereux. »

À sept heures quinze, Fred vit Tim Scanlon quitter son domicile. Dissimulé dans les buissons épais sous les fenêtres de la cuisine, il vit Tim embrasser rapidement sa famille, l'entendit même crier depuis le vestibule : « Chérie, n'oublie pas que je rentrerai sans doute un peu plus tard ce soir. »

N'y compte pas, pensa Fred. Tu seras de retour dans deux heures à peine. Après le coup de fil concernant Lisa.

En peignoir, les cheveux tordus à la va-vite sur sa nuque, Lisa paraissait très jeune, se dit-il, presque aussi jeune qu'à l'époque où Jenny et elle étaient inséparables.

Vous serez bientôt réunies, pensa-t-il.

En apprenant que Fred avait tué trois personnes à Long Island, Helen fut plongée dans la stupeur. Elle resta une heure figée sur sa chaise, incapable de mesurer l'horreur de ces crimes. Mais peu à peu elle eut conscience qu'au-delà de l'effroi lui parvenait un avertissement. La voix de Jenny lui criait quelque chose.

À huit heures moins dix, folle d'inquiétude, elle rappela le Dr Rawlston. « Docteur, Fred a-t-il jamais accusé Lisa, l'amie de Jenny, d'être responsable de sa mort ?

— Non. Il m'a seulement dit que Lisa était son amie et qu'elles devaient faire du shopping ensemble ce jour-là, mais qu'elle avait changé d'avis au dernier moment. C'est tout.

— Il y a peut-être une raison qui l'a poussé à ne rien dire, quelque chose qu'il n'a pu affronter. Il faut que j'appelle la police de Nassau. À qui avez-vous parlé là-bas ? »

Mark s'apprêtait à partir quand Helen Rand téléphona. Il vit le front d'O'Connor se creuser de rides. « Vous dites que son nom de femme mariée est Scanlon et vous pensez qu'elle habite à Locust Valley. Nous nous en occupons. » O'Connor raccrocha. « Il y a peut-être quelqu'un d'autre sur sa liste, Mark. »

« Bon, soyez bien sages tous les deux. » Avec un dernier baiser, Lisa regarda les jumeaux monter dans le bus et rentra rapidement chez elle. Depuis le matin où elle s'était retrouvée coincée à l'extérieur de sa maison, non seulement elle ne fermait pas la porte à clé lorsqu'elle accompagnait ses enfants à l'angle de la rue, mais elle la laissait entrouverte.

Pendant ces deux courtes minutes, elle laissait sa petite Kelly, âgée de quinze mois, dans son parc avec une balle de caoutchouc et des cubes en plastique qu'elle ne risquait pas d'avaler. Tout ce qu'elle aurait pu porter à sa bouche était hors de sa portée.

Mais ce matin, il était clair que quelque chose avait effrayé l'enfant pendant son absence. Elle était debout et hurlait : « *Maamaann !* »

Lisa la prit dans ses bras. « Allons, que se passe-t-il ? »

C'est à cause de moi, se dit Fred. Caché dans la penderie de l'entrée, il savait qu'il avait tout son temps. Il pouvait attendre cinq ou dix minutes et accorder généreusement à Lisa quelques moments de plus.

Assurément, il n'allait pas la tuer pendant qu'elle tenait le bébé dans ses bras. Il eut envie de la voir plus distinctement et entrouvrit davantage la porte qui grinça. Lisa s'en était-elle rendu compte ?

Lisa entendit le léger bruit que faisait toujours la porte de la penderie quand on l'ouvrait. Il y a quelqu'un dans l'entrée, se dit-elle. Voilà pourquoi Kelly a eu peur. Que dois-je faire ?

*Ne montre pas que tu t'es aperçue de sa présence. Prends Kelly dans tes bras et dirige-toi vers la porte. Appuie sur le bouton d'alarme.*

*Oh, mon Dieu, aidez-moi.*

Elle s'en était rendu compte. Il le devinait à la soudaine rigidité de son corps. « Lisa », chuchota-t-il.

Elle se retourna brusquement.

« Remettez le bébé dans son parc et éloignez-vous de lui. Je ne veux pas qu'il lui arrive quelque chose. Il se peut que les balles ricochent, vous savez. »

Le père de Jenny se tenait devant elle, un pistolet à la main. Pourquoi était-il là ? Elle connaissait la réponse. Parce qu'il me hait. Il me hait parce que je suis en vie et que Jenny est morte. Une impression étrange s'était emparée d'elle lorsqu'elle l'avait vu l'autre jour au centre commercial. Elle se souvenait de lui avoir raconté sa vie et d'avoir vu son regard devenir froid et hostile. Il allait la tuer.

Elle s'efforça de dissimuler son effroi. « Je vous en prie, je ferai ce que vous voulez. Laissez-moi poser mon bébé et allons dans la cuisine.

— C'est très maternel de votre part. Dommage que vous n'ayez pas su vous montrer aussi attentionnée envers votre amie. »

Lisa serra Kelly contre elle, l'embrassa et fit mine de la reposer dans son parc. L'enfant s'agrippa à son cou. « Non, non, non. »

Lisa essaya doucement de se libérer.

« Grouillez-vous, Lisa. » Fred entendit le hurlement d'une sirène. Une voiture de police s'engageait dans l'allée. « Grouillez-vous ! » lui cria-t-il.

Affolée, Lisa se pencha au-dessus du parc, se dégagea de l'étreinte de Kelly et la déposa sur le tapis. La balle de caoutchouc roula devant elle. Une image soudaine et incongrue lui revint à l'esprit : Jenny et elle championnes de l'équipe de softball, elle en train de lancer la balle, Jenny la rattrapant. Subitement, lui apparut une chance de sauver sa vie. Rapide comme l'éclair, elle ramassa la balle, s'écarta du parc, pivota sur elle-même et la lança avec force en direction de Fred. La balle l'atteignit à la main, déviant vers le haut le canon du pistolet au moment où il appuyait sur la détente.

La balle passa à quelques centimètres au-dessus de la tête de Lisa et alla se loger dans le mur. Il n'eut pas le temps de viser une seconde fois. Les policiers étaient déjà entrés dans la maison et le plaquaient au sol.

Un quart d'heure plus tard, l'inspecteur Joe O'Connor appela Helen Rand. « Grâce à vous, Lisa est saine et sauve, dit-il. Nos hommes sont arrivés juste à temps. Lisa nous a dit qu'au moment où elle croyait tout espoir perdu, la vue de la balle dans le parc lui avait rappelé l'époque où elle jouait au softball avec Jenny. Elle a eu la sensation que votre fille la guidait.

— Et Fred ?

— On l'a arrêté. Il est hors de lui. N'éprouve aucun remords de les avoir tués. Les accuse de la mort de Jenny. Vous savez tout cela. »

Helen perdit le calme qu'elle s'était si longtemps imposé. « Il les accuse ! Savez-vous qui a tué ma fille ? C'est lui, Fred. Il était affreusement pingre, bien qu'il eût de l'argent de sa famille. Jenny était sa fille unique. Il lui a acheté une voiture pour ses dix-huit ans. Une vieille bagnole avec des pneus lisses. C'est pourquoi le père de Lisa s'est opposé à ce qu'elle accompagne Jenny ce jour-là. J'ai moi-même supplié Jenny de pas prendre la voiture, mais Fred lui a dit qu'elle était en état de marche. Qu'il remplacerait les pneus le jour où ils seraient en promotion chez Sears. Dites-lui quelque chose de ma part. Dites-lui que c'est lui qui a tué sa fille. »

Elle étouffa un sanglot. « Il y a longtemps que j'aurais dû le forcer à affronter la vérité. Il a eu le cœur brisé après la mort de Jenny. J'ai eu pitié de lui mais j'aurais dû l'obliger à accepter la réalité.

— Madame Rand, vous ne seriez pas parvenue à lui faire comprendre qu'il était responsable de la mort de Jenny. Les gens comme votre ex-mari accusent la terre entière sauf eux-mêmes. Et n'oubliez jamais que, si vous ne m'aviez pas téléphoné, Lisa serait morte à l'heure qu'il est. Vous lui avez sauvé la vie.

— Non, murmura Helen. Vous vous trompez. Vous venez de me le faire comprendre. C'est Jenny qui lui a sauvé la vie. » Elle parvint à sourire. « Jenny était une fille merveilleuse et il semble qu'elle le soit toujours, où qu'elle soit. »

## Un ronronnement révélateur
*2009*

Il y a un moment dans la vie où la simple décence demande que les grands-mères trépassent. Je confesse que, dans ma prime jeunesse, j'avais une certaine affection pour ma grand-mère, mais cette époque est depuis longtemps révolue. Elle a maintenant largement dépassé les quatre-vingts ans et se montre toujours extrêmement vaniteuse, même si la nuit son dentier est plongé dans un verre d'eau posé près de son lit. Chaque matin insérer ses lentilles de contact dans ses yeux myopes est une lutte et elle a besoin d'une canne pour soutenir ses genoux arthritiques. La canne faite sur mesure, sur le modèle de celle que Fred Astaire utilisait dans certains de ses numéros de danse. Si l'on en croit ma grand-mère, elle aurait dansé avec lui quand elle était jeune et la canne est son porte-bonheur.

Elle a toujours l'esprit très vif et il semble le devenir de plus en plus au fur et à mesure que ses excentricités s'accroissent. Elle qui s'était toujours flattée d'être économe est devenue un vrai panier percé. Grâce à différents placements réalisés par son mari, mon grand-père, elle est carrément riche et, jusqu'à aujourd'hui, j'ai toujours considéré avec satisfaction la simplicité de son style de vie. Mais les choses ont changé. Par exemple, elle vient de faire installer dans sa modeste habitation un ascenseur qui a coûté quarante mille dollars. Elle est certaine de vivre jusqu'à cent ans et projette de faire construire un gymnase ultramoderne derrière sa maison depuis qu'elle a lu un rapport médical de l'université de Harvard qui souligne les bienfaits de l'exercice physique contre l'arthrite.

Selon moi, un traitement plus efficace de l'arthrite consiste à l'éliminer purement et simplement. C'est ce que je me suis proposé de faire.

Il faut que vous sachiez que je suis son unique petit-fils et héritier. Sa seule héritière, ma mère, a quitté ce monde peu de temps après la fin de mes études supérieures. Au cours des vingt-six années qui ont suivi, je me suis marié, j'ai divorcé deux fois et eu de nombreuses aventures, toutes plus désastreuses les unes que les autres. Il est temps pour moi de cesser de perdre mon temps dans ces tentatives infructueuses et de jouir d'une existence confortable. Je dois me débrouiller pour y parvenir.

Il était clair que sa disparition devait paraître naturelle. Vu son grand âge, il n'aurait pas été étrange de la voir s'éteindre pendant son sommeil, mais si, muni d'un oreiller, quelqu'un aidait à accélérer le processus, resterait le risque qu'une ecchymose attire la suspicion de la police. La police est toujours à l'affût de mobiles et j'étais un mobile personnifié. Je n'étais pas très tranquille, sachant que sous l'influence de la boisson, on m'avait un jour entendu dire que le seul cadeau d'anniversaire que je désirais de la part de ma grand-mère, c'était un billet pour son enterrement.

Comment pouvais-je alors aider ma grand-mère à traverser le Styx sans éveiller les soupçons ?

J'étais purement et simplement dans une impasse. Je pouvais la pousser dans l'escalier et prétendre qu'elle était tombée toute seule, mais si elle survivait à sa chute, elle saurait que j'en étais la cause.

Je pouvais essayer de saboter sa voiture, mais la vieille Bentley qu'elle manœuvrait avec l'habileté de notre célèbre coureur automobile Mario Andretti résisterait probablement à un accident.

Le poison était facile à déceler.

Mon problème trouva sa solution de manière tout à fait imprévue.

J'avais été invité à dîner chez un ami qui avait brillamment réussi, un dénommé Clifford Winkle. J'apprécie ses grands vins et sa table raffinée plus que je ne l'apprécie lui-même. Mais faire un excellent repas dans d'agréables conditions me tentait et j'envisageais cette soirée avec plaisir.

J'étais assis avec Clifford et sa femme, en train de déguster un généreux whisky que je savais provenir d'un flacon de single malt réserve à deux cents dollars, quand leur petit trésor, le jeune Perry âgé de dix ans, entra en trombe dans la pièce.

« C'est décidé, c'est décidé », s'écria-t-il, postillonnant entre ses dents du bonheur.

Les parents sourirent avec indulgence. « Perry vient

de lire les œuvres complètes d'Edgar Poe», me confia Clifford.

La dernière fois où j'avais été invité chez eux, j'avais dû supporter l'interminable description d'un livre que Perry venait de lire sur la pêche à la mouche, et l'entendre affirmer qu'après l'avoir lu il savait vraiment, vraiment tout ce qui concernait les appâts et le lancer et comment ferrer le poisson, et en quoi la pêche à la mouche était quelque chose de vraiment, vraiment spécial. J'avais désespérément envie de l'interrompre et de lui dire que j'avais déjà vu *Et au milieu coule une rivière*, le splendide film de Robert Redford sur le sujet, mais naturellement, je n'en fis rien.

À présent, c'était pour Edgar Allan Poe que Perry nourrissait une passion insatiable. «*Le Cœur révélateur* est la nouvelle que je préfère», annonça-t-il triomphalement, ses courts cheveux roux hérissés sur le sommet de son crâne, «mais je pourrais écrire une meilleure fin, je sais que je le pourrais».

Voilà un jeune galopin qui prétend battre Poe sur son propre terrain, pensai-je. Cependant, je voulais lui témoigner un minimum d'intérêt. J'avais avalé ma dernière gorgée de whisky à deux cents dollars la bouteille et j'espérais qu'en attirant l'attention sur moi Clifford remarquerait mon verre vide et serait rappelé à ses devoirs de maître de maison. «Au lycée, j'ai écrit une nouvelle fin pour *La Barrique d'Amontillado,* déclarai-je. Ce qui m'a valu un A en cours d'anglais. Je me souviens du début.» Je m'éclaircis la voix: «Oui, je l'ai tué. Je l'ai tué il y a cinquante longues années...»

Perry m'ignora. «Vous voyez, dans *Le Cœur*

*révélateur*, le type a tué le vieil homme parce qu'il ne supporte plus le regard de son œil. Puis il enterre le cœur du vieux mais, quand la police arrive, il croit entendre battre le cœur, il perd les pédales et il avoue. D'accord?

— D'accord! affirma Clifford avec enthousiasme.

— C'est exactement ça. Hum-hum, déclara Belinda, adressant un grand sourire à son petit génie.

— Pour moi, le type tue le vieux, mais un autre type le regarde faire, puis l'aide à découper le corps et à enterrer le cœur sous le plancher. Quand les flics débarquent, l'assassin se met à rire, plaisante avec eux et pense qu'il va s'en tirer. Puis, quand ils s'en vont, l'ami revient et dit en blaguant qu'il entend battre le cœur du vieux. N'est-ce pas super?»

Fascinant, pensai-je. Si seulement Poe avait pu connaître Perry.

«Mais alors l'assassin, parce qu'il n'a pas compris que c'est une plaisanterie, croit entendre réellement le cœur battre, et savez-vous ce qui arrive?

— Quoi? demanda Clifford.

— Je n'ose l'imaginer, souffla Belinda, les yeux exorbités, s'agrippant aux accoudoirs de son fauteuil.

— L'assassin s'écroule, mort de terreur, croyant qu'il entend le cœur battre.»

Ébloui par son propre génie, Perry avait une expression rayonnante. Et maintenant, en route pour le prix Nobel, me dis-je, sans savoir que je n'étais pas au bout de mes peines.

«Et le coup de théâtre, c'est que son ami pensait partager le magot que le vieux avait caché quelque part dans Londres, et qu'à présent il comprend qu'il ne le trouvera jamais, et le voilà puni pour le crime lui aussi. » Un sourire triomphant fendit le visage de Perry d'une oreille à l'autre. Sur ses joues, ses taches de rousseur se concentrèrent pour former deux ronds couleur de henné.

Je fus le premier à applaudir, et ma réaction était sincère. *Le bruit avait fait mourir de peur l'assassin.* La terreur que les chats inspiraient à ma grand-mère me revint à l'esprit. Elle était prise de tremblements et manquait de s'évanouir quand elle en apercevait ou en entendait un. Cela remontait, m'a-t-on dit, à plus de quatre-vingts ans, au jour où un chat enragé l'avait attaquée dans le jardin. Il lui en restait une cicatrice sur la joue gauche.

Ma grand-mère avait un nouvel ascenseur.

Supposons… Supposons un instant que ma grand-mère soit coincée dans l'obscurité dans son ascenseur pendant une panne de courant. Et qu'elle entende des feulements, des miaulements et des ronronnements. Elle entend les chats gratter à la porte de l'ascenseur. Elle est sûre qu'ils entrent. Elle se recroqueville, hurle, acculée au fond de la cabine, terrorisée par le souvenir de cette attaque ancienne. Non, ce n'est pas un souvenir. Cela se passe maintenant. Elle est certaine que les chats s'apprêtent à l'attaquer à nouveau, pas un, mais tous les chats de cette meute démente, qui la menacent, la bave à la gueule, babines retroussées.

Il n'y a qu'une façon de mettre fin à sa panique. Sa terreur va provoquer une crise cardiaque et on attribuera sa mort au fait d'avoir été coincée seule, la nuit, dans l'ascenseur.

J'étais tellement excité et transporté d'avoir trouvé

cette solution à mon problème que je profitais à peine de l'excellent repas et prêtais une attention inhabituelle à Perry qui, naturellement, dîna avec nous et ne cessa pas de parler.

Je préparai méticuleusement la mort de ma grand-mère. Rien ne devait éveiller le moindre soupçon. Heureusement, les pannes de courant sont fréquentes dans le nord du Connecticut lors des tempêtes. Elle avait envisagé d'installer un générateur mais n'en avait encore rien fait. Je savais que je devais agir vite.

Nuit après nuit durant les semaines qui suivirent, je parcourus les villages voisins, me glissant dans les ruelles sombres et tournant autour de bâtiments à l'abandon, dans tous les endroits où se rassemblaient des chats errants. Je leur jetais des morceaux de viande ou de fromage pour les inciter à se battre entre eux, les babines retroussées, poussant d'épouvantables miaulements, que j'enregistrais avec soin. Un soir, je fus attaqué par un chat qui, affolé par la nourriture que j'avais dans la main, me sauta dessus et me donna un coup de griffe à la joue gauche, à l'endroit même où ma grand-mère avait sa cicatrice.

Sans me décourager, je poursuivis ma mission, allant jusqu'à enregistrer des chats dans des refuges pour animaux, capturant les miaulements plaintifs de félins abandonnés que leur sort avait rendus féroces. Chez une voisine, je captai en secret le ronronnement satisfait de son animal chéri.

Une cacophonie, une œuvre de génie. Tel était le résultat de mes efforts.

Alors que je poursuivais mes pérégrinations

nocturnes, durant la journée, j'étais aux petits soins pour ma grand-mère, lui rendant visite au moins trois fois par semaine, partageant son régime végétarien, dernière lubie censée lui permettre d'atteindre son centième anniversaire. Ses nouvelles manies devenaient de plus en plus pénibles. Elle se mit à éviter mon regard quand je lui parlais, comme si elle se rendait compte que tout ce que je lui disais n'était que mensonges. Elle avait depuis peu un nouveau tic, celui de pincer et de relâcher les lèvres, ce qui donnait l'impression qu'elle buvait avec une paille.

Ma grand-mère vivait seule. Sa domestique, Ana, une affable Jamaïcaine, arrivait le matin à neuf heures, préparait le petit-déjeuner et le déjeuner, faisait le ménage dans la maison, rentrait chez elle, puis revenait pour cuisiner et servir le dîner. Ana se montrait très protectrice envers ma grand-mère. Elle m'avait déjà exprimé ses craintes de la voir coincée un jour dans l'ascenseur quand elle était seule. « Vous le savez comme moi, quand le vent souffle fort, il peut y avoir des pannes de courant qui durent des heures », s'inquiétait-elle. Je lui assurais que cette éventualité me préoccupait moi aussi. Et j'attendis avec impatience que le temps coopère et qu'une bonne tempête se déclenche. Ce qui finit par arriver. La météo annonçait des vents violents durant la nuit. Ce soir-là, je dînai avec grand-mère. Le repas fut particulièrement déplaisant, entre son menu végétarien, la façon dont elle évitait mon regard, le tic de sa bouche et, pour couronner le tout, la nouvelle alarmante qu'elle allait consulter un architecte pour se faire construire un gymnase privé. Il était temps d'agir.

Après dîner, je dis bonsoir à grand-mère et l'embrassai, me rendis dans la cuisine qu'Ana était en train de ranger, puis partis en voiture. J'habitais à cette époque à trois blocs de la maison de grand-mère. Je garai ma voiture et fis un signe de la main à mon voisin qui rentrait chez lui. Je me dis qu'il s'agissait d'un heureux hasard que, si cela se révélait nécessaire, il pourrait témoigner qu'il m'avait vu regagner la modeste maison que je louais. J'attendis une heure puis ressortis discrètement par la porte de derrière. Il faisait déjà sombre et le froid était piquant. Je n'eus aucun mal à marcher rapidement, et sans me faire remarquer, jusqu'à la maison de grand-mère. Je passai par le petit bois, m'assurant que la voiture d'Ana n'était plus là. Je traversai ensuite furtivement la pelouse et atteignis la fenêtre du bureau. Comme je m'y attendais, elle était affalée dans son fauteuil de repos, enveloppée de son vieux plaid de fourrure, en train de regarder son émission de télévision favorite.

Pendant les dix minutes qui suivirent, elle resta là, puis, comme toujours, à neuf heures précises, traînant son plaid derrière elle, elle se leva, éteignit la télévision et se dirigea vers le devant de la maison. En une seconde, la clé à la main, j'entrai par la porte du sous-sol. Dès que j'entendis le grondement de l'ascenseur, je baissai le levier du disjoncteur, plongeant la maison dans l'obscurité.

Je montai lentement au rez-de-chaussée, à pas feutrés dans mes baskets, ma lampe torche projetant un mince faisceau de lumière. D'après les appels à l'aide de ma grand-mère, j'en déduisis que la cabine avait presque atteint l'étage. C'était maintenant la partie la plus délicate. Je plaçai mon magnétophone sur la table de l'entrée, derrière un livre que j'avais laissé à son intention. Je m'étais dit que, si Ana le remarquait, elle ne s'étonnerait pas. J'avais l'habitude d'apporter des livres et de petits cadeaux à grand-mère.

Je mis alors l'appareil en marche. Le vacarme qui s'en échappa était une litanie sortie de l'enfer des chats : miaulements, coups de griffes, grattements, feulements, leurs hurlements soudain interrompus par le ronflement incongru de leurs ronronnements ravis.

Un silence absolu régnait dans l'ascenseur.

L'enregistrement avait-il déjà fait son œuvre ? C'était possible, mais je ne le saurais avec certitude qu'au lever du jour. L'enregistrement durait vingt minutes et tournerait en boucle jusqu'à minuit. J'étais certain que cela suffirait.

Je sortis de la maison et rentrai chez moi d'un pas vif, luttant contre un vent violent qui pliait et malmenait les branches des arbres. Transi jusqu'aux os, j'allai directement me coucher. J'avoue que je ne pus m'endormir aussitôt. L'image du corps raidi de ma grand-mère à l'intérieur de l'ascenseur m'empêchait de profiter d'un repos réparateur. Mais la pensée que j'allais enfin mettre la main sur sa fortune me rasséréna et, de l'aube à huit heures, je profitai d'un sommeil apaisant.

Tandis que je préparais mon petit-déjeuner, plusieurs possibilités me vinrent à l'esprit. Supposons que le visage de grand-mère soit un masque figé par la terreur ? Cela éveillerait-il des soupçons ? Pire encore, supposons que, pour une raison inconnue, le magnétophone ne se soit pas arrêté automatiquement !

Mon plan originel consistait à attendre le coup de téléphone d'Ana, qui m'annoncerait la triste nouvelle de la découverte de grand-mère, prise au piège dans l'ascenseur, sans doute victime d'une crise cardiaque. À la pensée terrifiante que le magnétophone soit encore en marche, j'abandonnai mon petit-déjeuner, enfilai à la hâte mes vêtements et me dépêchai de sortir. J'arrivai au moment où Ana ouvrait la porte d'entrée. À mon grand soulagement, aucun son ne sortait de l'appareil.

Le ciel matinal était nuageux et il faisait très sombre dans le vestibule. En m'accueillant, Ana tenta d'allumer la lumière. « Mon Dieu, il y a encore une panne de courant. » Elle se tourna et se dirigea rapidement vers l'escalier et la chambre de grand-mère. Moi, de mon côté, je me précipitai au sous-sol et rallumai le compteur de la maison. Le grondement de l'ascenseur me réconforta. Je me hâtai de grimper l'escalier et arrivai à temps pour voir Ana se précipiter pour ouvrir la porte de l'ascenseur. Grand-mère était étendue sur le plancher, enveloppée dans son plaid en vison. Elle ouvrit les yeux et nous regarda, clignant les paupières. Avec le plaid autour de la tête, les joues recouvertes de poils de fourrure, elle avait l'air d'un chat. Elle pinçait et relâchait la bouche comme si elle était en train de laper du lait. « Grand-mère… » La voix me manqua. Aidée par Ana, elle se redressa, les mains appuyées sur le sol, le dos courbé pour reprendre son équilibre.

« Aarh… aarh… », soupira-t-elle. Il me sembla entendre : « *Rrron... rrron.* »

« Aarh, je n'ai jamais aussi bien dormi depuis des lustres, dit-elle d'un ton ravi.

— Vous n'avez pas eu peur, enfermée là-dedans ? demanda Ana, incrédule.

— Oh, pas du tout, j'étais fatiguée et j'en ai pris mon parti. J'ai essayé d'appeler, mais il n'y avait personne pour m'entendre. Alors, j'ai décidé de ne pas gaspiller ma salive. »

Le magnétophone avait fonctionné. Je l'avais moi-même entendu.

Grand-mère me regardait. « Tu as une mine épouvantable, me dit-elle. Je ne veux pas que tu te fasses du souci pour moi. Tu sais bien que je vivrai jusqu'à cent ans. C'est la promesse que je t'ai faite. Bon, j'étais coincée dans l'ascenseur. Le tapis est épais. Je me suis allongée et j'étais bien au chaud sous le plaid. Dans mes rêves, j'entendais un faible ronron, comme le clapotis de l'eau sur le rivage. »

Craignant d'être trahi, je dégringolai l'escalier et m'emparai de mon magnétophone, puis je me rendis compte que, dans ma hâte, j'avais fait tomber un petit objet de la table. Je me penchai et le ramassai. C'était une prothèse auditive. Je m'apprêtais à la remettre à sa place quand je vis qu'il y en avait une autre sur la table.

Ana descendait l'escalier. « Depuis quand grand-mère porte-t-elle des prothèses auditives ? lui demandai-je.

— C'est justement ce que je venais chercher. Elle les laisse le soir sur la table. Elle est tellement coquette qu'elle n'a pas voulu vous dire que son ouïe avait beaucoup baissé et qu'elle était pratiquement sourde, à présent. Elle s'est entraînée à lire sur les lèvres et elle s'en tire très bien. Vous n'avez pas remarqué qu'elle regarde toujours vos lèvres quand vous lui parlez ? Elle a quand même fini par acheter des prothèses, mais elle ne les porte que pour regarder la télévision le soir, et ensuite elle les laisse toujours ici.

— Elle n'entend rien ? » J'étais sidéré.

« À peine quelques sons, des graves, aucun aigu. »

Cette histoire s'est passée il y a cinq ans. Naturellement, j'ai aussitôt détruit l'enregistrement, mais dans mon sommeil, je l'entends sans cesse. Cela ne me fait pas peur. Au contraire, cela me tient compagnie. Je ne sais pas pourquoi. Il y a aussi autre chose qui est un peu étrange. Je ne peux pas regarder ma grand-mère sans voir le visage d'un chat. Sans doute à cause des poils sur ses joues et de sa façon de plisser la bouche, de ses yeux étroits au regard intense toujours fixés sur mes lèvres. Et aussi parce que sa chambre à coucher préférée est devenue l'ascenseur où, pour la sieste ou la nuit, elle se pelotonne sur le tapis enveloppée de son plaid en vison. Même sa respiration ressemble maintenant à un ronronnement.

Je ne sais plus à quel saint me vouer tandis que j'attends toujours l'héritage. Je n'ai pas le courage de tenter une fois encore d'en précipiter l'arrivée. J'habite chez grand-mère à présent et, avec le temps, je crois que je commence à lui ressembler. La cicatrice de sa joue est située sous son œil gauche ; la mienne est au même endroit. J'ai une barbe clairsemée et je me rase peu souvent. Parfois, ma barbe ressemble aux poils de son visage. Et nous avons les mêmes yeux verts étroits.

Ma grand-mère adore le lait très chaud. Elle a pris l'habitude de le verser dans une soucoupe pour qu'il refroidisse avant de le laper. J'ai essayé et maintenant je fais comme elle. J'adorrrrrrre.

## La mort porte un masque de beauté
*2015*

Juin 1974

Le Clipper de la Pan American entama sa descente vers la piste de l'aéroport J.F.K. à huit heures. Janice appuya son front contre le hublot et tenta d'y voir à travers la masse de nuages grisâtres. Mike se pencha sur elle, lui boucla sa ceinture, et lui donna une tape sur la cuisse : « Aucune chance d'apercevoir ta sœur d'ici, ma chérie. »

Il étira ses longues jambes ankylosées par le manque d'espace que la compagnie attribuait aux passagers de la classe économique. À trente ans, Michael Broad, procureur adjoint du tribunal de Los Angeles, avait gardé la silhouette musclée de ses années sportives à l'université. Ses cheveux bruns étaient déjà parsemés d'épaisses mèches grises, un trait héréditaire qui le réjouissait secrètement. Son apparence réservée ne trompait personne longtemps. Les témoins de la défense qui subissaient ses contre-interrogatoires avaient appris à craindre la froideur pénétrante de son regard. Ils n'auraient jamais imaginé l'expression de tendresse avec laquelle il contemplait toujours la jeune femme assise à côté de lui.

Ils étaient mariés depuis trois semaines. Janice avait vingt-deux ans ; le teint doré par le soleil, elle avait une silhouette élancée, de longues jambes, des hanches étroites et d'abondants cheveux blond foncé qui lui tombaient sur les épaules. Ils s'étaient connus un an auparavant quand elle l'avait accompagné jusqu'à la salle de conférences de l'université de Californie du Sud, où on avait invité Mike à parler de la sécurité sur les campus.

Elle lui sourit en se renfonçant dans son siège. « On n'y voit rien, se lamenta-t-elle. Il y a trop de nuages, une vraie purée de pois. Oh, chéri, je suis tellement impatiente de revoir Alexandra. Est-ce que tu te rends compte que ça fait presque un an que nous ne nous sommes pas vues et qu'elle est ma seule famille sur terre ? »

Mike désigna son alliance flambant neuve. « Et moi alors ? » dit-il d'un ton caustique. Elle lui sourit, puis se retourna nerveusement vers le hublot. Avec une mère, un père, deux frères et deux sœurs, il avait toujours été entouré d'une famille.

Il en avait été autrement pour Janice. Sa mère était morte à sa naissance et sa sœur, Alexandra, de six ans son aînée, avait rempli ce rôle. Elle avait quitté l'Oregon pour New York quand Janice avait douze ans. Pendant longtemps, elle s'était arrangée pour revenir à la maison tous les deux ou trois mois. Puis, sa carrière de top-modèle occupant tout son temps, leurs rencontres s'étaient espacées. La dernière avait eu lieu l'été dernier à New York lorsque Janice était venue passer une dizaine de jours avec sa sœur.

Alexandra avait eu l'intention d'assister à la cérémonie de remise de diplôme de Janice de l'université de Californie du Sud. Mais elle l'avait ensuite informée qu'elle devait se rendre en Europe pour une publicité. Quand Janice lui avait annoncé qu'elle et Mike avaient décidé de se marier dans l'intimité – la famille de Mike et vingt de leurs meilleurs amis – à l'église du Good Shepherd de Los Angeles, après la remise des diplômes, et de profiter du congé de Mike pour leur lune de miel, Alexandra avait fait promettre à Janice qu'ils passeraient la dernière semaine de leurs vacances avec elle. C'était le moment idéal pour une visite. Mike reprendrait son travail et Janice devait commencer son master d'anglais en juillet. Elle avait toujours su qu'elle voulait être enseignante.

« Je viendrai à l'aéroport avec tambour et trompette, chérie, avait dit Alexandra. Tu m'as tellement manqué. C'est ce maudit boulot… Je les ai suppliés de retarder ce tournage, mais c'était impossible. J'ai tellement hâte de te voir et de faire la connaissance de Mike. Il a l'air merveilleux. Je vous ferai visiter New York.

— Mike connaît New York comme sa poche, avait répondu Janice. Il a fait son droit à Columbia.

— Bon, je vous montrerai des endroits où l'on ne va pas quand on est étudiant. C'est entendu, chérie… Le 24 juin. Je serai à l'aéroport. Tu n'auras qu'à repérer la fanfare. »

Janice se retourna vers Mike. « Il me tarde que tu rencontres Alexandra. Tu vas l'adorer.

— Je suis impatient moi aussi, dit Mike. Même si j'avoue que je n'étais pas fâché de t'avoir pour moi tout seul ces dernières semaines. »

Ils avaient passé trois semaines en Angleterre et en France. Janice se remémora les petites auberges perdues dans la campagne du Devon et de Bretagne, les bras de Mike autour d'elle. « Moi non plus », reconnut-elle.

Trente minutes plus tard, ils étaient en tête de la queue au contrôle d'identité. Un inspecteur vérifia leurs passeports et les tamponna. « Bienvenue au pays », dit-il avec un semblant de sourire.

Ils se hâtèrent vers l'arrivée des bagages. « Je parie que les nôtres seront les derniers à apparaître », maugréa Janice en regardant les valises débouler les unes après les autres sur le tapis roulant. Elle n'était pas loin de la vérité. Les leurs étaient les avant-dernières. Enfin, au moment de passer les portes du terminal central, Janice s'élança. Les amis et parents des passagers de leur vol formaient des petits groupes, véritables comités d'accueil.

Alexandra aurait dû se détacher dans une foule aussi clairsemée. Impossible de la manquer. Mais elle n'était pas là.

La lueur de plaisir anticipé qui illuminait le regard de Janice s'éteignit. Baissant tristement la tête, elle lâcha : « Je suppose que la fanfare a été prise dans les embouteillages… »

Mike répondit gentiment : « Le retard semble une tradition dans ta famille. » Il avait beau lui faire des remarques, Janice avait toujours du mal à être à l'heure.

L'observation la réconforta. « Alexandra est toujours

un peu en retard, admit-elle. Elle va sans doute arriver d'une minute à l'autre. »

Mais une demi-heure s'écoula… puis une heure. À trois reprises, Mike téléphona chez Alexandra. Il tomba sur la messagerie. Mike alla chercher deux cafés qu'ils burent sur place, craignant de la manquer s'ils s'éloignaient. À midi, Mike dit : « Écoute, chérie, ça ne sert à rien d'attendre. Nous allons laisser un message pour Alexandra à l'aéroport et prendre un taxi jusqu'à chez elle. Le gardien de l'immeuble nous laissera sûrement entrer. »

Alexandra habitait un immeuble en bordure de la Henry Hudson Parkway dans la 74e Rue. L'appartement avait une entrée privée et une terrasse. Janice en fit la description à Mike dans le taxi « C'est tout simplement magnifique. La vue sur l'Hudson est incroyable. »

Décider d'aller chez sa sœur lui avait visiblement remonté le moral. Mike hocha la tête d'un air encourageant quand Janice émit l'hypothèse qu'Alexandra avait été coincée par une séance photo à l'extérieur et qu'elle avait dû envoyer un message qu'ils n'avaient pas reçu. Mais il avait déjà un très mauvais pressentiment.

Quand le taxi atteignit la 74e Rue, Janice lui indiqua comment contourner l'immeuble jusqu'aux entrées privées face à l'Hudson. « Peut-être qu'elle vient juste de rentrer d'Europe et ne s'est pas réveillée. »

Mike sonna à la porte et une petite femme trapue vint lui ouvrir. Elle avait les cheveux noués en chignon au sommet de la tête, des yeux bleus perçants enfoncés dans un visage poupin.

« Vous êtes sans doute la sœur, dit-elle brusquement.

Entrez. Entrez. Je suis Emma Cooper. » La femme de ménage, pensa Mike. Janice lui en avait parlé. L'an passé, quand elle était venue à New York rendre visite à Alexandra, la femme de ménage était en congé, elle ne l'avait donc pas rencontrée.

La description enthousiaste de l'appartement que Janice lui avait faite n'était pas exagérée. Les murs et la moquette vert tilleul offraient un cadre élégant et raffiné aux superbes tableaux et au mobilier visiblement coûteux. Mike siffla doucement. « Dommage que tu sois si discrète, mon amour, dit-il. Je t'aurais bien vue jouer les top modèles toi aussi. »

Janice n'écoutait pas. « Où est ma sœur ? » demanda-t-elle sans attendre à la femme de ménage.

Un froncement de sourcils empreint de désapprobation, voire d'inquiétude, plissa davantage le front de la femme. « Je ne sais pas, dit-elle. Je sais qu'elle est revenue lundi soir, mais elle n'est pas rentrée et n'a pas téléphoné. Elle attendait avec une telle impatience votre visite, elle en parlait tout le temps. Je ne sais pas ce qu'elle veut que je fasse. Elle a fait refaire la chambre d'amis pour vous. Le peintre était ici il y a deux jours. Il m'a demandé si c'était la bonne nuance de couleur. Qu'est-ce que j'en sais, moi ? Je lui ai dit de commencer. Elle va peut-être trouver que ça ne va pas. Le téléphone me rend folle, il sonne toutes les dix minutes. J'ai arrêté de décrocher. Je laisse le répondeur faire son boulot. Hier, M. Wilson, le type de l'agence, m'a pratiquement engueulée.

— Vous voulez dire que ma sœur est arrivée à New York il y a trois jours et que vous n'avez eu aucune nouvelle d'elle ? » demanda Janice.

Emma secoua la tête. « Elle devait rentrer d'une campagne pour un masque pour le visage lundi soir. Quand ce Wilson a appelé, il a dit qu'ils étaient tous arrivés par un vol charter, mais s'étaient séparés à l'aéroport. Il m'a dit que c'est le propriétaire de la compagnie charter qui devait reconduire Mlle Alexandra chez elle. Il ne l'a pas vue depuis. Ni lui ni personne d'autre. Sûr que c'est pas la première fois que ça arrive. Parfois, quand Mlle Alexandra en a assez de toute l'agitation du travail, elle part se reposer. Une fois, elle est allée dans le Maine. Une autre, à Cape Cod. Ensuite, elle réapparaît comme si de rien n'était. C'est un peu irresponsable alors qu'elle fait faire tous ces travaux de décoration en même temps. »

Mike l'interrompit : « Est-il possible que Mlle Saunders se soit rendue à un autre rendez-vous de travail ? »

Emma secoua la tête. « Cela faisait deux mois qu'elle ne travaillait plus que pour le Beauty Mask. Elle avait posé pour une quantité de photos pour des magazines et des spots télé.

— Est-ce qu'on a signalé sa disparition ? » demanda Mike.

Emma secoua la tête avec véhémence. « Bien sûr que non !

— Que voulez-vous dire ? demanda Janice.

— Rien. J'essaye de rien dire. S'il vous plaît, n'allez pas raconter que Mlle Alexandra a disparu. Comme je l'ai dit, il lui arrive de s'en aller sans explications… Elle n'aime pas qu'on l'enquiquine avec des questions. »

Janice se tourna vers Mike. Ses yeux paraissaient

immenses sous l'effet de l'anxiété. « Mike, que devons-nous faire ?

— D'abord demander qu'on nous communique ses messages. Savoir qui lui a téléphoné. »

Le service des abonnés absents refusa d'abord de leur donner la moindre information. « Même si vous êtes sa sœur, dit la voix autoritaire de l'opérateur. Nous lui communiquons toujours ses messages directement. Elle nous a expressément demandé de ne jamais les transmettre à quiconque appellerait de sa part. »

Mike prit le téléphone des mains de Janice. « Je suis le beau-frère d'Alexandra Saunders. On n'a aucune nouvelle d'elle depuis trois jours et sa famille est malade d'inquiétude. Dites-moi au moins si elle a demandé à prendre connaissance de ses messages durant les trois derniers jours ! »

Suivit un silence. « Je ne suis pas sûr de pouvoir transmettre cette information… »

Mike l'interrompit : « Je suis avocat, si vous refusez de m'aider, je lancerai une procédure judiciaire pour obtenir toutes ces informations. Mlle Saunders a disparu. Vous comprenez ? Elle a disparu ! Je vous appelle depuis son téléphone personnel. Vous pouvez me rappeler pour vérifier que je suis bien chez elle. »

Il y avait un carnet et un stylo à côté du téléphone. Moins d'une minute plus tard, il notait plusieurs noms et numéros de téléphone.

Quand il raccrocha, il dit : « Grant Wilson a appelé en moyenne trois fois par jour. Ainsi que Larry Thompson – plus ou moins autant. Et il y a plusieurs appels d'un certain Marcus Ambrose. Le reste, c'est surtout des invitations à des réceptions caritatives, des rendez-vous chez le coiffeur, etc. »

Emma savait qui étaient les trois hommes. « Grant Wilson, c'est le propriétaire de l'agence de mannequins Wilson Modeling qui emploie Mlle Alexandra. Larry Thompson fait les photos et les spots publicitaires. Marcus Ambrose possède la compagnie de charters qui les emmène partout en Europe.

— Nous allons commencer par Wilson, décida Mike.

— Ne vous en faites pas pour vos bagages, dit Emma. Je vais les mettre dans la chambre d'amis.

— J'ignore quels sont vos arrangements avec Alexandra, mais je veux être sûre…

— Vous inquiétez pas pour ça, l'interrompit Emma. Je suis payée jusqu'à la fin du mois. »

Vingt minutes plus tard, ils étaient dans l'immeuble de la General Motors sur la Cinquième Avenue. Dans le hall d'entrée, Mike jeta un regard appréciateur autour de lui. « Il était en construction à l'époque où je faisais mes études de droit. »

Janice eut un sourire triste. « Quand j'étais à New York, il y a six ans, Alexandra m'a invitée à déjeuner au Plaza. » Elle jeta un regard au vieil hôtel impressionnant de l'autre côté de la rue. « C'était amusant. Il y avait un tas de gens célèbres qui venaient à notre table. »

Grant Wilson était assis à une table massive dans un grand bureau qui faisait l'angle de l'immeuble. Les fenêtres offraient une vue panoramique époustouflante sur Central Park. La pièce était aménagée comme une salle de séjour : moquette bleu profond, canapé et fauteuils recouverts du même riche tissu que les rideaux ; des tableaux de bonne facture, un bar généreusement garni, des rayonnages de livres. Tout cela était preuve de réussite dans l'univers de Madison Avenue. Or Grant avait admirablement réussi. Il était arrivé à New York douze ans auparavant, à l'âge de vingt-huit ans. Au cours de ces années, il s'était hissé jusqu'au poste de vice-président de l'une des plus prestigieuses agences de mannequins de New York. Et trois ans plus tard, il avait créé sa propre agence.

Un nez droit, de grands yeux marron, la silhouette svelte d'un habitué des salles de sport, et une épaisse chevelure grisonnante.

En ce moment précis, il était malade d'inquiétude. Il avait déjeuné au Four Seasons de quelques tranches de saumon accompagnées d'une salade et bu deux dry martini. Les martini pour se calmer. Quand il avait regagné son bureau, sa secrétaire lui avait communiqué plusieurs messages. Le premier, que la sœur d'Alexandra et son mari demandaient à le rencontrer. Ce qui le déstabilisa : il avait oublié qu'Alexandra lui avait dit que sa sœur venait de se marier. Il la croyait encore étudiante. Qu'est-ce qu'elle lui voulait ? Que lui répondre ? Qu'il ne comprenait pas comment quelqu'un d'aussi connu qu'Alexandra pouvait purement et simplement se volatiliser. Il dirait qu'on ne pouvait ouvrir un magazine sans y voir son visage. Et parlerait de toutes ses apparitions sur les plateaux de Johnny Carson et de Merv Griffin. Il était impensable que personne ne l'ait aperçue quelque part. Mais elle pouvait aussi bien être tombée au fond d'un ravin.

Il y avait d'autres messages. Ken Fowler, de Fowler Cosmetics, la société propriétaire du Beauty Mask, avait téléphoné à trois reprises. Il n'avait pas payé les dernières factures. Si Grant ne refaisait pas faire sur-le-champ les dernières prises de vues à Venise, Ken n'en réglerait aucune.

L'interphone vibra sur son bureau. C'était la réceptionniste. « M. et Mme Broad désirent vous voir. Mme Broad est la sœur d'Alexandra Saunders.

— Je le sais, fit Grant. Faites-les entrer. »

Il raccrocha brusquement, frotta ses mains moites l'une contre l'autre pour les sécher et attendit.

Quand sa secrétaire pénétra dans son bureau avec ses visiteurs, Grant se leva pour les accueillir, l'image même du directeur aimable et chaleureux. Il prit les deux mains de Janice entre les siennes. « Ma chère, je vous aurais reconnue entre mille. Vous êtes le portrait de votre sœur. » Puis il serra chaleureusement la main de Mike.

En réalité, il était décontenancé par l'apparence du jeune couple. À quoi s'attendait-il donc ? À deux jeunes étudiants excentriques, chevelus, des fleurs aux orteils et des petites lunettes rondes cerclées de métal ? Mais Mike Broad n'avait rien d'un écervelé. Quant à la sœur, il l'examina attentivement. Une vraie beauté. Sans l'allure éthérée d'Alexandra... Plutôt du genre rayonnante de santé. Un peu plus grande... probablement un ou deux kilos de plus, mais ça lui allait bien. Il avait souvent conseillé à Alexandra de ne pas exagérer son côté filiforme.

Janice protesta : « Oh, je ne ressemble en rien à

Alexandra. Il n'y a aucune comparaison. » Elle s'était toujours sentie balourde à côté de la beauté classique de sa sœur. « Savez-vous où se trouve ma sœur ? » demanda-t-elle sans détour.

Mais il lui posait la même question sans même attendre qu'elle ait terminé sa phrase : « J'espère que vous m'apportez des nouvelles d'Alexandra. »

Il observa le regard scrutateur de Michael Broad, vit la déception se peindre sur le visage de la jeune femme. Sa gorge se serra.

« Asseyons-nous. » Il leur désigna le canapé. Ils s'y laissèrent tomber et il décida d'entrer dans le vif du sujet :

« Allons droit au but, dit-il. Je suis inquiet. Je ne l'étais pas au début… pour des raisons que je vous expliquerai. Très franchement, j'ai pensé qu'Alexandra avait pris des dispositions pour venir vous retrouver, ma chère. » Il fit un signe de tête en direction de Janice.

Mike se pencha en avant. « Monsieur Wilson, quand avez-vous vu Alexandra pour la dernière fois ? »

Il y avait un ton très professionnel dans la question. Pendant un instant, Grant eut l'impression d'être à la barre des témoins. Il regarda Mike franchement.

« Il y a trois jours, lundi soir, certains d'entre nous sont revenus de Venise à bord d'un avion charter. Nous étions allés en Europe tourner des spots télévisés et faire des photos pour une nouvelle campagne de publicité dont Alexandra était le mannequin. Comme vous le savez sans doute, Fowler Cosmetics est l'une des plus grosses sociétés de cosmétiques du monde, comparable à Elizabeth Arden et Helena Rubinstein. Le Beauty

Mask est leur nouveau produit. En vérité, c'est sans doute le nouveau produit le plus excitant de l'industrie cosmétique… qui, devrais-je spécifier, est un business de centaines de millions de dollars.»

Il se tourna vers Janice. «Comme la jeune dame ici présente pourra probablement le confirmer, il y a certains jours où une femme n'est pas à son avantage. Elle peut avoir des cernes sous les yeux après avoir passé la moitié de la nuit à danser ou à étudier, elle peut avoir des rides de fatigue sur le visage. Il existe un grand nombre de crèmes sur le marché pour cacher ces rides et ces cernes. Avec le Beauty Mask, c'est différent. Il les élimine purement et simplement. Les masques pour le visage sont en général désagréables à appliquer et efficaces à condition de les garder au minimum une demi-heure. Le Beauty Mask est instantané. Vous l'appliquez comme une crème de beauté, et il durcit en quelques secondes. Gardez-le pendant que vous êtes sous la douche, ôtez-le avec de l'eau chaude et une serviette et votre peau sera aussi parfaite que si vous aviez passé une semaine dans un spa. Je ne peux être plus enthousiaste.

— Mais quel rapport y a-t-il avec Alexandra ?» demanda Janice.

À son ton, il était visible que Grant n'était pas habitué à être interrompu : «Rien de plus simple. Dans le cadre d'un accord plutôt inhabituel, mon agence a été choisie pour fournir les mannequins et contrôler le déroulement du lancement du Beauty Mask. Nous avons préparé une campagne intensive de publicité pour les magazines et les spots télévisés. Le client a accepté qu'Alexandra soit l'unique modèle pour toute la campagne. En termes de droits télévisés seuls, le contrat lui rapporte une fortune. Cependant, à cause des sommes que Fowler a déjà engagées, il est extrêmement exigeant et ne paiera que s'il est totalement satisfait. Nous avons déjà dû refaire plusieurs des spots publicitaires à grands frais. Celui que nous venons de terminer à Venise a été particulièrement ardu. Nous avons eu des problèmes de météo… des problèmes de caméra… et Alexandra n'était pas au mieux de sa forme. Résultat, elle était exténuée et nerveuse quand nous sommes descendus d'avion. Je devais me dépêcher pour assister à un dîner. Mes bagages sont arrivés en premier. Je les ai attrapés et j'ai filé sans attendre. Quand j'ai appris qu'elle avait disparu, j'ai pensé qu'elle était allée se reposer dans un hôtel ou un spa à Montauk. Mais je n'y crois plus.

— Que s'est-il passé à votre avis ? » demanda Mike.

Grant Wilson tripota le presse-papiers posé sur son bureau. « Je ne sais pas. Je n'en sais tout simplement rien.

— Comment avez-vous su qu'elle avait disparu ? insista Mike.

— On était censés se retrouver à mon bureau mardi matin avec le directeur de la publicité et le photographe pour visionner les séquences des films, mais elle n'est jamais venue », répondit Grant.

Janice s'efforça de parler calmement : « Je crois savoir que vous avez laissé de nombreux messages demandant à ma sœur de vous rappeler de toute urgence. Pourquoi ? »

Grant s'assombrit. « Parce que le client n'a pas

accepté ce que nous avons tourné à Venise. Parce que nous devons impérativement refaire certaines prises de vues. Alexandra était merveilleuse dans les trois autres spots à New York, Paris et Rome, mais beaucoup moins en forme dans le dernier. Or, c'est l'aboutissement des autres. Voilà pourquoi elle ne peut pas avoir les traits tirés et l'air fatigué dans le film, quand il s'agit du summum de l'effet Beauty Mask. Nous sommes donc obligés de recommencer le tournage. Heureusement, nous avons assez d'arrière-plans de Venise pour le faire à New York. La campagne doit débuter dans le numéro d'août de *Vogue* et elle sera diffusée dans quelques semaines. Nous ne pouvons utiliser quelqu'un d'autre qu'Alexandra car, je vous l'ai dit, elle figure dans toutes les pubs magazine et dans les trois autres spots.

— Qu'arrivera-t-il si vous ne joignez pas à temps Alexandra pour refaire les séances photo ? » demanda Mike.

Grant se leva, agrippant inconsciemment les rebords de son bureau. « Fowler menace d'annuler la campagne tout entière, de lancer son produit pour Noël avec une nouvelle agence et un nouveau mannequin… Dans ce cas, nous perdrions un gros client. »

Mike se leva à son tour. Il prit Janice par le coude. « Je pense qu'il est temps de prévenir la police, dit-il.

— Vous ne pouvez pas faire ça ! s'insurgea violemment Grant. Vous rendez-vous compte du scandale que cela provoquerait pour cette campagne ? Vous imaginez les commentaires de Suzy ou Rona Barrett dans leurs rubriques sur un sujet aussi palpitant : Alexandra Saunders portée disparue ? Je vous l'ai dit, il lui arrivait de s'éclipser pendant quelques jours quand elle avait besoin de se reposer.

— Dans ce cas, dit lentement Mike, il me semble qu'Alexandra devrait réapparaître bientôt. Il ne fait aucun doute qu'elle désirait voir Janice et qu'elle avait l'intention d'être là pour nous accueillir.

— C'est notre seul espoir, convint Grant.

— Bien, nous attendrons vingt-quatre heures de plus avant d'appeler la police, dit Mike avec réticence, mais pas davantage. »

Janice tendit la main. « Au revoir, monsieur Wilson », dit-elle en se tournant vers la porte. Elle n'avait qu'une envie, sortir de cette pièce. Elle voulait être seule avec Mike, pouvoir réfléchir calmement.

« Mes amis m'appellent Grant. » Il esquissa un sourire. « Vous savez, je suis amoureux d'Alexandra et je l'ai longtemps pressée d'accepter de m'épouser. Nous sommes faits l'un pour l'autre. Elle a toujours dit qu'elle n'était pas prête à se marier. Pourtant, je pense que votre mariage l'avait peut-être amenée à changer d'avis. Je lui ai réitéré ma demande à Londres et à Venise. C'est l'autre raison pour laquelle je n'ai pas été inquiet d'emblée quand elle a joué les filles de l'air. Je savais qu'elle avait besoin d'un peu de temps pour elle... pour mettre ses sentiments à l'épreuve. Je crois franchement que cette fois elle était prête à dire oui.

— Je comprends pourquoi vous n'avez pas réagi tout de suite, dit Mike. Restons-en là. Nous logeons dans l'appartement d'Alexandra. Prévenez-nous si vous apprenez quelque chose ou si vous avez des nouvelles... et bien sûr nous en ferons autant.

— Entendu. »

Ils s'apprêtèrent à partir. Pour la première fois, Janice remarqua qu'un grand portrait d'Alexandra était accroché au mur près de la porte. Sa sœur portait une tunique à la grecque vert pâle. Ses longs cheveux blonds tombaient librement jusqu'à sa taille. Elle était ravissante. Grant la regarda avec eux. « Alexandra a posé pour cette photo il y a plusieurs années. C'est Larry Thompson qui en est l'auteur. Un grand photographe, un véritable artiste, et il a fait ce tirage à partir d'une série de portraits. Il en a fait un pour lui. Quand je l'ai vu, je lui en ai demandé un pour moi. »

Larry Thompson. C'était le nom suivant sur la liste des personnes que Mike et Janice avaient décidé de rencontrer. Le photographe qui avait réalisé tous les spots publicitaires du Beauty Mask.

Ils quittèrent Grant, parcoururent le long couloir et tournèrent à droite vers les ascenseurs. Mike s'arrêta au moment où il allait appuyer sur le bouton. « Chérie, attends une minute. Je veux juste vérifier quelque chose.

— Quoi ?

— Rien d'important. Je reviens tout de suite. »

Il repartit hâtivement vers le bureau qu'ils venaient de quitter ; la porte était entrouverte.

Grant Wilson se tenait debout devant le portrait d'Alexandra. Il agrippait le cadre à deux mains et regardait fixement le visage de la jeune femme ; puis d'un geste absurde, il leva une main et frappa du poing contre le mur.

Mike rejoignit rapidement Janice devant les ascenseurs. « Qu'est-ce que tu voulais vérifier ? demanda-t-elle.

— Je voulais demander la date à laquelle ils devaient refaire les prises de vues de Venise. Mais pour l'instant ce n'est pas la peine. »

En prenant la main de Janice avec un sourire rassurant, il se demandait ce qui avait fait la plus forte impression sur lui… le beau visage souriant d'Alexandra… si semblable à celui de Janice… ou les yeux emplis de désespoir du prétendu fiancé de la jeune femme quand il regardait son portrait.

Une fois dehors, Janice s'attendait à ce que Mike hèle un taxi. Au lieu de quoi, il lui fit traverser la rue et l'entraîna jusqu'au Plaza Hotel. « Nous n'avons pas déjeuné. Le petit-déjeuner avant l'atterrissage était quasi inexistant », dit-il d'un ton ferme.

Une heure plus tard, ils déchiffraient la minuscule plaque au-dessus de la sonnette d'une maison de la 48e Rue tout en examinant la façade de grès rouge, notant les délicats entrelacs de pierre autour des fenêtres et le petit balcon à l'étage bordé de géraniums.

« C'est le quartier de Turtle Bay, dit Mike. Un des avocats qui donnent des cours à Columbia a un appartement dans le coin. Mais il habite le bloc suivant. Qu'on appelle le faux Turtle Bay. Cette maison vaut probablement une fortune.

— Ce n'est pas moi qui l'achèterais, dit Janice. Elle a l'air lugubre. » Elle appuya sur la sonnette avec hésitation. Aucune réponse. Après un moment, elle jeta un regard à Mike qui haussa les épaules, tourna la poignée et ouvrit la porte. Ils pénétrèrent dans un petit hall de réception sombre et en désordre. Un bureau bancal jonché de photos de mannequins était relégué dans un coin. Des chaises pliantes étaient empilées contre le mur. Quelques-unes, restées dépliées, étaient les seuls sièges disponibles. Un grand écriteau annonçait : NOUS RECEVONS LES MANNEQUINS UNIQUEMENT SUR RENDEZ-VOUS. PRIÈRE DE NE PAS SONNER. LAISSEZ VOS COORDONNÉES. ON VOUS RAPPELLERA.

« Je peux déjà te dire que ce Larry Thompson ne me plaira pas », fit Janice en se penchant par-dessus le bureau et en appuyant fermement sur l'interphone. De quelque part à l'intérieur leur parvint un bourdonnement qui leur assura qu'il fonctionnait. À travers l'épaisse double porte qui donnait sur la pièce voisine, on entendait des enfants crier et un chien aboyer.

Les minutes s'écoulèrent. Personne ne vint. « J'aurai peut-être plus de succès », murmura Mike. Il passa devant Janice et appuya plus fermement sur l'interphone.

Une des doubles portes s'entrouvrit et une femme d'une quarantaine d'années, avec de grosses lunettes rondes, passa la tête, l'air affolé.

« Pour l'amour du ciel, vous ne savez pas lire ? demanda-t-elle. Laissez vos coordonnées. Nous sommes au milieu d'un tournage et personne ne peut vous recevoir maintenant.

— Décidément, nous sommes les bienvenus aujourd'hui », chuchota Janice.

Mike s'avança. « Nous voulons voir Larry Thompson, dit-il à la femme. Nous attendrons jusqu'à minuit si nécessaire. Et ce n'est pas pour postuler. »

Les yeux derrière les lunettes rondes se plissèrent en

les examinant l'un après l'autre avant de se fixer sur Janice.

« J'ai l'impression de vous connaître. Vous avez déjà travaillé pour nous ? »

Mike intervint : « Je vous prie de dire à M. Thompson que la sœur d'Alexandra Saunders demande à le voir. »

Malgré le boucan derrière la porte à peine entrebâillée, ils entendirent la femme étouffer un cri. « J'ai cru… Vous vous ressemblez. » Elle les regarda, bouleversée. « Je suis Peggy Martin. Larry va vous recevoir, bien sûr. Nous avons remué ciel et terre pour trouver Alexandra. Écoutez, entrez vous installer ici, si vous n'y voyez pas d'inconvénient, et asseyez-vous dans un coin en attendant que nous ayons terminé. »

Elle ouvrit la porte en grand. « Nous tournons une publicité pour une marque de cire et il nous a fallu toute la matinée pour cirer le plancher avec le produit. Puis un des gosses a renversé une bouteille de lait au mauvais moment. Le chien l'a bousculée et il a fallu tout recommencer. Ça a pris deux heures pour refaire le plancher… On n'avait pas fini que le chien a pissé dessus. Bon sang, quelle journée ! »

Ils la suivirent à l'intérieur. Le studio était une vaste pièce sombre. À une extrémité, les caméras étaient postées autour d'une fausse cuisine. Quatre petits garçons et trois fillettes en bottes et vêtements de pluie gambadaient autour du plateau. Un robuste saint-bernard courait dans tous les sens, aboyant furieusement.

Peggy leur indiqua des chaises et se hâta de rejoindre les enfants. « Écoutez-moi, maintenant, dit-elle d'un ton ferme. Larry veut terminer cette prise de vues. Allons-y. Calmez-vous. »

Quatre femmes étaient assises dans un coin près des caméras. L'une d'elles se leva et se dirigea vers les enfants, une serviette à la main. De derrière l'une des caméras, une voix s'éleva. « Qu'est-ce que vous fabriquez, madame ? »

La femme se retourna. Elle redressa ses épaules massives et leva le menton. « Harold a la figure toute sale. Je voulais l'essuyer. »

Peggy l'arrêta. « Madame Armonk, je vous en prie. Harold est censé avoir l'air sale et couvert de boue dans cette scène. L'idée, c'est que quel que soit le nombre d'enfants ou de chiens qui traversent votre cuisine, votre sol passé au Superb-Wax continue de briller. Ce qui, bien sûr, est une ineptie. Écoutez, vous et les autres mamans devriez aller attendre dans la loge. »

La femme tourna les talons en maugréant, et Janice et Mike les regardèrent toutes les quatre sortir à regret par une petite porte derrière le plateau.

« L'éclairage est OK, Larry », annonça d'un ton résigné un homme grisonnant au visage ridé, les yeux protégés par une visière.

La caméra était tournée vers le plateau et l'homme qui se tenait derrière elle faisait face à Janice et Mike : cheveux bruns encadrant un beau visage classique, environ un mètre quatre-vingts, il était vêtu d'une chemise de sport. Sa silhouette nerveuse et sa mâchoire volontaire lui conféraient une impression immédiate de force secrète.

« Bon. Les mômes, arrêtez de chahuter. Cette fois, on va vraiment commencer. Allez tous derrière la porte et quand je crierai, déboulez dans la cuisine et assurez-vous que le clebs se trouve sur le côté près de la caméra.

Harold, tiens sa laisse. Kathy, apporte la bouteille de lait et ne la fais plus tomber.

— D'accord, Larry. » Le chœur des voix aiguës retentit joyeusement. Pendant un instant, il régna un silence absolu, puis une des petites filles appela : « Larry, c'est pas grave si je vais aux toilettes d'abord ?

— Seigneur... », se désespéra l'éclairagiste.

Larry s'éloigna de la caméra. « Chérie, si tu te retiens juste pendant cinq minutes, je te donnerai une belle récompense, ce petit ours que tu aimes tellement.

— Bon, je vais attendre », promit-elle.

Il jeta un coup d'œil dans la caméra, fit un léger ajustement, et cria : « C'est bon, prêt... COUREZ ! »

Criant et se bousculant, les petits mannequins traversèrent le plateau en courant, le chien aboyant de plus belle sur leurs talons. Janice et Mike regardèrent Larry Thompson appuyer sur le déclencheur à plusieurs reprises.

« Formidables, cria-t-il, vous êtes formidables. Maintenant, revenez de l'autre côté. Plus vite. Le chien... prends-le sur ta droite, Harold. Kathy, fais tomber la bouteille, maintenant... parfait... bon... ça y est. Vous êtes tous des gosses super. À présent, filez. »

Il se tourna vers son assistante. « Surtout, rappelle-moi de ne jamais acheter cette horreur de cire pour la maison. »

Mike se pencha vers Janice. « Je pourrais lui faire un procès pour publicité mensongère. »

Janice eut un petit sourire puis soupira. Peggy s'était avancée vers Larry Thompson et chuchotait à son oreille.

Mike nota que tout le monde devenait nerveux à l'annonce de la présence de la sœur d'Alexandra Saunders. Larry se redressa, lança un regard rapide dans leur direction et, tout aussi vite, tourna les talons. Il sortit du studio par une autre porte sans leur faire signe. Peggy Martin les rejoignit.

« Larry sera à vous très vite. Il est attendu dans deux minutes à une réunion à l'agence et il doit passer un coup de fil. »

Les enfants sortaient de la loge. Peggy Martin alla vers eux. « Les mamans, n'oubliez pas de signer les autorisations, rappela-t-elle. Cela fait... voyons... à quelle heure étiez-vous convoqués... huit heures du matin... ça fait huit heures à trente dollars l'heure. »

L'une des femmes lâcha : « Le tarif de Scott est de quarante dollars l'heure.

— Oui, la reprit sèchement Peggy, mais cette fois nous nous étions arrêtés à trente dollars parce que nous savions que c'était un contrat pour toute la journée, vérifiez avec votre agent. Elle était d'accord. »

Tout le monde finit par s'en aller. En passant devant eux, les enfants firent à Janice et Mike un signe amical de la main. « Deux cent quarante dollars, murmura Mike. Je travaillais dans un chantier de construction pendant l'été quand j'étais à l'université et à l'école de droit, et je m'estimais heureux de gagner cent dollars par semaine à me casser le dos. Et ils gagnent ça en huit heures... Seigneur.

— N'oublie pas que le tarif habituel de Scott est de quarante dollars l'heure, lui fit remarquer Janice. La mère du gosse était déçue qu'il ne gagne pas trois cent vingt dollars. »

Mike secoua la tête, incrédule. Sans les enfants et le chien la vaste salle semblait soudain calme et vide. Peggy revenait vers eux à la hâte. Elle ôta ses lunettes rondes et se laissa tomber sur une chaise. « Votre sœur est une de mes personnes préférées dans tout ce petit monde », dit-elle.

Janice se pencha vivement en avant. « Vous la connaissez bien ?

— Oh, bien sûr. Larry travaille tout le temps avec elle. Il fait des photos pour les maisons de haute couture, vous savez. En ce moment, il réalise beaucoup de clips. Il part souvent à l'étranger avec l'équipe de Fowler Cosmetics, et Alexandra est le top-modèle de leur campagne. C'est la personne la plus gentille du monde. La plupart des filles qui réussissent dans ce métier prennent rapidement la grosse tête, mais pas Alexandra. Où peut-elle se cacher maintenant ? Je préfère vous avertir. Larry est sur les dents. Ils doivent refaire la séquence qu'ils ont tournée à Venise. Le client est hors de lui. Grant Wilson est effondré. Larry entre en ébullition dès qu'il s'agit de travail. »

Janice regarda Mike. « Je crains que nous fassions perdre son temps à M. Thompson. J'espérais qu'il pourrait me dire où trouver ma sœur. »

Peggy s'affola. « Pour l'amour du ciel, ne partez pas sans l'avoir vu. Il en ferait une attaque. Laissez-moi vérifier s'il en a encore pour longtemps. »

Au moment où elle s'apprêtait à soulever l'appareil la sonnerie de l'interphone retentit. « C'est Larry. » Elle écouta et répondit : « Je vous les envoie tout de suite. »

« Larry vous attend, dit-elle. Il habite deux étages plus haut. Prenez plutôt l'ascenseur. L'escalier est raide. »

L'ascenseur était dans le hall. Ils pénétrèrent dans la cabine et Peggy appuya sur un des boutons. « Je file, dit-elle. La journée a été un enfer. Dites à Larry qu'il peut me joindre chez moi s'il vous demande où je suis. Et embrassez Alexandra pour moi quand vous la verrez. »

Larry Thompson finissait le sandwich qui lui tenait lieu de déjeuner tardif et se raidit quand le bourdonnement de l'ascenseur le prévint de l'arrivée de ses visiteurs. Il était assis dans son bureau, à des lieues de l'agitation fébrile de son studio du rez-de-chaussée. Le plancher de chêne brillait d'une douce patine. Une peau d'ours s'étalait devant la cheminée. Des fenêtres en arc gothique s'ouvraient sur le balcon, des fauteuils massifs de style espagnol meublaient la pièce. Les murs blancs mettaient en valeur quelques peintures à l'huile et aquarelles, œuvres de Larry pour la plupart. Celle qui ornait le dessus de la cheminée était un portrait d'Alexandra.

L'ascenseur s'arrêta et la porte s'ouvrit sur le jeune couple. Larry resta stupéfait, comme frappé par la foudre. Il les avait à peine regardés quand ils étaient assis dans le coin du studio, mais il voyait à présent à quel point la jeune femme ressemblait à Alexandra. C'était son portrait craché. Ces cheveux, ces yeux, le nez droit… Cependant, il y avait une différence : elle paraissait plus vive. Son teint n'était pas plus éclatant que celui d'Alexandra, juste différent. Toutes deux étaient de très belles femmes.

Larry se rendit compte qu'il la dévisageait. Il se leva brusquement. « Excusez-moi. Mais quand vous avez l'impression que vos yeux vous jouent des tours, vous en oubliez les bonnes manières. » Il tendit la main à Mike. « Larry Thompson. »

Mike lui serra la main : « Mike Broad, Janice Broad, ma femme. Janice, vous le savez sans doute, est la sœur d'Alexandra Saunders. »

Larry se força à sourire. « Même si je l'avais rencontrée à Hong Kong, je n'aurais pas eu besoin qu'on me le précise. » Il leur fit signe de s'asseoir.

Larry se souvint qu'Alexandra lui avait parlé du mariage de sa petite sœur quelques semaines auparavant. Ils devaient être en voyage de noces. De jeunes amoureux. Et avec un peu de chance, ils seraient encore heureux dans six mois, pensa-t-il cyniquement. « Qu'est-ce que c'est que cette histoire avec Alexandra ? » demanda-t-il. Aucun doute que l'expression de la jeune femme était sincère. Empreinte d'une véritable stupéfaction. L'homme était méfiant. Il resta impassible.

« Que voulez-vous dire ? » demanda-t-il calmement.

Larry avait presque les poings serrés, se sentant examiné par Broad comme un insecte sous un microscope. Et que voyait-il, d'ailleurs ? « Cela veut dire que vous avez sans doute des nouvelles d'Alexandra... ou du moins que vous savez où elle se cache... D'après ce qu'elle disait de vous – il regarda Janice –, je sais que vous êtes très proches... Vous a-t-elle confié ce qui la tourmentait ? »

Mike ne laissa pas à Janice le temps de répondre. « Pourquoi pensez-vous que quelque chose la tourmentait ? »

Larry eut un soupir las. « Mike… c'est bien Mike, n'est-ce pas ? J'ai rencontré Alexandra il y a dix ans, elle venait à peine de débarquer à New York. L'agence Dorothy Lohman l'avait envoyée au studio où je travaillais, et on m'a demandé de faire des essais avec elle. Je n'étais pas dupe quand elle m'a dit qu'elle avait de l'expérience. J'ai toujours deviné quand elle jouait la comédie. Et je peux vous dire que la dernière fois que je l'ai vue à l'aéroport il y a trois jours, j'ai su qu'elle était catastrophée à l'idée de devoir refaire les prises de vues. Elle semblait épuisée. Si j'avais eu l'intelligence de suivre mon intuition, je l'aurais raccompagnée chez elle moi-même.

— Où pensez-vous qu'elle soit allée ? demanda Janice d'une voix perçante.

— J'ai pensé qu'elle était peut-être allée se reposer quelque part. Mais cela n'explique pas pourquoi elle n'a appelé personne.

— Mais pourquoi fuirait-elle quelque chose d'aussi important ? soupira Janice.

— Parce qu'elle n'aurait jamais dû accepter ce job, en premier lieu, dit Larry sèchement. Fowler Cosmetics a une réputation détestable dans la profession. Ils offrent beaucoup d'argent, mais ne sont jamais satisfaits du résultat. Ensuite, ils s'en prennent à tout le monde – à l'agence, aux artistes, à la production, aux relations publiques –, à tous ceux qui sont associés à la campagne.

« Alexandra gagnait bien sa vie. Elle n'avait pas besoin de ce job. Tout est de la faute de Grant Wilson, de son ego et de son appétit pour les commissions faramineuses. Il l'a forcée à accepter. À cause du contrat défavorable qu'ils ont signé, Grant Wilson et l'agence de pub ne gagneront qu'une fraction de l'argent qu'ils ont dépensé pour ces films jusqu'à ce qu'ils soient tous acceptés. Maintenant il s'inquiète à l'idée d'en être pour ses frais, sans oublier que la réputation d'Alexandra en souffrira si Fowler Cosmetics refuse la campagne.

« Nous avons eu droit à un ultimatum. Soit nous refaisons le dernier spot, soit nous oublions ce maudit contrat... et, en outre, nous devons tourner d'ici lundi prochain. La seule consolation, c'est que nous avons assez de séquences de Venise pour pouvoir terminer à New York.

— Mais Alexandra ne peut pas l'ignorer ! protesta Janice. Vous la connaissez assez pour savoir qu'elle ne fuirait pas ses responsabilités, non ? »

Larry se leva et regarda le portrait d'Alexandra. Un pli sévère creusa son front. « Votre sœur n'était qu'une étudiante d'une petite ville des États-Unis quand je l'ai rencontrée, et j'en ai fait un top-modèle. Dès le premier jour, elle connaissait déjà toutes les ficelles du métier. Elle se croyait maligne. Elle s'imagine encore qu'elle a appris elle-même à poser devant un miroir. »

D'un air irrité, il tourna la commande de l'air conditionné. « Je l'ai recommandée aux rédacteurs de journaux, je l'ai emmenée partout, présentée à des agents, je lui ai obtenu des engagements intéressants, je l'ai tenue à l'écart des types louches, et tout marchait très bien pour elle jusqu'à...

— Jusqu'à quoi ? demanda Mike.

— Jusqu'à ce qu'elle se laisse entraîner par le plus

détestable des individus, Grant Wilson. Il y a trois ans, l'agent d'Alexandra a pris sa retraite et Wilson l'a convaincue de venir chez lui. »

Tout à coup, Janice se leva. Larry Thompson lui donnait mal à la tête. « Nous ferions mieux de nous en aller, Mike, dit-elle. Il est évident que M. Thompson ignore où se trouve Alexandra. Il est tout aussi évident que, bien qu'ayant travaillé avec elle pendant dix ans, il ignore qu'elle est incapable de laisser tomber quelqu'un. Elle préférerait mourir. Nous perdons notre temps ici. »

Larry Thompson réagit comme si elle l'avait frappé. « Écoutez, dit-il sur la défensive, si je préfère croire qu'Alexandra s'est délibérément volatilisée, c'est parce que je ne veux pas envisager d'autre éventualité. »

Les yeux de Janice s'agrandirent. « Que voulez-vous dire ?

— Ça suffit, Thompson, dit sèchement Mike.

— Vous dites vous-même qu'Alexandra préférerait mourir que de laisser tomber ses amis. Comprenez-vous où je veux en venir à présent ? » Larry changea d'expression, pâlit. Sa voix prit un ton rauque : « Je ne cesse de me demander pour quelle raison elle paraissait aussi épuisée et absente durant ces derniers jours à Venise. Elle avait une mine affreuse. Il y a un an, un cinglé l'avait harcelée. Il laissait des messages sur son répondeur. Glissait des mots sous sa porte. On ne l'a jamais attrapé. Avait-elle peur qu'il recommence à la suivre ? Et dans ce cas, pourquoi diable ne m'a-t-elle pas demandé de l'aider ? »

Emma s'apprêtait à partir lorsqu'ils regagnèrent

l'appartement d'Alexandra. En les voyant, elle se contenta de lâcher : « Vous ne savez pas où est Mlle Alexandra. » Et ce n'était pas une question. Janice la salua brièvement et se dirigea vers la chambre. Mike savait qu'elle était au bord des larmes.

« Ça n'a pas beaucoup de sens que je vienne tous les jours quand Mlle Alexandra n'est pas là, soupira Emma. Mais c'est ce qu'elle veut. Aujourd'hui, j'ai nettoyé toutes les fenêtres et astiqué les cuivres de toutes les tables et du bureau. Ils ont l'air comme neufs. L'appartement est toujours impeccable. Puis elle donne une fête avec quelques-uns de ses amis… je vous dis pas. Des cendriers pleins, des verres renversés… »

Mike regarda la femme attentivement. Elle avait visiblement dû trouver des tâches qui n'avaient rien de nécessaire pour s'occuper. Il dit négligemment : « Je suppose qu'Alexandra a beaucoup d'amis.

— Certains diraient beaucoup d'amis. Pour moi, ce sont plutôt des sangsues.

— Bon, il y en a sûrement de plus intimes que d'autres… Grant Wilson par exemple ?

— Celui-là, c'est un sale type.

— Un sale type ?

— Traite les gens comme des moins que rien. Je l'ai entendu dire à Mlle Alexandra qu'elle devrait avoir une sonnette pour m'appeler. Une sonnette. Je parie que lui, il utilise une cloche. Vient d'un bled perdu… comme Mlle Alexandra. Mais elle au moins ne se comporte pas comme si elle était née à la Maison-Blanche. Quel hypocrite, celui-là.

— Qui est la personne la plus proche d'elle, à votre

avis ? Quelqu'un vers qui elle se tournerait si elle était inquiète ?

— Oh, voyons. Elle a quantité d'amis. Le genre de gens qui figurent dans les chroniques mondaines. Mais elle ne ferait confiance à aucun d'entre eux en cas de problème. Ils ne sont pas de ceux à qui vous confiez un secret.

— Emma, réfléchissez. Il doit bien y avoir quelqu'un, insista Mike.

— Oh, bien sûr, elle a des amies femmes – de vraies amies. C'est normal, non ? Mais celle dont elle était vraiment proche, c'était Nina Harmon, mais elle s'est mariée l'année dernière et elle vit à Londres, maintenant.

— Personne d'autre en particulier ? la pressa Mike.

— Laissez-moi réfléchir.

— Est-ce qu'il y en a qui viennent souvent ici ?

— Marcus Ambrose. C'est le propriétaire de l'avion qu'ils ont loué cette année pour toute la campagne du Beauty Mask. En réalité, il en possède plusieurs, des avions. Il a une compagnie de charters, Executair Airlines. Mlle Alexandra dit qu'il a les moyens de les acheter et de les vendre par paquets. Il a le béguin pour elle, c'est sûr. Mais elle n'est pas intéressée. En tout cas, si elle l'est, j'ai rien remarqué. Mais d'un autre côté, on ne sait jamais. Mlle Alexandra est très réservée.

— Et Larry Thompson ? Il vient souvent ?

— Oh, de temps en temps. Ils vont dîner en ville. Il est drôlement beau ! Il a été acteur quand il était jeune, vous savez. Il est particulier. Pas bavard, mais rien ne lui échappe. Il a toujours l'air de s'ennuyer quand il assiste à une réception. Il a fait un beau portrait de Mlle Alexandra l'année dernière. Et le lui a offert. Elle s'est d'abord extasiée en le voyant, jusqu'à ce qu'il lui dise qu'il avait voulu fixer son visage avant qu'elle ait trop de rides. Elle s'est mise à pleurer et le lui a jeté à la figure. Il a voulu s'excuser. A dit qu'il plaisantait. Qu'elle devait comprendre que c'était juste une blague. Je l'entends encore : "Pour l'amour du ciel, regarde-toi dans la glace, Alexandra !" »

Emma secoua la tête. « Bon, à demain, alors. Vous n'avez rien dit pour le dîner. Mais si vous voulez, je peux rester et vous préparer quelque chose. »

Mike secoua la tête. « Non. Nous dînerons dehors. Merci. »

Une fois Emma partie, Mike téléphona à Executair Airlines. Leurs bureaux se trouvaient à l'aéroport Kennedy. On lui dit que M. Ambrose devait rentrer de Chicago tard dans l'après-midi et serait à son bureau entre dix-neuf heures et dix-neuf heures trente. La réceptionniste affirma sans ambiguïté que M. Ambrose souhaitait absolument rencontrer la sœur d'Alexandra Saunders.

« Nous serons là-bas à dix-neuf heures », dit Mike.

Dans la chambre d'amis, Janice était étendue sur le lit. Comme il s'y attendait, elle avait les yeux gonflés de larmes et détourna le visage. Il s'assit près d'elle et lui souleva le menton.

« Tu as quelque chose à l'œil ? »

Elle se jeta dans ses bras et posa sa tête sur ses genoux. « Oh, Mike, il est arrivé quelque chose à Alexandra ! Tu es de cet avis, toi aussi. »

Il se pencha vers elle et lui embrassa la nuque, puis défit doucement le haut de sa robe, lui massa tendrement le dos. « Ma chérie, quelque chose ne tourne pas rond, c'est certain. Mais peut-être qu'Alexandra s'est simplement enfuie parce qu'elle n'est pas sûre de vouloir épouser Wilson, ou qu'elle se sent incapable de recommencer à tourner. Comme je l'ai dit, si nous n'avons aucune nouvelle d'elle bientôt, nous préviendrons la police et publierons un avis de recherche. Mais entre-temps je veux voir le type qui s'est occupé du transport. D'après Emma, il est follement amoureux d'elle. Peut-être pourra-t-il nous apprendre quelque chose. Nous partirons pour l'aéroport vers six heures trente. Mais pour l'instant, tu as besoin de prendre une douche, de faire un petit somme et… »

Janice se retourna vers lui et le regarda. Elle esquissa un sourire. « Et ?… »

Il la souleva. « Devine », murmura-t-il, ses lèvres contre les siennes.

Ils se rendirent à l'aéroport dans la Lincoln décapotable bleue d'Alexandra. Mike avait demandé au gardien du garage de l'immeuble l'autorisation de l'utiliser.

« Vous êtes très persuasif, maître, dit Janice. Je n'aurais jamais cru qu'il te laisserait la prendre. » Elle s'assit près de lui.

Mike lui jeta un coup d'œil en biais. « Tu es ravissante, dit-il. J'aime beaucoup cette robe. »

Janice contempla l'imprimé bleu et vert. « Elle est jolie, n'est-ce pas ? C'est une robe Pucci. Alexandra me l'a envoyée à Noël. Elle m'a dit qu'elle s'était acheté la même. »

L'aéroport lui avait paru immense le matin. À présent, au milieu des queues de passagers à l'enregistrement, du flot des arrivants qui se démenaient avec leurs grosses valises, des annonces des vols au départ et à l'arrivée, elle avait l'impression d'être au centre d'une plaque tournante.

Le bureau sans prétention de Marcus Ambrose se trouvait au deuxième étage du terminal principal. L'hôtesse d'Executair Airlines, une femme d'une cinquantaine d'années aux cheveux grisonnants, se présenta à eux : Eleanor Lansing. « Monsieur et madame Broad... M. Ambrose vient d'arriver. Je vais le prévenir que vous êtes là. Je sais qu'il est très impatient de vous rencontrer. »

Janice s'était demandé à quoi pouvait ressembler le propriétaire d'Executair Airlines. Mais quelle que soit l'image qu'elle s'en était faite, elle n'avait aucun rapport avec l'homme qui traversait la réception à longues enjambées. Marcus Ambrose ressemblait davantage à un videur de boîte de nuit qu'à un pilote de ligne, les épaules tellement larges qu'elles remplissaient l'embrasure de la porte. Des cheveux bruns tirant sur le roux lui tombaient en boucles sur le front et d'épais sourcils noirs soulignaient des yeux bruns. Pris séparément, aucun de ses traits n'était remarquable mais l'ensemble formait un visage taillé à la serpe séduisant.

Il retint un cri en voyant Janice. Son visage pâlit et il s'avança rapidement vers elle. « Pendant une minute... j'ai cru... vous lui ressemblez tellement. Et cette robe... c'est la sienne, n'est-ce pas ? » Il saisit les bras de Janice. « Où est-elle ?

— Du calme, intervint sèchement Mike. Vous êtes en train de brutaliser ma femme.

— Oh. » Ambrose desserra lentement son étreinte. « Excusez-moi… c'est juste que… »

Il parut soudain s'apercevoir que l'hôtesse lui jetait un regard étonné. « Venez dans mon bureau. » Dès que la porte fut refermée, il se tourna vers eux. « Avez-vous des nouvelles d'Alexandra ? Est-ce qu'elle était avec vous ? Savez-vous où elle se trouve ? »

L'air anéanti, Janice resta à contempler ses mains tandis que Mike expliquait qu'Alexandra n'était pas venue à l'aéroport les accueillir. Comme les autres, Marcus Ambrose savait qu'Alexandra attendait impatiemment leur arrivée.

« Je ne comprends pas, dit-il. Tout s'était très bien passé à Londres et à Paris. C'est à Venise que les problèmes ont commencé. Les premiers jours, il a fallu régler certains détails techniques – photos du produit, décor – ce genre de chose. Alexandra avait un peu de temps libre. Nous avons fait un tour en ville tous les deux. Elle était de très bonne humeur. Parlait tout le temps de vous… tout excitée à l'idée de revoir sa sœur et de rencontrer l'homme qu'elle avait épousé. À force d'entendre parler de vous, je pourrais écrire votre biographie.

— Vous connaissez bien Alexandra ? » demanda Mike.

Marcus Ambrose sourit. « J'ai fait sa connaissance il y a deux ans, quand Grant Wilson a commencé à louer un de mes avions pour ses tournages à l'étranger. C'était moi qui pilotais et j'y prenais un tel pied que depuis je me réserve toujours ces vols, dans la mesure du possible. Et, depuis un an, je dois avouer que la vraie raison était Alexandra. »

Un autre adorateur au pied de l'autel, pensa Janice. Avec tous ces hommes qui s'intéressaient tellement à elle, pourquoi Alexandra avait-elle voulu disparaître ?

Mike dit : « Grant Wilson nous a dit que pendant leur séjour à Venise il lui avait à nouveau demandé de l'épouser et qu'il l'avait sentie plus réceptive cette fois.

— Ça m'étonnerait. Elle n'aurait pas été assez folle pour se fourrer avec un abruti caractériel. Mais Alexandra était fatiguée et le tournage s'est mal passé les derniers jours.

— Étiez-vous présent lors du tournage ? demanda Mike. Ou des séances photo ?

— En tant que pilote, j'ai pas mal de temps libre. J'aimais bien assister aux prises de vues. Le dernier jour, elle était sur le plateau et devait ouvrir un pot de Beauty Mask et commencer à l'étaler sur son visage. On lui a demandé d'ouvrir un pot, puis un autre, et encore un autre. Mais ils n'étaient jamais satisfaits du résultat et elle a commencé à s'énerver. Ensuite, Grant Wilson et Larry Thompson se sont engueulés. Et entre eux, il y avait Alexandra, trop nerveuse pour poser. Elle a fini par quitter le plateau. »

Janice examinait ses ongles, préférant ne pas réagir à ces propos pour le moment. Elle imaginerait plus tard Alexandra prise à partie par tous ces chers amis qui disaient s'inquiéter tellement pour elle.

« Qu'est-il arrivé ensuite ? demanda calmement Mike.

— Je l'ai suivie dehors. » Marcus Ambrose se leva en

repoussant brusquement sa chaise qui faillit se renverser. « Je l'ai suivie et je l'ai rejointe à la porte. La pauvre gosse avait ce truc visqueux sur le visage et essayait de l'ôter avant qu'il ne durcisse. » Il fit une grimace comme si le souvenir était douloureux. « Larry Thompson était juste derrière moi. Il l'a attrapée par le bras et l'a sommée de finir ce qu'elle avait commencé. J'ai dit à Alexandra de les envoyer au diable, mais elle a seulement hoché la tête et regagné le studio. Je suis parti. Ce soir-là, nous avons tous dîné ensemble. Alexandra n'a rien avalé. Elle a fini par quitter la table. J'ai voulu aller la chercher pour lui demander si elle voulait aller boire un verre sur la place Saint-Marc. Elle aimait écouter les violons jouer le soir.

— Oui, renchérit Janice, dans une de ses lettres, elle décrivait la basilique Saint-Marc et les terrasses des cafés de la place. Venise est sa ville préférée en Europe.

— Je l'ai retrouvée sur les marches de l'hôtel avec Wilson. Ils venaient probablement de se disputer. Elle disait qu'il aurait dû savoir dès le début qu'elle ne correspondait pas à cette publicité pour le Beauty Mask. Il a parlé de l'argent qu'elle gagnerait… une fortune avec les droits de rediffusion à la télévision. Ils se sont tus quand ils m'ont vu. Mais le lendemain, ils ont terminé le travail et tout le monde a plié bagage et a embarqué dans mon avion le lundi tôt dans la matinée. Je peux dire que personne n'avait l'air d'en être content.

— Avez-vous été en tête à tête avec Alexandra ensuite ? demanda Mike.

— Avant d'atterrir, je lui ai offert de la conduire chez elle. Elle a accepté… Elle semblait… distraite et préoccupée. Lorsque nos bagages sont arrivés, je les ai confiés à un porteur. Je voulais passer au bureau pour vérifier mes messages et lui ai donné rendez-vous dans le hall du terminal. Je ne me suis pas absenté plus de dix minutes, mais quand je suis revenu, elle n'était plus là.

— Elle n'était plus là ! » s'exclamèrent Mike et Janice de concert.

Ambrose se rembrunit et secoua la tête. « J'hésite à prévenir la police depuis tout à l'heure. Et il y a autre chose. »

Janice se leva, pesant de tout son poids sur le bureau, paumes à plat.

« Quoi ? »

Marcus Ambrose se dirigea d'un pas ferme vers un placard. Il fit coulisser la porte. Stupéfaits, Janice et Mike virent côte à côte, occupant presque tout l'espace, deux grandes valises bleues gravées aux initiales A.S.

« Elles étaient dehors avec les miennes dans le terminal. Le portier attendait à côté d'elles. Elle lui a dit que j'allais venir les récupérer et elle est partie.

— On dirait qu'elle s'est enfuie dans une sorte de panique, dit Mike, l'air sombre, évitant de croiser le regard de Janice. Apparemment, il lui arrive de s'échapper ainsi, et elle semblait très perturbée par cette campagne.

— À moins qu'elle ait repéré des paparazzis dans le terminal et n'ait pas voulu qu'on l'embête », suggéra Ambrose, une note d'espoir dans la voix.

Les valises d'Alexandra dans le coffre de la voiture, ils quittèrent l'aéroport en silence. Janice se tenait droite, les mains jointes sur les genoux. Mike lui lança un coup d'œil, s'apprêta à dire quelque chose, puis renonça. Il préféra taire que Marcus Ambrose lui semblait vaguement familier. C'est impossible, pensa-t-il, et il se concentra de nouveau sur la conduite. Les nuages menaçants s'étaient transformés en un rideau de pluie qui fouettait le pare-brise. Mike attendit qu'ils soient sortis des embouteillages de l'aéroport pour poser sa main sur celles de Janice.

Elle la porta à ses lèvres et la frotta contre sa joue. « Oh, Mike, dit-elle. J'ai tellement peur. Quel cauchemar, cette soirée. Je ne peux m'empêcher de me demander où est Alexandra, et d'imaginer tous ces gens décidés à la retrouver parce que pour eux c'est une telle manne financière. Ils ont dû lui faire du mal pour qu'elle se soit enfuie comme ça.

— Janice, dit Mike. Réfléchis. Est-ce que tu connais vraiment Alexandra ? » Il la sentit se raidir. « Ne te fâche pas. Réfléchis. Tu gardes d'elle l'image d'une sœur qui était la personne la plus importante de ton monde quand tu étais ado. D'accord ?

— Oui. » Janice avait pris un air pensif. « Papa était merveilleux, mais assez distant. Ce n'était pas facile de lui parler. Pendant des années après son départ de la maison, Alexandra téléphonait une fois par semaine et je lui racontais tout sur l'école, tout ce que je faisais. Quand j'étais au lycée, il suffisait que je lui dise que j'allais au bal ou à une fête pour qu'une robe soit livrée à temps pour l'occasion. Celle-ci est la dernière qu'elle m'a envoyée pour Noël. Elle a payé mes frais de scolarité et toutes les factures de papa quand il est tombé malade. »

Elle hésita, puis demanda : « Mike, qu'essayes-tu de

me faire dire ? Je te connais. Tu as une idée derrière la tête. »

Il hocha la tête. « Réponds seulement à deux ou trois questions. Quelle est la boisson préférée d'Alexandra… Est-ce qu'elle boit beaucoup ? T'a-t-elle jamais parlé d'un ami en particulier ? Combien d'argent gagnait-elle ? T'avait-elle dit qu'un homme la harcelait l'année dernière ?

— Elle n'y a jamais fait allusion !

— Bien, voilà où je voulais en venir. Chérie, tu vois ta sœur comme une merveilleuse marraine de conte de fées. Tu ne sais pas vraiment qui elle est. D'après tout ce que nous avons appris aujourd'hui, je dirais qu'elle a sérieusement besoin de toi. »

Ils franchirent le Throgs Neck Bridge, traversèrent le Bronx, atteignirent Manhattan et roulèrent sur le FDR Drive sans mot dire. Puis Janice murmura : « Je me souviens d'une chose. Au début du semestre de printemps cette année, le chèque de mes frais de scolarité est arrivé en retard. Quand Alexandra l'a envoyé, elle m'a mis un mot pour s'excuser, prétextant qu'elle était en voyage et n'avait pas son chéquier avec elle. Je n'y ai pas prêté attention alors, mais aujourd'hui je me demande si cela signifiait qu'elle était à court d'argent.

— Nous irons fouiller dans son bureau, peut-être trouverons-nous une indication de l'endroit où elle est allée… Bon sang… » Mike tendit soudain la main et ajusta le rétroviseur. « Cet imbécile derrière nous roule pleins phares.

— Pourquoi ne nous dépasse-t-il pas ? » dit Janice avant de regarder par-dessus son épaule : « Mike, attention ! »

À travers la pluie torrentielle, les phares disparurent soudain du rétroviseur. La voiture qui les collait avait déboîté et se rapprochait dangereusement d'eux, les repoussant contre la glissière de sécurité sur le côté droit du Drive.

Janice hurla.

Droit devant eux se dressait un pylône en béton. Mike braqua violemment le volant vers la gauche mais l'autre conducteur l'empêcha de se dégager. Leur voiture heurta la glissière de front. Le choc les fit décoller de leurs sièges. Janice se cogna la tête contre le pare-brise, puis fut rejetée en arrière contre l'appuie-tête. Au moment où elle s'effondrait, elle sentit la main de Mike l'agripper, mais ce n'était pas sa voix qu'elle entendait tandis qu'elle perdait connaissance. Il lui sembla au contraire entendre Alexandra pleurer au loin : « Janice, au secours, au secours. »

Des sirènes… Une lumière éblouissante devant son visage… des voix… « Mike.

— Reste tranquille, chérie, ne bouge pas. »

L'impression d'être hissée hors de la voiture… La pluie sur son visage. L'ambulance qui démarrait, les sirènes qui hurlaient lui écorchaient les oreilles.

Mike était à côté d'elle. Elle voulut se redresser, sentit qu'il la recouchait doucement. « Mike, tu n'as rien ?

— Ça va, chérie. Juste quelques bosses. On va te faire une radio. Tu as reçu un gros choc à la tête.

— Mike, je crois que cette voiture nous a percutés délibérément. J'ai vu la façon dont il tournait le volant.

— C'est aussi mon impression, chérie.

— Je ne veux pas rester à l'hôpital. Je vais bien.

— Tu n'y resteras pas, à moins que ce soit absolument nécessaire. Je te le promets. »

Janice sentait s'atténuer les effets de l'étourdissement. Des élancements lui déchiraient le crâne, elle avait mal au dos et au cou. Mais elle avait les idées claires. Quelqu'un avait-il réellement voulu les tuer ? Ou s'agissait-il d'un chauffard ou d'un conducteur en état d'ivresse ? La voix d'Alexandra qui l'appelait… Elle devait regagner l'appartement. Fouiller le bureau de sa sœur et essayer de trouver un indice sur sa disparition.

Mais l'espoir de sortir de l'hôpital s'envola rapidement. L'urgentiste du Mount Sinai insista pour lui faire une radio du crâne. Elle dut attendre deux longues heures avant de s'entendre dire qu'elle avait eu de la chance… Elle n'avait rien de sérieux, excepté une légère commotion. Le médecin lui suggéra de rester une nuit à l'hôpital, mais accepta de la laisser rentrer chez elle, à condition qu'elle aille directement au lit.

« Elle souffrira de courbatures demain, dit-il à Mike. À propos, ajouta-t-il. Il y a un policier à l'extérieur qui demande à vous parler. Il doit établir un rapport de l'accident. »

Dans le hall, le policier demanda à Janice comment elle se sentait. « À voir l'état de la voiture, c'est un miracle que vous soyez tous les deux en vie, dit-il. Nous avons pris le conducteur qui vous a heurtés. Il était complètement ivre. Quand il se réveillera, il comprendra dans quelle situation il s'est mis.

— J'espère que son assurance est en règle », dit Mike

laconiquement. Il montra son permis de conduire et la carte grise, bénissant en silence le ciel qu'Alexandra ait gardé la carte grise dans la boîte à gants.

« Non seulement il a failli nous tuer, mais ce n'est pas notre voiture. Elle appartient à ma belle-sœur. »

En sortant de l'hôpital, Mike héla un taxi. Il ouvrit la portière et aida Janice à s'installer, avant de placer dans le coffre les bagages d'Alexandra que le policier avait sortis de leur voiture. La pluie avait diminué et il ne tombait plus qu'un crachin glacial. Mike donna au chauffeur l'adresse d'Alexandra. L'homme venait de baisser la poignée du taximètre. Il jeta un coup d'œil dans le rétroviseur, vit Janice et se retourna brusquement. Il alluma le plafonnier et la regarda fixement. « Qu'y a-t-il ? demanda Mike. Vous ne savez pas où se trouve cette adresse ? »

Le chauffeur eut un ricanement. « Vous voulez rire, monsieur ? J'ai conduit cette jeune dame il y a à peine deux heures. Vous ne vous souvenez pas de moi, mademoiselle ? »

Janice se cramponna au siège. Prise de vertige, elle craignit de s'évanouir. « Que dites-vous ? » demanda-t-elle, d'une voix qui résonna rauque et tendue à ses propres oreilles.

Le chauffeur se dégagea du trottoir, puis regarda à nouveau dans le rétroviseur. « Mince alors, mademoiselle, me faites pas marcher. Je vous ai même dit que je trouvais votre robe jolie et je vous ai demandé si elle était très chère ou si je pourrais l'offrir à ma femme, vous vous rappelez ? Vous m'avez dit que c'était une marque étrangère.

— Une robe Pucci, murmura Janice. C'était Alexandra. Souviens-toi, Mike, je t'ai dit qu'elle avait acheté la même pour elle.

— Où avez-vous pris cette passagère ? » demanda Mike.

Le chauffeur sembla mal à l'aise. « Eh ben, je me trompe peut-être. C'est juste que vous lui ressemblez tellement… ces longs cheveux blonds… cette robe… et vous allez à la même adresse. Dites donc, vous seriez pas une parente ? »

Les jointures de ses doigts blanchirent tandis que Janice enfonçait ses ongles dans ses paumes. « Je vous en prie, dit-elle. Je vous en prie. Où avez-vous pris cette femme qui me ressemblait ?

— À Kennedy Airport. Ce soir… vers vingt heures. Je venais juste de déposer un client quand elle m'a hélé. J'étais content car elle allait dans mon secteur. Je lui ai dit que c'était mon jour de chance. C'est comme ça qu'on a commencé à discuter.

— Kennedy Airport, souffla Janice. Se pourrait-il que nous ayons failli croiser Alexandra ? Nous étions tous au même endroit au même moment.

— Ouais. Cette dame m'a demandé de la conduire à une adresse sur Riverside. Elle semblait bouleversée et inquiète, alors j'ai engagé la conversation. Je suis bon pour faire parler les gens et les détendre. Elle m'a raconté qu'elle devait retrouver deux personnes sur le vol de Londres. Elles étaient censées atterrir à huit heures du soir, mais elles ne se sont pas montrées. Elle m'a dit qu'elle avait vérifié avec la compagnie et découvert que leur vol arrivait en fait à huit heures ce matin.

— Huit heures du soir… »

Janice avait la tête qui tournait. Elle se souvint de sa dernière conversation téléphonique avec sa sœur. Alexandra regrettait tellement de ne pas pouvoir assister au mariage. Janice se rappela qu'elle avait répété le nom de la compagnie et l'horaire à deux reprises.

« En tout cas, elle rentrait précipitamment chez elle pour voir si vous l'y attendiez. Je l'ai déposée vers neuf heures. Ainsi, c'est vous les deux personnes qui arriviez de Londres. Ça alors ! Attendez que je raconte ça à ma moitié. Croyez-moi, mademoiselle, New York n'est qu'une petite ville, au fond. Je plaisante pas. Ce genre d'histoire arrive plus souvent que vous pouvez l'imaginer. »

Alexandra était chez elle. Alexandra était chez elle ! Elle s'était simplement absentée et était rentrée à temps pour aller chercher Janice à l'heure où elle croyait que son vol arrivait. Janice sentit des larmes de soulagement lui monter aux yeux. Elle les refoula. Tout était normal. Tout allait bien. Dans quelques minutes, ils riraient tous de cet embrouillamini. Elle se renfonça dans le siège et ferma les yeux, sentant le sang battre à ses tempes.

À peine quinze minutes plus tard, le chauffeur s'engagea dans l'allée et fit le tour de l'immeuble jusqu'à la première entrée privée. « Vous y êtes ! » Deux marches menaient à la terrasse fermée de l'appartement d'Alexandra. Janice leva la tête et vit de la lumière à la fenêtre de la salle de séjour.

Elle faillit tomber dans sa hâte de sortir du taxi. Mike la rattrapa. « Doucement, chérie. » Il paya le chauffeur pendant que Janice se précipitait dans l'escalier, soudain consciente d'avoir le dos et les épaules douloureux.

La porte de l'appartement était fermée à clé. Impatiente, elle regarda Mike chercher la clé dans sa poche, l'introduire dans la serrure et ouvrir. Elle s'élança devant lui. Elle commença à appeler sa sœur, mais son nom se figea sur ses lèvres. Immobile dans l'entrée, elle contempla le séjour. La lampe sur la table près du fauteuil club était allumée et, tel un projecteur, illuminait la silhouette qui l'occupait.

Alexandra portait la robe imprimée Pucci. Mais elle n'attendait personne. Elle était affalée dans le fauteuil, ses beaux cheveux blonds tombant en désordre sur ses épaules, une corde étroite autour du cou. Son visage était blanc comme de la craie. Un filet de sang s'échappait de ses lèvres. Ses grands yeux bleus étaient ouverts et fixaient Janice… la transperçaient.

Janice ouvrit la bouche pour crier mais aucun son n'en sortit. Figée sur place, elle ne pouvait plus bouger non plus. Elle leva la main pour cacher cette vision de cauchemar. Mais quand elle toucha son front, elle frémit de le sentir douloureux et sut qu'elle ne rêvait pas. Mike l'enlaça, mais elle se dégagea de son étreinte et se mit à hurler, un hurlement déchirant, tandis qu'elle titubait à travers la pièce, se jetait devant le fauteuil et tendait les bras pour embrasser sa sœur morte. Le corps encore chaud s'écroula contre son épaule. Criant le nom d'Alexandra, elle sentit à peine les mains fortes de Mike prendre ses doigts, les forcer à lâcher prise. La portant à moitié, il la tira hors de la pièce.

« Je suis navré, chérie. Tu n'aurais pas dû toucher le corps. Il faut prévenir la police. »

Hubert Twaddle, cinquante-deux ans, grand et robuste sans une once d'embonpoint, le crâne dégarni brillant au milieu d'une couronne de cheveux poivre et sel, était l'inspecteur en chef du bureau du procureur de Manhattan.

Son nom, il le savait, suscitait chez les gens qu'il rencontrait pour la première fois un sourire involontaire. Ils ignoraient que Twaddle était un nom très sérieux et très courant en Écosse – pas seulement un synonyme de fadaises en anglais. Il rit intérieurement en se rappelant avoir voté pour Hubert Humphrey, uniquement parce qu'ils portaient le même prénom.

Les gens ne se rendaient pas compte que sourire les amenait à baisser la garde. C'était un avantage dont il se servait volontiers quand il questionnait un membre de la famille, un ami, un associé ou un ennemi de la victime.

Plus tôt dans la soirée, ils regagnaient leur bureau pour interroger le témoin d'un homicide quand un appel leur était parvenu d'un commissariat de la 74e Rue Ouest, à vingt-trois heures trente. La célèbre Alexandra Saunders, la légendaire top-modèle, avait été retrouvée morte dans son appartement.

« J'y vais, avait dit Hubert sans rien ajouter avant de raccrocher. Ben », appela-t-il. Ben était le jeune collègue qui l'accompagnait toujours dans ses enquêtes.

Bennington Lyons se leva aussitôt de sa chaise. Son bureau jouxtait celui de Twaddle. Avec un visage angélique, des cheveux d'un roux éclatant et un corps d'athlète, il paraissait plus jeune que ses vingt-neuf ans. Déjà une légende dans le service, il avait été promu inspecteur adjoint après avoir failli être tué par balle quand, dans sa voiture de patrouille, il était tombé sur deux criminels endurcis en train de cambrioler Tiffany, le célèbre bijoutier de la Cinquième Avenue.

Une balle dans l'épaule, une autre à la jambe, couché sur le trottoir, il avait répliqué, blessant les deux individus, les empêchant de s'échapper. Peu de gens en dehors de Twaddle savaient que Ben était l'héritier de la Lyons Oil Company, qu'il avait grandi sur Park Avenue, fait ses études à Harvard et obtenu sa maîtrise au John Jay College. Pour éviter de se faire remarquer, il louait aujourd'hui un appartement dans le Queens, et poursuivait tranquillement sa carrière dans la police. Twaddle était sûr qu'un jour Bennington Lyons passerait commissaire.

Une fois à l'adresse d'Alexandra, les deux hommes constatèrent que la voiture du médecin légiste était déjà là et qu'une foule se pressait devant l'immeuble. Le portier, bouleversé, les orienta vers l'appartement d'Alexandra. Un policier se tenait en faction devant la porte et s'écarta pour les laisser entrer. Twaddle s'avança, plissant les yeux, enregistrant la scène du crime. Au moins six policiers se trouvaient dans la pièce. Même ainsi il régnait un calme irréel. Un photographe de la police mitraillait les lieux. Le légiste, Milton Helpern, était penché sur le corps sans vie d'une femme inclinée sur le côté dans un grand fauteuil club.

Même Twaddle, en s'approchant, faillit perdre son flegme habituel à la vue du visage de la victime que recouvrait entièrement un masque blanchâtre.

Il était évident que la corde nouée autour de son cou était la cause de la mort.

« La serrure de la porte de la terrasse a été forcée. À

mon avis, la victime était assise dans ce fauteuil et n'a sans doute pas entendu l'assassin arriver derrière elle avant qu'il ne soit trop tard. Il n'y a aucun signe de lutte, dit Helpern.

— Quand ? demanda Twaddle.

— Trois heures au maximum. Peut-être moins.

— Qui l'a découverte ?

— Sa sœur et son beau-frère. La sœur est sous le choc. Ils sont dans la chambre d'amis. Un médecin qui habite l'immeuble est auprès d'eux. Il a donné un sédatif à la jeune femme. La victime était censée les retrouver à l'aéroport. C'est le beau-frère qui me l'a dit. »

Il rapporta en peu de mots ce que Mike lui avait raconté, y compris le fait qu'un chauffeur de taxi affirmait avoir conduit la victime chez elle.

Ben exprima tout haut la pensée que Twaddle avait en tête : « Ça suppose que quelqu'un l'a suivie ou l'attendait. »

Twaddle inspectait les lieux de son regard perçant. En d'autres circonstances, il aurait admiré la pièce meublée avec goût, mais en cet instant, il cherchait uniquement un signe quelconque de lutte qui aurait échappé à Helpern.

Il n'y en avait pas.

Le plan de l'appartement n'avait rien de compliqué. La double porte vitrée menait à la terrasse où le meurtrier avait dû attendre Alexandra. Sur la droite, il aperçut une petite salle à manger et se dit que la cuisine était attenante.

Le couloir qui partait de la salle de séjour conduisait visiblement aux chambres. Il en prit le chemin, suivi de

Ben. Ils dépassèrent la chambre principale puis, un peu plus loin, frappèrent à la porte fermée de la chambre d'amis.

Mike leur ouvrit, les yeux rougis par le manque de sommeil. Pour la seconde fois en quelques minutes, le calme légendaire de Twaddle fut ébranlé. La svelte jeune femme allongée sur le lit, ses cheveux blonds répandus sur l'oreiller, portait exactement la même robe que la victime. Elle semblait dormir.

Mike relata avec précision à Twaddle les événements de la journée, à commencer par le fait qu'Alexandra n'était pas venue les accueillir à l'aéroport. Il rapporta que le service de messagerie leur avait communiqué le nom des trois personnes qui avaient laissé des messages urgents, et que le chauffeur de taxi affirmait l'avoir conduite chez elle.

Twaddle finit par demander à Mike combien de temps sa femme et lui avaient prévu de rester à New York.

« Nous devions séjourner ici, avec Alexandra, pendant une semaine, dit calmement Mike.

— Avez-vous de la famille ici ?

— Mes parents, mes deux frères et mes deux sœurs vivent à Brentwood, en Californie. La seule parente de Janice était sa sœur.

— Dans ce cas, il faudra que vous restiez ici au moins une semaine. Il y aura une autopsie, c'est certain, et nous aurons besoin de questionner votre femme. Ce que sa sœur a pu lui dire aura peut-être du sens pour nous. »

Twaddle se tut un instant, puis ajouta : « Le corps va être enlevé d'ici quelques minutes. Mon équipe aura fini de passer la scène au peigne fin dans environ une heure. Avez-vous l'intention de dormir dans l'appartement cette nuit ?

— Je n'y ai pas réfléchi, répondit Mike. Nos bagages sont ici. » Il se frotta les yeux d'un geste las. « Nous venons d'avoir un accident de voiture. Ce serait plus facile pour ma femme de rester ici.

— Monsieur Broad, je ne vous dérangerai pas davantage ce soir. Vous êtes visiblement épuisé. »

Il tourna les talons, Ben à sa suite, et quitta la pièce. Comme il l'avait indiqué, on était en train d'enlever le corps.

Ben prenait des notes, tandis que Twaddle repassait en esprit, point par point, les événements décrits par Michael Broad.

Ben était un fervent lecteur du *New York Post*, qui avait non seulement d'excellentes pages économiques, mais le tenait *au courant*[1] des nouvelles sur les célébrités du moment, dont certaines faisaient partie du cercle intime de son play-boy de cousin, même si Ben, lui, fuyait la presse people comme la peste.

À la minute où il avait entendu son nom, il s'était souvenu que, cinq ans auparavant, son cousin était sorti quelque temps avec Alexandra Saunders. Il avait vraiment le béguin, mais elle l'avait éconduit.

Ben s'était dit alors que cette jeune femme était loin d'être sotte.

1. En français dans le texte.

Emma Cooper arriva à l'appartement, le visage marqué par le chagrin. Elle fouilla machinalement dans son sac pour y prendre sa clé.

« Je suis la femme de ménage, dit-elle à l'agent de police à la porte. On m'a demandé de venir. »

S'armant de courage, elle s'apprêtait à entrer quand elle dut s'écarter pour laisser passer le brancard chargé d'un sac mortuaire. Elle revit soudain les trois années passées au service d'Alexandra, depuis que la jeune femme avait acheté cet appartement.

Alexandra avait vingt-cinq ans alors et venait de signer pour une célèbre agence de mannequins, devenant l'égérie d'un parfumeur. Son ancien agent avait pris sa retraite et elle avait signé avec l'agence Wilson. Ce Wilson était tout le temps dans les parages, il donnait rendez-vous lui-même au décorateur, disait à Alexandra que c'était lui qui, en définitive, choisirait – car elle n'avait aucune expérience en matière de mobilier, de papier peint ou de tapis.

Il impressionnait manifestement Alexandra. Mais un jour, elle avait prié le décorateur de rester après le départ de Wilson. « Dites-moi ce que vous en pensez, lui avait-elle demandé.

— Quelques meubles anciens, c'est une bonne idée, mais vous avez surtout besoin d'un canapé et de fauteuils confortables.

— Vous avez raison », avait dit Alexandra.

Emma avait alors compris que, tout en manquant de confiance en elle, Alexandra ne se laissait mener à la baguette que jusqu'à un certain point. Est-ce ce qui s'était passé ici ?

Pourquoi cette pensée ? se demanda-t-elle. Sans pouvoir retenir son geste, elle posa sa main sur le sac mortuaire, ignorant le regard désapprobateur des hommes qui portaient le brancard.

La salle de séjour fourmillait de policiers. Mais son attention fut aussitôt attirée par l'homme qui s'avançait pour la saluer.

Son visage avait une expression sympathique et c'est d'une voix réconfortante qu'il s'adressa à elle : « Je suis sincèrement désolé, madame Cooper. Voulez-vous m'accompagner dans la salle à manger ? Nous pourrons nous y asseoir et parler sans être dérangés. Je suis l'inspecteur Hubert Twaddle. »

Mon Dieu, quel nom ridicule, pensa Emma, réprimant un sourire inopportun. Surmontant son émotion et sa tristesse, elle s'arma de courage pour répondre à ses questions.

Mais alors que l'inspecteur la prenait par le bras pour l'entraîner dans la salle à manger, elle remarqua la poudre répandue sur le fauteuil préféré d'Alexandra et que la porte donnant sur la terrasse était ouverte.

« J'ai reçu un appel disant qu'elle était morte, dit Emma, d'une voix à peine audible, encore empreinte d'incrédulité. Je viens de voir son corps sur un brancard.

— En effet, répliqua Twaddle en lui désignant une chaise.

— On l'a tuée, n'est-ce pas, inspecteur ?

— Madame Cooper, est-ce que cela a été votre première réaction quand on vous a téléphoné pour vous informer de la mort de Mlle Saunders ? »

Quelqu'un d'autre entrait dans la pièce, un homme

plus jeune avec des cheveux roux, qui lui apportait un verre d'eau. Elle nota avec satisfaction qu'il le plaçait devant elle avec un dessous de verre. Rien ne l'agaçait autant que de voir des invités mal dégrossis déposer leur verre sans façons sur cette table et celles qui meublaient le séjour. Ils devraient savoir, pensait-elle, qu'on ne met pas n'importe quoi sur une table ancienne de cette valeur.

Pourquoi pensait-elle à ça ? se demanda-t-elle. Oh, Mlle Alexandra...

« Je vous présente l'inspecteur Ben Lyons, disait Twaddle. Si vous n'y voyez pas d'inconvénient, il prendra des notes pendant notre conversation. »

Emma acquiesça d'un signe de tête.

L'interrogatoire commença.

Emma ignorait que toutes ses déclarations seraient confrontées à ce qu'elle avait dit à Janice et Michael.

« Quand attendiez-vous le retour de Mlle Saunders ? » Twaddle vit une lueur d'irritation passer dans les yeux d'Emma Cooper.

« Lundi dernier. Maintenant je sais que ces... tournages – comme on les appelle – peuvent prendre un ou deux jours comme une semaine. En général, il ne se passe pas grand-chose quand elle revient d'un travail important. Elle était censée rentrer lundi soir. Mais cette fois le téléphone n'a cessé de sonner toute la journée de mardi. Tous ceux qui étaient dans l'avion avec elle la cherchaient.

— Vous n'avez pas eu peur qu'il lui soit arrivé quelque chose ?

— Ce n'est qu'hier que j'ai commencé à m'inquiéter.

Il arrivait à Mlle Alexandra de vouloir changer d'air en sortant d'un tournage difficile.

— Vous utilisez le mot "difficile", dit Twaddle.

— Oui, c'est bien ce que je dis. » La voix d'Emma était devenue cassante : « Ce Grant Wilson, c'est un sale type. Alexandra est son top-modèle, mais elle ne voulait pas poser pour le Beauty Mask. Elle détestait se tartiner ce produit sur le visage. Elle disait qu'il lui rappelait ce qu'on utilise pour faire des masques mortuaires.

— Elle vous a dit ça ? demanda Twaddle avec son flegme habituel.

— Oui. Je comprends qu'elle ait eu envie de quitter la ville, mais au début j'ai pensé que c'était très grossier de sa part de ne pas m'avoir prévenue. C'était vraiment pénible pour moi de voir le peintre débarquer avec des questions sur le nuancier. Mais quand il s'est avéré qu'elle n'avait pas été chercher sa sœur, j'ai trouvé ça bizarre.

— Saviez-vous qu'elle avait quitté l'aéroport sans ses bagages ?

— Personne ne me l'a dit ! Pourquoi aurait-elle fait une chose pareille ?

— D'après ce que M. Ambrose a dit à sa sœur, il était allé vérifier quelque chose dans son bureau. Mlle Saunders devait l'attendre dans le hall du terminal. Quand il est revenu, il a trouvé le porteur seul avec ses bagages et les siens. Elle lui avait donné un pourboire généreux pour qu'il les garde.

— Ça n'a aucun sens, dit Emma, catégorique. Elle avait sûrement une bonne raison pour s'enfuir comme ça. »

Hubert Twaddle hocha la tête. « Madame Cooper, vous êtes très observatrice et, visiblement, vous n'aimez pas Grant Wilson. Dites-m'en davantage sur lui.

— Un sale caractère. Un vrai tyran.

— Dans ce cas, pourquoi Mlle Saunders a-t-elle continué à travailler pour lui ?

— Je crois que c'est parce qu'il possède la plus grosse agence de mannequins et qu'il leur trouve les meilleurs jobs.

— Est-ce que vous connaissez Larry Thompson ?

— Oh, lui, c'est son photographe préféré. Pas facile à cerner, celui-là. C'est le type qui reste là, sans rien dire, et qui comprend tout, si vous voyez ce que je veux dire. Je sais qu'il a eu une vie difficile pendant un moment. Sa femme et lui se sont séparés. Ensuite, elle est tombée malade et ils se sont remis ensemble. Elle est morte l'année dernière. Mais si vous voulez mon avis, encore un qui avait le béguin pour Mlle Alexandra. On ne les compte plus !

— Vous avez déjà rencontré le pilote de l'avion, Marcus Ambrose ?

— Oui, plusieurs fois. Il lui téléphonait souvent. »

Elle fronça les sourcils et se mordit la lèvre. « Il y a une chose que vous savez probablement déjà, parce qu'on avait prévenu la police. L'année passée, quelqu'un harcelait Mlle Alexandra. Il laissait des messages sinistres sur son répondeur, disait qu'il l'aimait. Ensuite, il s'est mis à glisser des billets sous la porte de sa terrasse la nuit. Ça faisait froid dans le dos. Soudain, les appels et les billets ont cessé. On ne l'a jamais attrapé.

— Merci, madame Cooper. Vous nous avez été

d'une grande aide. Les jeunes gens se reposent dans la chambre d'amis. La police doit avoir terminé pour aujourd'hui. Vous pourriez peut-être nettoyer le salon et, étant donné l'heure tardive, leur préparer un repas léger ? D'après ce que m'a dit Michael Broad, ils n'ont rien avalé depuis le déjeuner. »

Emma se redressa brusquement. « Heureuse de pouvoir me rendre utile. Cette pauvre jeune femme, c'est pas une façon de passer sa lune de miel… »

Visiblement contente de pouvoir s'activer, elle se leva et, d'un pas décidé, quitta la pièce.

Twaddle s'était levé en même temps qu'elle. Il attendit qu'elle soit hors de portée de voix et dit : « Nous allons interroger les employés de l'immeuble qui étaient de service ces derniers jours. Le portier ne peut pas voir la porte de la terrasse à l'arrière. Je crains que ce soit peine perdue, mais essayons. Demain matin, nous interrogerons les trois hommes qui semblent le plus intimement concernés par Alexandra Saunders : Grant Wilson, Larry Thompson et Marcus Ambrose. »

Vendredi

Grant Wilson habitait sur la Cinquième Avenue, non loin de l'immeuble où Jackie Kennedy s'était installée peu après l'assassinat de son mari. Il lui arrivait parfois de quitter son appartement en même temps qu'elle, et il était alors secrètement ravi d'avoir la chance de dire bonjour à l'ex-première dame.

C'était ce qui lui était arrivé ce matin même et il savourait encore ce souvenir tout en entamant les deux kilomètres de marche qui le séparaient de son bureau. Mais le portier le rattrapa pour lui dire que deux inspecteurs du bureau du procureur demandaient à le voir d'urgence.

La bouche soudain desséchée par l'angoisse, il fit demi-tour. Les policiers se tenaient à l'entrée de son immeuble. Préférant ne rien dire en présence du portier, Wilson les invita à monter chez lui avant de leur demander la raison de leur présence. Sans leur laisser le temps de répondre, il s'écria : « Ne me dites pas qu'il est arrivé quelque chose à Alexandra ! »

Hubert Twaddle ne s'étonna pas de cette réaction. Après tout, le top-modèle de l'agence n'avait pas donné signe de vie depuis trois jours. Wilson avait laissé d'innombrables messages la priant de répondre et lui rappelant que la campagne du Beauty Mask était compromise. Devant la soudaine pâleur qui envahissait son visage, Twaddle en conclut que l'homme redoutait sincèrement ce qu'il allait entendre.

« À l'évidence, vous n'avez pas écouté les informations, monsieur Wilson, dit Twaddle. Mlle Alexandra Saunders a été assassinée dans son appartement la nuit dernière. »

Wilson se laissa tomber sur une chaise et enfouit son visage dans ses mains. « Pas Alexandra ! » dit-il, incrédule.

Pendant l'heure qui suivit, Twaddle et Ben Lyons écoutèrent Grant Wilson leur donner une version identique à celle fournie par Michael Broad. Personne n'avait vu Alexandra depuis lundi soir quand l'avion avait atterri à Kennedy Airport. Wilson avait été en contact constant avec Larry Thompson, le photographe, et avec Marcus Ambrose, le propriétaire de la compagnie de charters. Tous se demandaient où était passée la jeune femme.

« Où étiez-vous la nuit dernière à partir de dix-neuf heures ? demanda Twaddle.

— J'assistais à une réception au Lotos Club. Dans la 66e Rue, juste à l'angle de la Cinquième Avenue.

— Vous y êtes resté toute la soirée ?

— Oui, bien sûr. Le dîner a débuté à dix-huit heures trente.

— À quelle heure êtes-vous parti ?

— À la fin du dîner, vers vingt-deux heures, je suis rentré directement chez moi. »

Ben savait ce que pensait son partenaire. Si Wilson avait quitté le Lotos Club vers vingt-deux heures, il avait eu tout le temps nécessaire pour se rendre à l'appartement d'Alexandra à l'heure du crime.

« Thompson et Ambrose sont-ils au courant de la mort d'Alexandra ? demanda Wilson d'un ton morne.

— J'ignore s'ils ont écouté les informations, répondit Twaddle. Sinon, c'est moi qui vais sans tarder leur apprendre la nouvelle. »

Dans la matinée, Larry Thompson avait un rendez-vous pour un petit-déjeuner tardif – œufs Bénédicte, café, cigarettes – avec un chef de publicité de la Lehman Advertising Agency et ses deux assistants. Ils l'informèrent que l'agence voulait lui confier la réalisation d'une campagne pour les céréales de petit-déjeuner les plus populaires parmi les nombreux produits de leur client. Une commande intéressante pour Larry – à ceci près qu'il serait de nouveau obligé de travailler avec de jeunes enfants. Il frémit à la pensée de la pagaille de la séance de la veille. Ce tournage ne serait pas de tout repos, mais il serait profitable pour sa carrière. Et financièrement, ça valait le coup.

Malgré tout, Larry fut à peine capable de contenir son impatience tandis que le chef de la publicité et ses assistants prenaient un deuxième café.

Avait-on des nouvelles d'Alexandra ? ne cessait-il de se demander. La question le taraudait tandis qu'il prenait congé des hommes de l'agence et sautait dans un taxi pour regagner sa maison dans la 48e Rue. À la porte d'entrée, il trouva une note accrochée à la poignée. L'inspecteur Hubert Twaddle le priait de lui téléphoner immédiatement.

Il faisait chaud ce matin-là mais, comme Grant Wilson un peu plus tôt, Larry se sentait glacé jusqu'aux os. Il tourna impatiemment la clé dans la serrure et, sans attendre de monter dans son appartement, prit le téléphone du studio pour composer le numéro inscrit sur la carte.

Ne pouvant joindre Thompson ou Marcus Ambrose chez eux, Hubert Twaddle et Ben Lyons avaient regagné les bureaux de la police du procureur. Ben étudia le visage de Twaddle lorsqu'il annonça à Thompson qu'Alexandra Saunders était morte. Comme toujours, ni la voix ni la physionomie de son chef ne lui donnèrent le plus petit indice sur la réaction du photographe. C'était le genre d'expression indéchiffrable que Ben s'appliquait à acquérir.

« Nous serons à votre studio dans vingt minutes », conclut Twaddle, et il raccrocha. Il se tourna vers Ben.

« Encore un qui est bouleversé par la mort d'Alexandra Saunders. Lui affirme être resté chez lui toute la soirée, dit-il sèchement. Maintenant, puisque la secrétaire de M. Ambrose a laissé entendre qu'il serait à son bureau à une heure, nous irons directement à l'aéroport après avoir rencontré M. Thompson. Le médecin légiste dit que l'autopsie sera terminée et le corps prêt pour l'identification à trois heures. On ira chercher la sœur de Mlle Saunders et son mari à deux heures et demie. À présent, allons rendre une petite visite à Thompson. »

L'assistante de Larry Thompson, Peggy Martin, arriva à son travail à dix heures trente, se réjouissant à la pensée que la journée qui l'attendait serait moins mouvementée que la veille. Non que leurs petits mannequins aient été des enfants difficiles. Kathy avait simplement lâché la bouteille de lait trop tôt, les obligeant à nettoyer et recirer le plancher.

Quelle ne fut pas sa surprise de trouver Larry assis près du téléphone, serrant encore l'appareil dans sa main. Pendant un moment, elle crut qu'il avait eu une attaque. Elle s'élança vers lui et lui secoua le bras. Il se tourna vers elle, le regard fixe, et prononça son nom avec hésitation, comme s'il n'était pas certain que ce fût elle.

« Larry, que se passe-t-il ? demanda-t-elle.

— Alexandra est morte, dit-il d'une voix atone. Peggy, Alexandra a été assassinée hier soir.

— Oh non, c'est pas vrai ! » s'écria Peggy, aussitôt consciente de l'inanité de sa réaction.

Que dire en un tel moment ? Elle se contenta de lui prendre le téléphone des mains et d'appeler l'agence de mannequins pour annuler la séance de l'après-midi.

« Peggy, ça va coûter un maximum à Larry, dit l'agent. Quand vous n'annulez pas vingt-quatre heures à l'avance, vous payez plein pot.

— Eh bien, envoyez la facture », répondit Peggy sèchement, et elle raccrocha.

Elle se tourna vers Larry au moment où l'interphone vibrait, sortit à la hâte du studio, alla dans l'entrée et ouvrit la porte. Deux hommes à l'expression indéchiffrable se tenaient devant elle. Ils ne perdirent pas leur temps en amabilités.

« Nous sommes les inspecteurs Twaddle et Lyons, dit Ben. Nous venons voir M. Thompson. »

Peggy les conduisit dans le studio et plaça deux chaises pliantes en face de celle sur laquelle était assis Larry.

« Je suis à côté si vous avez besoin de moi », dit-elle, les yeux soudain pleins de larmes.

Larry Thompson ne les salua pas. Twaddle les présenta lui et son partenaire tout en scrutant son visage. Avant qu'il ait pu continuer, Larry le coupa : « Vous m'avez dit qu'Alexandra avait été assassinée. Comment ?

— On a retrouvé le corps de Mlle Saunders dans son appartement. Nous interrogeons tous ceux qui pourraient l'avoir vue ou lui avoir parlé lundi dans la soirée. Avez-vous remarqué quoi que ce soit d'inhabituel dans son humeur ou dans son comportement lorsqu'elle est descendue de l'avion ?

— J'ai d'abord cru que les tensions pendant la campagne du Beauty Mask avaient eu raison de sa bonne humeur. Mais quand j'ai appris qu'elle n'était pas venue accueillir sa sœur à l'aéroport hier, j'ai craint le pire. Elle ne cessait de dire combien elle avait hâte de la voir et de faire la connaissance de son mari. C'est là que j'ai compris que c'était grave.

— Avez-vous vu ou eu des nouvelles de Mlle Saunders après avoir quitté l'aéroport lundi ?

— Non.

— Où étiez-vous hier soir à partir de dix-neuf heures ?

— J'étais chez moi. Seul.

— Avez-vous parlé ou téléphoné à quelqu'un à partir de cette heure-là ?

— Non. Nous avions eu une rude journée sur le plateau et je m'inquiétais pour Alexandra. Je voulais rester chez moi au cas où elle téléphonerait. » Il s'écria soudain : « Avez-vous une idée de qui a pu faire ça à Alexandra ?

— Pas encore », lui répondit Twaddle.

Tandis qu'ils se dirigeaient vers la voiture, Twaddle fit observer : « Belle performance pour cet ex-acteur. Mais aucun second rôle pour confirmer qu'il était bien chez lui la nuit dernière. »

À treize heures tapantes, Twaddle et Lyons arrivèrent dans les bureaux de Executair Airlines à Kennedy Airport. En embrassant l'accueil du regard, une même pensée les traversa. Pas besoin d'un œil de décorateur pour voir que chaque élément du mobilier – le bureau, les sièges, les rayonnages, les meubles classeurs – avait été commandé sur catalogue. Pas un tableau sur les murs. Une moquette bleue défraîchie. Il était clair que la compagnie ne faisait aucune dépense superflue.

La secrétaire d'Ambrose, Eleanor Lansing, avait un visage étroit à l'expression soucieuse. M. Ambrose répondait à un appel longue distance, leur dit-elle en les priant de prendre un siège. Pendant qu'ils attendaient, Twaddle et Lyons l'entendirent répondre au téléphone. Elle terminait chaque conversation par la même formule : « Nous avons le meilleur classement en termes de sécurité. » Entre les appels, Twaddle essaya d'engager la conversation et apprit que Marcus Ambrose avait créé son affaire six ans auparavant. Il y avait six autres pilotes, mais Ambrose prenait plaisir à piloter lui-même quand des personnes intéressantes réservaient un vol.

« C'est affreux ce qui est arrivé à cette ravissante jeune femme, Alexandra Saunders, dit Eleanor Lansing en soupirant. J'ai entendu la nouvelle à la radio pendant le déjeuner. Elle faisait partie d'un groupe qui voyageait souvent à bord de nos avions… Où va le monde, je vous le demande. Je ne l'ai jamais rencontrée. J'aurais bien aimé. Quelqu'un d'autre s'était occupé de l'organisation de ce voyage. »

La porte du bureau s'ouvrit. Ben était certain que Twaddle aurait aimé continuer à bavarder avec Eleanor Lansing, bien qu'il n'en montrât rien. Il resta impassible, se leva et répondit par un salut à l'accueil muet de Marcus Ambrose. Le visage de l'homme était bouffi, ses yeux rougis, et la main qu'il leur tendit tremblait.

Le bureau privé d'Ambrose avait été meublé avec la même absence de recherche que la réception. Il ferma soigneusement la porte avant de se tourner vers les inspecteurs : « Vous avez des pistes ?

— L'enquête est en cours. Nous essayons de savoir où Mlle Saunders s'est rendue quand elle a quitté l'aéroport le lundi soir, répondit Ben.

— Je lui avais proposé de la raccompagner chez elle en voiture et elle avait accepté. Mais j'ai dû faire un saut à mon bureau et quand je suis revenu la chercher, au bout de dix minutes, elle était partie. »

Pendant la demi-heure suivante, Twaddle et Ben renouvelèrent les questions qu'ils avaient posées plus tôt dans la matinée. Les déclarations d'Ambrose furent identiques à celles qu'il avait faites à Mike et à Janice. Alexandra n'avait pas l'air dans son assiette.

« Avez-vous une idée de pourquoi elle aurait quitté l'aéroport sans prendre ses bagages ? demanda Twaddle.

— J'ai cru qu'elle avait vu un de ces sempiternels paparazzis et qu'elle ne voulait pas être photographiée dans l'état où elle était. Elle pouvait compter sur moi pour m'occuper de ses valises.

— Vous aviez une relation particulière ? demanda Twaddle.

— J'aurais bien aimé. Je ne nie pas que je tentais ma chance et, comme je l'ai dit à sa sœur, pendant son temps libre nous faisions un peu de tourisme ensemble et je commençais à croire qu'elle se plaisait avec moi. »

Un quart d'heure plus tard, quand Hubert et Ben se

retrouvèrent dans la voiture, Ben fit remarquer : « On n'a pas tiré grand-chose de cet entretien.

— On ne sait jamais, répondit Twaddle. Attendons de voir ce que vont donner les recherches sur le passé de ces messieurs Wilson, Thompson et Ambrose. »

Bien que Emma leur ait préparé des œufs brouillés après le départ des policiers la veille au soir, Michael avait préféré ne pas réveiller Janice. Il l'avait couverte d'un plaid et laissée dormir toute la nuit.

À neuf heures, le vendredi matin, elle ouvrit les yeux… et les referma aussitôt. Quel cauchemar affreux elle venait de faire ! Alexandra était morte. Non, assassinée ! Et son visage était enduit de craie – non, seulement d'un soin pour la peau.

Ce n'était pas un cauchemar. C'était la réalité. Alexandra était morte. « Non, non, non », murmura Janice. Elle leva les yeux. Mike était assis dans un fauteuil près du lit. « Qui ? demanda-t-elle d'une voix chargée de colère.

— Nous ne le savons pas encore. Mais je crois que les inspecteurs qui étaient présents hier soir auront bientôt la réponse.

— Où est le corps d'Alexandra ?

— Le médecin légiste l'a fait transporter à la morgue.

— Ils vont pratiquer une autopsie, n'est-ce pas ?

— Je crains que ce ne soit nécessaire. » Mike allait ajouter : « Essaye de ne pas trop y penser », mais ravala ces mots juste à temps. Bien sûr qu'elle allait y penser. Bien sûr qu'elle allait pleurer sa sœur.

Comme promis, Emma Cooper était arrivée pour

préparer le petit-déjeuner. On l'entendait se déplacer dans la cuisine. Tout avait été parfaitement remis en ordre dans le séjour, à l'exception du fauteuil qui avait remplacé celui sur lequel on avait trouvé le corps d'Alexandra, emporté comme pièce à conviction.

Emma l'avait expliqué à Mike la veille. « Ça semblait tellement vide ici sans le fauteuil où… » Elle ne finit pas sa phrase. « J'en ai pris un autre dans la salle à manger. »

Mike ouvrit la valise de Janice et en sortit sa robe de chambre. Elle portait encore la même robe que celle dans laquelle Alexandra avait été assassinée, et risquait d'être encore plus bouleversée en s'en apercevant. Il l'aida à l'ôter et à enfiler sa robe de chambre.

C'était comme habiller un enfant. Elle resta immobile sans dire un mot pendant qu'il nouait la ceinture autour de sa taille et glissait ses pantoufles à ses pieds. Puis, un bras passé autour d'elle, il l'emmena dans la cuisine, où Emma avait mis la table et où une omelette grésillait dans la poêle.

L'odeur réconfortante du café les accueillit quand ils s'assirent. « J'espère que vous avez tout de même pu dormir un peu, dit Emma.

— Un peu, oui », murmura Janice d'une voix morne.

Ils mangèrent en silence, appréciant leur repas mais encore sonnés par les tout récents événements.

Après le petit-déjeuner, ils regagnèrent la chambre, prirent une douche et s'habillèrent. À dix heures et demie, Twaddle téléphona. « L'autopsie est terminée, dit-il. Je viendrai vous prendre à deux heures et demie et je vous conduirai à la morgue. »

À mesure que les heures s'écoulaient, il était visible

que Janice était sur le point de perdre la fragile contenance qu'elle s'était forcée à adopter. Lorsque les inspecteurs arrivèrent, des larmes silencieuses coulaient le long de ses joues. Dans la voiture, Twaddle ne posa qu'une question : « Votre sœur portait-elle toujours une perruque ? »

Décontenancée, Janice répondit : « Je sais qu'elle en possédait toute une collection. Elle m'en parlait dans ses lettres. Elle disait qu'elles lui étaient très utiles quand il faisait mauvais et que ses cheveux frisaient.

— Je vois. »

Ils se turent jusqu'à leur arrivée devant le sinistre bâtiment sur la 30e Rue Est où se trouvait le bureau du médecin légiste. Ils traversèrent le hall et furent conduits à la morgue. Ils s'approchèrent du chariot sur lequel se dessinait la silhouette d'un corps recouvert d'un drap. Janice tremblait de tous ses membres.

S'assurant que Michael Broad soutenait fermement sa femme, Twaddle souleva le drap et découvrit le visage de la victime. Il s'attendait à tout : à une explosion de désespoir, à voir Janice s'évanouir. Certainement pas à ce hurlement suivi de sanglots de soulagement : « CE N'EST PAS MA SŒUR. CE N'EST PAS MA SŒUR ! »

Un instant, Mike et les deux inspecteurs crurent que Janice était dans le déni de la réalité. Puis ils distinguèrent ses mots à travers ses sanglots : « Alexandra a des cheveux naturellement blonds. Aussi longs que ses perruques. Je ne sais pas qui est cette femme. Je ne sais pas qui c'est. Mais ce n'est pas Alexandra. Dieu merci, Dieu merci, ce n'est pas Alexandra. »

Portant à moitié sa femme, Mike suivit les inspecteurs dans le bureau du légiste. Ils attendirent qu'elle parvienne à se calmer – le soulagement le disputant à la crainte qu'Alexandra ait tout de même été assassinée.

Twaddle n'y alla pas par quatre chemins. « Madame Broad, il semble presque certain que cette jeune femme a été assassinée par erreur à la place de votre sœur. Ce que nous ignorons, c'est si le tueur s'est rendu compte de sa méprise avant de quitter l'appartement. Ensuite, pourquoi cette femme, vêtue pour ressembler à votre sœur, serait-elle allée à l'aéroport, selon les dires du chauffeur de taxi, pour vous y retrouver ? » Il poursuivit : « Peut-on supposer que votre sœur, ou n'importe qui d'autre d'ailleurs, ait pu appliquer un soin sur son visage une fois cette femme entièrement habillée ?

— Bien sûr que non », dit Janice.

Alexandra est en vie. Alexandra est en vie, aurait-elle voulu crier. Mais la suite de la conversation la terrifia.

« Alors, nous devons présumer que c'est le meurtrier qui s'en est chargé, probablement pour retarder notre enquête, ne serait-ce que momentanément. Et je n'ose y penser mais... Quelle sera la réaction du tueur s'il comprend que celle qu'il a tuée n'est pas votre sœur ? »

Twaddle se tut.

« Ce que vous suggérez, dit alors Mike, c'est que l'assassin de cette femme, s'il s'est rendu compte de son erreur, est là, dehors, sur les traces d'Alexandra... » Il s'interrompit avant de dire ce qu'ils pensaient tous : « ... ou qu'il l'a déjà trouvée.

— C'est bien mon propos. Madame Broad, Alexandra aurait-elle mentionné une amie proche dans ses lettres ? »

Janice secoua la tête. « Personne dont le nom soit apparu assez souvent pour que j'y prête attention.

— Dans ce cas, nous devons immédiatement interroger à nouveau la femme de ménage. Est-elle toujours chez votre sœur ?

— Elle avait l'intention de rester jusqu'à cinq heures. »

Le service de messagerie téléphonique répondit dès la première sonnerie. Twaddle demanda de laisser l'appel sonner dans tout l'appartement. « Si elle ne répond pas, nous téléphonerons au gardien de l'immeuble et lui demanderons d'aller frapper à la porte. »

Mais Emma Cooper décrocha et demanda anxieusement : « Comme va Mlle Janice, la pauvre petite ? J'ai prié pour elle tout l'après-midi. Quand on pense qu'elle a dû regarder le corps de Mlle Alexandra.

— Mme Broad va bien malgré les circonstances, dit Twaddle. Madame, nous avons absolument besoin de connaître les noms des amis proches de Mlle Saunders, masculins ou féminins.

— Des amis proches masculins ? Je dirais personne. Mais, bien sûr, elle a beaucoup d'amies. Pas étonnant, quand on est gentil et attentionné comme elle.

— Madame Cooper, pouvez-vous nous communiquer quelques noms ?

— Laissez-moi regarder. J'ai son répertoire sous les yeux. »

Twaddle se mordit la lèvre, un signe d'impatience que Ben connaissait bien. Puis il commença à noter des noms sur le carnet qu'il gardait toujours sur lui, les répétant à haute voix pendant qu'il écrivait : « Joan

Nye – Lee Rush – Irene Brady – Alice Kohler – Lisa Markey.

« Madame Cooper, écoutez-moi bien. Ce détail est essentiel. Laquelle de ces femmes ressemble le plus à Mlle Saunders ? »

À l'autre bout du fil, Emma Cooper se concentra. « Eh bien, laissez-moi réfléchir. Il y a Joan. Elle est productrice de télévision. Elle est plus petite que Mlle Alexandra et ses cheveux sont naturellement bruns. Mlle Ruth… » Emma s'interrompit. « Oh, de toutes, je dirais Mlle Markey. Elle est mannequin, elle aussi. Il lui arrive de porter une perruque blonde sur les photos. Et là, c'est sûr qu'elle ressemble à Mlle Alexandra, même si elle n'est pas aussi belle… »

Twaddle la coupa : « Madame Cooper, savez-vous si Mlle Markey travaillait pour l'agence Wilson ?

— Non, elle travaillait pour la Ford Agency. Elle disait toujours à Mlle Alexandra de laisser tomber Wilson et de venir chez Ford. Oh, et il faut que je vous dise que j'ai nettoyé l'armoire à pharmacie dans la salle de bains de Mlle Alexandra. Je suis sûre qu'il y avait deux pots de Beauty Mask à l'intérieur, qui n'étaient pas encore ouverts. L'un des deux a disparu.

— Merci beaucoup, madame Cooper. Nous passerons prendre l'autre pot. Et je vais vous dire quelque chose de très confidentiel que vous ne devez divulguer à personne : le corps que nous avons trouvé dans l'appartement n'est pas celui d'Alexandra Saunders. »

Il entendit un cri étouffé. « Oh, merci mon Dieu. »

Twaddle continua : « Madame Cooper, je ne le répéterai jamais assez, il est crucial pour notre enquête de savoir où se trouve Mlle Saunders. Si vous avez de ses nouvelles, vous devez nous prévenir sur-le-champ.

— Bien sûr, dit Emma. Merci mon Dieu. »

Twaddle mit fin à la conversation et composa le numéro des renseignements pour obtenir celui de la Ford Agency. Quand il s'enquit de Lisa Markey, on le mit en relation avec son agent personnel. D'une voix agacée, l'agent lui apprit que Lisa ne s'était pas présentée ce matin alors qu'elle devait poser pour la collection d'automne d'un couturier. « Savez-vous où je peux la joindre ? demanda-t-elle.

— Je crains bien que non », dit Twaddle.

Il raccrocha et regarda Janice, Mike et Ben.

« Il se pourrait bien que ce soit elle, la jeune femme que l'on a retrouvée morte la nuit dernière », dit-il.

Le vendredi matin à Windham, célèbre station de ski des Catskills, dans l'État de New York, Alexandra s'étira dans son lit, ouvrit les yeux. Elle battit des paupières, cherchant à s'orienter, regarda le réveil et constata avec surprise qu'il était presque midi.

Elle se redressa et passa ses jambes par-dessus le rebord du lit. Ses longs cheveux blonds se répandirent sur ses épaules et elle écarta une mèche de son visage. Puis elle se leva, chercha la robe de chambre qu'elle avait empruntée à Lisa, et l'enfila. Alors, c'était aujourd'hui qu'elle allait enfin voir Janice et Mike ! Lisa avait promis d'aller les chercher à l'aéroport hier soir, de les conduire à l'appartement et de leur dire de venir la retrouver ici. Quelle joie de revoir sa sœur et de faire la connaissance de Mike ! Ils avaient dû faire la grasse matinée pour récupérer du décalage horaire entre Londres et New York. Ils seraient là vers le milieu de l'après-midi.

*Il faut que je raconte à Mike ce qui m'est arrivé. À lire ce que Janice m'a écrit sur lui, il trouvera une explication à tout ça. Je ne me fais plus confiance.*

Elle franchit d'un pas mal assuré les quelques mètres qui la séparaient de la salle de bains. Elle alluma la lumière et se regarda dans la glace du lavabo, examinant son reflet. Elle n'avait plus le teint gris et brouillé de Venise. Son visage avait retrouvé sa fraîcheur naturelle. Mais c'était dans ses yeux qu'elle constatait le plus grand changement. Ils avaient perdu ce regard lourd et triste et repris tout leur éclat, ce « bleu intense inoubliable » dont un journaliste avait fait l'éloge quelques mois auparavant. Je suis enfin redevenue moi-même, songea Alexandra. Je pourrais reprendre le tournage tout de suite. La seule différence, c'était cette sensation de fatigue qu'elle n'avait pas réussi à éliminer totalement depuis Venise. J'ai besoin d'un bon café, pensa-t-elle.

Quand elle avait pris la fuite et atterri chez Lisa le lundi soir, elle n'avait pas eu besoin d'expliquer qu'elle était au bout du rouleau. Il avait suffi à son amie de la regarder pour lui demander : « Qu'est-ce qui t'arrive ? Tu as une mine à faire peur. »

Alexandra lui avait juste répondu qu'elle avait besoin d'échapper à la pression du tournage. « Maudite soit cette campagne pour le Beauty Mask, avait-elle dit. Ils vont devoir refaire les prises de vues et regarde à quoi je ressemble ! »

Elle entra dans le petit séjour rustique, constata qu'il

faisait très sombre et alluma la lumière. Dehors, le ciel était menaçant. Il allait y avoir de l'orage. Quel temps déprimant, pensa-t-elle. Pas comme l'année passée quand elle était venue ici pour la première fois en week-end pour skier avec Lisa. Lisa venait d'hériter du chalet de son grand-père. « Ce n'est pas luxueux, tu verras, avait-elle dit, mais pour le ski, c'est génial. » Lisa avait raison. Elles avaient skié comme des folles et passé un week-end merveilleux.

Lisa est une si bonne amie, songea Alexandra en entrant dans la cuisine. Elle prit un pot de café instantané dans le réfrigérateur et brancha la bouilloire. En attendant que l'eau frémisse, elle repensa à la soirée du lundi, quand Lisa lui avait proposé de passer quelques jours à Windham et d'aller chercher Janice et Mike à sa place. Seul petit problème : Lisa ne les avait jamais vus.

« Qu'à cela ne tienne. Je porterai une perruque blonde et la robe Pucci que tu m'as offerte, avait-elle proposé. Ne t'en fais pas. Ils me prendront pour toi. Je leur expliquerai que tu as demandé à ce qu'ils restent chez toi la nuit du jeudi et viennent te rejoindre vendredi. Ils apprécieront sans doute de pouvoir faire la grasse matinée. Désolée, le téléphone de mon chalet est coupé à la fin de l'hiver. »

L'eau commençait à bouillir. Alexandra versa une mesure de café dans la tasse et remua.

Elle avait dormi chez Lisa dans la nuit du lundi, et le mardi à l'aube, elle était partie au volant de la voiture de Lisa. Il n'y avait que deux heures de trajet, mais elle avait dû s'arrêter à plusieurs reprises pour se reposer et avaler quelques cafés. À la minute où elle était arrivée, elle s'était jetée sur le lit et avait sombré dans un profond sommeil.

Et j'ai passé mon temps à dormir depuis, pensa-t-elle. Pour quelle raison ai-je besoin d'autant de sommeil ? Est-il possible que mes soupçons soient justifiés ? J'ai peut-être sauté aux conclusions à l'aéroport. Heureusement que j'ai pris un peu de temps pour me reposer et réfléchir.

Elle emporta sa tasse dans le bureau, alluma la télévision et s'installa dans le canapé. C'est alors qu'elle vit apparaître son visage sur l'écran et qu'elle entendit, horrifiée, le présentateur rapporter qu'elle avait été assassinée.

Pendant de longues minutes, elle resta assise, s'efforçant de digérer ce qu'elle entendait.

Le présentateur disait : « Selon la police, Alexandra Saunders se serait rendue ce soir-là à Kennedy Airport pour accueillir des passagers. On lui aurait indiqué qu'elle s'était trompée d'horaire et que le vol en question avait atterri dans la matinée. Elle aurait ensuite regagné son appartement pour y être assassinée. La police prie toute personne possédant des informations concernant les endroits où s'est rendue Alexandra Saunders depuis lundi soir de les contacter au… »

*Mon Dieu, ce doit être le corps de Lisa qu'ils ont trouvé chez moi. Elle devait encore porter la perruque blonde avec laquelle elle me ressemble tellement.*

Pourquoi n'ai-je pas dit à Lisa que j'avais peur qu'on s'en prenne à moi ! pensa-t-elle. Je lui ai seulement confié que j'étais au bout du rouleau et que je n'avais pas la force de refaire les dernières prises de vues. Je sais que j'avais une mine affreuse. J'avais peur qu'elle me traite de paranoïaque si je lui disais que je croyais que Marcus Ambrose me droguait. Oh, Lisa, quelle horreur. C'est ma faute. C'est à moi qu'on en voulait. À moi qu'on en veut toujours, probablement.

Où étaient Janice et Mike ? Elle devait leur faire savoir qu'elle était en vie. Elle allait appeler chez elle en espérant qu'Emma ou Janice décrocherait. Elle ne pouvait pas laisser de message sur le répondeur. *Mais Janice doit savoir maintenant que ce n'est pas moi qu'on a assassinée. C'est impossible qu'elle ne le sache pas. À moins...*

Alexandra se leva et se retint au bras du canapé pour ne pas défaillir. Elle frémissait d'épouvante à l'idée que quelqu'un ait pu mutiler le visage de Lisa en se rendant compte de son erreur.

Se reprenant, elle alla dans la cuisine où se trouvait le seul téléphone du chalet.

Elle souleva le combiné. Pas de tonalité.

Elle se rappela alors que Lisa lui avait dit qu'elle coupait le téléphone après la saison d'hiver.

Je vais aller en ville, décida-t-elle, dans ce petit restaurant italien au centre de la station où Lisa m'a emmenée. J'emprunterai leur téléphone. Elle entra dans la chambre, baissa les yeux et, le cœur serré, constata qu'elle portait les vêtements que lui avait prêtés Lisa. Après un instant d'hésitation, elle décida de prendre une douche. Cela la rafraîchirait et ne prendrait que quelques minutes.

Un quart d'heure plus tard, vêtue d'un pantalon de Lisa et d'une chemise à manches courtes, elle sortit du chalet. Elle ouvrit la portière de la voiture de Lisa et tourna la clé de contact. Le moteur tourna puis crachota et s'arrêta.

Elle eut beau insister, la voiture refusa de démarrer. Je vais y aller à pied, se dit-elle avant de s'apercevoir avec consternation qu'au lieu d'emprunter des chaussures à Lisa, elle avait gardé ses escarpins à talons de sept centimètres. Elle allait s'aventurer sur la route et, si elle passait devant un autre chalet, elle demanderait à utiliser le téléphone des propriétaires.

Mais quand elle descendit de la voiture, le ciel noir déversa soudain une pluie torrentielle. Elle courut vers la maison et se réfugia à l'intérieur à l'instant même où un éclair illuminait le jardin. Un fracas retentit, suivi quelques secondes plus tard par un coup de tonnerre. Horrifiée, elle vit un énorme chêne s'abattre en travers de l'allée de gravier.

Je ne peux pas sortir dans ces conditions, pensa-t-elle. Puis, comme le dernier jour, à Venise, une torpeur écrasante s'empara d'elle. Trébuchant, Alexandra parvint à gagner sa chambre et se laissa tomber sur le lit. « Il me cherche sans doute toujours, murmura-t-elle. Il connaît ce chalet. » Comme elle sombrait dans un profond sommeil, l'électricité de Windham fut coupée.

Un mandat de perquisition à la main, les inspecteurs Twaddle et Lyons furent introduits dans le studio de Lisa Markey par le gardien de l'immeuble, un Hispano-Américain d'une quarantaine d'années.

Les murs du petit intérieur étaient peints d'un rouge brillant qui contrastait avec les moulures du plafond d'un blanc pur. L'ensemble formait un cadre approprié aux reproductions de Picasso qui ornaient la pièce.

Le canapé recouvert d'un imprimé rouge et blanc était sans doute un convertible, se dit Twaddle.

Tout était bien rangé. Il était évident que Lisa Markey était une jeune femme ordonnée.

Il y avait des photos encadrées sur la table basse. L'une d'elles représentait Lisa dans un restaurant avec un couple qui était sans doute celui de ses grands-parents. Twaddle prit la photo et l'examina. Lisa ressemblait étonnamment à Alexandra sur les photos. Sur celle-ci en particulier, elle avait des cheveux châtains, mais il comprenait qu'avec une perruque blonde on puisse facilement la prendre pour Alexandra, surtout de loin.

L'intrus s'était sans doute avancé vers elle par-derrière sans voir son visage avant qu'il ne soit trop tard.

Quel terrible gâchis, pensa Twaddle. Un sentiment d'urgence lui fit rapidement remettre la photo à sa place.

Ben ouvrait la porte du placard, qui s'avéra plus profond que prévu. Les vêtements étaient suspendus par catégories : chemisiers, vestes, jupes, pantalons et robes – des tenues de cocktail pour la plupart. S'y ajoutait une rangée d'étagères contenant chaussures et sacs à main. Sur un rayonnage, au-dessus des cintres, s'alignaient des valises.

« Impossible de savoir s'il manque des vêtements », fit observer Ben. Il désigna l'étagère où étaient rangées deux valises, une grande et une petite. « Et là, est-ce qu'il manque quelque chose ? Regardez ces deux valises – il y a un espace entre elles. Peut-être y en avait-il une troisième. »

Hubert Twaddle hocha la tête. « Imaginons. Alexandra a pris un taxi depuis l'aéroport Kennedy jusqu'à la maison de son amie. Pourquoi n'est-elle pas allée chez elle ? Parce qu'elle avait peur. Où est-elle maintenant ? Où a-t-elle pu aller ?

— Vous voulez dire qu'elle serait venue ici et que Lisa Markey l'aurait aidée à se cacher quelque part ? demanda Ben.

— Oui, c'est ce que je crois. Alexandra a laissé ses valises à l'aéroport. Nous savons qu'elle était perturbée et nerveuse, mais réfléchissez – abandonner ses bagages témoigne d'une véritable panique. Elle voulait se cacher. Son amie Lisa lui prête des affaires et promet d'aller chercher sa sœur et son beau-frère à l'aéroport. Nous devons avoir une conversation avec le gérant de l'immeuble. »

Le gérant en question habitait au rez-de-chaussée.

« Il est arrivé quelque chose à Mlle Markey, n'est-ce pas ? demanda-t-il tout de go quand ils sonnèrent à la porte de son appartement donnant sur le hall.

— Je ne suis pas en mesure de vous communiquer cette information, répondit Twaddle. Il y a certaines choses que nous devons savoir sur elle. D'abord, a-t-elle une voiture ?

— Oui, elle la gare ici dans l'immeuble. Vous ne pouvez pas la rater. C'est une vieille Chevrolet. Je me demande pourquoi elle ne s'en débarrasse pas pour en prendre une autre en leasing. Elle gagne bien sa vie comme mannequin. J'ai l'impression qu'elle n'arrête pas.

— Pouvez-vous vous assurer que sa voiture est dans le garage ? demanda Ben.

— Bien sûr, je les appelle. »

Tandis qu'ils attendaient dans le hall, l'homme alla brièvement téléphoner dans son appartement.

« Mlle Markey l'a sortie mardi matin. Mais elle ne s'en est pas servie. Elle l'a prêtée à une autre dame.

— Nous ferions mieux d'aller interroger le gardien du garage », dit Twaddle posément.

Ils sortirent de l'immeuble. Après le violent orage de la veille, le temps était redevenu agréablement chaud. La rue grouillait de passants, les uns flânant au soleil, les autres se hâtant vers leur destination.

Twaddle et Lyons descendirent la rampe qui menait au sous-sol. Le garage n'était pas grand et l'unique gardien était assis dans sa cabine en train de lire le journal. Il était petit, chauve avec une moustache tombante, âgé d'une bonne soixantaine d'années.

Le gérant de l'immeuble l'avait sans doute averti de leur venue, car, en guise de salut, il leur demanda :

« Il y a un problème ? Il est arrivé quelque chose à Mlle Markey ?

— Comme je l'ai expliqué au gérant, je crains de ne pouvoir répondre, dit Twaddle d'un ton ferme. Mais j'ai besoin de quelques informations de votre part. Pouvez-vous nous décrire la femme à laquelle Lisa Markey a prêté sa voiture ?

— Elle était blonde, à peu près de la taille de

Mlle Markey. Aussi mince qu'elle. Je n'ai pas pu voir son visage. Elle portait de grosses lunettes noires. »

Twaddle et Lyons échangèrent un regard.

« Ça nous suffit comme description, dit Twaddle. Par ailleurs, cette femme avait-elle des bagages ? »

L'homme fronça les sourcils.

« Laissez-moi réfléchir. Oh, bien sûr, l'amie de Mlle Markey avait une valise. Pas grande. Mlle Markey portait un sac isotherme. Je le lui ai pris des mains et l'ai mis dans le coffre. Il était lourd. J'ai plaisanté, lui ai demandé si elle allait à un pique-nique.

— Qu'est-ce qu'elle a répondu ?

— Elle a dit que son amie partait pour quelques jours. Ensuite, je l'ai prévenue que, quand j'avais voulu faire démarrer la voiture, le moteur avait mis quelques minutes avant de repartir. Que je n'aimais pas ça. Qu'elle devait le faire réviser. »

Ben Lyons leva les yeux. Une voiture s'engageait dans la rampe du garage. Le gardien et Hubert Twaddle dressèrent aussi l'oreille.

« Les avez-vous entendues discuter de l'endroit où devait se rendre cette amie ? demanda calmement Twaddle.

— Je ne suis pas sûr, mais Mlle Markey a un genre de maison dans les Catskills. Elle aime skier, alors c'est peut-être là qu'allait son amie, parce que Mlle Markey lui a dit quelque chose comme : "Si tu trouves de la neige, mes skis sont dans le placard." »

Comme le gardien se tournait pour donner un ticket au nouvel arrivant, Twaddle s'enquit rapidement : « Sommes-nous les seuls à avoir demandé si la voiture de Mlle Markey était toujours là ?

— Oui, seulement vous deux. »

Twaddle lui tendit sa carte et un billet de dix dollars.

« C'est très important. Si quelqu'un vous pose des questions sur la voiture de Mlle Markey ou l'endroit où elle pourrait être allée, appelez-moi aussitôt. Et surtout, ne communiquez aucun des détails que vous nous avez donnés. Si on vous pose des questions, contentez-vous de répondre que la gérance de l'immeuble ne vous autorise pas à communiquer des informations sur les résidents. »

En sortant du bureau du médecin légiste, Janice et Mike regagnèrent l'appartement d'Alexandra. L'espoir qu'avait eu Janice d'y trouver sa sœur avait été fugace. Tout était silencieux. Emma Cooper était déjà partie.

Mike dit : « Fouillons dans les papiers de ta sœur et dans ses bagages. Nous y trouverons peut-être une indication de l'endroit où elle se trouve. »

Une rapide inspection des valises ne révéla rien.

Dans la chambre d'Alexandra, ils commencèrent par le bureau. Le courrier reçu depuis son départ pour l'Europe, trois semaines plus tôt, avait été trié et rangé par Emma en trois piles bien régulières.

Cependant, en ouvrant les tiroirs du bureau, ils s'aperçurent qu'Alexandra était le genre de personne qui entassait au hasard les lettres, photos ou souvenirs. Des programmes de théâtres de Broadway, des chroniques mondaines découpées dans les journaux, des listes d'invités à des réceptions auxquelles elle avait assisté, des photos d'elle avec des amis, de vieux agendas. Le tout jeté pêle-mêle.

« Autant chercher une aiguille dans une botte de foin », s'agaça Janice.

Mais dans le tiroir du bas elle découvrit un élégant carnet relié de cuir et l'ouvrit. Il s'agissait du journal d'Alexandra.

Avec le sentiment de violer l'intimité de sa sœur, Janice commença à lire. Les entrées étaient brèves et dataient de l'arrivée à New York d'Alexandra, dix ans plus tôt.

*On m'avait dit que Dorothy Lohman ne se formalisait pas si on venait la voir dans son agence sans rendez-vous. Elle vous disait oui ou non sans détour. Elle m'a regardée et m'a dit : « Je peux vous prendre ! » Elle a téléphoné à Larry Thompson et il lui a dit qu'il voulait me voir. Je m'attendais à trouver un homme âgé, d'une cinquantaine ou soixantaine d'années, mais à mon avis il n'a même pas trente ans.*

*Sa fiancée était là. Elle s'appelle Audrey. Elle est mannequin et absolument superbe. Je me suis fait l'effet d'une vraie paysanne à côté. Mais il a commencé à me prendre en photo et m'a demandé si j'avais déjà posé devant une glace. Avant que je puisse répondre, il a dit : « Inutile de mentir. » Puis il s'est mis à me donner des directives. « Regardez par là, tournez-vous, souriez, arrêtez de sourire, regardez derrière votre épaule. Maintenant je veux l'expression d'une biche aux abois. » Quand il a eu fini, il a dit qu'il enverrait les photos à Dorothy.*

Plusieurs semaines étaient passées entre cette entrée et la suivante.

*Dorothy m'a dit que j'ai eu vraiment de la chance que Larry s'intéresse à moi. Il me recommande à de gros clients depuis. J'ai dit à Dorothy qu'il me faisait peur, et elle a répondu qu'il était comme ça avec tout le monde – c'est sa manière d'être.*

Janice parcourut les entrées, dont certaines la firent sourire, en particulier celle qui concernait une publicité pour voiture.

*C'était un spot publicitaire pour Buick tourné dans le Maine. Au début, le présentateur disait : « C'est une journée magnifique, baignée de soleil, et les nouveaux mariés partent en promenade dans leur nouvelle Buick. »*

*Le mannequin homme et moi étions censés sortir de la maison en nous regardant avec un sourire radieux. La voiture dans l'allée était décorée d'un nœud blanc à l'avant du capot. Il a plu quatre jours sans discontinuer. Nous sommes restés à l'intérieur à jouer au Monopoly et à regarder la télévision. Dieu seul sait ce que l'affaire a coûté à Buick.*

Il y a trois ans, Alexandra avait écrit que son agent prenait sa retraite.

*Dorothy a été comme une mère pour moi. Je vais peut-être signer avec Grant Wilson. Larry est furieux. Il déteste Grant, mais je pense qu'il a tort. Wilson propose que je tourne une série de dix films publicitaires pour la Hammer & Stone Furniture Company. S'ils acceptent, l'offre est trop belle pour refuser, mais j'ai aussi entendu dire que Grant Wilson avait un sale caractère.*

Quelques semaines plus tard, Alexandra avait écrit :

*Je crois que Larry et sa femme ont des problèmes. On l'a vue en compagnie d'un businessman milliardaire, mais elle prétend qu'il s'agit juste d'une relation d'affaires.*

Un mois plus tard, elle écrivait :

*D'après Rona Barrett, Larry Thompson et sa femme, Audrey St. Clair, ont demandé le divorce d'un commun accord. Ils prétendent qu'il s'agit d'une séparation à l'amiable. Mais des bruits courent selon lesquels le richissime Nelson Sheridan attendrait en coulisse.*

Neuf mois plus tard :

*Larry et Audrey se sont réconciliés. On a diagnostiqué un cancer du pancréas à Audrey. Nelson Sheridan a disparu de la scène. Larry a tenu à ce qu'elle revienne à la maison pour qu'il puisse prendre soin d'elle.*

En lisant, Janice avait l'impression de parcourir aux côtés de sa sœur les dix années durant lesquelles elles s'étaient si peu vues.

Alexandra pouvait être caustique quand elle brossait

des portraits de célébrités – et montrer de la sympathie envers ceux ou celles dont la carrière connaissait des difficultés. Elle racontait avoir aidé des amis qui avaient des problèmes d'argent. *Je sais qu'ils n'auront sans doute jamais la possibilité de me rembourser mais peu importe.*

Parfois il n'y avait rien pendant deux ou trois ans. Puis une nouvelle entrée.

*Je m'en veux d'avoir négligé ce journal, mais il n'y a rien eu de spécial à noter. Comme d'habitude, je sors beaucoup, mais jusqu'ici je n'ai pas rencontré la personne que je pourrais contempler au petit-déjeuner pendant les quarante ou cinquante ans à venir.*

Mais une entrée datant de deux ans retint l'attention de Janice.

*Rencontré aujourd'hui Lisa Markey au cours d'une séance photo. Naturelle, drôle et sincère. Elle m'a dit qu'elle savait qu'elle ne pourrait jamais rivaliser avec Suzy Parker, mais elle travaille beaucoup pour les catalogues de Sears & Roebuck. Elle raconte que c'est incroyable de voir la responsable de la mode épingler une robe, une veste ou un pantalon pour qu'ils aient l'air sensationnels sur la photo. Mais quand on ôte les épingles ! Ne reste plus qu'un tas de chiffons.*

Il y a un an et demi, Alexandra avait écrit :

*Audrey est morte aujourd'hui. J'ai tellement de peine pour elle. Elle était si furieuse de ce qui lui arrivait qu'elle a fait de la vie de Larry un enfer. Je l'ai vu hier. Il paraît deux fois son âge.*

Une semaine plus tard elle écrivait que Lisa Markey lui avait annoncé que son grand-père était mort et lui avait légué son chalet à la montagne.

Alexandra était allée skier et avait adoré ça, se souvint Janice. Elle n'avait pas dit avec qui. J'ai même pensé que c'était peut-être un homme, se souvint Janice.

Elle poursuivit sa lecture.

*Lisa était super excitée. Elle avait fait un tour en hélicoptère pour la première fois de sa vie. Racontait que c'était grisant. Ils tournaient un film pour Sea & Ski dans les Catskills. Je lui ai dit que j'étais jalouse. J'ai toujours rêvé de monter dans un hélicoptère.*

Janice se fit la réflexion que le nom de Larry Thompson apparaissait de plus en plus souvent.

*Larry a l'air d'aller mieux. Il a fait un séjour en France chez des amis et je pense que cela lui a fait beaucoup de bien.*

*Nous avons dîné ensemble. J'ai commencé à me plaindre de la façon dont se comportait Grant Wilson dans le travail. Si j'espérais de la compassion, j'en ai été pour mes frais. Il a dit : « Je t'avais prévenue. » J'étais sur le point de lui répondre vertement, mais il a souri. Et j'ai compris que, comme toujours, il voulait seulement me provoquer.*

Une autre entrée disait :

*Audrey est morte il y a un an. Larry assistait à un dîner au Club 21 hier soir. Et, d'après Rona Barrett, il s'intéressait beaucoup à Robin Reeves, la star du moment.*

Je me demande si Alexandra est amoureuse de lui, se demanda Janice. Ça m'en a tout l'air.

Mike avait renversé sur le lit le tiroir du haut et il en examinait le contenu. Au moment où elle refermait le journal, il lui tendit une photo d'Alexandra et d'une jolie jeune femme posant avec leurs skis. Leur ressemblance était extraordinaire. La photo avait été prise devant un chalet-hôtel aux sports d'hiver. Sur une enseigne au-dessus du chalet on lisait : WINDHAM.

« Mike, si Lisa Markey a un chalet à Windham… »

Mike ne la laissa pas terminer : « Oui, je crois aussi que c'est là qu'il faut chercher. »

Hubert Twaddle et Ben Lyons venaient de s'asseoir à leurs bureaux quand le coup de téléphone de Mike leur parvint. Twaddle avait donné l'ordre à une brigade d'inspecteurs d'aller sonner à toutes les portes de l'immeuble de Lisa Markey et de demander si quelqu'un connaissait l'adresse du chalet.

Twaddle ne perdit pas de temps.

« De quel genre de photo s'agit-il ?

— C'est une de ces photos que prennent les photographes de la station. Elle est dans un cadre en carton qui porte l'inscription : BIENVENUE À WINDHAM.

— Windham, vous êtes sûr que c'est bien Windham ? »

Le ton de Twaddle s'était fait pressant.

« Oui, naturellement. Cela s'écrit W-I-N-D-H-A-M. D'après une entrée de son journal, Alexandra s'y est rendue il y a un an et demi… »

Twaddle l'interrompit :

« C'est une information capitale, Mike. Je vous remercie. »

Il n'avait pas raccroché que le téléphone sonnait à nouveau. C'était le gardien du garage de l'immeuble de Lisa Markey.

« Vous m'avez dit de vous appeler si quelqu'un se présentait et posait des questions sur Mlle Markey ou sa voiture. C'est arrivé tout à l'heure.

— Il vous a donné son nom ?

— Non.

— Que voulait-il ?

— Il a dit qu'il avait rendez-vous pour déjeuner avec elle et qu'elle n'était pas venue. Et qu'il avait sonné à la porte de son appartement sans obtenir de réponse. Il a dit qu'il était inquiet et m'a demandé si j'avais sorti sa voiture. Comme vous me l'aviez recommandé, j'ai répondu que je n'étais pas autorisé à communiquer d'informations sur les résidents de l'immeuble. »

Twaddle sentit une hésitation percer dans la voix de l'homme. « Vous ne lui avez donné aucune information ?

— Il avait l'air tellement anxieux. Il craignait qu'il soit arrivé un accident à Mlle Markey. Qu'elle conduise cette vieille voiture l'inquiétait. Je lui ai dit qu'elle l'avait prêtée à une amie qui ne l'avait pas encore ramenée. De ne pas s'inquiéter pour elle.

— Avez-vous donné une indication de l'endroit où se rendait l'amie de Mlle Markey ?

— Je n'ai rien dit, mais il a demandé s'il était possible qu'elle soit allée à la montagne.

— Et qu'avez-vous répondu ?

— Que la police m'avait demandé de ne pas le dire.

— À quoi ressemblait-il ?

— Un grand type, genre joueur de foot. Des cheveux brun-roux. Un peu bouclés. »

Ben s'était rapproché de Twaddle pour entendre la fin de la conversation. Twaddle remercia rapidement l'employé et raccrocha. Ils se regardèrent. « Marcus Ambrose », dirent-ils ensemble.

Twaddle demanda à Ben de chercher s'il y avait un numéro de téléphone au nom de Mlle Markey à Windham.

Trente secondes plus tard, Ben annonça : « Il n'y a pas d'annuaire pour cette ville.

— Alors téléphonez à la mairie et demandez-leur la liste des propriétaires de résidence. Il faut que nous trouvions l'adresse de ce chalet. À cause de l'indiscrétion du gardien, Marcus Ambrose est sans doute déjà en route. »

Il continua à distribuer ses ordres rapidement :

« Contactez le commissariat de Windham pour voir s'ils savent où est située la maison. Lisa Markey n'est pas une propriétaire ordinaire. C'est une très jolie jeune femme et on l'a certainement remarquée si elle venait souvent. »

L'inspecteur en chef qui avait été chargé d'enquêter sur les passagers du vol charter d'Alexandra – Marcus Ambrose, Grant Wilson et Larry Thompson – entra dans le bureau de Twaddle. « On a quelque chose, Hubert », annonça-t-il.

Twaddle parcourut le rapport. « Exactement ce que je soupçonnais. Comme toujours, c'est une affaire d'argent. »

Il fouilla dans sa poche et en sortit la carte de visite de Marcus Ambrose. On décrocha au bout de deux sonneries.

« Executair Airlines. Bonsoir. »

Il reconnut la voix. « Bonsoir, mademoiselle Lansing. Ici l'inspecteur Twaddle. Est-il exact que votre société dispose d'un hélicoptère destiné à la location ?

— Oui, tout à fait.

— Est-il disponible actuellement ?

— Je regrette, mais M. Ambrose l'a emprunté. Il vient de décoller.

— Ah, c'est dommage, dit calmement Twaddle. Sauriez-vous par hasard quelle est sa destination ?

— Non, je l'ignore. Il ne me tient pas au courant de tous ses déplacements, dit Mlle Lansing en riant. Après tout, il est célibataire, riche et beau. Si seulement j'avais vingt ans de moins. »

Twaddle n'était pas d'humeur à répondre à ce genre de futilités.

« Mademoiselle Lansing, est-ce que Executair a fourni un hélicoptère qui aurait emmené un groupe à Windham, dans l'État de New York, l'hiver dernier ?

— Je crois que oui. Laissez-moi vérifier. » Une

minute plus tard, elle revenait en ligne. « En février 1973 nous avons emmené un groupe à Windham. Le client était l'agence de mannequins Ford.

— Avez-vous un tableau des pilotes affectés à chaque réservation ?

— Naturellement. Sur ce vol, c'est M. Ambrose lui-même qui pilotait.

— Merci, mademoiselle Lansing, conclut brièvement Twaddle avant de raccrocher. Ben, appelez le poste de police de Windham. Dites-leur qu'un assassin potentiel se dirige vers la ville. Il faut qu'ils trouvent le nom du grand-père qui a légué sa maison à Lisa Markey. Je vais demander qu'un hélicoptère de la police nous attende à l'héliport. Nous devons arriver là-bas à temps. »

Alexandra se leva dans l'obscurité et tendit le bras pour allumer la lampe. Sans résultat. Elle essaya l'interrupteur mural qui commandait le plafonnier. À nouveau, en vain. Elle se dirigea à tâtons vers le salon. La pluie fouettait violemment les fenêtres et le toit. Elle avait remarqué une lampe torche dans la cuisine sur l'étagère au-dessus de l'évier. Elle heurta le pied de l'ottomane placée devant la télévision et trébucha, réussit à se rattraper. Cherchant des points de repère dans cet environnement inconnu, elle s'obligea à rester parfaitement immobile et réfléchit. La porte de la cuisine était sur le côté droit du salon. Un divan faisait face à la télévision, de l'autre côté de l'ottomane. Elle se déplaça en biais, à tâtons, jusqu'au mur, puis trouva le chemin de la cuisine.

Elle toucha l'encadrement en bois de l'embrasure de la porte et s'y appuya, visualisant le plan de la cuisine. Le réfrigérateur était sur la droite. L'évier juste après. Lorsqu'elle aurait atteint la lampe, elle serait sauvée. Espérant que les piles fonctionnaient, elle se déplaça prudemment jusqu'à ce que ses doigts rencontrent l'acier froid de l'évier. Elle tendit la main, tâtonna et sentit le plastique lisse de la torche. Craignant de la laisser tomber, elle la saisit à deux mains. Elle sentit sous son pouce un interrupteur qu'elle parvint à faire glisser en avant. Un énorme soupir de soulagement lui échappa à la vue du rayon de lumière tant espéré.

Il n'y avait rien à tenter jusqu'au rétablissement du courant, peut-être au lever du jour. Elle avait faim. Elle ouvrit le réfrigérateur, prit une pomme et alla s'asseoir dans le grand fauteuil du séjour. Elle frissonna. Il faisait terriblement froid dans la pièce. Le faisceau de la torche éclaira une couverture pliée sur le bout-de-pied. Elle s'en enveloppa et regarda sa montre-bracelet. Il était seulement cinq heures du matin.

Alexandra finit de manger sa pomme, déposa le trognon dans un cendrier et ferma les yeux. Elle se sentait de nouveau très lasse. Exténuée sans raison. Elle glissa dans le sommeil, incapable de lutter contre la torpeur qui la submergeait.

Une voiture de police, sirène hurlante, fonçant à tombeau ouvert, amena Twaddle et Lyons à l'héliport de la 34e Rue Est.

« Nous n'avons pas beaucoup de temps devant nous, dit Twaddle. Et nous n'avons toujours pas l'adresse de Lisa

Markey à Windham. Pendant qu'ils la cherchent, nous allons nous rendre sur place. Mais le temps que nous arrivions à l'héliport, Ambrose, si c'est bien là sa destination, aura déjà au moins trente minutes d'avance sur nous. »

Le pilote était déjà aux commandes de l'hélicoptère quand la voiture de police s'arrêta. Twaddle et Lyons grimpèrent à bord sans plus attendre.

« Une tempête de tous les diables souffle sur la zone de Windham, leur annonça le pilote. Si elle ne se calme pas, il nous faudra probablement accomplir quelques rotations en l'air en attendant qu'elle s'éloigne.

— Cela pourrait tourner à notre avantage, dit Twaddle. Que le ciel nous vienne en aide. »

L'heure suivante s'écoula dans le silence, que rompit seulement une remarque de Twaddle. « J'aurais dû comprendre tout de suite, dit-il. Pourquoi sinon aurait-elle quitté si vite l'aéroport sans ses valises ? C'est d'Ambrose qu'elle avait peur. Et maintenant que nous avons son dossier, tout s'explique. »

Ils aperçurent enfin les balises lumineuses de l'héliport de Windham.

Janice et Mike ne découvrirent rien de plus dans les papiers d'Alexandra qui puisse les mettre sur une piste. À six heures, ils essayèrent de se concentrer sur les informations du soir. Le scandale du Watergate dominait tout le reste. Aux abois, le président Nixon était menacé de destitution. La pression pour qu'il démissionne s'accentuait.

La ville de New York accumulait les problèmes fiscaux, laissant entrevoir la possibilité d'une faillite.

Un voisin apportait de nouveaux éléments de preuve contre une mère soupçonnée d'avoir assassiné ses deux jeunes enfants.

Quand la sonnerie de la porte d'entrée retentit longuement, ils sursautèrent tous les deux. Michael se précipita pour ouvrir. Larry Thompson était sur le seuil.

« Je croyais qu'elle était morte ! s'écria-t-il. Un journaliste qui a ses sources à la police m'a confié que lorsqu'ils ont ôté le Beauty Mask, vous avez dit que la jeune femme n'était pas votre sœur. » Il était livide, au bord de l'hystérie. « Dites-le-moi : Alexandra est-elle vivante ? Est-elle en vie ? »

Ils avaient promis à Twaddle de ne pas révéler la vérité à quiconque. Mais devant le regard torturé de Larry Thompson, Janice ne put s'en empêcher. « Oui, elle est en vie », dit-elle simplement.

Le calme qu'elle avait réussi à garder jusque-là l'abandonna.

Un flot de paroles mêlé de sanglots lui échappa : « La police pense que l'assassin de Lisa Markey s'est trompé et qu'il est maintenant sur la piste d'Alexandra. Les inspecteurs sont partis en hélicoptère pour Windham, espérant la trouver dans le chalet de Lisa. Mais ils n'en connaissent toujours pas l'adresse exacte. »

Thompson regarda fixement Janice, le visage traversé d'émotions contradictoires. Il la prit par le bras et la secoua. « Pourquoi ne me l'ont-ils pas demandé ? s'exclama-t-il. Je connais cette adresse. JE LA CONNAIS. »

Alexandra ouvrit les yeux. Il pleuvait encore, cependant ce n'était rien en comparaison de la pluie torrentielle du début de l'après-midi. Elle parvint à distinguer le contour des meubles dans la pièce. Elle était toujours épuisée, mais la fatigue extrême qui l'avait plongée dans le sommeil presque douze heures chaque nuit depuis son arrivée trois jours plus tôt se dissipait.

C'était à Londres que tout avait commencé. Elle avait failli être renversée par une voiture. Elle s'était reproché son inattention, elle avait traversé la rue sans regarder. Mais ce n'était pas son genre. Depuis ce moment, elle n'était pas elle-même. Pourquoi ?

À Venise, elle avait à peine pu terminer les séances de photos et s'était révélée incapable d'obéir à Larry quand il lui demandait de prendre l'air affolé. « Allons, Alexandra, tu l'as fait pendant des années. Tu as dansé toute la nuit ou quoi ? »

Je savais que Grant Wilson avait souscrit une assurance de trois millions de dollars me concernant, se rappela-t-elle. Il était inquiet à propos de la campagne du Beauty Mask, il craignait qu'elle ne satisfasse pas Fowler. Il a perdu des clients récemment. Je me demande s'il a besoin de l'argent de l'assurance pour rester à flot.

Mais ce n'était qu'à leur retour à Kennedy Airport qu'elle s'était mise à soupçonner que quelqu'un était responsable de ce qui lui arrivait. Quand Marcus Ambrose avait proposé de la reconduire chez elle, elle avait accepté. Ils étaient derrière les autres dans la zone de retrait des bagages. Les douaniers l'avaient arrêté on ne sait trop pourquoi à la sortie de la zone et lui avaient demandé de présenter ses bagages.

Quand il avait ouvert sa trousse de toilette, l'agent en

avait retiré un flacon de médicament et l'avait examiné. « Je présume qu'étant pilote vous savez qu'il est interdit de consommer de ce produit moins de quarante-huit heures avant de prendre les commandes d'un appareil. Des barbituriques aussi puissants peuvent provoquer une forte somnolence. »

C'est à ce moment qu'elle avait compris qu'il n'était pas question de rentrer avec lui.

Alexandra frissonna. Elle aurait voulu être chez elle. Janice et Mike l'y attendaient sûrement. Elle avait envie – elle admettait enfin la réalité contre laquelle elle avait obstinément lutté –, elle avait désespérément envie d'être avec Larry.

Deux policiers en uniforme les attendaient lorsque Twaddle et Lyons débarquèrent de l'hélicoptère. « Capitaine Rawley, se présenta le plus âgé. L'agent Jennings va nous conduire. Ne restons pas sous la pluie, montons dans la voiture. »

Au grand dam de Twaddle, il apprit que Lisa Markey n'était pas inscrite sur la liste des habitants du village. Pour trouver son adresse, ils avaient besoin de connaître le nom de son grand-père. Elle n'avait peut-être pas mis la propriété à son propre nom.

« Nous avons obtenu un mandat de perquisition pour son appartement, expliqua Twaddle. Mais nous n'avons rien trouvé concernant son chalet. Jusqu'à présent nous n'avons pu localiser aucun parent susceptible de nous aider.

— Il y a un autre problème, dit le capitaine Rawley. Les gens ne savent pas les noms des hameaux des environs en général. Ceux qui ont un chalet dans le coin disent qu'ils habitent Windham parce que tout le monde connaît. Les employés municipaux des villages voisins sont donc en train de fouiller leurs registres. Pour trouver son chalet, nous devons nous concentrer sur son grand-père.

— Et les voisins ? Auraient-ils remarqué un homme âgé vivant seul ? demanda Twaddle.

— L'ennui, c'est que ces chalets sont en majorité ouverts à la saison de ski et vides en ce moment. L'été, une moitié des propriétaires revient pendant les vacances scolaires.

— Et les entreprises de gardiennage ou de service à domicile ? demanda Twaddle. Elles ont sûrement les numéros de téléphone de leurs clients pour les appeler en cas d'urgence. Il est possible qu'elles aient un numéro qui corresponde à celui de Lisa Markey à New York. Un des employés se souvient peut-être d'un client âgé récemment décédé. Quelqu'un doit pouvoir nous donner l'adresse du chalet de Lisa Markey. »

La voix de Twaddle était calme, mais il avait insisté sur chaque mot. Ben savait que lorsque son collègue parlait sur ce ton, il avait atteint un extrême degré de frustration et qu'il redoutait maintenant qu'il soit trop tard pour sauver Alexandra Saunders.

« Nous avons tout essayé, demandé à tout le monde, lui assura Rawley. Pour le moment, je n'ai aucune information. »

Le moteur de la voiture tournait au ralenti. Ne sachant où se diriger dans l'immédiat, Jennings coupa le contact.

Un silence absolu régna pendant dix longues

minutes. Il fut tout à coup rompu par le grésillement de la radio.

« Nous l'avons, dit une voix laconique. Nous venons de recevoir un appel de New York. La sœur a obtenu l'adresse. Nous envoyons deux voitures.

— Quelle est l'adresse ? demanda Twaddle.

— 12 Snowden Lane.

— C'est à cinq minutes d'ici ! » l'informa Rawley.

Avant qu'il ait terminé, Jennings avait démarré, branché la sirène et roulait à toute vitesse en direction de Snowden Lane.

Marcus Ambrose savait qu'il ne pouvait pas risquer d'atterrir à l'héliport de la ville. Il avait fait du sur-place à la marge de la tempête pendant une demi-heure, attendant qu'elle diminue d'intensité.

Il se souvenait clairement du parking d'une église, qui se trouvait à un peu plus d'un kilomètre au sud du chalet de Lisa. S'assurant que le parking était bien vide, il se posa doucement derrière l'église, où l'hélicoptère ne serait pas visible depuis la route. Il se réjouit que la pluie assourdisse le bruit du moteur.

Il chercha dans l'habitacle un imperméable qu'il enfila à la hâte. Puis, aspirant une grande bouffée d'air, il ouvrit la porte de l'hélicoptère et sauta à terre. Il plongea les mains dans ses poches, s'assurant que les deux objets qui lui étaient nécessaires s'y trouvaient bien. Pointant sa lampe torche droit devant, il gravit rapidement la petite côte qui s'élevait devant lui, et traversa la zone boisée qui séparait le parking du chalet de Lisa Markey.

Il n'y a jamais eu personne d'autre, en fait, pensait Alexandra. Elle avait eu un coup de cœur pour Larry dix ans plus tôt, quand, à dix-huit ans, elle était allée le voir dans son studio. Et ensuite, mais quand précisément ? elle était tombée amoureuse de lui.

Ses yeux se remplirent de larmes. S'était-elle toujours méprise sur lui ? Combien de fois à Venise ne lui avait-il pas demandé : « Qu'est-ce qui ne va pas ? » *Je sais que je compte pour lui. Que j'ai toujours compté. Quand j'en doutais, j'aurais dû comprendre qu'il avait besoin de se retrouver un peu seul après ces années difficiles avec Audrey et sa maladie.*

Tout à coup, elle entendit un craquement derrière elle.

« Elle se trouve environ cinq cents mètres plus loin sur cette voie sans issue, dit Rawley. C'est la seule maison dans le coin. Débranchez la sirène. Pas question d'avertir Ambrose s'il est là. »

La route de terre était inondée par endroits, forçant l'agent Jennings à rouler au pas. Ben se dit qu'elle pouvait devenir impraticable, ce qui les obligerait à parcourir en vitesse les derniers mètres qui les séparaient du chalet. Après de nombreux dérapages et embardées, ils l'aperçurent enfin. Un arbre était tombé en travers de l'allée d'accès.

La lumière aveuglante d'une lampe torche était braquée sur le visage d'Alexandra.

« Je veux juste être sûr que c'est bien vous, cette

fois, murmura Marcus Ambrose. Dommage pour votre amie. » Il tenait une corde à la main.

Alexandra tenta de se dégager de la couverture et de se lever. Mais elle ne fut pas assez rapide. En un instant, il se plaça derrière le fauteuil et passa la corde autour de son cou. Elle se débattit, la corde se resserra et lui entra dans la chair.

« Non, non, je vous en supplie, mon Dieu. »

Elle leva les mains, tentant d'empêcher la corde de se resserrer davantage. Mais c'était inutile. Elle n'arrivait pas à passer les doigts sous la corde. Elle commença à perdre conscience. L'image du visage de sa sœur flotta devant elle. Elles avaient passé si peu de temps ensemble. Et Larry. Il l'aimait. Elle était certaine qu'il l'aimait.

Elle étouffa un cri en sentant qu'on desserrait la corde et elle eut l'impression qu'on lui appliquait quelque chose sur le visage. Elle voulut remuer mais la corde se raidit aussitôt à nouveau.

« Tenez-vous tranquille. Voici venu le moment de votre dernier masque de beauté », chuchota Marcus Ambrose.

L'agent Jennings contourna l'arbre et s'engagea sur la pelouse de devant. Les pneus s'enfonçaient dans le sol détrempé. Au moment où la voiture s'immobilisait, le courant revint et les lumières se rallumèrent. Par la fenêtre du salon, ils virent alors avec une clarté terrifiante la scène de cauchemar qui se jouait à l'intérieur du chalet. Alexandra Saunders assise dans un fauteuil, ses cheveux blonds lâchés sur ses épaules. Son assassin qui, d'une main, lui serrait une corde autour du cou et, de l'autre, lui enduisait le visage de quelque chose de blanc.

Ambrose leva les yeux et vit les phares de la voiture de police. Stupéfait, il lâcha la corde et s'enfuit par la porte qui donnait sur la forêt. Rawley et Jennings sautèrent de la voiture, le rattrapèrent à la lisière des arbres et le plaquèrent au sol.

Twaddle et Ben Lyons se précipitèrent dans la salle de séjour où Alexandra était affalée, inconsciente, sur le bras du fauteuil. En un clin d'œil, Twaddle dégagea la corde de son cou. Lyons la souleva du fauteuil, l'étendit sur le sol, et entreprit de lui prodiguer un vigoureux massage cardio-respiratoire, forçant l'air à pénétrer dans ses poumons… forçant son cœur à reprendre son rythme.

Dans l'après-midi du dimanche les inspecteurs Twaddle et Lyons allèrent rendre visite à Alexandra chez elle. Mike vint les accueillir avec le sourire.

Alexandra était assise sur le divan, le cou bandé. Elle portait un caftan aux couleurs vives. Ses cheveux blonds retombaient librement sur ses épaules. Elle avait le teint frais, ses yeux d'un bleu profond étincelaient.

Cette femme est d'une beauté incroyable, pensa Twaddle. Le visage pour lequel furent lancés mille vaisseaux.

Alexandra allait se lever, mais une main posée sur son bras la retint.

« Ne bouge pas, lui conseilla Larry. Tu n'es pas encore très solide sur tes jambes. »

Elle sourit aux inspecteurs. « Je ne sais comment vous remercier. Si vous n'aviez pas été là…

— Je suis heureux que nous ayons pu arriver à temps, répondit Twaddle.

— Je ne me rappelle pratiquement plus rien après qu'il a tenté de m'étrangler… »

Instinctivement, Larry passa un bras autour de ses épaules.

« On vous a emmenée à l'hôpital de Windham où ils vous ont gardée la nuit. Vous vous rappelez ? »

Alexandra hocha la tête. « Plus ou moins. Je me souviens surtout du retour de Windham en hélicoptère hier. Et de vous tous, dit-elle en lançant un coup d'œil à Janice, Mike et Larry, qui m'attendiez quand on m'a sortie de l'hélicoptère sur un brancard. Drôle de comité d'accueil. Je pensais avoir l'air mal en point, mais vous, vous aviez des mines à faire peur.

— Nous étions exténués, dit Mike en souriant. Tu étais encore sous calmants, mais tu as dit clairement qu'il était hors de question de t'emmener dans un autre hôpital. »

Janice n'avait pas quitté sa sœur des yeux. Elle se tourna alors vers Hubert Twaddle : « Inspecteur, lorsque nous avons fait la connaissance de Marcus Ambrose, j'ai vraiment cru qu'il se faisait du souci pour Alexandra. À quel moment avez-vous commencé à le soupçonner ?

— Il était la dernière personne à avoir vu votre sœur, dit Twaddle d'une voix ferme. L'explication qu'il nous a donnée, selon laquelle elle avait fui les paparazzis, était d'une certaine manière plausible, à part qu'elle aurait facilement pu aller se réfugier dans son bureau pour leur échapper. Ensuite, d'après vos déclarations, celles de Wilson et indirectement celles d'Ambrose lui-même, j'en ai déduit que vous n'étiez pas dans votre état normal, dit-il en s'adressant à Alexandra. Et en fin de compte, j'avais raison.

— Lisa est morte à ma place, dit tristement Alexandra. Je me sens terriblement coupable. Je vivrai avec cette pensée chaque jour de ma vie. Si seulement je lui avais dit que je soupçonnais Marcus Ambrose de me droguer ! Mais j'avais l'esprit tellement confus que je n'en étais pas sûre. C'est quand on a inspecté ses bagages, quand on lui a fait une remarque concernant les barbituriques qu'il transportait, que j'ai commencé à avoir des doutes. Je me suis détournée comme si de rien n'était, mais j'ai surpris l'expression de son visage. Il était inquiet. Plus que cela, il était furieux. Si seulement j'avais mis en garde Lisa – mais jamais je n'aurais imaginé qu'il était capable de tuer quelqu'un.

— Nous comprenons maintenant pourquoi Marcus Ambrose vous a confondue avec Lisa Markey quand elle portait une perruque dans votre appartement, dit Lyons. Mais je ne m'explique pas encore par quelle incroyable coïncidence Lisa portait la même robe que votre sœur la nuit du crime.

— Ce n'était pas une coïncidence, dit Alexandra tristement. Quand j'ai acheté cette robe à Noël dernier, j'en ai acheté une pour moi et une pour Janice. Je l'ai mise à plusieurs occasions et elle plaisait tellement à Lisa que je la lui ai donnée. Nous avions convenu qu'elle la porterait à l'aéroport ainsi que la perruque pour que Janice et Mike la reconnaissent dans la foule.

— À propos, dit ce dernier, je sais maintenant pourquoi il m'a semblé reconnaître Marcus Ambrose dans son bureau. Il avait dû se renseigner et savoir que notre vol arrivait à huit heures du matin. Janice et moi n'étions pas les seuls à chercher Alexandra dans le hall d'arrivée. Je suis certain de l'avoir vu à ce moment-là. »

Alexandra regarda Twaddle. « Marcus Ambrose m'a droguée, a tué Lisa et essayé ensuite de me tuer. Pourquoi ?

— Ambrose a un lourd passé, lui dit Twaddle. Bien qu'il n'ait jamais été inculpé, on nous a laissé entendre qu'il a utilisé sa compagnie aérienne pour importer frauduleusement des antiquités de valeur en même temps qu'il travaillait pour des clients parfaitement respectables comme l'agence Wilson. C'est la raison pour laquelle ses bagages ont fait l'objet d'une fouille aussi minutieuse.

« Il avait aussi beaucoup à gagner à saboter la campagne pour le Beauty Mask. Il venait de se porter acquéreur de stock-options d'une autre société de produits de beauté, qui s'apprêtait à lancer une crème concurrente. S'il avait réussi à vous rendre malade et à retarder le lancement de la campagne, la valeur des actions du rival de Fowler Cosmetics aurait explosé. »

Larry intervint à son tour : « J'ai de bonnes nouvelles à ce sujet. J'ai parlé à Henry Fowler. Quand je l'ai mis au courant de tout ce qui était arrivé, il a immédiatement accepté de décaler d'une semaine le tournage sur Venise. Il te souhaite de te rétablir rapidement.

— Je serai en pleine forme dans une semaine, dit Alexandra. Un peu de fond de teint sur le cou et il n'y paraîtra plus. Je ne veux plus jamais penser à toute cette histoire. »

Twaddle et Lyons leur dirent au revoir et quittèrent l'appartement.

Larry Thompson regarda Alexandra : « Alexandra, commença-t-il, je… »

Elle ne le laissa pas continuer. « Quand j'ai cru que j'allais mourir, dit-elle, j'ai compris que vous étiez les trois personnes qui comptent le plus au monde pour moi. Larry, est-ce que tu es libre la semaine prochaine ? Je serais heureuse que tu m'accompagnes quand je ferai visiter la ville à Janice et à Mike.

— Alexandra, dit Larry, je serai libre pour toi chaque minute de chaque jour de chaque année du reste de ma vie. »

Il sourit en lui caressant la joue : « Même quand tes premières rides apparaîtront. »

REMERCIEMENTS

En 2015, Mary Higgins Clark remerciait ses lecteurs et collaborateurs :

En 1972, j'ai commencé à écrire une nouvelle que j'ai intitulée « La mort porte un masque de beauté ». Au bout de cinquante pages, je ne savais toujours pas quelle fin lui donner, et je l'ai mise de côté pour écrire *La Maison du guet*.

L'été dernier, en 2015, passant en revue d'anciens dossiers, je l'ai retrouvée et j'ai décidé de la terminer. J'y ai travaillé en me replongeant dans le contexte de l'année 1974.

Ce livre comprend neuf de mes nouvelles, y compris « Le Passager clandestin », qui fut la première à être publiée. Cet ensemble représente mes premières années d'écrivain, mais je l'espère, pas les dernières.

Nombreux sont ceux que je suis heureuse de remercier ici pour l'aide qu'ils m'ont apportée, au premier rang desquels Michael Korda, mon éditeur et ami depuis mes débuts. Il m'a fixé le cap pour tout ce que j'ai écrit et il m'est indispensable.

Je veux remercier Marysue Rucci, V.P., éditrice en chef chez Simon & Schuster. Travailler ensemble ces dernières années a été un plaisir.

À la maison, mon groupe de soutien comprend Nadine Petry, mon assistante, mon fils David Clark et ma fille Patty Clark. Merci pour votre fidélité et vos suggestions.

Et, bien sûr, je remercie mon incomparable époux, John Conheeney, qui m'écoute patiemment quand je lui dis : « Cette fois-ci ça se présente mal. » Ce à quoi il répond invariablement : « Tu as dit la même chose pour tes trente derniers livres. »

Et tous mes remerciements à vous, chers lecteurs, sans qui je n'existerais pas en tant qu'écrivain. J'apprécie à sa juste valeur ce que chacun de vous m'apporte. J'espère que vous aimerez « La mort porte un masque de beauté », et les autres nouvelles de ce recueil.

Mary Higgins Clark
1927-2020

# Table


Le passager clandestin ........ 7
La branche morte ........ 33
La réserve à charbon ........ 45
Meurtre à Cape Cod ........ 61
Un crime passionnel ........ 113
L'homme d'à côté ........ 165
Vous souvenez-vous de moi ? ........ 197
Une drôle d'impression ........ 223
Un ronronnement révélateur ........ 253
La mort porte un masque de beauté ........ 267

DE LA MÊME AUTRICE
AUX ÉDITIONS ALBIN MICHEL :

*La Nuit du renard,* grand prix de littérature policière 1980
*La Clinique du docteur H.*
*Un cri dans la nuit*
*La Maison du guet*
*Le Démon du passé*
*Ne pleure pas, ma belle*
*Dors ma jolie*
*Le Fantôme de Lady Margaret*
*Recherche jeune femme aimant danser*
*Nous n'irons plus au bois*
*Un jour tu verras*
*Souviens-toi*
*Ce que vivent les roses*
*Douce nuit*
*La Maison du clair de lune*
*Joyeux Noël, Merry Christmas*
*Ni vue ni connue*
*Tu m'appartiens*
*Une si longue nuit*
*Et nous nous reverrons*

*Avant de te dire adieu*
*Dans la rue où vit celle que j'aime*
*Toi que j'aimais tant*
*Le Billet gagnant*
*Une seconde chance*
*Entre hier et demain*
*La nuit est mon royaume*
*Rien ne vaut la douceur du foyer*
*Deux petites filles en bleu*
*Cette chanson que je n'oublierai jamais*
*Le Roman de George et Martha*
*Où es-tu maintenant ?*
*Je t'ai donné mon cœur*
*L'Ombre de ton sourire*
*Quand reviendras-tu ?*
*Les Années perdues*
*Une chanson douce*
*Le Bleu de tes yeux*
*La Boîte à musique*
*Le Temps des regrets*
*Noir comme la mer*
*Dernière danse*
*En secret*

EN COLLABORATION AVEC CAROL HIGGINS CLARK :

*Trois jours avant Noël*
*Ce soir je veillerai sur toi*
*Le Voleur de Noël*
*La Croisière de Noël*
*Le Mystère de Noël*

Avec Alafair Burke :

*L'Affaire Cendrillon*
*La mariée était en blanc*
*Le Piège de la Belle au bois dormant*
*La Reine du bal*
*De si belles fiançailles*
*À la vie, à la mort*

PAPIER À BASE DE
FIBRES CERTIFIÉES

Le Livre de Poche s'engage pour
l'environnement en réduisant
l'empreinte carbone de ses livres.
Celle de cet exemplaire est de :
250 g éq. $CO_2$
Rendez-vous sur
www.livredepoche-durable.fr

Composition réalisée par Soft Office

Achevé d'imprimer en France par
CPI BRODARD & TAUPIN (72200 La Flèche)
en septembre 2022
N° d'impression : 3049598
Dépôt légal 1re publication : octobre 2022
LIBRAIRIE GÉNÉRALE FRANÇAISE
21, rue du Montparnasse – 75298 Paris Cedex 06

86/6998/6